JENNY-MAI NUYEN

Das Zeitalter der Drachen

ROMAN

Aus Verantwortung für die Umwelt hat sich der S. Fischer Verlag
zu einer nachhaltigen Buchproduktion verpflichtet. Der bewusste Umgang
mit unseren Ressourcen, der Schutz unseres Klimas und der Natur
gehören zu unseren obersten Unternehmenszielen.

Gemeinsam mit unseren Partnern und Lieferanten setzen wir uns
für eine klimaneutrale Buchproduktion ein, die den Erwerb von
Klimazertifikaten zur Kompensation des CO_2-Ausstoßes einschließt.

Weitere Informationen finden Sie unter: www.klimaneutralerverlag.de

Erschienen bei FISCHER Tor
Frankfurt am Main, November 2021

© 2021 Jenny-Mai Nuyen
Deutsche Erstausgabe:
© 2021 S. Fischer Verlag GmbH,
Hedderichstr. 114, D-60596 Frankfurt am Main
Dieses Werk wurde vermittelt durch
die Montasser Medienagentur, München.

Gesamtherstellung: CPI books GmbH, Leck
Printed in Germany
ISBN 978-3-596-70632-7

Wen du liebst,
dem lege die Welt zu Füßen,
und wenn deine Liebe unerwidert bleibt,
dann lass es Trümmer sein.

Aus den GESÄNGEN DER ERSTEN NEUN KÖNIGE

PROLOG

IN DER NACHT vor der Schlacht fanden Aylen und Totema kaum Schlaf. Auf ihrem Lager hoch oben in dem ausgehöhlten Berg Faysah beobachteten sie durch eine große Querspalte den wolkenverhangenen Himmel, der ihnen eine trügerische Zeitlosigkeit vorgaukelte. Wie Ertrinkende umschlangen sie einander immer wieder von neuem und liebten sich im Morgengrauen mit einer Verzweiflung, als hätten sie einander bereits verloren.

Dabei rechneten die Hexe und der Zauberer mit einem Sieg. Zwar standen ihnen der Erzmagier der Menschen und auch der Erzmagier der Zwerge mit all ihren Zauberern und dem dreitausendköpfigen Heer des Menschenkönigs gegenüber, doch Aylen und Totema würden sie ebenso besiegen wie zuvor den König der beiden Elfenvölker und dessen Zauberer. Die unausgesprochenen Sorgen, die sie bedrückten, hatten weniger mit ihren Feinden zu tun als mit ihren Verbündeten.

Als sie voneinander ließen, hauchte die Dämmerung kaltes Blau in den riesigen Höhlenraum. Viel zu früh wurde es hell.

»Frag sie noch einmal«, bat Totema. »Ich will nicht, dass du allein mit ihnen ziehst. Ich will mitkommen.«

Aylen hatte befürchtet, dass er sie darum bitten würde. Seit einiger Zeit schon hatte sie ihm nicht mehr erzählt, wie groß die Verachtung, ja, der Hass der drei Drachen auf ihn geworden war, so dass er nicht wissen konnte, dass seine Bitte vollkommen aussichtslos war.

Hätte Aylen die Zuneigung der drei mit ihm teilen können, hätte sie mehr davon ihm gegeben als für sich behalten. Aber sie hatte in Wahrheit schon lange keine Macht mehr über die Drachen von Faysah.

Dennoch nickte sie. »Ich werde fragen.« Die Lüge ließ sie frösteln. Sie wusste, dass ihre Liebe an Lügen zugrunde gehen würde, wenn sie nicht ... ja, was? Was konnte sie tun, damit die drei Drachen ihren unbändigen Hass ablegten und Totema wieder als Quelle akzeptierten?

»Ich will dich an meiner Seite haben.« Unter der Felldecke suchte sie seine Hand, drückte sie und führte sie an ihre Lippen, um seine Finger zu küssen. Manchmal fragte sie sich, ob sie seine große, schwere Hand genauso lieben würde, wenn er die andere noch hätte.

Er zog sie zu sich heran, an seinen hochgewachsenen, knochigen Körper. Sie spürte, dass er etwas sagen wollte – die Wahrheit womöglich, die sie sich beide nicht eingestehen wollten, erst recht nicht voreinander. Vielleicht hatte er sich auch überlegt, was sie tun könnten, um die Kontrolle über die drei Drachen wiederzugewinnen.

In diesem Moment erregte eine unerwartete Bewegung Aylens Aufmerksamkeit. Besen, der verzauberte blattlose Ast, der sie auf Schritt und Tritt begleitete und so aussah, wie er hieß, hatte sich aus seiner Ecke bewegt und wirbelte in wilden Achten durch den Raum.

»Sie kommen«, sagte Aylen.

Schon rauschten jähe Böen herein und bliesen Aylen die dunklen, kurzen Locken aus dem Gesicht und Totema die feinen, silbrigen Strähnen. Der Fels knackte, als etwas Massives mehrfach mit der Außenwand des Berges kollidierte. Dann wurde es dunkel in dem Höhlenraum, denn durch den Felsspalt krochen nacheinander drei riesige Gestalten und sperrten das Licht aus.

Jeder der Drachen war ein wenig anders geformt. Einer lang und dünn wie eine Schlange auf vier Tatzen – eine Schlange, die vier Pferde samt einem Wagen hätte hinunterschlingen können –, einer breiter und kürzer, fast wie eine gigantische Kröte mit einem längeren Hals, einem Schwanz und einem wie mit einer Krone gehörnten Schädel, und einer stämmiger, wie ein monströser, langer Büffel mit kurzen Klauen. Auch die Farben ihrer glänzenden Schuppenhaut unterschieden sich. Sabriel, die Schlangenhafte, war golden und tiefbraun, Odriel, die Krötenhafte, blauschwarz, und Irosal, die Büffelartige, schimmerte in allen Farben von Glut. Sie glichen einander nur darin, dass sie Flügel hatten und ein Maul voller dunkler, transparenter Reißzähne, aus dem Rauch quoll und manchmal Feuer.

Aylen, kleine Tochter, raunten ihre Stimmen in Aylens Kopf.

Aylen war inzwischen sicher, dass sie sich nur in ihr Gehör verschafften und Totema in Stille ließen.

»Guten Morgen, Mütter«, sagte sie laut, um wenigstens ihrerseits Totema nicht auszuschließen.

Die Drachen füllten den Höhlenraum fast ganz aus, wobei sie mit ihren Leibern um- und übereinander strichen. Das Sirren von Schuppen, die über Schuppen schrammten, erinnerte Aylen immer an Klingen, die gezogen wurden. Nüstern, in denen ein ausgewachsener Mann hätte verschwinden können, strichen über ihr Schlaflager hinweg und tauchten sie in warmen, rauchigen Atem. Angst kroch Aylen den Rücken herauf, als sie Totema so nah kamen.

Es ist Zeit aufzubrechen, raunte Irosal und neigte den Schädel mit den beiden langen, krummen Hörnern, damit Aylen in ihrem Nacken aufsitzen konnte.

Ich zieh mich an, sagte Aylen und schlüpfte unter den Fellen hervor, um ihre Tunika, ihren Umhang und ihre Beinkleider vom Boden aufzuklauben. Besen hielt sich so dicht bei ihr, dass sie sich kaum ankleiden konnte und ihn sanft beiseiteschieben musste. Sie spürte auch Totemas Unsicherheit wie einen klammen Geruch im Raum. Ob die drei Drachen es wahrnahmen? Aylen war ziemlich sicher, dass sie ihn im Stillen verhöhnten.

Sie nahm ihren Mut zusammen und fragte, obwohl sie die Antwort bereits kannte: *Darf ich ihn mitnehmen?*

Gurgelnde Geräusche drangen aus den Kehlen der Drachen, und Rauchwölkchen entstiegen ihren Nüstern. Totema, der ebenfalls nach seinen Kleidern gegriffen hatte, um sich anzuziehen, zuckte kaum merklich zusammen.

Du glaubst, du brauchst den Zauberer an deiner Seite?, spottete Sabriel.

Wann lernst du endlich, auf eigenen Beinen zu stehen?, knurrte Irosal.

Odriel zog ihren krötenhaften Kopf noch tiefer zwischen die Schultern, während sie Totema musterte. *Wir wollen den Mann nicht bei uns haben. Aus seiner stinkenden Quelle nicht schöpfen.*

Du liebst ihn, Tochter, sagte Sabriel sanft. *Aber er will nur Macht. Er will dich beherrschen wie uns ... Wach auf!*

Totema riss seinen Blick von den Drachen los und sah Aylen an. Er wusste, dass sie miteinander sprachen, wo er es nicht hören konnte, und sicher ahnte er, dass sie über ihn redeten.

Aylen stand auf, hob ihren Brustpanzer vom Ständer und legte ihn an. Sie erwiderte Totemas Blick, während sie die Lederriemen an den Seiten zuzog, und hoffte, dass er wusste, dass sie auf seiner Seite stand. Immer.

Wach auf!, hörte sie Sabriel in sich widerhallen, und sie war sich nicht sicher, ob der Drache erneut gesprochen hatte oder nur in ihrer Erinnerung.

»Wir sind bald wieder da, Totema. Bewache du so lange den Berg«, sagte sie, bemüht, nicht mitleidig zu klingen, obwohl sie den Drang verspürte, sich zu entschuldigen.

Er beobachtete sie, seine Kleider als Knäuel vor sich im Schoß. Schließlich nickte er. »Pass auf dich auf«, sagte er mit belegter Stimme.

Aylen konnte seinen Anblick nicht ertragen. Oder vielmehr das, was sie dabei empfand. Sie zog sich den breiten Helm mit dem Lederschirm auf, warf sich den Umhang über und kletterte über Irosals Tatze hinauf in deren Nacken, wo sie sich zwischen zwei knubbelige Hörner setzte. Besen schwebte dicht neben sie, und sie hörte sein Reisig leise klappern. Er war immer angespannt in der Nähe der drei.

Die Drachen glitten einer nach dem anderen aus dem Höhlenraum, stießen sich vom Boden ab und stiegen mit gespreizten Flügeln in den Himmel empor.

Aylen drehte sich nicht noch einmal zu Totema um. Sie wollte nicht, dass er ihre Erleichterung bemerkte. Die Drachen hatten ihm nichts angetan. Aber wie lange würde es noch gutgehen? Aylen ließ die Schultern sinken, schloss einen Moment die Augen und gab sich dem Rauschen des Windes hin.

In einem Winkel ihres Herzens wünschte sie sich, dass sie nicht siegreich heimkehrten. Um Totemas willen.

Der Zauberberg des Menschenvolks lag mehr als fünfzig Tagesmärsche weit nordöstlich von Faysah, dem Zauberberg der Elfen, doch auf Drachenschwingen erreichten sie Gothak schon am übernächsten Abend. Sie überflogen zuerst die weiten, tiefen Wälder der Weißen Elfen, aus deren dichten Baumkronen hier und da Kaminrauch drang, dann das hügelige Grenzgebiet zwischen Elfen- und Menschenreich, aus dem Aylen stammte. Das Land wurde karger. Bis in die Ferne erstreckten sich Klippen und trockenes Grasland, und sie konnten an einem Horizont Gewitter wüten sehen, während in der anderen Richtung die Sonne glühte. Hier, in der Hochebene, führten die Grauen Elfen noch das alte Leben auf Wanderschaft, doch Aylen sah keinen einzigen Stamm; zu groß war das Reich. Schließlich stiegen die Klippen höher an, und alles Grün verschwand. Unter ihnen entfaltete sich die Wüste Uyela Utur mit ihren eisengrauen, glattpolierten Felsen und aschefarbenen Feldern, auf denen nichts gedieh außer blitzförmigen Rissen jahrelanger Dürre.

Jenseits dieses riesigen, leeren, unwirklichen Landes lagen die Küstenstädte des Menschenvolks, so schwer vorstellbar es auch sein mochte, dass Uyela Utur je endete und dahinter etwas lebte. Doch am Horizont begann sich ein Gebirge abzuzeichnen. Darin erhob sich ein Berg weit über alle anderen, schlank und krumm wie ein Säbel.

Im Näherkommen änderte sich die Luft. Der Staub der Wüste wurde von Feuchtigkeit und der scharfen Süße von Gräsern verdrängt. Wolkenbänke trieben um den Zauberberg und erweckten den Eindruck, als schwebte der weiße, schroffe Gipfel losgelöst im Himmel. Wogen aus Nieselregen fielen in Vorhängen herab. Das Gebirge unter ihnen wurde von der Nässe schraffiert.

Die Drachen und Aylen hielten Ausschau nach dem Heer der Menschen, doch sie entdeckten nichts. Vermutlich hatten die Menschen aus der Schlacht um Faysah gelernt, bei der die Drachen das Heer des Elfenkönigs und dessen zweihundert Ritter vernichtend geschlagen hatten. Nur der Regen wurde dichter, als sie sich Gothak näherten. Es war gut möglich, dass die Zauberer dafür sorgten, um sich vor dem Feuer der Drachen zu schützen.

Versuchsweise stieß Sabriel einen Strahl aus, als sie in Spiralen aufwärts flogen, hoch zum Gipfel des Zauberbergs. Eine kurze, rote Fahne wehte aus ihrem Maul. Nun probierten auch Irosal und Odriel ihr Feuer aus. Tatsächlich behinderte der Regen sie und sorgte dafür, dass der Flammenstrahl kürzer ausfiel. Sie würden also näher an ihre Feinde herankommen müssen. Aber sie hatten ohnehin vor, in den Berg einzudringen, und spätestens dort konnte der Regen ihnen egal sein.

Je höher sie stiegen, umso eisiger peitschten die Schauer. Eigentlich hätte hier Schnee fallen sollen, doch ein Zauber ließ die Tropfen zu langen, dünnen Eisnadeln werden. Sie klirrten gegen Aylens Rüstung und die Schuppen der Drachen und zerbarsten zu Splittern. Nebel hüllte den Berg ein. Bald sahen sie nichts mehr im dichten, vor Eisnadeln flimmernden Weiß. Doch es war ein kläglicher Versuch der Zauberer, sich vor ihnen zu schützen. Aylen wirkte gegen den Zauber, indem sie die Dunkelheit des Abendhimmels herabbeschwor, und Finsternis sank ins Weiß nieder und verlieh den Dingen graue Umrisse. Da sahen sie den Berg Gothak wieder.

Mit Totema an meiner Seite wäre es einfacher, auf die feindlichen Zauber zu reagieren, dachte Aylen gerade laut genug, dass die drei Drachen es wahrnehmen konnten.

Doch keine Antwort kam.

Der Regen wurde stärker. Obwohl Besen sein Reisig schützend über Aylen spreizte, spürte sie, wie die Splitter sich in ihre Wangen bohrten, und winzige rote Schrammen erschienen auf ihren Händen.

Eine Öffnung klaffte in dem Berg wie ein riesiges Maul. Der Eingang. Konnte es so leicht sein? Hatten die Erzmagier und ihre Zauberer wirklich nicht mehr zuwege gebracht als ein wenig Nebel und Regen? Aylen wagte es nicht zu hoffen.

Die Drachen flogen zu der Öffnung und spuckten Feuer hinein. Innen erhellte sich eine weitläufige Halle ähnlich jener in Faysah und in Tahar'Marid, den beiden anderen Zauberbergen, in denen Aylen bereits gewesen war. Niemand war darin zu sehen. Schließlich landeten die Drachen auf den Hängen des Bergs und kletterten hinein.

Feuchte Finsternis empfing sie, zurückgedrängt vom rot glosenden Atem der drei Drachen.

Haben die Feiglinge ohne Kampf aufgegeben?, höhnte Irosal.

Vielleicht dachten sie, dass wir die Namen unserer Schwestern nicht kennen, und wenn sie sich verstecken und die Namen nicht preisgeben, werden wir unsere Schwestern nicht wecken können, überlegte Odriel.

Seht. Sabriel hauchte ihren Feueratem in eine Richtung.

Die drei Drachen und Aylen wandten die Köpfe. Eine Seite der Halle schien in die Tiefe abzufallen, als wäre der Boden eingestürzt. Sie kamen näher und spien gleichzeitig ihr Feuer hinab. In dem Moment, in dem sie es sahen, ertönte ein Schmerzensschrei, durchdringender und entsetzlicher, als eine sterbliche Kreatur ihn ausstoßen konnte: Ein Drache hing in der Tiefe und wand sich im Feuer seiner drei Artgenossen.

Der Drache hing an Ketten. Sie waren durch seine Wangen gebohrt und fixierten seinen Schädel, umwickelten seine Klauen und spreizten sie auseinander. Jemand hatte Stäbe durch seine Flügel getrieben, seinen Schwanz und sogar seine Tatzen. Er war bei lebendigem Leibe aufgespießt. Auch sein Maul war durch Stäbe und Ketten aufgerissen, so dass er nicht sprechen konnte, nur schreien.

Und Feuer spucken.

Sabriel, Irosal und Odriel wichen fauchend zurück, als die fremden Flammen zu ihnen emporschossen. Drachen waren nur gegen ihr eigenes Feuer immun. Der Flammenstrahl der armen Bestie hätte ihre Schuppen zum Schmelzen gebracht, wären sie nicht rechtzeitig zur Seite gesprungen. Und Aylen blieb nur unversehrt, weil Irosal die Flügel schützend um sie hob und sich dafür die empfindlichere Haut darunter versengen ließ. Dennoch spürte Aylen die Hitze, die die Luft zum Kochen brachte und ihre Lungen verätzte. Besen, der neben ihr schwebte, schüttelte Funken aus seinem Reisig.

Was um Himmels willen …, stieß sie aus.

Weder Irosal noch Sabriel oder Odriel antworteten. Die drei flatterten wie wild durch die Halle, fauchten und zischten. Aylen ahnte, dass sie die angekettete Schwester hörten, wo Aylen sie nicht hören konnte. Aber das musste sie auch nicht, um zu verstehen, was ihr angetan worden war. Der Erzmagier des Menschenvolks hatte offenbar einen der Drachen, die seit Jahrhunderten in Gothak gebannt wurden, schlüpfen lassen. Doch die Gefangenschaft im Ei war nur durch eine neue in Ketten ersetzt worden. Warum? Um die drei Drachen von Faysah zu erschrecken? Nur für den einen versehentlichen Feuerangriff? Erneut stieß der Drache in Ketten ein Heulen aus, das den Berg zum Beben brachte. Sein Feuer stieg in Wolken auf und verrauchte im Kuppeldach des Zauberberges.

In diesem Moment waren Aylens Zweifel an den drei Drachen wie weggeblasen. Sie erinnerte sich wieder daran, warum sie den Erzmagiern und ihren Zauberern überhaupt erst den Krieg erklärt hatte: um die Wesen zu befreien, auf deren Qualen die Macht der Zauberer gründete.

Schließlich landeten die drei und lugten vorsichtig zu ihrer Schwester in die Tiefe hinab. Im aufgeregten Gedankenwirbel der drei schnappte Aylen Fetzen auf: *Müssen sie befreien. Ihre Ketten sind in unserem eigenen Feuer gehärtet worden!*

Die Erzmagier mussten das Feuer der drei bei der letzten Schlacht eingesammelt haben, um damit Fesseln zu schmieden, die stark genug waren, einen Drachen zu halten. Solche Tücke sah den Zauberern ähnlich.

Sabriel wagte sich als Erste vor, um der Gefangenen zu helfen. *Lass mich versuchen, deine Ketten zu zerreißen. Wenn sie mit meinem Feuer gehärtet wurden, kann ich sie vielleicht …*

Doch bevor Sabriel zu Ende gesprochen hatte, fauchte der gefangene Drache ihr Flammen entgegen. Sabriel wand sich und floh zurück in Deckung.

Sie ist blind und taub vor Schmerz, keuchte Irosal. Und dachte zu der Gefangenen hinab: *Wer bist du? Atehsa? Gorekane? Tahrika?*

Bei einem der Namen versiegte das Feuer des angeketteten Drachen. Und dann hörte Aylen so laut in sich, dass ihr Körper vibrierte: *Tahrika war mein Name.*

Aylen spürte förmlich die Erleichterung der drei Drachen von Faysah. Nun konnten sie mit ihrer Schwester sprechen – nun erinnerte sich diese nach ihrer unvorstellbar langen Marter wieder daran, wer sie war.

Es kam zu keinem Gespräch. Von draußen, aus dem dunkelnden Himmel, rasten Lichter, als würden Sterne auf die Erde krachen. Doch es waren keine Sterne. Es waren Bälle aus weißglühendem Feuer.

Aus Tahrikas Drachenfeuer.

Die meisten Geschosse gingen daneben und prallten an den Steinwänden ab, um wie leuchtende Murmeln zu Boden zu stürzen. Doch die, die Sabriel, Irosal und Odriel trafen, ließen die Drachen vor Schmerz aufheulen. Die Zauberer mussten das Drachenfeuer auf eine Weise geballt haben, die es unvergleichlich intensiver machte. Entsetzt flogen die drei auf und versuchten, den Geschossen zu entgehen, doch es regneten immer mehr herein. Auch von oben rasten nun Feuerbälle herab. Sie wurden durch Ritzen im Gestein geschleudert.

Der Boden der Halle füllte sich mit rollenden, leuchtenden Kugeln. Odriel wurde im Flug mehrfach getroffen und stürzte ab. Sie kreischte, spuckte Feuer, das um ein Haar Irosal und Aylen getroffen hätte, und hüpfte in der Glut, die ihre Tatzen verbrannte. Sie mussten raus – durch den Feuerregen, der ihnen entgegenprasselte.

Aylen schrie, als das Feuer über sie hinwegzischte wie glühende Klingen. Irosal geriet ins Trudeln, stieß gegen die Felswand und schlitterte kreischend hinaus, dem Abgrund entgegen. Aylen verlor den Halt. Der Lederriemen, mit dem sie sich an den Hörnern des Drachen festgemacht hatte, schmorte durch, und sie stürzte ins Nichts.

Für einen Moment wirbelte die Welt um sie, zischendes Feuer, schlagende Flügel und Eisregensplitter in schwimmender Finsternis. Sie spürte einen Stock, der zwischen ihre Arme und Beine stocherte – Besen. Aber er konnte sie nicht auffangen. Dann prallte sie auf etwas auf, was nicht der Erdboden war, aber fast genauso hart: Sabriels Kopf. Der Drache war blitzschnell unter sie getaucht, um Aylens Sturz in den Abgrund abzufangen. Aylen purzelte über den Drachen, klammerte sich an den Hörnern in seinem Nacken fest und schaffte es, ihre Beine um den Hals zu klemmen. Manche von Sabriels Schuppen waren heiß und schmorten. Auch sie war schlimm getroffen worden. Doch sie hatte es aus dem Berg geschafft, und hier draußen, im Eisregen, verfolgten sie nur noch wenige Geschosse aus der Tiefe.

Aylen konnte nun sehen, wer sie abfeuerte: Überall in den Falten des Gesteins und versteckt unter Schneedecken waren Katapulte errichtet. Gestalten kletterten darauf herum, schrien sich Befehle zu und richteten die Werfer immer wieder neu aus. Sobald die Drachen die Angreifer entdeckt hatten, wendeten sie scharf in der Luft und stürzten sich auf sie.

Aylen schloss die Augen und spürte, wie Sabriel, Odriel und Irosal in sie hineingriffen und aus ihr *schöpften*. Sie hatte sich an das Gefühl bereits gewöhnt. Es machte ihr nichts aus, sich völlig zu öffnen und den Drachen alles von sich preiszugeben. All ihre zauberische Kraft. Doch die Gefühle der Drachen schwemmten dabei wie bitteres Gift in sie herein, und Aylen musste alles hinunterschlucken: nicht nur den rasenden Hass der Drachen, sondern auch ... neuerdings auch ihre Lust am Töten.

Sie hatte versucht, es zu verdrängen, solange sie konnte. Aber es ging nicht mehr. Sie spürte die Freude, die kribbelnde Aufregung der drei, während sie aus Aylen *schöpften*, um die Feinde mit unvorstellbaren Feuerstrahlen zu vernichten.

Zum ersten Mal in ihrem Leben war Aylen wirklich feige. Sie vergrub den Kopf unter ihrem Arm und sah nicht hin, versuchte, nichts zu fühlen, versuchte, nicht da zu sein.

»Da ist die Hexe!«, brüllte irgendwo eine Stimme, verzerrt von Wind und Regen. »Auf die Hexe!«

Sie blickte auf und sah einen Kreis von Zauberern zwergischer und menschlicher Herkunft auf einem Felsplateau stehen. Der Regen stürzte in einer hohen Glocke um sie herum und verriet, dass sie einen Schutzbann um sich gelegt hatten, vermutlich einen Invertierungszauber – das zu erkennen hatte Aylen von Totema gelernt. In diesem Moment wünschte sie sich nichts sehnlicher, als ihn bei sich zu haben. Seine Hand zu halten, seine Stimme zu hören.

Zerbrich ihren Schutzbann!, befahl Sabriel.

Aus einer Schlucht direkt unterhalb der großen Öffnung im Berg schossen Pfeile herauf. Sabriel brüllte erschrocken auf, als sie nicht alle an ihren Schuppen abprallten, sondern manche sich hindurchbohrten. Auch die Pfeile mussten in dem Feuer des angeketteten Drachen gehärtet worden sein, den die Zauberer wohl nur hatten schlüpfen lassen, um eine Waffe gegen die drei zu haben.

Sabriel drehte ab und flog trudelnd um die Bergspitze, wo die Pfeile sie nicht erreichen konnten. Doch aus anderer Richtung kamen weitere, und auch sie durchdrangen ihre Flügel und ließen sie vor Schmerz aufheulen.

Aylen duckte sich vor den Geschossen und konzentrierte sich darauf, den Schutzbann der Zauberer zu brechen. Aber sie war unkonzentriert. Unter sich sah sie Odriel durch die Schlucht fegen und Hunderte Bogenschützen mit einem Feuerstoß verkohlen. Irosal klammerte sich an einen verschneiten Hang und schöpfte aus Aylen, um ihre Wunden zu heilen. Ein Pfeil schlug gegen Aylens Helm und riss ihren Kopf zur Seite. Um Haaresbreite hätte er ihr Gesicht getroffen.

Der Schutzbann. Ein Invertierungszauber. Totema hätte sofort gewusst, welche Varianten davon es gab und womit man jede davon am besten aufhob. Aber Aylen hatte nie eine Ausbildung wie er genossen. Sie hatte sich bisher immer auf ihren Instinkt und ihr natürliches Talent verlassen. Und sie hatte damit bis jetzt immer Erfolg gehabt. Erst seit dem Erwachen der drei Drachen von Faysah fühlte sie sich in Gefahrensituationen so gelähmt wie jetzt.

Reiß dich zusammen, ermahnte sie sich selbst. *Denk nach. Invertierungszauber bricht man, indem ...*

Aber sie konnte sich nicht erinnern, was Totema ihr erzählt hatte. Totema, den sie vielleicht nie wiedersehen würde. Und aus falschem Stolz und vor Siegesgewissheit hatte sie nicht einmal von ihm Abschied genommen ...

Sie verdrängte den Gedanken an Totema und schaute hinab auf die Zauberer. Sieben Menschen und Zwerge in grauen, windverzerrten Roben standen unter der Glocke, die den Regen abhielt, und es schien, als würde keiner von der Stelle rücken. Als wären sie in Formation. Vermutlich war jeder von ihnen eine Art Anker für den Schutzbann. Aber wie waren sie verankert? Sie standen einfach da, auf dem Felsplateau. Der Wind zerrte an ihren Kleidern. Der Schutzbann war also luftdurchlässig.

Aylen atmete tief durch. Sie ließ einen heftigen Wind aus der Tiefe aufsteigen, über die Hänge heraufrasen und über das Felsplateau peitschen.

Drei der Zauberer verloren den Halt, verhedderten sich in ihren Umhängen, taumelten ihren Hüten nach, stürzten auf die Knie. Das genügte. Die Glocke schien zu erzittern, Regen prasselte auf die Männer nieder.

Sabriel sah ihre Chance gekommen, legte die Flügel an und schoss auf sie herab. Doch sie verbrannte die Zauberer nicht, wie Aylen erwartet hatte, sondern landete auf ihnen, packte sie mit ihren Klauen und *fraß* sie.

Ein Schrei blieb Aylen in der Kehle stecken. In ihr bebte das Echo von Sabriels Gelächter.

Zaubererfleisch, kreischte Irosal und schwang sich schwerfällig zu ihnen herauf. Sie riss Sabriel einen Mann aus den Klauen, oder jedenfalls die Hälfte eines Mannes, um ihn selbst zu verschlingen.

Auch Odriel kam dazu, schubste Sabriel beinah von dem Plateau und stopfte sich lachend einen Zauberer ins Maul. Aylen sah ihn in ihrem Schlund verschwinden, eine Hand ausgestreckt, die schon nicht mehr an ihm hing.

Von da an wurde ihr Kampf leichter. Katapulte und andere Zauberer, die bis jetzt unsichtbar gewesen waren, erschienen im Schnee als leichte Beute für die Drachen. Der Geruch von verbranntem Fleisch erfüllte die Nacht, und Ruß schwärzte den Nebel. Die drei Drachen kletterten an den Klippen entlang und fanden eine Reihe hoher Fensteröffnungen, die sie zerschmetterten, um ins Innere des Berges zu gelangen. Sie fanden einen weiteren Saal, darin einen langen Steintisch mit Stühlen und einem Thron. Hier musste Salemandra, der Erzmagier des Menschenvolks, sich mit seinen Lehrlingen und hohen Gästen beraten haben. Breite Steintreppen führten tiefer in den Berg hinab.

Die drei Drachen folgten ihnen und ließen Glut in ihrem Atem aufleuchten, um in der warmen Finsternis ihren Weg zu erkennen. Die Treppe schien sich endlos in die Tiefe zu winden ... Es war ein Zauber. Ein letzter, verzweifelter Zauber, mit dem der Erzmagier sie in die Irre führen wollte.

Doch Aylen erkannte darin den Versuch des Erzmagiers, sich vor ihnen zu verstecken. Die endlosen Stufen waren in Wahrheit wie die Finger eines Kindes, das sich die Augen zuhielt, um von niemandem gesehen zu werden. Manche Stufen entpuppten sich tatsächlich als die magischen Finger des Erzmagiers, und über diese gelangten sie direkt zu ihm.

Salemandra verbarg sich in einer Grotte, zusammen mit Toraldin, dem Erzmagier des Zwergenvolks. Beide trugen die silberdurchwirkten Gewänder und spitzen Hüte, die den drei Erzmagiern der drei Völker vorbehalten waren, doch das war alles, worin sie einander glichen. Toraldin war dick und untersetzt, mit fleischigen Wangen, zwischen denen die kleine Nase fast erdrückt wurde, und einem krausen blonden Bart, Salemandra war groß und hager, mit schütterem Haar und glattrasiertem Gesicht. Toraldin hüpfte vor Panik, als die Drachen hereinglitten und sie umzingelten, während Salemandra das Kinn vorschob und sie hasserfüllt beäugte – vor allem Aylen.

Salemandra war der erste Erzmagier gewesen, den Aylen um eine Ausbildung gebeten und der sie abgelehnt hatte. Vielleicht dachte er in diesem Moment daran, wie fatal seine Entscheidung damals gewesen war. Aber obwohl Aylen sich den Augenblick ihrer Rache so oft und so lange schon ausgemalt hatte, empfand sie jetzt keine Genugtuung, sondern nur ein flaues Grauen vor dem, was passieren würde.

»Wen haben wir denn hier?«, fauchte Sabriel und zog immer engere Kreise um die beiden Männer. »Wenn das nicht die letzte Generation unserer Herren und Meister ist!«

»Sabriel!«, schrie Salemandra plötzlich, und seine Stimme fuhr wie eine Peitsche durch den Raum. »Sabriel, ich beschwöre dich, erinnere dich daran, wer du vor deiner Unsterblichkeit warst!«

»Irosal«, stammelte Toraldin, angestoßen von Salemandra. »Odriel! Erinnert euch!«

Die Drachen lachten schwarzen Qualm. »Wir erinnern uns, wir erinnern uns sehr gut. Unsere Namen sind verwahrt in unserer Tochter Aylen, unserer Quelle«, zischten sie im Chor.

»Eure Worte sind machtlos«, sagte Odriel mit gespieltem Mitleid.

»Selbst wenn sie wahr sind«, sagte Sabriel mit ebenso vor Häme triefender Stimme. »Wie ging doch gleich die Geschichte, die ihr über unsere Unterjochung erzählt?«

»Alles Unheil der Welt beginnt mit dem Neid einer Frau«, zitierte Irosal.

»Oder ihrer Eifersucht«, fuhr Odriel fort.

»Oder ihrer Unersättlichkeit«, sagte Sabriel.

Auch Aylen kannte die Geschichte, die so verbreitet war, dass die einfachen Leute aller drei Völker sie aufsagen konnten. Im Stillen dazu aufgefordert von den drei Drachen, sprach sie den nächsten Satz mit: »Sie, die sich nicht mit dem ihr zugeteilten Platz zufriedengibt, wird mit ihrem Blut die Erde vergiften und den Himmel mit Rauch verdunkeln.«

»Wollen wir ihre Worte wahr machen? Nicht, dass die Zauberer jahrhundertelang Lügen verbreitet haben.«

Mit fauchendem, zischendem Gelächter stürzten die Drachen sich auf die Erzmagier. Aylen klammerte sich an Sabriels Nacken fest, doch als die drei begannen, sich um das Fleisch der Männer zu balgen, ließ sie sich seitlich fallen und floh zwischen Klauen und Schwänzen hindurch bis an den Rand der Grotte. Sie drückte sich in eine Spalte im Gestein und beobachtete schwer atmend, wie die Drachen miteinander rangen. Sie stritten bis zum letzten Fetzen. Bis von den beiden Männern nicht ein Tropfen übrig geblieben war.

Schon fürchtete Aylen, dass die drei Drachen ihr Feuer gleich gegeneinander einsetzen würden, doch da beruhigten sie sich, als würden sie sich auf ihren Genuss besinnen. Fast versöhnlich strichen sie auseinander, und in der Dunkelheit, die nur ihr glühender Atem unterbrach, schien sich jeder Drache zu recken und zu strecken. Aylen presste sich beide Hände vor den Mund, als sie begriff, was geschah: Sie *wuchsen*. Tatsächlich. Ihre Schädel wurden größer, die Hörner und Krallen länger. Mit Sirren und Knacken schoben sich ihre Schuppen auseinander.

Dann Stille. Es dauerte einen Moment, ehe Aylen begriff, dass es eine innere Stille war. Sonst hörte sie immer die Gefühle und Gedanken der drei summen, und sei es noch so unverständlich. Doch jetzt war da nichts, gar nichts, und Aylen fühlte sich wie ein Brunnen, dessen Oberfläche von nichts erschüttert wurde. Sie fühlte sich ... allein. Zum ersten Mal seit dem Schlüpfen der drei Drachen.

Nach einer Weile war die Veränderung der Drachen offenbar abgeschlossen, und sie sahen sich um, als fiele ihnen erst jetzt wieder ein, wo sie sich befanden. Ihre Blicke landeten auf Aylen.

Es kostete Aylen Überwindung, aus der Felsspalte zu steigen, in der sie sich versteckt hatte. »Wir haben gesiegt. Lasst uns die anderen Drachen befreien«, schlug sie vor. Sie wagte nicht, es in Gedanken zu sagen, aus Angst festzustellen, dass die Verbindung nicht mehr existierte.

Die drei Drachen schlichen zum Ausgang. Sabriel hielt inne und neigte fast unwillig den Kopf, damit Aylen aufsteigen konnte. Wie viel größer sie geworden war, merkte Aylen erst jetzt. Sie bekam ihre Beine kaum noch um ihren Nacken!

Sie schlichen die Treppe empor und hinaus aus dem Berg, wie sie eingedrungen waren. Inzwischen war der Eisregen versiegt. Es fielen große weiche Schneeflocken.

»Was ist mit den gefangenen Drachen?«, rief Aylen gegen das Schneegestöber an, als sie sich in die Lüfte erhoben und mit kraftvollen Flügelschlägen in die Nacht segelten. »Was ist mit Tahrika? Sie liegt noch in Ketten!«

Sie hat uns angegriffen. Sie ist eine Gefahr, murmelte Irosal. Ihre Stimme hallte merkwürdig fern in Aylen wider.

»Aber ...« Aylen nahm ihren Mut zusammen und rief in

Gedanken: *Das ist doch, warum wir hergekommen sind! Um die Schwestern zu befreien!*

Die drei Drachen wirbelten auseinander, rauschten in die Höhe und schossen in die Tiefe, wild wie Laub im Sturm. Aylen musste sich festklammern. Im Brüllen des Windes schien Gelächter zu liegen. Die drei Drachen freuten sich. Sie tanzten.

Wir sind nicht gekommen, um andere Drachen zu befreien, dachte Sabriel leise, fast nur für sich, *sondern um die Zauberer zu fressen.*

1

NIREKA WAR KEINE besonders leidenschaftliche Tänzerin. Sie sah lieber zu, wie andere zur Musik umeinander wirbelten. Mit einem Becher Apfelwein in der Hand lehnte sie an der Brüstung eines Balkons, der aufs Sonnendeck hinausging, und wippte mit dem Fuß. Die Freude der anderen stimmte auch sie fröhlich.

Ganz Ydras Horn drängte sich auf dem Sonnendeck zusammen, und die Schatten von mehr als zweitausend Männern und Frauen flogen über die hohen Felswände. Das Sonnendeck war zwar der tiefste Punkt der Untergrundfestung, doch der Name passte. Denn nirgendwo sonst war man bei den Zwergen von Ydras Horn unter freiem Himmel.

Weit oben, fast hundert Meter über den Feiernden, glänzte der Himmel durch eine runde Öffnung, und an klaren Winterabenden wie diesem konnte man die Mondsichel sehen. Die Öffnung lag versteckt zwischen den Felsen an der Küste, und selbst wenn sie entdeckt wurde – was schon vorgekommen war, wie die verkohlten Wände bewiesen –, reichte das feindliche Feuer nicht herab. Ein uraltes Festungsgeschütz verrottete weiter oben im salzigen Wind. Speere von unvorstellbarer Größe mussten einst damit abgefeuert worden sein, aber wie der Mechanismus funktionierte, verstand niemand mehr. Die Kurbeln waren zu riesig, die Ketten zu schwer, um durch Muskelkraft betrieben zu werden. Und selbst wenn es ihnen gelungen wäre – aus welchem Material sollten sie die Speere fertigen? Weder Eisen noch Feuer noch sonst eine bekannte Substanz konnte den fürchterlichen Drachen an der Oberfläche etwas anhaben.

Wie überhaupt ein so tiefes Loch in den Fels gehauen und Ydras Horn mit seinen stufenförmig angeordneten Sälen, hohen Bogengängen und Balkonen unter der Erde errichtet worden war, ließ sich von seinen heutigen Bewohnern nicht mehr nachvollziehen. Die unterirdische Festung musste durch Zauberei erschaffen worden sein, als es noch Zauberer gab. Alle Versuche, den Bau zu erweitern, waren gescheitert, denn der massive Fels ließ sich mit Hacken und Schaufeln so gut wie nicht bearbeiten.

Ein Teppich aus blassem Moos und Farnen und winzigen hellrosafarbenen Blumen wucherte hier an den Wänden und um die Balkone. Die Zwerge pflegten die Pflanzen mit so großer Sorgfalt wie ihre Haare und Kleider, denn sie galten als Schmuck von Ydras Horn. Das Grün war eine Wohltat fürs Auge, wenn man die meiste Zeit unter der Erde verbrachte, im Dämmerschein von Fettlampen.

Hier, auf dem Sonnendeck, gab es aber noch eine andere Lichtquelle. Kugeln, manche so groß wie eine Faust, andere klein wie eine Perle, schwebten durch den Schacht. Ein geheimnisvolles Leben erfüllte sie, ein Funke Ewigkeit, den die Zauberer von einst ihnen eingehaucht haben mussten. Jede Kugel war eine winzige Nachahmung der Sonne, ein kleiner Stern – ein Trostpreis dafür, dass der echte Himmel bis auf den einen, fernen Ausschnitt über dem Sonnendeck hinter meterdickem Fels verborgen lag. Manche der Sternlichter kreisten umeinander, andere schlafwandelten von oben nach unten in einem endlosen Kreislauf. Sie änderten nie ihren Kurs, und ihr Licht nahm nie ab, seit Beginn der Geschichtsschreibung in Ydras Horn vor dreihundertdreiundzwanzig Jahren.

In ihrem goldenen Glanz entdeckte Nireka Kani, die auf sie zukam. Kani war zehn Jahre jünger als Nireka, gerade einmal sechzehn, und noch pausbäckig wie ein Kind. Vor allem jetzt, da sie kaum aufhören konnte zu grinsen.

»Nireka!« Das Mädchen rannte die letzten Schritte auf sie zu, einfach im Überschwang, so dass sein rotes Kraushaar, das zu zwei hoch angesetzten Zöpfen zusammengefasst war, hüpfte. »Du hast dich … ja geradezu herausgeputzt!«

»Geradezu?« Stirnrunzelnd sah Nireka an sich herab. Sie hatte ihre übliche Kluft aus einem Leinenkittel, ledernen Beinkleidern und einem wollenen Kapuzenüberwurf gegen ein Kleid ihrer großen Schwester Patinka getauscht. Es war aus blau gefärbtem Leinen, das, wie Patinka versichert hatte, gut zu Nirekas kinnlangen blonden Locken passte.

»Na ja«, sagte Kani und zupfte an dem Kleid herum, »es würde besser mit einem Gürtel aussehen, der die Taille betont, und ohne den Kittel darunter, der so aus dem Ausschnitt hervorquillt.«

Nireka lachte nervös. »Das wäre unbequem. Und kalt.«

Kani bedeutete ihr mit einem Blick, dass sie die Ausrede nicht gelten ließ. Auch wenn es stimmen mochte, es war nur die halbe Wahrheit. Die andere Hälfte, die Nireka verschwieg, war, dass sie sich in allzu weiblicher Kleidung unwohl fühlte. Da sie von Zwergen und von Menschen abstammte, die Ydras Horn im Laufe der Zeit immer wieder als Flüchtlinge aufgenommen hatte, war sie für eine Zwergin ziemlich groß und dünn, mit kantigen Schultern und flacher Brust, und tiefe Ausschnitte und ein schmaler Taillenschnitt schienen nur zu betonen, wie gering ihre Reize ausgeprägt waren. Seit ihrer Jugend hatte sie nach und nach immer seltener Kleider getragen und sich angewöhnt, ständig so herumzulaufen, als würde sie gleich zur Oberfläche aufbrechen. Vor allem die Frauen von Ydras Horn schüttelten darüber die Köpfe, und bei Festen wurde ihre Kleidung immer wieder zum Thema, ganz gleich, ob sie sich den Gepflogenheiten beugte und ein Festgewand anlegte wie heute oder ob sie in ihrem praktischen Aufzug blieb.

Aber abgesehen von ein paar gut gemeinten Sticheleien,

akzeptierte man in Ydras Horn ihre Absonderlichkeiten. Vielleicht, weil sie Patinons Tochter war, der *Stimme* von Ydras Horn, und weil sie wie er die meiste Zeit in der Kammer der Weisen mit Schriften arbeitete. Es zeichnete sich ab, dass sie nach ihm seinen Platz einnehmen würde, um das Gedächtnis von Ydras Horn zu hüten. Mit dieser Sonderstellung wurden auch einige Abweichungen von normalem Verhalten toleriert.

»Willst du einen Keks?«, fragte Nireka versöhnlich und schlug das Tuch auf der Balkonbrüstung auf, in dem sie sich ein paar Taler aus Kastanienmehl, Zimtrübensirup, Haselnüssen, Gewürzen und getrockneten Kirschen eingepackt hatte. Zur Feier des Tages hatten sie die Sparsamkeit aufgegeben und aus ihren Vorräten Leckereien gebacken, die es seit Wochen nicht gegeben hatte. Denn jetzt war die Belagerung vorbei, das Monstrum weitergezogen. Und das lag an Kani.

Der Fluch, der auf dem jungen Mädchen gelastet hatte, war von Kani abgefallen. Sie war nicht mehr von Geisterschatten besessen, und somit war auch das Interesse des monströsen Drachen an ihr verschwunden. Kein Wunder also, dass sie strahlte.

Sie nahm sich einen Keks. »Morgen gehst du mit nach oben, oder?«, fragte sie mit vollem Mund.

»Natürlich. Sonnenlicht! Das lasse ich mir nicht entgehen«, antwortete Nireka und nahm sich ebenfalls eines der Plätzchen.

Kani seufzte. Aus Sicherheitsgründen musste sie noch mindestens zwei Wochen unter der Erde bleiben, um zu beobachten, ob die Geisterschatten auch wirklich weg waren. Bis vor kurzem war ihre Besessenheit so schlimm gewesen, dass man sich ihr nicht ohne Gefahr hatte nähern können und sie die meiste Zeit allein in einer Zelle hatte verbringen müssen.

Niemand wusste, was Geisterschatten waren. Vielleicht ein Dämon – vielleicht eine ganze Schar von Dämonen. Wer befallen war, gleich wie alt oder welchen Geschlechts, um den loderten hin und wieder Schatten wie schwarze Flammen auf, und unheimliche Lichter glitten über die Haut, durch die Augen und den Mund. Dinge geschahen, die eigentlich nicht geschehen konnten. Gegenstände gingen zu Bruch. Manchmal wurde jemand verletzt. Es war ein Fluch, der unerklärlich kam und fast immer auch wieder verschwand. Manche hatten ihn für Jahre, andere für Wochen, manche immer wieder, andere nie. Warum Geisterschatten auftraten und warum nur Besessene die Drachen anlockten, wusste keiner.

»Ich kann es kaum erwarten, auch wieder oben zu sein.« Kani wippte auf den Füßen. »Erzähl mir ganz genau, wie es war, ja? Wie warm es war, wie es gerochen hat und wie das Meer aussah. Oh, ich vermisse den Meereswind so!«

»Ich werde dir alles genau beschreiben.« Nireka freute sich dermaßen auf morgen, dass kaum Raum für Mitleid mit Kani blieb. Zum ersten Mal seit zwei Monden würde sie an die Erdoberfläche gehen und sich ansehen, wie es um die Felder, Obstwiesen und Schafherden stand. Solange sie es nicht wusste, hielt sie an ihrer Hoffnung fest, dass es so schlimm nicht sein würde.

»Ich wollte mich noch einmal bei dir bedanken«, murmelte Kani. »Für alles.«

»Es gibt nichts, wofür du dich bedanken musst«, sagte Nireka und meinte es auch so. Sie klopfte sich die Krümel von den Händen und tippte Kani auf die Nasenspitze, damit diese den Kopf nicht mehr hängen ließ. Kani blickte mit einem traurigen Lächeln wieder auf.

»Es passiert oft, dass junge Mädchen von Geisterschatten befallen werden«, rief Nireka ihr in Erinnerung. »Ihr seid die Mütter der nächsten Generation, die wichtigsten Mitglieder unserer Gesellschaft. Keine Sekunde haben wir erwogen, ob wir dich hergeben sollten. Das weißt du doch, oder?«

Kani nickte, aber sie schien sich dazu zwingen zu müssen. Zweimal hatte sie während ihrer Besessenheit versucht, sich an die Oberfläche zu schleichen und sich dem Drachen preiszugeben, damit die Belagerung endete. Zum Glück hatte Nireka sie einmal aufhalten können, das andere Mal Kedina.

»Wie tragisch wäre es gewesen, wenn du dich geopfert hättest«, murmelte Nireka, »wo deine Besessenheit doch nun so schnell von allein verschwunden ist. Deshalb ist es so wichtig, immer abzuwarten und nicht freiwillig in den Tod zu gehen.«

»Ich glaube, ich wäre viel länger von Geisterschatten besessen geblieben, wenn nicht ...« Kani senkte wieder den Kopf. Sie legte die Hände auf ihren Bauch. »Ich glaube, ich weiß, was mich geheilt hat ...«

»Kani«, unterbrach Nireka sie. »Suche keine Erklärungen dafür, warum jemand von Geisterschatten besessen ist oder sie wieder abschüttelt. Man kann es nicht beeinflussen. Du darfst dir keine Schuld geben, hörst du?«

Diesmal konnte Kani sich nicht zu einem Nicken durchringen. Allerdings erregte etwas hinter Nireka ihre Aufmerksamkeit, und sie beugte sich über die Brüstung des Balkons. »Da ist Kedina. Kedina!«

Sie winkte einem Mann, der die stufenförmigen Sitzbänke erklomm, die vom Sonnendeck zu den höheren Stockwerken führten. Kedina blickte auf, entdeckte sie und winkte zurück. Er war in Nirekas Alter, aber immer noch hell und fein wie ein Blatt Papier: weizenfarben das Haar, rosig und weich die Lippen, still und dunkel die Augen. Er sah von Kani zu Nireka, und Nireka spürte, wie sie rot anlief.

Die Leute sagten Kedina nach, in sie verliebt zu sein. Vermutlich, weil Kedina ebenso wie sie ein Gehilfe Patinons war. In der Kammer der Weisen hatten sie seit ihrer Jugend viel Zeit zusammen verbracht, in alten Schriften geforscht, neue verfasst und auch sonst alles getan, worum Patinon sie bat. Aber ob es stimmte, was die Leute sagten, wusste Nireka nicht. Kedina galt als zurückhaltend, und sie konnte so schüchtern sein, dass sie in einem Gespräch über Nichtigkeiten ins Stammeln geriet. Nur wenn es um wichtige Dinge ging oder wenn sie vor vielen Leuten sprechen musste, war sie ruhig und selbstbewusst wie ihr Vater.

»Ich muss zu Kedina«, sagte Kani und drückte Nirekas Arm. »Wir sehen uns später!« Schon lief das Mädchen los, rief aber noch über die Schulter: »Blau sieht schön aus an dir, trag das öfter!«

»Mal sehen ... Na gut!« Nireka hatte sich eigentlich darauf eingestellt, dass Kedina zu ihnen hochkommen würde, aber so war es ihr auch recht. Sie war oft befangen in seiner Gegenwart, wenn sie nicht gerade zusammen an etwas arbeiteten.

Sie leerte ihren Becher, und der Wein breitete sich in ihrem Bauch und ihrem Kopf aus wie heißer Dampf. Die Trommeln unten wurden schneller, zwei Flöten taten sich hervor, schnell und nervenaufreibend, als wollten sie einander übertönen. Jubel erscholl. Plötzlich bekam Nireka doch Lust, sich zu bewegen. Zu dieser Musik bildeten sich nicht unbedingt Paare, sondern jeder konnte für sich zappeln. Sie ging an Grüppchen von Leuten vorbei, die an den Balkongeländern lehnten und redeten, an Kindern, die mit von Sirup verschmierten Mündern Fangen spielten, an eng umschlungenen Paaren und dann die halbkreisförmigen Sitzbänke hinab aufs Sonnendeck. Die Sternlichter zogen schwebend ihre trägen Bahnen durch den tiefen Schacht, unbeeindruckt von der wilden Menge am Grund.

Nireka blieb am Fuß der Sitzbänke stehen. Sie schloss die Augen, konzentrierte sich auf die Musik und begann sich im Takt zu wiegen. Aber sie fühlte sich beobachtet und öffnete die Augen wieder.

Niemand schien sie zu beachten. Alle waren dabei zu tanzen oder zu musizieren. Sie senkte den Kopf und versuchte, sich der Musik hinzugeben. Aber sie kam sich wie immer irgendwie albern vor, so als versuchte sie nur, etwas zu sein, was die anderen wirklich waren.

Schief und stürmisch endete das Flötenspiel, und die Menge applaudierte. Selika und Gandred, die gespielt hatten, verbeugten sich, nahmen Becher aus der Menge an, um zu trinken, und kippten sich im Überschwang gegenseitig Wasser über die schweißnassen Gesichter. Wer von beiden nun den anderen mit seinem Flötenspiel übertroffen hatte, ließ sich nicht entscheiden – die Leute jubelten der älteren Frau und dem jungen Mann gleichermaßen zu. Eine kurze Pause entstand, in der man auf die nächsten Musiker wartete, die auftreten wollten. Nur Emita, Reynard, Othenon und Mirak trommelten gemächlich weiter.

Doch nicht Musiker traten auf das Podium, sondern Kani und Kedina. Nireka bemerkte, dass sie sich an den Händen hielten.

»Ich möchte etwas verkünden«, rief Kani.

Die Leute jubelten und klatschten so laut, dass sie nicht fortfahren konnte.

»Du hast es geschafft! Lang lebe unsere Kani! Geheilt für immer!«, riefen alle durcheinander.

»Danke«, rief Kani zurück. Sie lachte und wischte sich mit dem Ärmel über die Augen. »Ich danke euch! Danke ... Hört mich an!«

Endlich wurde es etwas ruhiger.

»Ihr alle habt lieber gehungert und unser Land aufs Spiel gesetzt, als mich dem Tod preiszugeben. Das kann ich euch niemals genug danken«, sagte Kani mit bebender Stimme. »Zweimal wurde meine Verzweiflung so groß, dass ich ... dass ich versucht habe, an die Oberfläche zu gehen. Nireka hat mich das erste Mal aufgehalten.« Sie suchte sie in der Menge, fand sie und deutete auf sie. Die Leute drehten sich zu Nireka um und klatschten.

Nireka hob scheu die Hand, um zu winken. Was auch immer das bedeuten sollte.

»Sie hat mich festgehalten, obwohl ich gestrampelt und geheult habe wie ein bockiges Kind«, sagte Kani und musste sich wieder die Tränen von den Wangen wischen. »Danke, Nireka. Ohne dich wäre ich tot.« Sie wandte sich nun Kedina zu. »Und beim zweiten Mal hat mir Kedina den Weg versperrt. Er hat nicht zugelassen, dass ich mich für Ydras Horn opfere. Auch gegen ihn habe ich angekämpft. Aber er hat mich nicht losgelassen, und ich ... ich habe mich in ihn verliebt.«

Seufzen erscholl und erneutes Klatschen und Freudenrufe. Nireka schluckte hart. Mit gerade einmal sechzehn Jahren hatte Kani sich nicht nur getraut, ihr Herz dem Mann zu öffnen, den sie liebte, sondern sich auch vor ganz Ydras Horn dazu bekannt.

Kedina legte die Arme um sie. Er wirkte nicht überrascht. Nireka begriff, dass er es längst gewusst hatte. Dass er mit ihr vor das Volk von Ydras Horn getreten war, um sich ebenfalls zu seiner Liebe zu bekennen.

»Wir werden ein Kind bekommen«, rief er.

Der Jubel wurde ohrenbetäubend. Aber Nireka hörte nichts mehr. Nur seine Worte hallten in ihr nach. Ein Kind. Deshalb waren die Geisterschatten von Kani abgefallen. Große Veränderungen wie eine neue Liebe oder Mutterschaft konnten Geisterschatten nicht nur anlocken, sondern manchmal auch vertreiben.

Wie laut Kedina gerufen hatte ... Nireka hatte ihn bisher nie lauter sprechen hören als so, dass man die Ohren spitzen musste. Irgendwie schockierte sie diese ungewohnte Lautstärke an ihm mehr als alles andere.

Zögerlich begann auch sie zu klatschen. Wie glücklich die beiden aussahen. Sie sprangen von dem Podium hinunter in die Menge und ließen sich umarmen und beglückwünschen. Sie waren ein schönes Paar. Das sah jeder.

Wie hatte sie es nicht sehen können?

Musik setzte ein, und die alte Farula sang mit ihrer rauen Stimme ein langsames Liebeslied zu Ehren der beiden. Die Menge stimmte mit ein, und die aberhundert Stimmen erfüllten alle zweiundvierzig Stockwerke von Ydras Horn, das in der Tat wie ein Horn in die Erde ragte und den Hall von unten bis hinauf in die obersten Stockwerke trug.

Nireka fühlte, wie sich ein Lächeln in ihren Wangen festbiss. Sie verließ das Sonnendeck und erklomm mit großen Schritten die Sitzbänke. Sie brauchte etwas zu trinken.

Als sie auf den Ausschank zusteuerte, entdeckte sie ihren Vater, der gerade aus einem der Fässer zapfte. Sie wollte umkehren, doch zu spät. Schon drehte Patinon sich um und fing ihren Blick auf. Er begriff sofort, dass Kanis und Kedinas Eröffnung sie überrumpelt hatte. Mitleid trat in seine Miene. Hämisches Gelächter wäre ihr lieber gewesen. Oder ein Kinnhaken.

»Nireka«, sagte er. Dann wusste er zum Glück nicht mehr, wie er weitermachen sollte.

»Amüsierst du dich?«, fragte sie und zapfte sich etwas vom Apfelwein, als wäre nichts.

Patinon hielt seinen Becher zwischen den langen Fingern. Er war inzwischen ein betagter Mann, sein Kopf fast haarlos und sein geflochtener Bart schon eher weiß als grau. Aber er war immer noch eine imposante Erscheinung: groß und drahtig, ohne gebrechlich zu wirken, mit tiefliegenden, klaren, hellblauen Kinderaugen. Seine Mutter war menschlichen Geblüts gewesen und hatte bei den Zwergen von Ydras Horn Zuflucht vor der Gefahr an der Oberfläche gefunden. Trotz seines gemischten Bluts war er Hüter der Kammer der Weisen und Stimme von Ydras Horn geworden: Er leitete die Geschichtsschreibung der Untergrundfestung und legte die Schriften der untergegangenen Welt aus. Auch die Unterweisung der Kinder in die Kunst des Lesens und Schreibens fiel ihm zu. Nireka half ihm dabei, seit sie zwölf Jahre alt war, und in Wahrheit blieb es immer öfter an ihr hängen.

»Ich wusste nicht, dass Kedina und Kani sich ineinander verliebt haben«, sagte Patinon sanft.

Nireka umklammerte ihren Becher so fest, dass sie glaubte, das Holz knirschen zu hören.

»Hätte er es mir erzählt, hätte ich dir sofort ...«

»Warum denn?«, fragte Nireka und atmete tief aus. Gut, sie konnte ihrem Vater nichts vormachen. Aber musste sie das überhaupt? Sie hatte nie durchblicken lassen, dass sie etwas für Kedina empfand – ebenso wie er allerhöchstens sehr zaghafte Andeutungen gemacht hatte. Es waren immer nur Mutmaßungen anderer gewesen, dass sich zwischen ihnen Gefühle entwickeln könnten. *Weil wir einander so ähnlich sind, so gut zusammenpassen.* Ja, je mehr Nireka jetzt darüber nachdachte, umso sicherer war sie, dass sie ihre vagen Hoffnungen eher von außen übernommen als im Herzen entwickelt hatte.

Das hätte sie ihrem Vater sagen können. Aber es anzusprechen machte es bedeutsamer, als es war. Und ein Teil von ihr fürchtete, dass Patinon ihr nicht glauben würde.

»Jetzt wissen wir, wie Kani so schnell ihre Geisterschatten verloren hat«, sagte sie und spürte, dass sie sich zumindest darüber aufrichtig freuen konnte. Es war ein gutes Gefühl, und darauf wollte sie sich konzentrieren.

Patinon musterte sie einen Moment forschend, bis ihm klarzuwerden schien, dass sie darunter litt. Er ließ den Blick zu den Balkonen schweifen, an denen im fröhlichen Lärm des Festes die Sternlichter vorbeischwebten.

»Niemand weiß, warum Geisterschatten kommen oder gehen«, erinnerte er.

»Ich werde morgen in unseren Archiven nachsehen, wie viele Fälle von spontaner Heilung verzeichnet wurden, die mit einer ersten Schwangerschaft einhergingen«, beschloss sie stur.

»Wolltest du morgen nicht mit an die Oberfläche, um dir ein Bild von der Lage zu machen?«, fragte Patinon, ehe er rasch hinterherschob: »Ach, was. Ich denke auch, dass du dich auf deine Arbeit in der Kammer der Weisen konzentrieren solltest. Andere können an die Oberfläche, aber niemand kennt sich mit den Schriften so gut aus wie du. Bleib besser unten.«

Sie lächelte über diese schlechte Ausrede dafür, dass sie sich nicht in Gefahr begeben sollte. In Patinons Augen würde sie immer ein kleines Mädchen sein. Mit sechsundzwanzig ebenso wie mit sechzig. *Vom kleinen Mädchen direkt zur kinderlosen Alten.* Normalerweise dachte sie nicht darüber nach, dass sie keine Kinder hatte – es störte sie nicht wirklich, außer wenn sie dafür schief angeschaut wurde. Aber in diesem Moment erfüllte es sie mit einer namenlosen Angst, so als sei der Tod in ihr. Als sei sie eine Tote unter Lebenden.

Sie schüttelte die Vorstellung ab. »Ich gehe morgen an die Oberfläche«, sagte sie. »Und danach komme ich in die Kammer der Weisen.«

Patinon seufzte verhalten.

»Ich vermisse das Sonnenlicht«, fügte Nireka entschuldigend hinzu. Aber zu sehen, wie sich die Sorgenfalten in Patinons Gesicht vertieften, erfüllte sie mit Schuldbewusstsein. Würde sie sterben, wären Schuldgefühle gegenüber ihrem Vater wahrscheinlich ihre letzte Regung – nicht Bedauern über den Verlust ihres Lebens, sondern über *seinen* Verlust der Tochter.

Nun seufzte auch sie. »Kani ist geheilt. Uns droht oben keine Gefahr.«

»Das weißt du nicht«, sagte er leise und trank von seinem Apfelwein. »Durch die Drachen droht Ydras Horn immer Gefahr.«

2

NIREKA WAR SCHON wach, als Ydras Horn noch in tiefer Nachtstille versunken lag. Sie erinnerte sich nicht, zu sich gekommen zu sein, so seicht war ihr Schlaf gewesen. Gedankenfäden waren ununterbrochen durch ihr Bewusstsein geribbelt und hatten verhindert, dass sie tiefer als in ein Dösen absank. Heute würden sie zum ersten Mal seit zwei Monden an die Oberfläche gehen und sich ansehen, was während der Belagerung durch den Drachen passiert war.

Sie stand auf, schlüpfte in ihre Beinkleider und Stiefel und ihren Kapuzenüberwurf. Noch während sie den Gürtel festzog, schlich sie aus dem dunklen Quartier, das sie sich mit ihrem Vater teilte. Patinon schlief im Nebenraum; sie hörte ihn tief und pustend atmen. Im Kamin des Vorzimmers glomm noch ein wenig Glut. Leise schloss sie die Holztür hinter sich. Der Waschsaal mit seiner hohen, gewölbten Decke lag am Ende des Korridors und wurde von den Bewohnern aller sieben Quartiere auf dieser Seite des sechsunddreißigsten Stockwerks geteilt. Nireka ging hin und wusch sich das Gesicht im Schein einer einsamen Fettlampe. Dann stieg sie die schier endlose Treppe empor, die vom Sonnendeck tief unten bis hinauf zum ersten Stockwerk führte. Sie kam an Korridoren links und rechts mit Quartieren vorbei, die so identisch waren wie Waben in einem Bienenstock. Nichts regte sich. Alles schlief, als würde die Untergrundfestung den Atem anhalten, und ein gleichmäßiger hohler Widerhall erfüllte die Luft, der von feinsten Windströmungen aus den Schächten kommen musste.

Als Nireka sich warm gelaufen dem ersten Stockwerk näherte, kam ihr ein Duft entgegen. Sie war also nicht die Einzige, die schon auf war. Sie bog links in den offenen Korridor ab, der breiter war als alle unteren, und trat in den hohen Saal, in dem Licht glomm. Lange Tische waren hier aufgebaut, an denen rund zwanzig Männer und Frauen in Schürzen Teig mischten und zu verschiedenen Brotlaiben formten. Viele der Bäcker waren Mischlinge wie Nireka. Sie waren etwas größer als die Zwerge, hatten nicht das typische krause, helle Haar und die quadratischen Gesichter mit den großen Mündern und rundlichen Nasen.

Die Kunst des Brotbackens hatten die Menschen mitgebracht, die in Ydras Horn Zuflucht gefunden hatten. Luftige gesäuerte Weißbrote, leicht wie Wolken, und dunkle, mit Malz gesüßte Schrotziegel, süße Nusskringel und weiche Milchkuchen waren allesamt Erfindungen der Menschen, die nun ein fester Bestandteil von Ydras Horn geworden waren. Dreiback, das einzige Brot, das die Zwerge traditionell herstellten, war dünn, hart und – wie der Name schon sagte – dreifach gebacken, was es lange haltbar machte. Denn die Zwerge waren ursprünglich ein Volk von Seefahrern gewesen, und das merkte man ihrer Küche an, obwohl es heute kein Fischer mehr wagte, weiter als eine Feldlänge von der Küste wegzurudern.

»Na, wer kommt da reingetrapst?«, begrüßte Rignan sie, der in der Bäckerei arbeitete, seit Nireka denken konnte. Der große, schwere Mann mit der Halbglatze stemmte die Fäuste in die Hüften, wobei Mehl seine Schürze umwölkte. »Für Diebe ist es aber noch zu früh. Die erste Fuhre ist noch im Ofen.« Rignan deutete auf die zwei Dutzend eisernen, in die Wand eingelassenen Öfen hinter ihm. Angenehme Wärme strahlte von ihnen ab, die gerade erst zu duften begann.

Nireka stützte die Hände auf den alten Holztisch. »Ich bin ein geduldiger Dieb und kann warten.«

»Dann mach dich nützlich, und hol mir zwei Säcke Weizenmehl aus dem Lager, das einfach gesiebte!«, befahl Rignan.
»Wird gemacht.« Sie holte das Mehl. Es auch nur das kurze Stück vom Lager zu den Werktischen zu tragen brachte sie bereits ins Schwitzen. Rignan gab ihr noch weitere Aufgaben und ließ sie sogar ein paar Roggenschnecken formen.
»Sehen fast wie Roggenschnecken aus«, urteilte er mit einem einzigen schnellen Blick.
»Ich werde sie selbst essen«, versprach Nireka.
Die ersten Brote wurden aus den Öfen gezogen. Sie dufteten köstlich, und der einzige Grund, weshalb Nireka sich zusammenreißen konnte und nicht tatsächlich zur Diebin wurde, war der, dass sie sich gestern Abend beim Fest pappsatt gegessen hatte und eigentlich nicht sehr hungrig war. Sie half, die Brote in die Speisesäle im dritten Stockwerk zu tragen, wo sich Ydras Horn morgens zum Frühstücken versammelte oder die Leute sich ihre Brotration abholten. Helfer aus den Küchen waren schon dabei, Schafskäse, Räucherfisch und Asip, einen Aufstrich aus Schafsrahm, Kartoffelbrei und Knoblauch, auf die Tische zu stellen. Bald trafen auch die ersten Hungrigen ein, jedoch merklich weniger als sonst. Schließlich war es eine lange Nacht gewesen.

Nireka hielt Ausschau nach ihrem Vater und ihrer Schwester Patinka und deren Kindern, aber niemand kam außer ihrer kleinen Nichte, die ebenfalls Nireka hieß. Sie holte Brot für die Familie, die heute unter sich frühstücken wollte. Nireka aß daher mit Rignan und den Bäckern. Rignan tauschte eine seiner perfekt geformten Roggenschnecken gegen eine, die Nireka gemacht hatte.
»Schmeckt sogar fast wie eine Roggenschnecke!«, sagte er lobend.
Nireka grinste und verpasste dem Bäcker einen Knuff, der ihn nicht einmal ansatzweise ins Schwanken brachte.

Nach dem Frühstück versammelte sich eine kleine Gruppe vor dem Speisesaal. Es waren die Freiwilligen, die sich gemeldet hatten, um an die Oberfläche zu gehen. Nireka gesellte sich zu ihnen. Sie besprachen, wer wohin gehen würde: Die Felder und Obstwiesen mussten überprüft werden, auch die Lichtungen im Wald, auf denen sie jährlich neue Pappeln und Birken für Brennholz pflanzten, und die Schafweiden. Nireka erklärte sich bereit, nach den Bäumen zu sehen, die am weitesten von der Untergrundfestung entfernt lagen.

Sie holten sich Äxte und entzündeten Fackeln, dann machten sie sich auf den Weg. Nireka und ihre Gruppe folgten dem Tunnel, der zum Wald führte.

Eine halbe Ewigkeit folgten sie ihm geradeaus und nur leicht bergauf durch die Finsternis, in der ihr Atem und ihre Schritte weit hallten. Dann tauchten Ecken auf, die den geraden Weg unterbrachen, um Feuer abzuhalten, das von außen hineingeblasen werden mochte. Sie waren dem Ausgang nah.

Über schmale, steile und verschachtelte Treppen stiegen sie aufwärts. Die Luft veränderte sich, wurde frischer, bewegter. Laub raschelte unter ihren Füßen, und Wurzeln zeigten sich wie Adern in den Wänden. Schließlich schimmerte ein weißer Lichtfleck vor ihnen auf. Nirekas Herz schlug schneller. Sie löschten ihre Fackeln und lehnten sie gegen die Wand, dann stiegen sie die letzten knorrigen Holzstufen empor und hinaus aus einer ausgehöhlten Eiche.

In der zerfurchten Rinde war der Eingang kaum zu sehen. Der Baum war riesig und schon lange tot, sofern er überhaupt je gelebt hatte und nicht die Schöpfung eines Zauberers war. Kein Blatt hing an den Zweigen, doch es war schier unmöglich, einen abzureißen – das Holz war hart wie Metall.

Sie kletterten über die Wurzeln der Eiche, legten die Köpfe zurück und seufzten.

Luft.

Sonnenlicht.

Es war so ungewohnt hell, dass Nireka die Augen zusammenkneifen musste. Sie nahm tiefe Atemzüge. Der Frühlingswald war voller Düfte. Die milchige Schärfe von Trieben, von jungen, noch weichen Tannennadeln und von dicken Dotterblumen waberte über den warmen Aromen des Waldbodens. Vor kurzem musste Regen gefallen sein, denn auch totes Holz und welkes Laub verströmten ihre dunkle Süße.

Sie wanderten quer durch den Wald, den Markierungen in den Baumstämmen folgend, die ihnen den Weg zu den Lichtungen wiesen. Nireka genoss es, mit den Stiefeln im weichen Moos und in dem Teppich alter Tannennadeln zu versinken. Warm strichen die Sonnenstrahlen durch die Baumkronen und über ihr Gesicht. Die ersten Schmetterlinge flatterten über sumpfigen Blumenwiesen, und im Gezweig zwitscherten und sangen unzählige Vögel um die Wette. Nireka hatte das Gefühl, der Wald erfülle sie mit jedem Atemzug ein bisschen mehr, mache sie zu einem Teil dieser herrlichen, hellen, duftenden Welt. Fast wurde ihr ein wenig schwindelig, so viel Gutes wirkte auf sie ein.

Nach einiger Zeit erreichten sie einen Hain junger Pappeln, die mit silbrigen Blättern in der Brise winkten. Nireka atmete auf. Auch die anderen klopften sich erleichtert auf die Schultern und inspizierten die Bäume, die sie vor drei Jahren gepflanzt hatten. Keiner war beschädigt. Sie wanderten weiter, über einen Hügel und zu Hängen, die mit Birken bepflanzt waren. Kein Anzeichen von Feuer. Alles wuchs, wie es sollte.

Da sie in den letzten zwei Monden ihre Vorräte nicht hatten auffüllen können, fällten sie fünf Bäume, die das richtige Alter hatten. Während sie die Stämme zuschnitten und für den Rückweg schnürten, hielt immer einer Ausschau. Über den Pflanzungen war der Himmel offen. Sie wären sofort sichtbar, wenn der Lärm der Äxte und fallenden Bäume sie verriet.

Als Nireka eine Pause vom Holzhacken brauchte, behielt sie eine Weile mit klopfendem Herzen und verschwitzt den Himmel im Blick. Die zartesten Wolken wanderten über das Blau. Sonst regte sich nichts. Doch bei jeder Brise, die durch die Wipfel der Bäume strich, spannten sich ihre Muskeln an.

Plötzlich bewegte sich etwas Weißes im Unterholz. Nireka hob instinktiv die Axt, aber dann erscholl ein langgezogenes, vorwurfsvolles »Määäähhhh«.

Ein Schaf. Zerzaust und grimmig stand es zwischen den Wurzeln der Bäume und beäugte die Zwerge. Nireka senkte ihre Axt. Es war ein Schaf von Ydras Horn. So weit von den Weiden und Unterständen entfernt …

»Was machst du denn hier, Freundchen?«, murmelte Nireka. Sie schob die Axt in ihren Gürtel und ging auf das Schaf zu. Erst wich es verängstigt zurück, aber schließlich ließ es sich von Nireka kraulen.

»Bist du ganz allein hier?«, fragte Nireka und untersuchte das Schaf auf Verletzungen. Doch abgesehen von Zweigen, Laub und Erde in seinem Fell, schien es unversehrt. »Bist in den Wald geflohen, hm? Das hast du ganz richtig gemacht.«

Inzwischen waren die anderen auf sie aufmerksam geworden. Nireka wandte sich zu ihnen um. »Ich bringe es zurück zu den Weiden. Wahrscheinlich sind mehrere in den Wald geflüchtet, vielleicht finde ich auf dem Weg noch weitere.«

Die anderen warfen unsichere Blicke in den Himmel, nickten aber.

Nireka brach auf. Von der verzauberten Eiche aus, in die der Tunnel von Ydras Horn mündete, kannte sie den Weg zu den Schafweiden. Sie würde ein gutes Stück unter freiem Himmel über Wiesen laufen müssen. Aber sie versuchte, sich damit zu beruhigen, dass auch der Wald, durch den sie zuerst musste, im Grunde keine Sicherheit bot.

Dennoch hatte sie ein mulmiges Gefühl dabei, als die Axthiebe der anderen hinter ihr immer leiser wurden. Was für einen Unterschied es machte, ob man allein war oder zusammen, auch wenn die Gefahr dieselbe war! Wenigstens hatte sie das Schaf an ihrer Seite.

Nachdem sie die verzauberte Eiche passiert hatten, änderte sich der Wald. Pinien mit schirmartigen, hohen Baumkronen standen hier in weitem Abstand zueinander, und die Landschaft war viel offener. Die Luft wurde salziger. Schließlich endete der Wald. Vor Nireka lagen sanfte Hügel mit Büschen und Heidekraut, das seine kleinen, violetten Blüten im Wind schüttelte. Die Sonne strahlte auf das Land herab, und einen Moment konnte Nireka sich nicht rühren, so sehr überwältigte sie die schiere Weite der Insel, die ihre Heimat war. Von einem Horizont zum anderen erstreckten sich die Hügel, und der Himmel war endlos.

Das Schaf wollte wieder in den Wald zurücklaufen. Nireka musste es festhalten und mit sich zerren.

»Ich weiß, du hast Angst«, murmelte sie. »Aber jetzt wird alles gut.«

Sie fragte sich, was das Schaf gesehen haben musste, dass es sich jetzt so vor dem offenen Land fürchtete. Bang erklomm sie den nächsten Hügel. Als sie auf eine Anhöhe gelangte, sah sie vor sich in der Ferne den graublauen Streifen Wasser, der hinter den schroffen Klippen die Grenze ihrer Welt markierte. Sie atmete tief durch. Der Wind wehte ihr nicht nur den Geruch des Meeres entgegen. Da war etwas Verbranntes.

Sie sah zur Seite, wo die Felder und Weiden von Ydras Horn lagen. Oder gelegen hatten.

Die Unterstände der Schafe waren vollständig verschwunden. Nur ein schwarzer Krater in der Erde markierte die Stelle. Die Zäune waren ebenfalls an mehreren Stellen verkohlt. Nireka sah, dass Zwerge aus Ydras Horn daran arbeiteten, sie wieder aufzubauen. Ein paar Schafe wurden aus den Hügeln zusammengetrieben und zurückgebracht. Aber wo war der Rest ihrer Herde?

Nireka schluckte schwer. Weiter hinten erstreckten sich verkohlte Flächen. Ihre Milchbohnen, ihre Leinsamen, ihre kostbaren Mehlwurzeln ...

Das Schaf versuchte wieder auszubüchsen und holte Nireka aus ihrer Verzweiflung zurück. Die Belagerung war vorbei. Es war noch immer Frühling. Sie hatten genug Saatgut, um es noch einmal zu versuchen. Irgendwie würden sie es schaffen.

Nireka führte das Schaf den Hügel hinab zu den Weiden.

3

EIN RÄUSPERN LIESS Nireka von dem Bericht aufblicken, den sie schrieb.

»Patinon. Nireka«, grüßte sie Kedina. Er trat durch den hohen, schmalen Eingang in die Kammer der Weisen. Von draußen umriss ihn der Schein der Sternlichter, die über dem Sonnendeck schwebten. »Wir haben Besuch.«

»Von wem?«, fragte Patinon, der am anderen Ende des Tisches gegenüber von Nireka saß, umgeben von Wetterberichten der letzten Jahre, aus denen er eine Übersicht erstellen wollte.

»Die Händlertruppe von Resa Schlangenfuß«, sagte Kedina. »Sie kommen bereits die Treppe herunter.«

Patinon nickte, schob Feder und Tinte beiseite und erhob sich. »Dann wollen wir sie willkommen heißen.«

Auch Nireka stand von ihrer Arbeit auf und holte den roten, mit Goldfaden durchwirkten Mantel aus dem Schrank, den Patinon bei offiziellen Anlässen trug, damit man ihn als Stimme von Ydras Horn erkannte. Sie half ihm in das lange, prächtige Gewand, das Patinon mit derselben Ergebenheit und Gelassenheit trug wie all seine Verantwortung. Er drückte Nirekas Arm zum Dank, und Nireka merkte, wie kühl seine Hand war. Früher war Patinon wie ein Ofen gewesen – nichts hatte Nireka so viel Geborgenheit schenken können wie seine Umarmung, wenn sie ganz in seiner Wärme versinken durfte.

Er ist alt. Der Gedanke schoss ihr durch den Kopf, und obwohl das der normale Lauf der Dinge war, schmerzte die Erkenntnis sie wie eine schreckliche Ungerechtigkeit.

Ihr Blick begegnete Kedinas, der beim Eingang wartete. Er lächelte unbestimmt und sah weg. Seit er und Kani verkündet hatten, dass sie Eltern werden würden, hatte Nireka das Gefühl, dass er ihr aus dem Weg ging. Vielleicht bildete sie es sich aber auch nur ein.

»Woran arbeitest du?«, fragte er und nickte in die Richtung ihrer Papiere.

»Ich verfasse einen Bericht über ...« Sie errötete. »Über Geisterschatten bei jungen Frauen und die Frage, ob eine Schwangerschaft den Fluch vertreiben kann.«

»Hm«, machte er, als dächte er sich nichts dabei. »Bist du schon zu einem Ergebnis gekommen?«

»Es scheint einen Zusammenhang zu geben. Aber oft bewirkt die erste Schwangerschaft – oder die zweite – erst eine Besessenheit. Wir haben immer noch zu wenige Informationen, um sicher zu sein, ob es einen Zusammenhang gibt, fürchte ich. Und bei den von Geisterschatten befallenen Männern gibt es gar keine Angaben, ob sie kurz vorher oder währenddessen ein Kind gezeugt haben.«

»Aber wenn wir alles dokumentieren, haben die Generationen nach uns hoffentlich genug Informationen«, sagte er auf seine ruhige Art.

Sie nickte nur und antwortete nicht, denn sie hatte einen Kloß im Hals. Sie hatte immer gemocht, dass er auf unaufgeregte Weise zuversichtlich war und sich das in Kleinigkeiten wie solchen Bemerkungen zeigte. Ihr wurde bewusst, wie oft sie schon zu dritt in der Kammer der Weisen gewesen waren – ihr Vater, Kedina und sie –, und wie wohl sie sich immer in diesem Dreiergespann gefühlt hatte. Aber nichts blieb, wie es war. Sie hatte nur gehofft, dass es noch ein wenig *länger* so sein würde.

Als sie auf das Sonnendeck hinaustraten, sahen sie bereits die Händlertruppe, die inmitten einer neugierigen Menge die große Treppe herabkam. Es waren hauptsächlich Männer, aber auch ein paar Frauen in Segelkluft, mit ledernen Beinkleidern und Kapuzenumhängen für jedes Wetter. Sie trugen schwere Säcke, Kisten und Truhen. Als sie am Fuße der rund angeordneten Sitzstufen anlangten, legten sie ihr Gepäck ab und breiteten ihre Waren aus.

Eine von ihnen stellte sich mit erhobenen Händen zwischen die übrigen Händler und die Menge. »Liebe Leute von Ydras Horn! Bitte lasst uns ein wenig Platz, damit wir unsere Schätze präsentieren können. Habt keine Sorge, jeder wird alles zu sehen bekommen! Einen Schritt zurück, wenn ich bitten darf. Wir haben seit einem Mond nicht mehr gebadet. Mehr Nähe wäre unsittlich.«

Schon allein an der rauen, lauten Stimme hätte Nireka die Anführerin der Händlertruppe überall erkannt. Resa Schlangenfuß war eine große, breitschulterige Frau mit struppigem, blondem Haar, aus dem nur eine einzelne lange, zu einem Zopf geflochtene Strähne hinter ihrem linken Ohr herabhing. Das Bemerkenswerteste an ihrer Erscheinung war jedoch der lebendige Hut auf ihrem Kopf.

Zumindest wirkte der Hut lebendig. Je nach Wetterlage konnte er eine breite Krempe ausrollen oder sich eng und warm um ihre Ohren schmiegen. Nireka hatte schon gesehen, wie er sich im Handumdrehen zu einem Kissen zusammenfaltete, um Resa Schlangenfuß eine Kopfstütze beim Schlafen zu sein, und wie er sich zu einem metallharten Schild aufspannte, um einen Schneeball abzufangen, der sie ansonsten ins Gesicht getroffen hätte. Im Augenblick war der Hut weit zurückgeschoben und wirkte beinah wie ein normales Kleidungsstück, hätte seine Spitze sich nicht unermüdlich in alle Richtungen geneigt wie die Schnauze eines Tieres, das Witterung aufnimmt. Resa Schlangenfuß trug den verzauberten Hut so selbstverständlich, als wäre er ein Teil ihres Körpers, der sich nun einmal bewegte.

Sie und ihre Truppe waren Ruinengänger – aus allen Himmelsrichtungen vom Wind zusammengetragene Leute, die furchtlos durch das Land streiften und nicht nur Güter zwischen den Untergrundfestungen und versteckten Walddörfern transportierten, sondern auch die Ruinen der alten Welt nach Schätzen absuchten – der Gefahr zum Trotz, sich oft fern jeglicher Schutzstätte an der Oberfläche aufzuhalten.

Nireka folgte ihrem Vater, als er auf die Händler zutrat.

»Sollen wir euch zuerst ein Bad vorbereiten?«, fragte Patinon.

Ein Lächeln breitete sich auf dem schlauen, zerfurchten Gesicht von Resa Schlangenfuß aus. »Ehrenwerte Stimme. Seid gegrüßt.«

»Willkommen zurück in Ydras Horn, Freunde. Lasst eure Sachen liegen. Zuerst wollen wir uns um euer Wohlergehen kümmern. Habt ihr noch nichts gegessen?«

»Auf dem Weg nach unten haben uns eure fabelhaften Bäcker schon Nussbrot in die Hände gedrückt.« Resa Schlangenfuß öffnete eine Schicht ihres Umhangs und zeigte einen halben Nusskringel, der aus einer Tasche ragte.

Patinon schüttelte den Kopf. »Ich weiß nicht, wer gerade oben in der Bäckerei ist, aber ich muss mich für ihre Manieren entschuldigen. Ihr hättet im Speisesaal festgehalten werden müssen, bis ihr satt seid.«

»Das Geschäft geht vor, mein Guter.« Resa Schlangenfuß stieß eine Kiste mit ihrem Fuß auf. Eisenwaren kamen zum Vorschein. »Wenn alle fertig getauscht haben, nehme ich gern ein Bad und esse, bis ihr nichts mehr auftischt.«

»So machen wir es«, sagte Patinon und schmunzelte über die Direktheit der Ruinengängerin.

Immer mehr Bewohner von Ydras Horn kamen die große Treppe herab, um sich die Waren der Händler anzusehen. Es war stets ein Spektakel, wenn Güter von fern her eintrafen.

Rignan war für den Tausch größerer Mengen von Nahrungsmitteln zuständig, aber ebenso, wie das Essen in Ydras Horn geteilt wurde, teilte man auch die Gold- und Kupfermünzen auf, die in guten Jahren durch den Verkauf von Dörrfisch und Wolle eingenommen wurden, so dass fast jede Familie ein paar Münzen besaß. Diese wurden jetzt für kleine Freuden ausgegeben: Färbemittel für Stoffe aus anderen Untergrundfestungen und Dörfern, deren Bewohner Seide herzustellen wussten, aber auch geheimnisvolle Pilze, Kräuter, Gewürze und getrocknete Früchte aus dem reich besiedelten Land um den Zauberberg Tahar'Marid, süßer als alles, was bei ihnen wuchs, Schmuck, kunstvoll geschmiedete Klingen und Werkzeuge aus Metall und natürlich die Schätze aus den Ruinen.

Einige Händler kamen zu Patinon, um ihm halb zerfallene Bücher und vergilbte Schriftrollen anzubieten. Ein Anteil aller Einkünfte von Ydras Horn ging an die Kammer der Weisen, um Texte aus der alten Welt zu erstehen. Patinon prüfte alles, was ihm angeboten wurde, und Nireka und Kedina halfen ihm. Aber sie kauften selten etwas. Die meisten Schriften waren heute bedeutungslos: Briefe, Kriegsberichte, Abschriften von Märchen und Heldensagen, die es bereits in der Kammer der Weisen gab.

Nireka blätterte lange in einem Buch über Kochkünste an einem Königshof der Menschen, obwohl sie wusste, dass sie dafür kein Geld ausgeben durften.

»Ein Zauberbuch«, sagte der Händler und zwinkerte. Sein glattes, mit Holzperlen verziertes Haar war so schwarz, dass es beinah bläulich glänzte. Seine mandelförmigen Augen und seine leicht spitz zulaufenden Ohren verrieten, dass er dem Geschlecht der Weißen Elfen entstammte, die noch seltener jenseits ihres Reiches anzutreffen waren als Graue Elfen. Mit seiner hellen Haut und den klaren Zügen war er geradezu mädchenhaft schön, doch etwas an seinem Ausdruck verlieh ihm etwas Derbes. Vielleicht die Nase, die aussah, als wäre sie schon mehrfach gebrochen worden, oder die Narbe, die sich durch seine linke Augenbraue und bis über den Wangenknochen zog.

Er fuhr mit den Fingern über das Buch, wobei er Nirekas Hand streifte. »Ich habe es in einem zerfallenen Schloss gefunden. Es enthält Sprüche, um sich und seine Lieben vor Gefahren zu schützen.«

»Oder zu ernähren«, sagte Nireka und klappte das Buch mit einem höflichen Lächeln zu. Sie vermutete, dass er nicht lesen konnte und wegen der Zutatenlisten davon ausgegangen war, dass es sich um Zaubersprüche und Trankmischungen handelte. Sie reichte ihm das Buch zurück. »Es enthält Rezepte der damaligen Küche. Vielleicht kauft es jemand im Reich der Menschen.«

»Fließt in dir nicht auch Menschenblut?« Wieder berührte er ihre Hand. Diesmal war sie sicher, dass es kein Versehen war. Wie unverfroren!

Sie zog die Hand weg. »Ja, aber ich habe kein Interesse daran, zu kochen.«

Der Elf runzelte spöttisch die Stirn und holte etwas anderes unter seinem Wams hervor, was er geheimniskrämerisch in der geschlossenen Faust verbarg. Dann schwenkte er die Faust in alle Richtungen und sagte laut: »Wer braucht schon Anleitungen zur Zauberei, die heute nicht mehr funktionieren, wenn man auch echtes, funktionierendes Zauberwerk aus der versunkenen Zeit haben kann?«

Als genug Blicke an seiner Faust hingen, warf er den Inhalt in die Höhe, fing ihn wieder, ehe jemand mehr als ein Blitzen hätte erkennen können, und ließ dann eine Kette zwischen den Fingern herabgleiten. Daran hing ein Medaillon. »In diesem Medaillon, das ein liebeskranker Zauberer erschaffen haben muss, schlagen zwei filigrane Herzen aus Gold seit Jahrhunderten. Und noch in abertausend Jahren, wenn unsere Knochen längst zu Staub zerfallen sind wie die des Zauberers und seiner Angebeteten, werden die Herzen im Medaillon schlagen. Sie schlagen für alle Zeiten, denn in ihnen ist ein Funke Ewigkeit gefangen. Doch jetzt ist unsere Zeit. Wer will seiner Liebe dieses Denkmal setzen und so an der Ewigkeit teilhaben? Wer bietet drei Goldstücke?«

Nireka bemerkte, dass Kedina das Medaillon aufmerksam musterte. Als er ihren Blick auffing, vertiefte er sich wieder in die vergilbten Briefe, die ihm angeboten worden waren. Nireka stellte sich unwillkürlich vor, wie er Kani das Medaillon schenkte. Solch eine Geste schien überhaupt nicht zu ihm zu passen, aber Nireka sah lebhaft vor sich, wie Kani sich freuen würde. Das musste auch Kedina durch den Kopf gegangen sein.

Nireka wusste, dass sie kein Recht hatte, verletzt zu sein, und dass es sogar lächerlich war, so zu empfinden, aber für einen Augenblick gab sie sich ihrer Bitterkeit hin.

Die Leute begannen für das Medaillon zu bieten. Zauberwerk der alten Welt war immer begehrt. Es gab Singvögel, die man hören konnte, aber von denen nicht mehr als ein Schatten an der bemalten Rückwand des Käfigs zu sehen war. Jemand bot ein Windlicht feil, das heller oder schwächer leuchtete, je nachdem, wie müde derjenige war, der es hielt. Winzige Puppen aus polierten Knochen, von denen fast alle Farbe abgeblättert war, drehten sich im Kreis wie Tänzerinnen und richteten sich, wenn sie hinfielen, wieder auf. Es war wundersames Spielzeug, in denen die Zauberer von einst ein Körnchen Ewigkeit gefangen hatten. Die Kinder quietschten vor Freude über die herrlichen Zaubersachen. Doch es schien niemanden zu geben, der sich an ihnen mehr erfreute als der Ruinengänger vom Volk der Weißen Elfen.

Wenn er etwas vorführte, begannen seine Augen zu funkeln,

als verwandelte er sich selbst in ein Kind zurück. Er schüttelte den Kopf, um den Ring an seinem Ohr zum Hüpfen zu bringen. Der Diamant, der daran befestigt war, fiel mit einem tropfenden Geräusch ab und zersprang in einen winzigen Lichtblitz. Doch einen Moment später bildete sich ein neuer Tropfen am Ring und wuchs zu einem Diamanten heran.

»Er hat jedes Mal eine andere Farbe, seht ihr?«, sagte der Ruinengänger zu den Umstehenden. »Wenn er blau ist, heißt das, dass dem Träger ein schlechter Traum bevorsteht, und wenn er rosa ist, dann heißt das, dass man etwas Romantisches träumen wird.«

Nireka beobachtete ihn. Ihr war, als hätte sie ihn schon mehrmals in der Truppe um Resa Schlangenfuß gesehen, aber er war ihr nie aufgefallen. Jetzt konnte sie sich allerdings nicht vorstellen, wie das möglich gewesen war. Er alberte mit den Kindern herum und sah den Frauen so schamlos in die Augen wie ihr vorhin. Die Männer forderte er mit Sticheleien dazu auf, Geschenke für ihre Liebsten zu kaufen, und irgendwie schaffte er es, alle zum Lachen zu bringen. Wie ein Schäfer trieb er die Angebote für den Ohrring in die Höhe. Als er schließlich einen Käufer gefunden hatte und der Tausch vollzogen war, holte er sogleich eine Perle aus seinem Wams und hängte sie sich ans Ohr. Diese schien aber nicht verzaubert zu sein.

Er fing Nirekas Blick auf und grinste, als hätte er erwartet, dass sie ihn beobachtete. Er kam näher und sagte: »Ich habe etwas, was besonders Schriftliebhabern gefallen wird. Schau.«

Obwohl er leise gesprochen hatte, traten nicht nur Patinon, Nireka und Kedina näher. Auch eine Gruppe von Neugierigen kam hinter ihm her. Er zog ein Stück Holzrinde aus seinem Stiefel. Vorsichtig drehte er die Rinde um und hielt sie vor Nireka. Die anderen beugten sich ebenfalls vor. Auf der glatten, hellen Innenseite der Rinde stand in geschwungener Schrift:

Lass dich vom Wind tragen
über den Rand der Welt,
und wo Horizont und Himmel eins sind,
erfinde mit mir die Zauberei neu.
Aylen

»Wie konnte jemand so sauber mit Tinte auf ein Stück Rinde schreiben?«, wunderte sich Kedina.

Auch Nireka hatte sich das sofort gefragt. Die Schrift war saubererer und eleganter, als es auf dem Untergrund eigentlich möglich sein sollte.

Der Ruinengänger warf ihm einen funkelnden Blick zu. »Nun, die Botschaft wurde nicht auf die Rinde geschrieben.«

Patinon streckte einen Finger aus und fuhr über die Schrift. »Man kann sie ganz leicht fühlen. Es ist keine Illusion.«

»Nein. Jetzt ist die Botschaft auf der Rinde. Aber sie wurde nicht darauf geschrieben«, wiederholte der Weiße Elf, vergnügt über das Rätsel, dessen Lösung nur er kannte.

»Es ist eine Einladung, oder?«, meinte Nireka. »Von einem Zauberer, der Lehrlinge anwerben wollte? ›Über den Rand der Welt‹ ... Vielleicht meint er das Meer. Dann würde es Sinn ergeben, dass der Wind einen trägt. Der Wind in den Segeln.«

»Darauf bin ich nicht gekommen«, gab der Ruinengänger zu und sah auf. Für einen Moment hatte sie das Gefühl, dass ihre Blicke sich wirklich auf eine innige Weise trafen – dass sie sich erkannten. Aber dann gewann er sein leichtes Lächeln zurück, und seine Augen glänzten wieder wie Spiegel. »Es wundert mich nicht, dass eine Zwergin darauf kommt, eine aus dem Seefahrervolk! Ich glaube, du könntest recht haben.«

»Wo hast du die Botschaft gefunden?«, fragte Kedina.

»An der gekalkten Wand eines verfallenen Bauernhauses im Reich der Menschen«, sagte der Ruinengänger.

»Also ist es eine Abschrift?«, fragte Patinon. »Hast du einen

Beweis, dass die Einladung wirklich ein Fundstück aus der Vergangenheit ist und nicht nur ausgedacht?«

Der Mann grinste. »Wer glaubt, ich hätte mir das ausgedacht, überschätzt mich.« Er sah sich um, dann ging er zu einer Fackel am Rand des Sonnendecks und hielt die Rinde an die Flamme. Sofort begann das Feuer daran zu fressen. Mit dem glühenden Stück kam er zurück und drehte es, so dass die Glut nicht starb, sondern kleine gelbe Flammenzungen bekam. Verblüfft sahen alle zu, wie er die Rinde mit der Botschaft verbrennen ließ. Schließlich war nur noch ein winziger Fitzel übrig. Er musste ihn fallen lassen. Das Feuer fraß den letzten Rest und erlosch rauchend auf dem Boden.

Entsetztes Schweigen trat ein, doch der Ruinengänger hob eine Hand. Und da sah Nireka auf dem hellen, rauen Handrücken des Mannes die vier Zeilen mit dem Namen darunter – so fein säuberlich notiert wie auf einem Blatt Papier.

Alle drängten sich um seine Hand, um die Schrift zu bestaunen.

»Papier brennt. Mauern brechen zusammen. Menschen sterben. Aber die Botschaft bleibt. Sie sucht sich einfach einen neuen Untergrund und immer den reinsten, hellsten.«

Kaum hatte er das gesagt, nahm er Nirekas Hand, schob ihren Ärmel zurück und entblößte ihr Gelenk. Die vier Zeilen flogen mit wackelnden Buchstaben über seine Finger und auf Nirekas Haut.

Nireka schnappte nach Luft, als sie das Kribbeln der Buchstaben wie kleine Insekten spürte. Die Botschaft war jetzt auf ihr. Sie rieb mit dem Daumen darüber, doch die Tinte schien sich nicht verwischen zu lassen.

»Wenn du die Schrift loswerden willst, musst du ihr einen besseren Untergrund als deine Haut anbieten«, sagte er. »Was schwer werden dürfte ...« Er schob Nirekas Ärmel weiter hoch. Der Schriftzug wanderte über ihr Gelenk und auf die Innenseite ihres Arms, der noch blasser war. Als sie sich losmachte und den Ärmel wieder herunterzog, kehrten die Zeilen wie eine Bande von Ameisen zurück auf Nirekas Handrücken.

Sie bestaunte die Botschaft immer noch. »Wie viel willst du dafür?«, hörte sie sich fragen.

Der Elf verschränkte die Arme. »Du bist darauf gekommen, dass die Einladung ins Meer hinausführt. Wochenlang habe ich mir darüber den Kopf zerbrochen. Sie gehört dir! Mir reicht es zu wissen, wohin dieser Zauberer mögliche Lehrlinge locken wollte.«

Nireka öffnete den Mund, aber sie wusste nicht, was sie sagen sollte. Aus irgendeinem Grund war es schwer, das Geschenk anzunehmen. Sie überwand sich. »Danke ... wie lautet dein Name?«

»Riwananetreva«, sagte er. »Riwanan für Zwerge. Für Menschen Riwan.«

Sie schmunzelte. »Danke, Riwan.«

Obwohl ihre Vorräte knapp waren und die Ernten in diesem Jahr ungewiss, gab es zu Ehren der Gäste ein festliches Mahl in den Speisesälen von Ydras Horn. Statt des üblichen Abendessens aus Getreidebrei oder Bohneneintopf wurden heute luftige Brote aus dreifach gesiebtem Mehl, Frühlingskartoffeln mit Schafskäse und gebratene Lämmer aufgetragen – geschlagene zwei Stunden später als üblich, so dass den Bewohnern der Untergrundfestung die Mägen knurrten, als die Händler endlich aus den Badesälen traten, rosig vom heißen Wasser und duftend nach den Blütenölen, mit denen sie sich hatten salben dürfen.

Für Ydras Horn war es überlebensnotwendig, dass Händler vorbeikamen, darum wurde alles für deren Wohlergehen getan. Die Händler brachten ihnen nicht nur all die Rohstoffe und Dinge mit, die hier nicht zu finden waren, sondern auch Geschichten aus der Welt. So saßen die Zwerge während des Mahls dicht gedrängt um die Ehrentische in der Mitte des Saals, um zu hören, was Resa Schlangenfuß und ihre Truppe zu erzählen hatten.

»Ihr seid nicht die Einzigen, die von dem Drachen belagert wurden«, erklärte die Ruinengängerin, als sie satt auf ihrem Stuhl saß, einen Daumen in ihren Gürtel eingehakt. »In Taurags Horn, zwei Inseln westlich von hier, wurden Felder verbrannt wie bei euch. Und es waren gerade ein paar Unglückselige an der Oberfläche. Knapp zwanzig Männer und Frauen wurden gefressen.«

»Er frisst wahllos«, murmelte Patinon, der die Recherchen zu dem Drachen angestellt hatte. »Nicht nur die Besessenen.«

»So scheint es. Ein Glück, dass wir ihm nicht über den Weg gelaufen sind«, sagte Resa. »Allerdings scheint es bei ihm auch eine Frage zu sein, wie sehr man ihm entgegenkommt. Im Inland, an der Grenze zum Menschenreich, binden sie die Besessenen an kahl geschlagene Bäume. Ich habe die verkohlten Baumstümpfe gesehen. Die Häuser und Felder dahinter blieben verschont.«

Die Vorstellung war für Nireka ungeheuerlich, auch wenn es nicht das erste Mal war, dass sie davon hörte. Wie konnten Leute einander so behandeln – Nachbarn, Freunde, Familienangehörige an einen Pfahl binden und der Bestie preisgeben? Für Zwerge war es selbstverständlich, dass man zusammenhielt, dass die Starken die Schwachen verteidigten. Aber die Menschen pflegten einen anderen Umgang mit den Schwächsten in ihren Reihen.

»Das ist ja keinen Deut besser als in Tahar'Marid«, sagte jemand aus der Menge.

»Tahar'Marid ist meines Erachtens ein sehr viel besserer Ort als die Menschendörfer entlang der Berge«, sagte Riwan, ohne den abgenagten Hühnerknochen aus dem Mund zu nehmen, der ihm offenbar als Zahnstocher diente. Etwas an der Art, wie raumeinnehmend er auf seinem Stuhl hing, störte Nireka. Als wollte er sich so sichtbar machen wie möglich. »Die Leute dort wissen, dass ihre Felder und Häuser nicht verbrannt werden. Darum ist das Land um Tahar'Marid das reichste und schönste der Welt. Leute aus allen drei Völkern leben dort in Sicherheit.«

»Solange sie nicht von Geisterschatten befallen werden«, erinnerte Nireka.

Der Weiße Elf zuckte die Schultern. »Davor ist niemand von uns sicher.«

»Hier schon«, sagte Kedina und legte einen Arm um Kani, die neben ihm saß.

Riwan musterte ihn mit einem Lächeln, doch in seinen schrägen Augen tat sich ein Abgrund der Traurigkeit auf. »Hier zahlt ihr den Preis gemeinsam und nicht einzeln. Aber ihr zahlt ihn.«

Stille entstand. Auch die Händler lebten nach einem Kodex, der für die Zwerge der Untergrundfestungen inakzeptabel wäre: Wenn ein Ruinengänger von Geisterschatten befallen wurde, musste er die Truppe verlassen. Und keiner stand ihm in seinen letzten Stunden bei.

Nireka betrachtete die zerfurchten Gesichter der Ruinengänger und erkannte darin eine Härte, die ihr sonst nicht auffiel, wenn sie ihre entzückenden Zauberartefakte vorstellten.

»Nun, nach jedem Gewitter kommt wieder die Sonne zum Vorschein«, sagte Patinon versöhnlich. »Und wir hier unten sehen vom Gewitter ebenso wie von der Sonne weniger als ihr Abenteurer. Jeder lebt sein Leben.«

»Auf das Leben, das man sich ausgesucht hat!«, sagte Resa Schlangenfuß und hob ihren Kelch.

»Und auf die Augenblicke, in denen wir es miteinander teilen können«, sagte Nireka. Als sie trank, bemerkte sie, wie Riwan sie über den Rand seines Bechers ansah.

Bald zogen sie vom Speisesaal wieder hinab zum Sonnendeck, wo die Quartiere für die Gäste lagen. Schon auf der Treppe begann man zu musizieren und sogar zu tanzen. Nireka ging neben ihrem Vater und beobachtete, wie die zauberische Botschaft auf ihrem Handrücken mit dem Lichtschein mitwanderte, der darüber hinwegglitt. Sie würde von jetzt an aufpassen müssen, wenn sie etwas Helles anfasste, denn sie wollte die Botschaft nicht verlieren. Am besten wäre es wohl, sie gleich morgen auf ein Blatt Papier laufen zu lassen und es in der Kammer der Weisen aufzuheben.

Die Ersten erreichten das Sonnendeck und begannen einen großen Kreis aus Tänzern zu formen. Das Stampfen ihrer Füße und Klatschen ihrer Hände erfüllte die Festung mit einem Rhythmus, der Nireka so vertraut war wie ihr Herzschlag. Sie blieb mit Patinon auf dem letzten Treppenabsatz stehen und sah zu, wie der Kreis sich zu einer Spirale verdichtete, und als der Platz voller Leute war, lösten sie sich voneinander und begannen in Paaren umeinanderzuwirbeln.

Eine Hand legte sich um Nirekas Taille, eine um ihren Arm und schoben sie abwärts. Erschrocken fuhr sie herum.

Riwan.

Er sah sie nicht an, sein Gesicht dicht an ihrem, während sie die Stufen hinabstolperte. »Tanz mit mir«, sagte er.

»Äh, lieber nicht.« Schon waren sie unten, und er zog sie an sich. Seine Hand, groß und schwielig, umschloss ihre. Unter seinem Wams aus genieteten Lederstreifen roch er nach Badeessenzen. »Ich ...« Nireka stieß ein nervöses Lachen aus und hasste sich selbst dafür. Wieso konnte sie nicht einfach nein sagen?

Er drehte sie im Kreis, aber nicht so wild, wie das Lied es

eigentlich vorgab. Wie er sie anfasste, wie er sie ansah, war so vertraut, als hätten sie schon unzählige Male getanzt ... *Er* hatte sicher schon unzählige Male so getanzt. Mit einer anderen auf jeder Insel und in jedem Dorf.

Nireka schaute zu ihrem Vater empor und glaubte auch noch andere Blicke auf sich zu spüren. Sie machte sich von Riwan los und trat zurück. »Ich habe nein gesagt!«

»Verzeihung«, erwiderte er. Mit einem Mal fiel ihr seine Jugend auf. Seine Narbe und sein selbstbewusstes Verhalten hatten sie davon abgelenkt, dass er jünger als sie sein musste.

Sie ging zurück, zwei Stufen auf einmal nehmend, so dass sie außer Atem war, als sie wieder neben Patinon trat.

»Das war ein kurzes Vergnügen«, bemerkte ihr Vater.

Sie wollte im Erdboden versinken. Aber warum eigentlich? Sie sah auf die Menge hinunter. Niemand beachtete sie. Sogar Riwan ließ sich von mehreren Zwergen in einen Gruppentanz einweisen und schien alles andere vergessen zu haben.

Schließlich seufzte Patinon. »Ich gehe schlafen.« Er drehte sich um, und ehe Nireka etwas antworten konnte, zeigte er mit dem Finger auf sie und fügte hinzu: »Und wehe, du gehst auch schon.«

Verdutzt blickte sie ihm nach. Sie hätte schneller sagen sollen, dass sie ins Bett wollte. Mit glühenden Ohren wandte sie sich wieder dem Sonnendeck zu.

Niemand beachtete sie.

Es war ganz egal, ob sie ...

Frustriert von sich selbst, stöhnte sie auf. Dann lief sie die Stufen wieder hinunter. Sie bahnte sich einen Weg durch die Umstehenden und die Tanzenden und zupfte Riwan unbeholfen am Ärmel. Die anderen in seiner Gruppe hielten inne. Sechs Augenpaare richteten sich auf sie.

Nireka schluckte. »Willst du ...?« Sie brachte nicht mehr hervor.

Riwan strich sich die Haarsträhnen aus der Stirn. »Ja, gern.« Sein Grinsen ließ sie sofort bereuen, was sie getan hatte. Steif drehte sie sich um und ging. Sie fühlte seine Hand in ihrem Kreuz und spannte sich an.

Hinter ihr klatschte jemand.

Sie gingen an den Balkonen entlang, die das Sonnendeck säumten, und schwiegen. Obwohl Nirekas Gedanken rasten, fiel ihr nichts Besseres ein als zu fragen: »Du bist schon lange Ruinengänger?«

»Seit ein paar Jahren.«

»Wie kamst du dazu?«

»Die Wahrheit? Ich sag sie dir, wenn du versprichst, mich nicht auszulachen.«

»Das kann ich nicht versprechen«, erwiderte sie. »Wenn ich lachen muss, muss ich lachen.«

Er zog die Augenbrauen hoch. »Du bist ehrlich. Eigentlich ein Armutszeugnis für die Welt, dass mich das überrascht.«

»Also?«

Er atmete durch und biss sich auf die Lippe. »Na schön. Seit ich klein war, hatte ich dieses Gefühl – diese tiefe Überzeugung, dass ich die Zauberei wieder in die Welt bringen würde. Wenn es sie früher gegeben hat, muss es doch möglich sein, sie wiederzuentdecken. In den Ruinen liegen überall Zauberdinge herum, die unzerstörbar sind. Sie enthalten das Geheimnis. Den Schlüssel zur Zauberei. Ich will dieses Geheimnis lüften.«

Sie schüttelte den Kopf, weil sie ihm nicht glaubte. Es war nur eine Geschichte, mit der er sich interessant machen wollte. Wahrscheinlich hatte er seine Leute an einen Drachen verloren, war ziellos allein durch die Welt gestreunt und von Resa Schlangenfuß aufgelesen worden.

»Bist du ein Flüchtling, der hier aufgenommen wurde?«,

fragte er, als unterstellte er ihr umgekehrt ein ähnliches Schicksal.

»Mein Vater. Meine Mutter war von hier, eine Zwergin.«

»Das ist also das Geheimnis deiner Schönheit. Töchter von Menschen und Zwergen haben mir immer gefallen.«

Sie unterdrückte eine Grimasse. Aber er sah es doch.

»Denkst du, du wärst nicht schön? Oder magst du es einfach nicht, wenn man dir Aufmerksamkeit schenkt?«

»Deine Komplimente sind so abgenutzt wie deine Schuhsohlen.« Sie hatte es nicht böse gemeint und wollte sich entschuldigen, hielt dann aber inne. Vielleicht meinte sie es ja doch böse. Sein beleidigter Ausdruck brachte sie jedenfalls zum Schmunzeln.

»Ach ja? Dann lass mal hören, ob deine Komplimente besser sind«, forderte er.

»Ich ...« Sie atmete tief durch und ließ sich auf das Spiel ein. »Na gut. Du stellst dich in den Mittelpunkt, als müsstest du dir selbst beweisen, dass du etwas wert bist. Deine Sprüche sind platt, und wer sich auf dich einlässt ...«

»Ich warte auf Komplimente, aber das will ich noch hören – wer sich auf mich einlässt, der ist ... dumm?«

Sie schüttelte den Kopf. »Dringend auf der Suche nach einer schönen Lüge.«

»Schöne Lüge«, wiederholte er skeptisch. »Das ist das schlechteste Kompliment, das ich je gehört habe. Ich nehme es an, aber wirklich – das musst du noch üben, meine Liebe.« Er beugte sich vor und küsste ihre Schläfe, ehe er weiterspazierte. »Du hast dein ganzes Leben hier verbracht? Nie Fernweh gehabt?«

Sie holte auf und hoffte, dass er ihr nicht anmerkte, wie der Kuss sich auf sie auswirkte. Warum hatte er sich nicht mehr getraut? »Hier sind alle, die ich liebe. Ich wollte nie weg«, sagte sie und fand sich lahm.

»Wo ist dein Lieblingsort?«

»In Ydras Horn?«

Er nickte. Natürlich, was sollte er schon sonst meinen, wenn sie nie woanders gewesen war? Unglaublich, wie langsam ihr Verstand gerade arbeitete. Eine gefühlte Ewigkeit schien zu vergehen, während sie nachdachte. Nicht darüber, welcher ihr Lieblingsort war, sondern ... ob sie ihn dorthin bringen sollte.

Sie war schon so weit gegangen, da konnte sie es auch wagen.

»Komm mit«, flüsterte sie.

Sie führte ihn die große Treppe drei Stockwerke hinauf und an den Quartieren vorbei, die wie überall Familien bis zu neun Personen beherbergten. Am Ende der langen Reihe von Türen und mit Steinschnörkeln vergitterten Fenstern lag ein Waschsaal. Doch dieser wurde nie benutzt. Die Bewohner gingen immer zu dem am anderen Ende des Stockwerks. Niemand außer Kindern, die Verstecken spielten, kam je hierher. Oder Erwachsene, die dieselben Absichten hatten wie Nireka.

Eine hohe Halle mit gewölbter Decke bildete den Mittelteil, in dem zwei Becken in den Boden eingelassen waren. Ein Dutzend kleinere Waschräume mit Latrinen zweigten davon ab.

»Soll ich eine Fackel holen?«, fragte Riwan.

»Nein, nicht nötig. Gleich kannst du wieder etwas sehen.« Nireka ging ihm in der Dunkelheit voran. »In allen Waschsälen außer diesem fließt warmes Wasser aus den Quellen. Hier muss der Zauber nicht richtig ausgeführt oder im Lauf der Zeit gebrochen worden sein. Darum benutzt niemand die Räume.«

Sie sah einen Schimmer Helligkeit und steuerte darauf zu. In einem runden kleinen Raum, in dem ein Kupferspiegel hing, ging ein Riss von oben bis unten durch die Felswand. Geröll war dazwischen herausgebröckelt, und durch den Spalt drang nicht nur das Licht vom Sonnendeck herein und schimmerte auf dem Kupferspiegel, sondern auch die Geräusche von unten, verzerrt zu einem sanften Summen.

»Es sieht ein bisschen aus wie Sonnenlicht«, flüsterte Nireka und ließ ihre Hand durch den Lichthauch gleiten, der über dem Kupferspiegel waberte. Sie setzte sich mit dem Rücken zur Wand.

Riwan ließ sich neben ihr nieder und lauschte. »Ich mag, wie das klingt. Als wäre man näher dran und zugleich weiter weg.«

Sie nickte. Die Musik hatte hier drinnen etwas Langsames, Geisterhaftes. Das war ihr lieber als die schnellen Rhythmen auf der Tanzfläche. Eine Weile saßen sie schweigend nebeneinander und hörten nur zu. Oder jedenfalls tat Nireka so, als lauschte sie. Dabei hörte sie eigentlich nur ihr Herz, das ihr bis zum Hals schlug. Worauf wartete er? Sie warf ihm einen Blick aus den Augenwinkeln zu. Fast schien es, als unterdrückte er ein Grinsen. Er stellte sich also absichtlich unschuldig, um sie zu triezen.

»Kommst du oft her?«, fragte er.

Sie nickte. »Wenn gefeiert wird und ich nicht mehr dabei sein will, aber auch nicht weg von allen.«

»Und du nimmst dir immer den mit, der dir an dem Abend gefällt.«

»Nein«, sagte sie und bekam glühende Ohren. »Ich komme nur allein her. Normalerweise.«

»Oh«, machte er, und sie konnte ihm anhören, dass er ihr nicht glaubte. »Wieder beinah ein Kompliment. Du wirst besser.« Nach einer Weile fragte er: »Willst du noch eins von mir hören? Ein richtiges?«

Sie schüttelte den Kopf. »Lieber nicht.«

»Ich sage es trotzdem.« Er beugte sich vor und berührte ihre Wange mit seiner Hand. »Ich wollte dich küssen, seit ich dich das erste Mal gesehen habe.«

Sie musste auflachen, was ihn mehr zu verletzen schien als

Worte. Vielleicht war aber auch diese Reaktion von ihm einstudiert.

»Vorletztes Jahr, im dritten Frühlingsmond«, sagte er. »Du hattest noch kürzere Haare als jetzt und Tintenflecken im Nacken und an der Schläfe, woraus ich geschlossen habe, dass du viel zu lange über deine Texte gebeugt sitzt und es niemanden gibt, der dich massiert, weshalb du es mit deinen schmutzigen Fingern selbst tust. Ich habe versucht, dir ein altes Buch über eine Heldengeschichte zu verkaufen, und du hast gesagt, ihr hättet bereits eine Abschrift davon und der Held sei ein unerträglicher Angeber. Wahrscheinlich erinnerst du dich nicht. Du hattest nur Augen für deinen Freund, den Gehilfen deines Vaters. Den, der jetzt ein schwangeres Mädchen hat.«

Sie starrte ihn an, entsetzt, dass er sie so durchschaute. Aber nun erinnerte sie sich vage. »Willst du mir weismachen, du hättest nicht eine Geliebte in jedem Winkel der Welt?«, stammelte sie, auch, um von sich abzulenken.

»Nein, ich würde dich nicht anlügen.« Er lächelte. »Ich habe nur gesagt, dass ich dich seitdem küssen wollte.« Er strich ihr das Haar aus dem Nacken und küsste sie unterhalb des Ohrläppchens. »Tinte steht dir gut.«

Er beobachtete, wie sie erschauderte. Dann küsste er erst ihre eine Wange, dann ihre andere, und als seine Lippen noch über ihrem Gesicht schwebten, hob sie den Kopf und kam dem nächsten Kuss mit ihrem Mund entgegen.

4

EIN WIEDERKEHRENDER TRAUM verfolgte Nireka, seit ihre Mutter sie verlassen hatte. Es war schon viele Jahre her, aber selbst heute, da sie längst selbst Mutter hätte sein können, war sie in ihren Träumen noch ein Kind.

Ihre Mutter ging in einem bunt bestickten Festkleid vor ihr und Nirekas Vater her, barfuß auf den Felsen. Sie bewegte sich beschwingt und fröhlich, und je unsicherer der Boden wurde, umso mehr schien sie zu tanzen. Sie war eine wundervolle Tänzerin gewesen. Angeblich waren zu Feiertagen Leute von anderen Inseln gekommen, nur um sie zu sehen, und auch sie war von Untergrundfestung zu Untergrundfestung gereist, um ihre Künste zu zeigen und mit Geschenken heimzukehren.

Nireka bemerkte, dass Patinon neben ihr strauchelte – er war alt, während ihre Mutter so jung war wie damals, und Nireka musste ihn stützen. Ein unbestimmter Glanz sickerte aus dem Himmel, aber Nireka wusste, dass weder der Morgen graute noch der Abend dämmerte. Ihre Mutter stieg zu einer Bucht hinab, und Nireka wollte sie warnen, nicht weiterzugehen, denn sie ahnte Unheil. Doch kein Ton kam ihr über die Lippen.

Als sie das Meer erreichten, das in unaufhörlicher Wut nach den Steinen schnappte, hielt ihr Vater sie fest. »Bis hierher und nicht weiter.«

Da durchrann sie eine entsetzliche Erkenntnis: Vor ihr lag nicht mehr Tana, die Welt von Tag und Nacht, sondern eine andere Sphäre. Dort herrschte starre Ewigkeit. Ihre Mutter ging ins Wasser und wurde von den schwarzen Wellen umgeworfen. Sie schrie, als die schaumigen Mäuler zuschnappten, und ihre Schreie wurden zur Brandung, die an den Klippen widerhallte.

Nireka wollte zu ihr rennen und sie retten, aber sie glaubte eigentlich nicht mehr daran, dass sie noch zu retten war. Und selbst wenn – ihr Vater hielt sie so fest umklammert, dass sie sich nicht rühren konnte. Also sah sie im Tosen der Schmerzensschreie zu, wie ein Monster ihre Mutter fraß, das niemals satt sein würde. Und ihr Vater weinte.

Vielleicht ist heute der Tag, an dem ich sterben werde. Manchmal dachte Nireka das, wenn sie morgens die Augen aufschlug und wusste, dass sie an der Oberfläche arbeiten würde.

Aber nicht heute. Heute erwachte sie mit einem Kribbeln vor Freude, wieder im Sonnenlicht zu sein, den Meereswind zu riechen und den Blick in die Ferne schweifen zu lassen. Sie schlüpfte aus dem Bett und zog sich an. Der Stoff, der ihre Haut streifte, erinnerte sie an Riwans Berührungen. *Alles* erinnerte sie an Riwans Berührungen. Als hätten seine warmen, starken Hände sie umgeformt und ihr eine neue Gestalt gegeben.

Nireka war groß für eine Frau in Ydras Horn, aber in seinen Armen hatte sie sich ungewohnt zerbrechlich gefühlt. Und zugleich viel beschützter, als sie sich mit einem Fremden hätte fühlen dürfen. Wie er sie gehalten, wie er sie geküsst hatte … als würden sie sich wirklich lieben. Als wäre es das Einfachste der Welt, sich zu lieben. Vielleicht war es das auch.

Am Morgen nach ihrer gemeinsamen Nacht war er mit der Händlertruppe von der Insel gesegelt, und er und Nireka hatten sich nur mit einem Blick voneinander verabschiedet. Sie hatten nicht darüber gesprochen, ob oder wann er je wiederkommen würde. Und es war ihr lieber so.

Nireka verharrte noch einen Moment in ihrem Schlafraum und hing der Erinnerung an seine Berührungen auf ihrer Haut nach, ehe sie sich sammelte und aufbrach.

Die Glocke des Aussichtsturms läutete, und die Feldarbeiter verstummten mitten in ihrem ausgelassenen Gesang. Nireka ließ die Hacke sinken und strich sich über die Stirn, die verschwitzt war trotz des kühlen Wetters. Wie die anderen blickte sie zu dem halb verfallenen Turm auf der höchsten Klippe an der Küste, wo kein Gras mehr wuchs und das Meer an den Felsen emporschäumte. Vor dem rosigen Glühen des Sonnenuntergangs konnte Nireka nur vage Sewain erkennen, der sich mit seinem Körpergewicht an das Seil hängte, um zu läuten. Einmal, zweimal, dreimal brachte der Junge die Glocke zum Erklingen. Dreimal Läuten hieß, dass Fremde nahten. Viermal hieß, sie waren bewaffnet. Zur Erntezeit hatten sie es gelegentlich mit Piraten zu tun, die auf der Suche nach Essbarem die Inseln angriffen, aber es war der dritte Frühlingsmond – noch gab es nichts zu ernten.

Sewain ließ die Glocke ein viertes Mal ertönen. Die Feldarbeiter liefen zusammen. Nireka kletterte auf einen Wagen voller Geräte und half anderen hoch, um sich für den Angriff zu wappnen. An den Seiten des Wagens waren Bögen und Pfeile verstaut, dazu Sensen und Äxte für den Nahkampf.

Die Glocke ertönte abermals. Der silberne Klang hallte Nireka in den Ohren nach, und für einen Moment war sie nicht sicher, ob sie sich das fünfte Mal nur eingebildet hatte. Aber dann ertönte die Glocke wieder. Und wieder.

»Zu den Schächten!«, brüllte Pasika, geistesgegenwärtiger als die anderen, und warf ihre Hacke weg, um loszustürmen. Sie war zwar klein und stämmig, aber auch flink wie ein Fuchs.

Mit ihren vierzig Wintern war sie schon so manches Mal um ihr Leben gerannt.

Niemand kümmerte sich mehr um die Waffen. Alle flohen. Es gab zwischen den Feldern, Weiden und Obstwiesen von Ydras Horn dreiundzwanzig Schächte, die zu den Tunneln in die sichere Tiefe führten, so dass sie nie mehr als etwa hundert Meter entfernt von einem arbeiteten. Vielleicht würden sie es schaffen. Vielleicht würden wenigstens ein paar von ihnen es schaffen.

Nireka stand immer noch auf dem Wagen, obwohl jede Sekunde zählte. Aber sie konnte nicht die Flucht ergreifen, bevor sie sich nicht mit eigenen Augen überzeugt hatte, dass es stimmte. Sie sah zum Himmel auf, drehte sich im Kreis, und da, im verrinnenden Tageslicht über dem Meer, entdeckte sie das, was Sewain hatte Alarm schlagen lassen. Der Anblick stürzte ihr wie flüssiges Blei in den Magen.

Flügel, die gemächlich schlugen, aber so viel Luft unter sich wegdrückten, dass der lange, schmale Leib mit erschreckender Geschwindigkeit näher kam. Der zackenbewehrte Schwanz, der rhythmisch mitschwang. Der Kopf, das Maul – die Reihen krummer Zähne, die rötlich schimmerten vor dem Feuer in der Kehle.

»Nireka!«, schrie jemand. Es war Kani, die sich im Laufen zu ihr umdrehte.

Nireka sprang vom Wagen und holte das Mädchen ein. Die Glocke war inzwischen verklungen, Sewain musste durch den Schacht unter dem Wachturm geflohen sein. Ein paar Herzschläge lang war nichts zu hören als ihre knirschenden Schritte auf der Erde und ihr keuchender Atem. Die Luke erschien. Nirekas Sicht verengte sich auf die Öffnung im Boden, in die Leute aus allen Richtungen hineinsprangen. Nur noch ein paar Meter, dann hätte auch sie den Schacht erreicht. Nur noch …

Die Gräser bogen sich in einem heftigen Windstoß. Ein Schatten verdunkelte die Erde.

Nein. Nein. Noch nicht.

Hinter ihr erschollen Schreie.

Dreh dich nicht um, Kani, dachte Nireka. *Renn weiter!*

Sie sprang in den Schacht und sah aus den Augenwinkeln, wie Kani den Kopf umwandte, strauchelte und fiel. Sie selbst landete auf dem obersten Absatz der Treppe, die so verschachtelt war, dass sie fast sofort Schutz vor Feuer bot, das hinter einem aufflammen mochte. Sie wollte weiter hinabspringen, kreuz und quer immer tiefer hinab, in Sicherheit. Doch stattdessen richtete Nireka sich auf, streckte den Kopf aus der Öffnung und schrie: »Steh auf!«

Kani versuchte, sich aufzurappeln, aber sie zitterte zu sehr. Erneut fegte Wind über sie hinweg, schleuderte Nireka Stöckchen und Gräser ins Gesicht. Ein Grollen ließ die Luft vibrieren. Fäulnisgeruch raubte Nireka den Atem.

»Kani, steh auf!«, brüllte sie.

Doch Kani verschränkte lediglich die Arme über dem Bauch, als könnte sie das Ungeborene jetzt noch schützen, während sie sich bereits in Erwartung des Feuers zusammenkrümmte.

Nireka wollte zu ihr laufen. Sie hochzerren. Oder sie umarmen, damit sie nicht allein sterben musste. Aber die Angst war stärker als sie. Die Angst schlug sie in ihren Bann. Gelähmt vor Entsetzen blieb Nireka, wo sie war.

Der Boden erbebte, als der Drache landete, die Flügel gespreizt, so dass die Felder in seinem Schatten lagen. Die Glut der Sonne umriss seinen schlangenhaften Leib und brach sich auf seinen Schuppen, die in allen Schattierungen von Gold und Braun schillerten. Noch nie war Nireka einem Drachen so nah gewesen.

Sein fauliger, heißer Atem wallte herab, als er den Kopf neigte. Tiefe, ratternde Geräusche drangen aus seinen Nüstern. Er schien zu wittern. Irgendwo schrie jemand auf, aber nicht vor Schmerz, nur vor Angst.

Worauf wartete der Drache? Nireka sah, wie das Ungeheuer seinen Blick über die Frauen und Männer auf den Feldern schweifen ließ, die nicht schnell genug hatten fliehen können. Seine Augen waren entsetzlich. Nicht die eines Raubtiers. Sondern wie die eines Menschen. So schnell und berechnend schossen sie hin und her, dass kein Zweifel an seiner Intelligenz bestehen konnte. Das machte seine Grausamkeit schrecklicher als die unwissende Brutalität eines Tieres.

Er kostet unsere Panik aus.

Oft verbrannte ein Drache seine Opfer nicht und leckte dann die Asche auf, sondern fraß sie bei lebendigem Leibe. Oder jedenfalls Teile von ihnen.

Nireka schüttelte unwillkürlich den Kopf, als ließe der Lauf der Welt sich aufhalten, solange sie ihre Zustimmung verweigerte. »Oh, Kani«, flüsterte sie.

Kani hätte nicht zur Feldarbeit an die Oberfläche mitkommen müssen, aber sie hatte die Sonne so sehr vermisst.

Eine Stimme drang aus der Kehle des Drachen. Sie klang wie ein Erdbeben. Nireka hörte sie nicht nur von außen, sondern auch von innen, aus dem Vibrieren ihrer Knochen: »Unter euch ist einer, in dem die Geisterschatten leben. Gebt ihn mir morgen bei Sonnenuntergang, oder ich fresse euch alle.«

Der Drache hob die Flügel und zog den Kopf ein, dann stieß er sich vom Boden ab, dass Erdklumpen aufflogen. Nireka kniff die Augen zusammen und spürte den Luftstoß.

Im nächsten Moment traf das Licht der untergehenden Sonne ihre Lider, und von den Feldern erscholl das Schluchzen der Leute, die von der Schwelle des Todes wieder ins Leben gestoßen worden waren.

An diesem Abend versammelte sich ganz Ydras Horn auf dem Sonnendeck, um zu beraten, was zu tun war. Nireka versuchte, sich zu ihrer großen Schwester Patinka, deren Kindern und dem Vater der Kleinen zu setzen, aber es war bereits so voll, dass kein Durchkommen mehr möglich war. Hunderte von Menschen drängten sich auf den halbkreisförmigen Sitzbänken zusammen, und Nireka musste mit einem Stehplatz weiter oben auf den Balkonen vorliebnehmen.

Die Gespräche verstummten, als Patinon aus der Kammer der Weisen trat. Er nahm auf dem steinernen Hocker Platz, der dem Hüter vorbehalten war, und wirkte dabei wie immer so bescheiden, als sei er sich seiner hohen Stellung nicht im mindesten bewusst.

»Brüder und Schwestern«, begann er mit seiner ruhigen Stimme, die selbst in der dunkelsten Stunde einen zuversichtlichen Unterton behielt, »nachdem ich mir eure Beschreibungen angehört und in den Schriften nachgeschlagen habe, konnte ich den Drachen identifizieren. Sein letztes Erscheinen liegt siebzehn Jahre zurück. Davor tauchte er ungefähr alle drei Jahre auf. Oft wurde er nur gesichtet und griff uns nicht an. Es ist also davon auszugehen, dass er in der Zwischenzeit eine andere, einfachere Nahrungsquelle gefunden hatte, die jetzt versiegt ist. Darum fliegt er wieder an den Inseln vorbei und vergreift sich an uns. Vor siebzehn Jahren wurde seine Flügelspannweite auf fünfundzwanzig Meter geschätzt. Er scheint seitdem erheblich gewachsen zu sein. Sein Leib ist vergleichsweise schmal und sein Schwanz auffallend lang, seine Hörner sind nur gering ausgeprägt, und sein Schuppenkleid hat eine dunkelbraune bis schwarze Färbung am Rücken und eine goldene am Bauch. Nennen wir ihn also der Einfachheit halber wie in den Aufzeichnungen ›den Goldenen‹.

Bemerkenswert an ihm ist seine Gesprächigkeit. Seit dem ersten Eintrag zu ihm vor zweihundertdreiundneunzig Jahren hat er selten einfach angegriffen. Meist stellte er uns ein Ultimatum, bis wann wir sein bevorzugtes Opfer auszuliefern hatten, statt blindlings alle zu fressen, die ihm in den Weg kamen. So wie heute.« Patinon runzelte die Stirn, als er fortfuhr: »Ich muss euch leider erzählen, dass oft verzeichnet wurde, dass diejenigen, die der Goldene wollte, freiwillig nach oben schlichen und sich heldenhaft für die Gemeinschaft opferten. Es scheint mir durchaus möglich, dass das eine Beschönigung ist und dass unsere Vorfahren dem Drachen in Wahrheit wiederholt nachgegeben und ihm seine Opfer ausgeliefert haben. Es müssen harte Jahre gewesen sein, in denen das Überleben von Ydras Horn davon abhing. Aber in den meisten Fällen verbarrikadierten wir uns.«

Ganz Ydras Horn hielt nun den Atem an. Denn das war die Frage, die alle sich stellten: Was würde geschehen, wenn sie sich dem goldenen Drachen widersetzten?

»Die Belagerung durch den Goldenen dauerte manchmal nur wenige Tage, ehe er aufgab«, sagte Patinon, und ein erleichtertes Aufatmen wehte durch die Balkone. Doch Patinon sprach weiter: »Zuweilen aber lauerte er einen ganzen Winter an der Oberfläche. Und so oder so verbrannte er unsere Felder und Bäume. Vollständig.«

Stille setzte ein, als hätte sich eine unsichtbare Hand um die Kehle eines jeden Bewohners geschlossen. Nireka ließ den Blick über die ausdruckslosen Gesichter ihrer Leute schweifen, die zu erschöpft waren für Verzweiflung oder Zorn. Die letzte Belagerung war kaum zwei Monde her. Sie hatten fast nichts als Fisch und Seetang zu essen. Ihre letzten Saaten waren gesät. Und nun war der Goldene gekommen und raubte ihnen das letzte bisschen Hoffnung.

Tokrim erhob sich, der Vater der Kinder von Nirekas großer Schwester Patinka. Er war einer der stärksten Männer von Ydras Horn und konnte einen Baumstamm allein vom Wald herschleppen. Als Kind hatte er einen Drachenangriff überlebt und Verbrennungen davongetragen – sein linkes Ohr und ein Teil seines Kopfes waren vernarbt. Man erzählte sich, er habe seitdem Angst vor Feuer und wolle weder in der Nähe des Herdes sitzen noch je eine Fackel halten, aber Nireka hatte ihn durchaus Fackeln halten und auch entzünden sehen, wenngleich er dabei nie glücklich gewirkt hatte.

»Wir haben gerade erst alles ausgesät«, begann Tokrim. »Unsere Früchte müssen erst noch wachsen. So wie die Nüsse an den Sträuchern. Und der Großteil der Mehlwurzeln. Und wenn die Bestie unsere Kastaniensetzlinge findet, werden unsere Kinder und Kindeskinder niemals Kastanien essen, denn es waren unsere allerletzten.«

Nireka biss die Zähne zusammen. Sie ahnte, worauf Tokrim hinauswollte. War das zu glauben? Sie starrte ihn finster an, aber Tokrim schaute nicht in ihre Richtung.

»Wenn wir die Zerstörung all dessen in Kauf nehmen, was wir gerade wieder aufgebaut haben«, sagte Tokrim, »dann müssen wir uns nicht nur fragen, wie wir dieses Jahr überleben. Sondern alle Jahre darauf.«

Grimmige Zustimmung erklang irgendwo, vereinzeltes Klatschen.

»Unsere Vorräte sind aufgebraucht!« Tokrim sprach nun lauter, bestärkt durch seine Befürworter. »Wir würden es nicht schaffen. Das ist die Lage. Wir würden es nicht schaffen.«

Nireka erspähte Kani in der Menge, die blasser wirkte als sonst. Kedina stand neben ihr und sah Nireka an. Nireka senkte irritiert den Blick.

Dann schob sie sich nach vorn bis ans Geländer des Balkons. Normalerweise vermied sie es aus Rücksicht auf Patinka und ihre Kinder, Tokrim zu widersprechen, auch wenn sie oft anderer Meinung war als er. Aber nun ging es um mehr als die Harmonie mit ihrer Schwester.

»Danke, dass du unsere Lage zusammengefasst hast, Tokrim«, rief sie, bemüht, nicht zu zeigen, wie abstoßend sie seine Worte fand. »Es ist wahr. Wir haben unsere letzte Saat gestreut. Wir brauchen die Ernte. Sie darf nicht verbrennen.«

Nireka spürte, dass manche Leute sie mit Empörung ansahen. Kani blickte mit großen, blanken Augen zu ihr auf. Kedina starrte zu Boden. Die beiden mussten denken, dass sie den Vater der Kinder ihrer Schwester unterstützte. Patinon jedoch beobachtete sie entspannt. Ihr Vater kannte sie, und sein Vertrauen flößte ihr Mut ein.

»Aber wir haben noch eine Nacht und einen ganzen Tag, bis der Goldene wiederkommt«, sagte sie laut. »Genug Zeit, um die Saaten zurückzuholen!«

Gemurmel erhob sich. Nireka wartete nicht darauf, dass Gegenstimmen aufkamen, sondern fuhr fort: »Wir werden Verluste machen, das ist klar. Vieles ist nicht mehr aus der Erde zu klauben. Aber die Mehlwurzeln können wir hier unten in Erdfässern lagern. Wir müssen alle mit anpacken und so viel zurückholen, wie wir können. Wir müssen Holz schlagen, Gras mähen, die Schafe zusammentreiben und zu uns in die Festung holen. Die Lämmer schlachten wir nicht erst im Herbst, sondern jetzt. Im Morgengrauen können wir noch einmal mit dem großen Treibnetz auf Fischfang gehen. Der Seetang kann danach nicht mehr an der Sonne trocknen, also werden wir ihn einlegen.«

Tokrim war abermals auf die Füße geschnellt und unterbrach sie: »Das ist Wahnsinn! Selbst wenn alle mithelfen, wie viel können wir bis zum nächsten Sonnenuntergang einsammeln? Ganz abgesehen davon, dass das meiste nicht mehr essbar ist und nur verfaulen wird.« Er wandte sich mit ausgebreiteten Armen an die Menge: »Denkt an eure Kinder! Wer seine Kinder liebt, der wird es so sehen wie ich: Der Goldene fordert nur einen von uns. Ein Leben. Oder viele, die sich qualvoll und langsam zu Tode hungern. Und selbst wenn wir irgendwie durchkommen, dann ohne die Schwächsten von uns, unsere Kleinen und unsere Alten.«

»Wir haben Zeit, um uns für die Belagerung zu wappnen«, widersprach Nireka. »Wir können es schaffen.«

Tokrim mahlte mit den Zähnen. Nireka wusste, was der Geliebte ihrer Schwester dachte: dass sie nicht mitreden sollte, weil sie keine Kinder hatte und nicht wusste, wie es war, jemanden auf diese Weise zu lieben. Aber auch wenn Nireka sich sonst davon verunsichern ließ – in diesem Moment wusste sie, dass sie für das Richtige einstand.

»Wir können nur verlieren«, hielt Tokrim zähneknirschend dagegen. »Und den Preis zahlen die, die am wenigsten dafür können.«

»Wenn wir unseren Zusammenhalt aufgeben, haben wir bereits verloren!«

Zögerliches Klatschen kam auf.

»Warum leben wir unter der Erde?«, rief Nireka. »Warum opfern wir unsere Besessenen nicht den Drachen, um ein bequemes Leben zu führen? Warum leben wir nicht gleich in Saus und Braus unter der Herrschaft eines Drachen und überlassen ihm unsere Nachbarn und Kinder zum Fraß, so wie die Feiglinge von Tahar'Marid? Wir leben nicht so, weil wir in Ydras Horn etwas bewahrt haben, was andernorts schon vor Jahrhunderten verlorenging: Würde. Dieses Opfer bringen wir den Drachen nicht. Unsere Würde haben unsere Vorväter mit ihrem Leben verteidigt. Unsere Würde haben unsere Mütter uns mit der Milch eingeflößt. Sie ist wertvoller als jeder Einzelne von uns. Und ihretwegen steht jeder Einzelne von uns unter dem Schutz aller. Wir halten zusammen. Weil wir Zwerge sind! Wir sind die Zwerge von Ydras Horn!«

Nach den letzten Worten hallte der Applaus durch das weitläufige Innere der Untergrundfestung. Viele erhoben sich und stießen Jubelrufe aus. Doch nicht alle wirkten zufrieden.

»Es ist leicht, schönen Worten zu applaudieren«, brüllte Tokrim über den Lärm hinweg. »Aber später werdet ihr weinen! Ich fordere denjenigen, der besessen ist, auf, sich zu erkennen zu geben und Ydras Horn zu retten!«

Aber seine Stimme ging unter im Chor der Menge: »Wir sind die Zwerge von Ydras Horn!«

5

INNERHALB KÜRZESTER ZEIT teilten sich die Bewohner von Ydras Horn in Gruppen auf, um von der Aussaat wieder einzuholen, was sich einholen ließ. Wer zu gebrechlich war, um mitzukommen, machte sich zu Hause nützlich: bei den Vorbereitungen, um das Fleisch der Lämmer zu räuchern und in Salz einzulegen, die eigentlich erst in zwei Monden geschlachtet werden sollten, und um Platz in den Lagerräumen zu schaffen. Es wurden auch große Kessel mit Eintopf angesetzt, damit jeder etwas zu essen hatte, der von seiner Schicht wiederkehrte.

Nireka schloss sich den Holzfällern an. Es war aberwitzig, im Dunkeln Bäume zu fällen, aber sie würden so viel Holz brauchen, dass sie nicht bis zum Sonnenaufgang mit der Arbeit warten konnten. Also würden sie mit Fackeln und Fettlampen losziehen. Bei den Tunneln sammelten sich die Gruppen, und Nireka ging kurz zu ihrer Schwester Patinka hinüber, die gerade mit Patinon sprach. Patinon blieb zu Hause, deshalb ließ Patinka ihren kleinen Sohn Tokrimas und ihre Tochter, die nach Nireka benannt war, beim Großvater.

Tokrimas und die kleine Nireka umarmten ihre Tante zum Abschied.

»Ich wollte auch mitkommen!«, sagte Tokrimas. »Aber Mama sagt nein!«

»Ist das so?« Nireka runzelte die Stirn. »Soll ich sie überreden, dass du mit mir mitkommen darfst?«

Tokrimas grinste vor Schreck und versteckte sich hinter Patinon, und die Erwachsenen lachten. Nur Tokrim stand finster daneben. Auch er würde mit anpacken, obwohl er gegen den Plan war. Das immerhin rechnete Nireka dem Vater ihres Neffen und ihrer Nichte hoch an.

»Hast du nicht auch ein Geschenk für deine Tante?«, fragte Patinka ihre Tochter Nireka.

Das achtjährige Mädchen schien sich zu erinnern und nahm einen Lederbeutel ab, den sie mit einer Schnur am Gürtel befestigt trug. Sie öffnete ihn und streute feierlich eine Prise auf Nirekas rechte Schulter.

»Was ist das?«, fragte Nireka mit gespielter Ahnungslosigkeit.

»Birkenasche«, sagte die kleine Nireka. »Ich habe sie selbst hergestellt und dabei das Lied der traurigen Mädchen gesungen, und dann habe ich sie drei Monde in meiner Matratze gelagert, also sollte sie wirklich gut wirken.«

»Oh. Vielen Dank. Die wird mich beschützen, wenn der Drache sein Feuer spuckt.«

Die kleine Nireka nickte ernst. Es war ein Aberglaube, dass Birkenasche vor Drachenfeuer schützte. Dennoch zählte die Geste, und die meisten Leute ließen sich etwas Birkenasche von einem Mädchen aus der Familie auf die Schulter streuen, wenn sie an die Oberfläche gingen.

»Nächstes Mal komme ich mit und helfe«, versprach Tokrimas, der hinter Patinons Beinen hervorlugte.

»Du kannst auch hier unten helfen. Wollen wir das zusammen tun?«, fragte Patinon sanftmütig.

Nireka wandte sich an Tokrim: »Ich danke dir, dass du mithilfst. Du ...«

Der Vater der Kinder ihrer Schwester drehte sich um, ohne sie anzuhören. »Lasst uns aufbrechen.«

Schweigend machten sie sich auf den Weg nach oben. Nireka bemerkte, dass die Leute sich argwöhnische Blicke zuwarfen – selbst die, die für Zusammenhalt und eine Belagerung gestimmt hatten. Es war traurig, aber auch verständlich. Nur einen von ihnen hatten Geisterschatten befallen. Nur einen von ihnen wollte der Drache. Die Leute fragten sich, für wen sie die Entbehrungen der kommenden Zeit auf sich nahmen. Nireka wollte es nicht wissen. Sie wollte nicht wissen, ob ihre Haltung sich ändern würde, je nachdem, wer es war.

Sie ging hinter ihrer Schwester und Tokrim her, die unterschiedlicher nicht hätten aussehen können – Tokrim schwer, gedrungen und dunkel, Patinka schlank und groß und hellhaarig wie Nireka. Dass Patinka sich für Tokrim entschieden hatte, war Nireka immer ein Rätsel gewesen. Gewiss, Tokrim war stark und ein verlässliches Mitglied der Gemeinschaft. Aber in seinen Augen war nichts Sanftes, nur eine sture, mitleidlose Strenge. Sah Patinka nicht, dass sich dahinter Angst verbarg? Und Angst, die sich verstellte, war gefährlich. Sie machte Menschen äußerlich hart und innerlich schwach ...

Aber wie hätte Nireka ihrer Schwester je davon abraten können, eine eigene Familie zu gründen? Patinka war acht Jahre älter als sie und hatte sie großgezogen, als ihre Mutter verschwunden war. Wegen dieser Verantwortung hatte Patinka mit dem Kinderkriegen lange gewartet. Mit zwölf hatte Nireka begonnen, sie dazu zu ermutigen, aber Patinka war noch drei weitere Jahre bei ihr und Patinon geblieben, ehe sie schließlich eingesehen hatte, dass Nireka ohne sie klarkam. Und selbst danach hatte Patinka weiterhin Nirekas Kleider geflickt. Nireka stand für immer in ihrer Schuld, und darum hatte sie auch das Gefühl, ihre große Schwester nie kritisieren zu dürfen.

Sie folgten dem Tunnel bis hinauf durch den verzauberten Baum und zogen durch den Wald bis zu ihren Pappel- und Birkenhainen. Die Arbeit lief besser, als Nireka gedacht hätte. Trotz der Dunkelheit wurde niemand verletzt. Sie schlugen die Bäume, dann zersägten sie die Stämme, um sie besser transportieren zu können, und schlangen Lederriemen als Tragschlaufen darum. Als alles getan war, brannten Nirekas Muskeln vor Erschöpfung. Einmal glaubte sie für einen Augenblick, Lichter zu sehen, die über die Klinge ihrer Axt und ihre Unterarme flirrten. Aber als sie blinzelte, sah sie davon nichts mehr. Der Fackelschein musste sie getäuscht haben.

Kurz vor dem Morgengrauen machten sie sich auf den Rückweg. Ihre Last war schwer durch den Wald zu bringen und noch schwerer durch den verwinkelten Schacht und den Tunnel, aber dann nahmen helfende Hände ihnen das Holz ab, und sie waren endlich zu Hause.

Sie aßen auf den Stufen der großen Treppe Kartoffeleintopf mit Lammkeule. Die Köche ermutigten sie, sich satt zu essen, und taten ihr Bestes, um gute Stimmung zu verbreiten. Die alte Farula, obzwar halbblind noch immer die beste Sithra-Spielerin von Ydras Horn, entlockte dem länglichen Zupfinstrument fröhliche Klänge und sang dazu. Aber der Schatten der Zukunft hing über ihnen. Wahrscheinlich würden sie lange Zeit nicht mehr so satt werden wie heute.

Kedina ging mit einem Holzperlenzähler an den Neuankömmlingen vorbei, um zu überprüfen, dass niemand fehlte.

»Sind alle da?«, fragte Nireka, als er bei ihr ankam.

Er nickte, ohne sie anzusehen. »Bisher sind alle Gruppen vollständig zurückgekehrt. Der Besessene scheint sich nicht weggeschlichen zu haben.«

Nireka hörte weniger Erleichterung als Sorge aus seiner Stimme heraus. Auch wenn Kedina sicher ebenso wie sie den Besessenen schützen wollte, egal, wer es war, ließ sich doch nicht leugnen, dass sie von manchen Leuten mehr als von anderen erwarteten, sich doch für die Gemeinschaft zu opfern. Alte Leute und Männer standen unter größerem Druck, ihr Leben für die anderen zu lassen. Tatsächlich versuchten sich junge Mädchen, mindestens genauso oft zu opfern, aber wenn es ihnen gelang, war das Entsetzen größer. Nireka spürte selbst eine hässliche Hoffnung in sich, dass der Besessene sich heimlich davonstehlen und das Problem dadurch gelöst würde, aber sie wusste, dass diese Hoffnung ein Giftstachel im Herzen war, den man immer wieder ziehen musste. In diesem Moment merkte sie Kedina an, dass auch er damit zu kämpfen hatte.

»Soll ich weiterzählen? Dann kannst du ein wenig schlafen«, bot sie an.

Er schüttelte den Kopf. »Ich habe bisher nur leichte Arbeit verrichtet, du harte. Du solltest dich ausruhen. Das Zählen übernimmt gleich Kani.«

Nireka nickte. Die unausgesprochene Wahrheit stand wie eine Mauer zwischen ihm und ihr. Ob auch er sie wahrnahm? Vielleicht wusste er überhaupt nicht, dass sie sich eine Zeitlang hatte vorstellen können, mit ihm zusammen zu sein. Sie hatte nie darüber nachgedacht, wie es konkret dazu kommen sollte, da sie ohnehin fast jeden Tag miteinander verbrachten. Und seine vorsichtigen Annäherungen, wenn es denn wirklich welche gewesen waren, hatte sie, in Schockstarre, stets ins Leere laufen lassen.

Auch jetzt ergriff sie die Flucht. »Dann gehe ich mal schlafen. Bis später.«

»Bis später, Nireka.«

Nach dem Mahl zerstreuten sich die Holzfäller, um sich kurz hinzulegen, ehe sie wieder aufbrechen würden. Nireka zog sich in ihr Quartier zurück. In der Ferne, hinter den Balkonbögen, schwebten die Sternkugeln des Sonnendecks und erzeugten den Eindruck eines nächtlichen Himmels, mit rasch treibenden Sternen.

Ihr Vater war nicht da. Er musste in der Kammer der Weisen in seine Nachforschungen über den goldenen Drachen vertieft sein. Sie stellte ihre Lampe auf dem Hocker neben ihrem Bett ab, löste ihren Gürtel mit der Axt daran und schnürte ihre Schuhe auf. Dann sank sie aufs Bett. Hinter geschlossenen Lidern sah sie Licht und Schatten flackern, weil sie ihre Augen so lange in der Dunkelheit angestrengt hatte. Licht ... Danach sehnten sie sich alle am meisten, immerzu. Sie stellte sich Sonnenlicht vor, das über ihre Haut wanderte. Warm und kraftvoll, so wie Riwans Hände. Sie wollte sich der Erinnerung an ihn hingeben und alle Sorgen vergessen. Sie musste noch die Lampe löschen. Nur der Unwille, sich aufzurichten, hielt sie davon ab, es zu tun.

Ein Zischen erklang. Verwundert öffnete sie die Augen und sah gerade noch, wie eine Rauchfahne vom Docht aufstieg.

Nireka setzte sich auf. Nun war alles dunkel, lediglich durch die Öffnungen oben in der Wand fiel der matte Schein der Sternkugeln. Ihr Herz hämmerte schwer in ihrer Brust. Hatte sie geträumt? Hatte sie die Lampe gelöscht, ohne sich daran erinnern zu können? Sie fasste sie an; sie war geschlossen, ein Windstoß hätte die Flamme nicht ausblasen können. Das merkwürdige Licht kam ihr wieder in den Sinn, das sie beim Holzfällen auf ihrer Klinge und ihren Armen gesehen hatte. Eine Einbildung. Aber wie war zu erklären, dass die Lampe in ihrer Kammer von selbst ausgegangen war?

Sie stand auf, erfüllt von einer vibrierenden Nervosität. Mit zitternden Händen zog sie sich wieder an, nahm die Lampe und entzündete sie im Gang an einem anderen Licht. Dann eilte sie hinauf zum ersten Stockwerk. Sie wusste, dass sie nicht würde schlafen können und dass es auch nichts brachte, wenn sie sich herumwälzte und Grübeleien hingab. Da wollte sie sich lieber nützlich machen.

Gerade als sie oben ankam, sah sie Kedina mit einer Gruppe in einem Tunnel verschwinden.

»He, wartet!« Sie holte die Gruppe ein. »Wohin geht ihr? Braucht ihr noch Unterstützung?«

Kedina musterte sie. »Ruh dich aus, Nireka.«

»Nein, ich bin nicht müde. Ich will helfen.«

»Wir gehen auf Fischfang«, sagte Kedina nach einem Moment.
»Dann komme ich mit«, sagte Nireka.
Kedina schien das für eine schlechte Idee zu halten, doch er nickte.
Sie folgten dem Tunnel zum Meer, bis sie in einer niedrigen Grotte ankamen, in der das Wasser in Pfützen stand und winzigen durchsichtigen Krebsen ein Zuhause bot. Hier bewahrten sie ihre Fischerboote und Netze auf. Jeder nahm sich eins der schmalen, mit Birkenpech bestrichenen Gefährte, die wie Laub auf den Wellen trieben und fast ebenso dünnwandig waren. Nireka hatte das Fischen immer mehr geliebt als die Arbeit an Land, weshalb sie sich in einem Boot wie zu Hause fühlte. Das Auslaufen war jedoch auch für erfahrene Fischer gefährlich, denn hier in den Buchten warfen sich die Wellen wild und unberechenbar gegen die Felsen. Man musste sichtbaren und unsichtbaren Gefahren ausweichen können und ein Gespür für die Strömungen haben.
An diesem frühen Morgen war das Meer ruhig. Sie paddelten nach draußen, wo sich um diese Zeit die Fischschwärme bewegten, und schleuderten einander die Leine des großen Netzes zu, um es zwischen sich aufzuspannen.
Ein zäher Nebel hing über dem Wasser, und die Sonne blieb eine Ahnung hinter aschgrauen Wolkenbänken. Es sah aus, als würde es später Regen geben. Nireka hielt die Position ihres Bootes zwischen den anderen, indem sie gelegentlich das Paddel benutzte. Doch im Nebel konnten sie einander nur schemenhaft sehen. Sie wartete darauf, dass das Seil zu ihr geworfen wurde, und ihre Gedanken begannen zu wandern.
Es hieß, wer Kummer in seinem Herzen faulen ließ und mit der Vergangenheit nicht abschließen konnte, den befielen Geisterschatten. Aber auf wen in Ydras Horn traf das nicht zu? Nireka hatte gewiss nicht mehr oder weniger Kummer als die

anderen. Das Leben war hart. Das Einzige, was sie hatten, war ihr Stolz – der Stolz, sich den Drachen zu widersetzen und ihr Leben selbst zu bestimmen, frei und in Liebe zueinander. Und das war die Entbehrungen wert. Es war mehr wert als volle Bäuche, mehr als Sonnenlicht ...

Nireka dachte diese Worte und fühlte, wie ihr Sinn zerfiel. Sie war sehr erschöpft. Und nun kroch Angst in ihr hoch.

»Hab's!«, rief Geodas im Boot rechts von ihr. »Nireka?«

»Bereit!«, rief sie und blickte auf. Durch den Nebel flog ein Lederball auf sie zu, an dem ein Seil befestigt war. Er landete vor ihr im Wasser. Nireka paddelte näher, bis sie ihn ergreifen konnte. Und da, als sie sich über das Wasser beugte, sah sie ihr Spiegelbild: blass und verhärmter, als sie sich in Erinnerung hatte; nur die kurzen blonden Locken waren so kindlich wie eh und je. Ihre Augen lagen tief unter den Brauen, so dass man normalerweise nicht sehen konnte, dass sie nicht braun waren, sondern moosgrün. Doch jetzt sah man es. Denn ihre Augen leuchteten.

Sie blinzelte kräftig. Es war keine Einbildung. Licht flirrte in ihren Augen. Wäre der Morgen sonnig gewesen, hätte man meinen können, es sei nur das Schillern der Wellen, das sich in ihnen spiegelte. Aber das Meer war nahezu schwarz.

Nireka sank zurück, den Ball mit dem Seil fest umklammert. An ihren Händen räkelten sich Schatten. Schatten, die von nichts geworfen wurden.

»Hast du das Seil?«, hallte Geodas' Stimme durch den Nebel.

»Hab's!«, rief Nireka, als wäre nichts. Doch sie zögerte, das Seil durch die Ringe an ihrem Boot zu ziehen.

Eine tiefe, kalte Ruhe stieg in ihr auf. Sie war es, die von Geisterschatten befallen war. Sie war diejenige, die der Drache fressen wollte. Einen Moment lang hielt sie den Ball einfach vor der Brust, so fest, dass das Leder knirschte. Selbst wenn sie jetzt den Fang ihres Lebens machten und trotz des Regenwetters so viel Holz schlugen, wie sie nur lagern konnten, würden sie hungern und frieren und Monde in Dunkelheit verbringen. Menschen würden sterben. Ihretwegen. Nicht nur, weil sie den Drachen angelockt hatte, sondern auch, weil sie die anderen überredet hatte, sich ihm zu widersetzen.

Sie suchte nach einem Umriss im Nebel und rief: »Kedina?«
»Bereit«, kam die Antwort.

Sie warf den Ball in Kedinas Richtung. Das Seil platschte ins Wasser, und nach einem Moment begann es sich ruckartig zu entfernen. Kedina musste es eingeholt haben.

»Und jetzt in einer Reihe!«, rief Kedina.

Nireka hörte, wie die Leute zu paddeln begannen, um mit dem Netz die Fische in ihrer Mitte einzukreisen. Auch sie begann zu paddeln, um nicht mit Geodas zusammenzustoßen. Aber sie folgte nicht Kedina, der vor ihr war. Sie paddelte zur Seite, weg von den anderen.

Nach wenigen Augenblicken hatte der Nebel sie unsichtbar gemacht. Sie legte sich das Paddel auf den Schoß, um keine Geräusche mehr zu verursachen, und ließ sich von den Wellen treiben.

»Nireka? Wo bist du? Nireka!«

Sie hielt sich den Mund zu, weil ihr Atem so laut ging. Die Rufe der anderen wurden immer undeutlicher. Dann hörte sie nichts mehr außer dem Plätschern des Wassers, auf dem ihr Boot davonschaukelte, und ihrem unregelmäßigen Atem hinter der Hand.

Zum ersten Mal seit vielen Jahren weinte sie.

Es hieß, die Welt endete in allen Richtungen im Meer, und dahinter begannen die Sphären der Götter und Geister: das Chaos und die Ewigkeit. Das Meer war ein Zwischenort, und die

Gegensätze, die in der Sphäre der Lebenden im Machtausgleich standen – Oben und Unten, Nord und Süd, West und Ost, Tag und Nacht –, begannen miteinander zu ringen, je weiter man aufs Wasser hinausfuhr. Darum war das Meer unberechenbar. Wolken und Wellen konnten umeinander schlingern. Tagsüber konnte es Nacht werden und in der Nacht taghell.

Nireka war den ganzen Vormittag durch den Nebel gepaddelt, um Distanz zwischen sich und Ydras Horn zu bringen. Sie wollte nicht, dass jemand nach ihr suchte und sie fand. Dass auch der Drache sie draußen auf dem Meer nicht finden könnte, schien ihr ausgeschlossen. Bis ein Gewitter aufzog.

Das wenige Tageslicht erlosch ganz in den Wolken. Kalte und lauwarme Winde begannen sich zu jagen und zerzausten die Wellenkämme. Das Boot schaukelte so, dass Nireka sich mit Armen und Beinen gegen die Innenseiten stemmen musste, um nicht hinauszufallen, aber es war so konstruiert, dass es sich immer wieder aufrichtete.

Die Wolken sanken tiefer, als wollten sie die Wellen plattwalzen. Einmal glaubte Nireka in der Ferne den Küstenstreifen auszumachen, aber sie musste sich auf das Auf und Ab des Wassers konzentrieren, und als sie das nächste Mal aufblickte, war schon nichts mehr zu sehen. Sie klemmte ihr Paddel im Boot fest und befestigte ihr Bootsseil an ihrem Handgelenk für den Fall, dass sie hinausgeschleudert wurde. Dann benutzte sie das Paddel, um Wasser, das immer wieder hereinschwappte, aus dem Boot zu schöpfen. Wilde Strömungen wirbelten sie im Kreis, bis eine Welle sich gegen andere durchsetzte und sie in die Höhe hob.

Unvorstellbare Wassermassen rollten unter ihr dahin. Fischschwärme oder Knäuel aus Seetang schienen in der Tiefe hin- und herzutreiben, fast so fern wie die Küste. Ein Blitz zerriss die Wolken. Einen Herzschlag lang wurde alles in gleißendes Licht getaucht. Nireka erkannte, wie tief der Abgrund am Fuß der Welle geworden war, die ihr Boot erfasst hatte. Weitere gigantische Wogen erhoben sich zu allen Seiten. Donner krachte, und Echos hallten durch die Täler der Wasserberge. Da öffnete die Welle ein schaumiges Maul und rollte abwärts. Das Boot drehte sich und rutschte in die Schräge. Es dauerte nicht lange, bis es von Wasserwänden umschlossen war. Nireka raste abwärts. Die Welle krachte über ihr zusammen.

Das Boot überschlug sich, verschwand. Sie stürzte durch tosende, brausende Finsternis. Der Ruck des Seils an ihrem Handgelenk riss ihr fast den Arm aus. Sie versuchte, sich daran festzuhalten, doch die Strömungen zerrten sie in verschiedene Richtungen. Der Druck des Wassers presste ihr die Luft aus den Lungen. Luft. Wo war die Oberfläche? Wie durch ein Wunder stieß sie mit dem Kopf aus den Wogen, rang nach Atem, ehe sie erneut unter Wassermassen begraben wurde. Aber das Seil zog noch an ihr. Noch war sie am Boot befestigt, und das Boot würde immer an die Oberfläche treiben, oder?

Sie versuchte, sich an dem Seil entlangzuziehen, aber es zerrte sie mal in die eine, mal in die andere Richtung, und manchmal war sie sicher, dass es sie in die Tiefe zog. Schließlich ließ die Spannung nach, und sie wurde unverhofft gegen das Boot geschleudert. Es war wie durch ein Wunder noch ganz. Nireka klammerte sich daran fest, versuchte hineinzuklettern. Eine Welle kam von vorn und neigte das Boot, so dass es fast über sie stürzte, aber nur fast. Es gelang ihr, ein Bein über den Rand zu schwingen, und als das Boot sich wacker wie eh und je wieder aufrichtete, fiel sie hinein.

Eine ganze Weile tat sie nichts anderes als sich festzuhalten, zu husten und Wasser hochzuwürgen. Ihre Lungen, ihr Bauch und ihr Hals brannten. Um sie herum wirbelten die Strömungen, aber der Donner klang schon ferner. Regen fiel in schweren Schleiern herab. Irgendwo brachen die Wolken auf, und ein Lichtstrahl bohrte sich ins tobende Meer. Und da sah

Nireka etwas zwischen den schwankenden Wassermassen. Sie blinzelte. Von allen Entdeckungen seit gestern war diese nicht die schockierendste, aber gewiss die unglaublichste.

Aus den Fluten ragte ein Turm.

6

SCHLOHWEISS WAR DER Turm. Das Wasser spülte durch die unteren Fenster, und Seetang hing aus ihnen hervor wie zerfetzte Vorhänge.

Ein plötzlicher Aufprall ließ Nireka zusammenfahren. Das Boot schrammte über etwas hinweg. Einen Dachgiebel, der eine Armlänge unter Wasser lag. Durch das schaumige, vom Regen zerschossene Wasser konnte sie es nicht genau erkennen, aber es schien, als wären weitere weiße Gebäude im Meer versunken. Hier und da tauchten die Zinnen einer Burgmauer zwischen den Wellen auf wie Zähne.

Wie und warum eine Burg mitten im Meer errichtet worden war, gab Nireka Rätsel auf. Aber es war keine Seltenheit, auf Ruinen der alten Welt zu stoßen, die von den Drachen vernichtet worden war. Soweit sie wusste, baute heute niemand mehr solche Wehrmauern, denn sie schützten zwar vor Armeen, nicht aber vor Drachen.

Eine Welle stürzte von oben auf das Boot, und ein hässliches Kreischen erklang, als der Dachgiebel sich durch den Bauch des Gefährts bohrte. Ein unnatürlicher Druck schien nun auf das Boot einzuwirken. Die nächste Welle riss die Bretter auseinander, mit der dritten Welle war das Boot in zwei Teile zerbrochen. Doch es sank nicht, sondern trieb merkwürdig auf den Fluten.

Nireka fiel abermals ins Wasser. Nein, nicht *ins* Wasser, sondern *auf* das Wasser.

Der Schock war schlimmer als der Schmerz. Unter ihr bewegte sich das Meer, die Wellen warfen sie vorwärts und zurück, aber sie weigerten sich, Nireka einsinken zu lassen. Sie prallte hart mit der Schulter auf, und Wasser spritzte ihr ins Gesicht, doch sie tauchte nicht einen Fingerbreit unter.

Was ging hier vor?

Das Seil war noch immer um ihr Handgelenk geknotet und verband sie mit einem Trümmerstück, das ebenso seltsam auf den Fluten herumschlitterte wie sie. Die anderen Teile des Bootes waren zwischen den Wellen verschwunden. Den Turm allerdings konnte sie noch sehen. Wenn sie es bis dorthin schaffte, könnte sie versuchen, an der Außenwand hinaufzuklettern bis zum nächsten Fenster. Die Fensteröffnung befand sich mal fünf, mal einen Meter über dem Meer, je nachdem, wie hoch die Welle gerade war, die sich gegen den Turm warf.

Der Grund unter Nireka wölbte sich und riss sie von den Füßen. Sie rutschte einen spiegelglatten Wellenhang hinab und auf dem Rücken einer anderen Welle wieder hoch. Womit auch immer sie es zu tun hatte, es war nicht so schlimm wie zu ertrinken.

Verbissen begann sie ihren Weg zum Turm. Sie schlitterte, krabbelte und fiel bäuchlings vorwärts und manchmal auch wieder ein Stück zurück. Sie prellte sich die Ellbogen und Knie und einmal auch den Kopf an dem Wasser, das so unnachgiebig wie Glas geworden war. Eine Welle kam von hinten. Nireka rannte vor ihr weg und rutschte auf dem Hosenboden in ein Tal zwischen den Fluten, um nicht zerschmettert zu werden. Sie verfluchte das Holzstück, das immer noch mit dem Seil an ihr hing und sie von allen Seiten schlug, aber sie hatte keine Gelegenheit, das Seil von ihrem Gelenk zu lösen.

Nach und nach näherte sie sich dem Turm. Nun bekam sie die Fontänen ab, die an seinen Mauern aufspritzten, und selbst diese Tropfen kamen ihr härter vor als normales Wasser. Dann sank die glasartige Fläche unter ihr. Das konnte nur eines bedeuten. Nireka sah sich um. Eine riesige Welle wuchs hinter den Regenschleiern an, und auf ihrem Kamm bildete sich der erste Schaum. Wenn diese Welle sie erfasste, würde sie ihr alle Knochen brechen.

Nireka stand auf. Ihre Schuhe hatte sie längst verloren. Barfuß begann sie über den schwankenden Grund zu laufen. Hinter ihr rauschte die Welle heran. Nireka holte das Holzstück ein – mittlerweile nur noch ein einziges gebogenes Brett von ungefähr eineinhalb Metern Länge. Sie packte es und warf es wie einen Speer durch die Fensternische in den Turm. Die Welle brach hinter ihr, rollte heran und zog ihr den Boden unter den Füßen weg. Das Seil an ihrem Gelenk spannte sich.

Den Ahnen sei Dank! Das Holzbrett hatte sich im Fenster verkeilt. Mit beiden Händen hielt sie sich an dem Seil fest und begann sich daran hochzuziehen, bis sie beide Füße gegen die Mauer des Turms stemmen konnte. Sie klammerte sich mit aller Kraft an das Seil, griff mit einer Hand über die andere, und Stück für Stück zog sie sich daran empor. Die Mauer des Turms war glatt wie polierter Kristall, und jetzt sah sie, dass es Salzstein war. Wie konnte das sein, mitten im Meer? Mit brennenden Handflächen erreichte sie die Fensteröffnung. Sie hievte sich hinauf und hindurch und plumpste mit dem Trümmerstück und dem Seil auf eine Wendeltreppe, die wenige Stufen tiefer unter Wasser stand, doch weiter oben trocken war.

Nireka schluchzte. Sie hatte es geschafft. Erst jetzt begriff sie, dass sie nicht wirklich daran geglaubt hatte. Wie hätte sie auch damit rechnen können, auf einen Turm mitten im Meer zu stoßen? Aber genau so war es. Ihr Leben war gerettet.

Jetzt konnte der Drache ihre Fährte aufnehmen und Ydras Horn verschonen.

Sie musste vor Entkräftung das Bewusstsein verloren haben. Jedenfalls kam sie zu sich und hatte das Gefühl, sehr lange fort gewesen zu sein. Ihre Kleider und Haare waren allerdings noch nass. Vermutlich war sie nur einen Augenblick weggetreten.

Sie kroch ein Stück höher, wo sich der Regen, der schräg durch das Fenster fiel, in einer Vertiefung der Stufe sammelte. Gierig trank sie, denn sie hatte so viel Salzwasser geschluckt, dass sie sich wie ausgedörrt fühlte. Dann untersuchte sie ihren Körper, der voller Schnitte und Prellungen war, aber nicht ernsthaft verletzt. An ihren Armen und ihren Rippen hatten sich bereits dunkelblaue Blutergüsse gebildet, wo sie gegen das widerständige Wasser geschleudert worden war, aber wie durch ein Wunder hatte sie sich nichts gebrochen.

Als sie Schatten bemerkte, die wie Aale über ihre Haut glitten, ließ sie das Hemd wieder herunter, stand auf und folgte wankend der Treppe nach oben. Ob das gläserne Wasser etwas mit ihrem Fluch zu tun hatte? Andererseits schien das Bauwerk aus reinem Salz zu bestehen, was möglicherweise mit der magischen Beschaffenheit des Wassers zusammenhing.

Nireka trat in einen Raum, der einmal ein schmuckes Kaminzimmer gewesen sein musste. Die Überreste eines Balkons ragten hinaus über das gläserne Meer in der Tiefe. Elegante Sitzmöbel lagen über den Boden verstreut, der Samtbezug einer Liege war aufgeplatzt, und die Strohfüllung hatte augenscheinlich Möwen als Nest gedient. In einer Nische neben dem Kamin stand ein riesiger Schreibtisch aus gemeißeltem Salzstein. Dahinter hing ein Teppich, vom Wind in Fetzen gerissen, doch sonst war jede freie Fläche von Schrift bedeckt. Nireka trat wankend näher. Jemand schien die Wände von oben bis unten beschrieben zu haben …

Gerade als sie zu lesen beginnen wollte, registrierte sie aus den Augenwinkeln eine Bewegung. Sie fuhr herum und blickte auf den Balkonstumpf hinaus. Nichts. Sie machte einen vorsichtigen Schritt nach draußen. Unter ihr schäumten die gläsernen Wellen und schienen sich nach ihr zu recken, erbost, dass sie entkommen war. Sonst bewegte sich nichts.

Den Sturm überlebt zu haben, noch dazu auf eine so unwahrscheinliche Weise, flößte Nireka einen merkwürdigen Mut ein. Dann würde es also wirklich der Drache sein, der ihrem Leben ein Ende setzte. Ihre Leiche im Meer hätte er wahrscheinlich nicht wittern können. Es war denkbar, dass er dann aus reinem Ärger über die Felder von Ydras Horn hergefallen wäre. Ja, es war gut, dass sie nicht auf diese Weise gestorben war. Sie betete nur, dass der Drache sie … dass er sie schnell verbrannte und nicht …

Ein Zittern erfasste ihre Hände. Ihr war schrecklich kalt. Und ihr wurde bewusst, dass sie noch nie so allein gewesen war wie jetzt. Tatsächlich kannte sie keine Einsamkeit. Wenn man mit zweitausend Leuten in einer Festung lebte, war man selten für sich.

Sie wandte sich den beschriebenen Wänden zu. Sie erkannte die schwungvolle, etwas schiefe Schrift, noch bevor sie den Namen entdeckte. *Aylen* stand unter einem langen Text, der von der Decke bis zum Boden reichte. Ganz oben stand: *Vom Wesen der Zauberkunst.*

Nireka las den Namen mehrmals, ohne es recht glauben zu können. Ein Lachen kitzelte sie in der Kehle. Konnte es Zufall sein? Sie war auf die verfallene Burg eines Zauberers gestoßen, dessen Einladung sie immer noch auf den Arm geschrieben trug. Vielleicht hatte die Einladung sie auch geleitet. Das war möglich. Sie betrachtete die kleinen schwarzen Zeilen auf ihrem Handrücken.

Dann hat Riwans Geschenk mich gerettet.

Aber letztlich spielte es keine Rolle, ob ein absurder Zufall sie hierher verschlagen hatte oder ein Zauber, der mehrere Jahrhunderte zu spät wirkte. Das Ultimatum des Drachen würde heute Abend ablaufen. Vielleicht war er jetzt schon auf dem Weg hierher. Jeden Moment konnte er auftauchen. Und dann würde die Schrift an den Wänden mit ihr in Ruß und Asche verschwinden.

Es sei denn, der Turm widerstand Drachenfeuer, so wie er dem Meer widerstand. Jetzt kicherte sie doch. Aber ihr schossen dabei Tränen in die Augen, denn Hoffnung zu hegen war schmerzhafter, als sich mit dem Schicksal abzufinden.

Sie riss sich zusammen, zog die Nase hoch und wischte sich über das Gesicht. Dann begann sie die Texte an den Wänden zu lesen, einfach, weil sie nichts Besseres zu tun hatte.

Unsere prachtvolle Welt Tana, der Ort der Ordnung, Sphäre von Tag und Nacht, ist Schauplatz zugleich des Krieges und der Liebe von Götterlicht und Geisterschatten, den großen Urmächten, aus deren Trennung und Vermengung alles gemacht ist ...

Nireka musste sich wieder die Tränen aus den Augen wischen. Die Nutzlosigkeit dieses Wissens, auf das sie in jeder anderen Situation gebrannt hätte, brach ihr das Herz. Selbst wenn hier offenbart wurde, wie Zauberei funktionierte – es würde ihr nicht mehr helfen. Vermutlich hätte sie nicht einmal genug Zeit, um auch nur einen Bruchteil zu lesen. Und selbst wenn es das Beste war, was sie mit ihrer verbleibenden Lebenszeit anstellen konnte, fehlte ihr die Ruhe. Sie schluckte gegen das Kichern in ihrem Hals an, das sie noch nie an sich gehört hatte und auch nicht hören wollte. Sie fürchtete, es könnte auch ein Schluchzen sein.

Da – eine Bewegung. Sie fuhr zusammen. Was sich bewegt hatte, verharrte nun wieder reglos, aber sie hatte sich nicht geirrt, bestimmt nicht. Der Besen, der vorhin in der Ecke gelehnt hatte, stand nun aufrecht im Raum, wie von Geisterhand gehalten.

Nireka wich zurück, bis sie mit dem Rücken die Wand berührte. Es musste ein verzauberter Gegenstand sein. Wahrscheinlich war er zu dem Zweck erschaffen worden, den Raum sauber zu halten. Aber dass er sich an sie herangeschlichen hatte und jetzt reglos stellte, verursachte ihr eine Gänsehaut. Langsam bewegte sie sich zur Tür.

Der Besen entfernte sich seinerseits ebenfalls von ihr. Wie unbeteiligt kehrte er ein wenig Staub zusammen, so als wollte er ihr zeigen, dass er sie nicht beachtete. Sie blieb im Türrahmen stehen. Der Besen fegte bedachtsam den Raum und näherte sich ihr auf eine Weise, die vorsichtig, beinah beschämt wirkte.

»Du hältst schon lange einsam den Posten, was?«, murmelte Nireka.

Der Besen reckte seinen Stiel nach ihr. Als wäre er ein Tier. Besonders an ihrer Hand schien er wittern zu wollen. Und da verstand Nireka: Es war die Zauberbotschaft, die ihn interessierte. Oder die etwas in dem leblosen Zauberding auslöste.

»Du kennst den hier wohl«, sagte Nireka und hielt dem Besen ihren Handrücken hin, wobei sie sich ziemlich albern vorkam. Es war eine Sache, mit einem Haustier oder einer Pflanze zu reden, aber eine ganz andere, einem Besen einen Text vorzuhalten. Sie konnte es sich trotzdem nicht verkneifen, und sei es auch nur, weil es guttat zu sprechen, als wäre jemand da. »Das war wohl dein Herr, dieser Aylen.«

Der Besen schoss in die Höhe, das Reisig weit gespreizt, und begann gegen die Decke zu klopfen.

Nireka, die in Deckung gegangen war, sah erschrocken zu, wie er durch den ganzen Raum wanderte und trommelte, als versuchte er davonzuschießen und würde an der Decke scheitern.

Da fiel Nireka etwas auf. Die Decke *leuchtete*.

Nireka hatte geglaubt, bereits am höchsten Punkt des Turms zu sein, aber nun erinnerte sie sich, von außen ein spitzes Dach gesehen zu haben. Und was auch immer dort oben war, es verströmte Licht. War das Drachenfeuer? Der Goldene hätte doch nicht landen können, ohne dass der Turm eingestürzt wäre, und erst recht nicht, ohne ein Geräusch zu verursachen. Dennoch war sie einen Moment lang wie gelähmt von der Vorstellung. Erst als sie sich überzeugt hatte, dass es unmöglich war, begann sie die Wände nach Geheimtüren abzutasten und schaute auch hinter die Teppichfetzen. Der Besen hatte sich inzwischen ein wenig beruhigt, flog aber immer noch in wilden Achten unter der Decke entlang.

Nireka hielt inne. Es gab auch keine Treppe nach oben. Es sei denn ... Sie kniete sich vor den Kamin. Er war so groß, dass sie bequem darin Platz gefunden hätte. Sie streckte eine Hand aus. Sie musste zwei Schritte tiefer hineinkriechen, bis sie die Rückwand ertasten konnte. Und eine Querstange.

Darüber war noch eine solche Stange. Sie kroch näher und blickte empor. Dort oben waberte das Licht und fiel auf weitere Leitersprossen in dem Kaminschacht. Nireka folgte ihnen aufwärts und drehte dann den Kopf, um sich auf dem Dachboden umzusehen.

Das Licht kam von einem riesigen Ei. Es sah aus wie aus rauchig schwarzem Kristall gemeißelt.

Mit weichen Knien kletterte Nireka in den Raum. Ihre Füße wirbelten Staubwolken auf, die Jahrzehnte, wenn nicht Jahrhunderte, ungestört geblieben sein mussten. Nur das Ei war glatt und rein, als wäre es nicht wirklich hier, auf diesem staubigen Dachboden, sondern in einem Reich unantastbarer Ewigkeit. Nireka bestaunte die grünen und silbernen Adern, die nicht nur an der Oberfläche zu sein schienen, sondern tief im Inneren. Und noch mehr war dort zu sehen. Als sie es erkannte, taumelte sie zurück.

Eine Frau.

Sie hatte die Beine leicht angezogen und die Arme ausgebreitet wie eine Tänzerin im Sprung. Ihre Augen waren geschlossen, ihre Miene wirkte ernst und konzentriert, aber friedvoll. Und sie war nackt. Ihre Haut schimmerte silbrig wie die von Grauen Elfen, aber ihre Züge wirkten eher menschlich.

Als Nireka endlich die Fassung wiedergefunden hatte, umrundete sie das Ei. Die Frau war nur aus bestimmten Winkeln gut erkennbar, wo die grünlichen und schwarzen Wolken im Kristall sie nicht verdeckten. Atmete sie? Sie schwebte in dem Ei so leblos wie ein Insekt in Bernstein. Dennoch wirkte sie nicht tot. Ihre dichten, dunklen Haare, Augenbrauen und Wimpern glänzten ohne ein Anzeichen von Verfall. Als stünde einfach die Zeit für sie still.

Im Raum unter ihnen erscholl ein Klappern, und Nireka schrak zusammen. Der Besen schien durch den Kamin kommen zu wollen, schaffte es aber nicht um die Ecke. Darum also war er so aufgeregt gewesen. Wegen …

»Aylen«, murmelte Nireka.

Ein Knacken erklang. Der Kristall schien sich bewegt zu haben. Oder etwas *in* ihm. Sein Licht flackerte und wurde schwächer. Es dauerte einen Moment, ehe Nireka bemerkte, warum: Eine der schwarzen Rauchwolken in dem Kristall war größer geworden und dämpfte den Schimmer. Hatte sich auch die Frau bewegt? Vielleicht bildete Nireka es sich nur ein, doch sie schien ganz leicht das Kinn gehoben zu haben.

»Aylen«, wiederholte Nireka, um zu testen, ob es etwas bewirkte.

Ein dumpfes Knacken ertönte. Die schwarzen und grünen Wolken in dem Kristall schienen sich zu Schlieren zu verflüssigen, ganz langsam, und als Nireka das Ei abermals umrundete, entdeckte sie Ausbeulungen, die vorher nicht da gewesen waren: eine oben und zwei unten.

»Was zum ...«, stammelte Nireka.

So langsam, dass man es kaum wahrnehmen konnte, bewegte sich die Frau im Gestein. Sie *reckte* sich. Das Knirschen und Knacken setzte sich durch den Stein fort, und Nireka sah, dass winzige Stellen an der Oberfläche aufsprangen, als würde diese anfangen zu schuppen.

Nireka sank zu Boden, weil ihre Knie so zitterten. Reglos saß sie da und sah zu, wie sich das Kristallei verformte. Es geschah so langsam, wie ein Eisbrocken in der Sonne schmolz, nur dass der Kristall nicht weniger wurde, sondern im Gegenteil zu *wachsen* schien. Die Frau darin änderte ihre Haltung nicht schneller als eine Blume, die sich dem Sonnenlicht zuneigte. Wer war sie?

Da begriff Nireka. Sie war selbstverständlich davon ausgegangen, dass Aylen ein Mann gewesen war. In keinem Geschichtsbuch oder sonstigen Schriftstück der alten Welt war je eine *Zauberin* erwähnt worden. Aber anscheinend war Aylen eine Hexe gewesen. Und aus irgendeinem Grund hatte sie sich in einen Kristall gebannt. Vielleicht aus Versehen? Es gab zahllose Legenden über ungebildete und unbedachte Hexen, die schreckliche Zauber wirkten, oft zu ihrem eigenen Schaden.

Nireka beobachtete den Kristall, doch bald schien er sich nicht mehr zu verändern. Sie wartete, bis ihr Durst übermächtig wurde. Schließlich kletterte sie wieder nach unten, wo der Besen aufgeregt um sie herumzuhüpfen begann. Auf dem zerbrochenen Balkon hatten sich Pfützen mit Regenwasser gebildet. Nireka trank sie langsam und nachdenklich aus.

Nur noch Nieselregen fiel, und Dunst trieb über dem Meer, so weit das Auge reichte. Blass schimmerte im Westen ein orangefarbener Streifen Helligkeit. Die Sonne musste gerade untergegangen sein. Nireka dachte an ihren Vater, an Patinka, ihre Nichte und ihren Neffen, ihre Nachbarn und die Kinder von Ydras Horn, denen sie das Lesen und Schreiben beibrachte. Auch an Kedina und Kani. Sie stellte sich vor, wie sie alle zu

Hause waren, in Sicherheit. Hoffentlich hatten sie aufgehört, das Saatgut wieder einzuholen, sobald sie gehört hatten, dass sie sich davongestohlen hatte. Sie dachte an Tokrim, dem wahrscheinlich ein Stein vom Herzen fiel, und in diesem Moment mochte sie sogar ihn. Und sie dachte an Riwan und stellte sich vor, wie der Ruinengänger in einigen Monden wiederkommen und erfahren würde, dass es sie nicht mehr gab.

Eine Weile betrachtete sie den Himmel. Wartete auf den Drachen. Als er nicht auftauchte, setzte sie sich so, dass sie den Himmel gut im Blick hatte und die Schrift an den Wänden im Zwielicht lesen konnte.

Zum Teil wurde Tana beschrieben, die Welt von Tag und Nacht, die zwischen den ewigen Sphären von Götterlicht und Geisterschatten lag. Drei Zauberberge gab es in Tana, auf deren Gipfeln die alten Gegensätze geballt aufeinandertrafen. Darum eigneten die Zauberberge sich als Gefängnis für Drachen, die von Erzmagiern der drei Völker bewacht wurden. All das wusste Nireka aus Büchern. Doch neu war für sie, dass die Erzmagier angeblich logen ... dass sie nicht Drachen in den Zauberbergen bannten, sondern unsterbliche Frauen, deren Tränen den Zauberern erst ihre Macht verliehen.

Nireka blickte zur Decke auf, durch die das Licht des Kristalleis schimmerte. Vielleicht war es keine böse Verleumdung der Zauberer, und Aylen hatte das wirklich geglaubt. Aber der Ausbruch der Drachen und ihr Auftauchen überall im Land hatte gezeigt, dass sie falschlag. Leider.

Inzwischen war das letzte Tageslicht erloschen, und draußen war die Finsternis so vollkommen, dass sie ebenso gut flach wie ein Tuch oder endlos tief hätte sein können. Nireka wartete darauf, Feuer im Dunkel aufleuchten zu sehen. Wo blieb der Drache?

Sie starrte in die Nacht, bis ihr die Augen zufielen.

Ein Klappern weckte Nireka. Sie fuhr auf, Panik wie eine Faust um ihr Herz geschlossen, doch am Himmel war immer noch kein Drachenfeuer, nur ein sehr blasser Streifen Helligkeit im Osten. Der Lärm kam von dem Zauberbesen, der schon wieder sinnlos versuchte, durch den Kamin nach oben zu gelangen.

Nireka pfiff leise, wie man einen Hund anlocken würde. »Besen. He, Besen!«

Tatsächlich schien der verzauberte Gegenstand aus dem Kamin zu lugen und streifte dann zögerlich zu Nireka. »Du scheinst Aylen ja ganz schön zu vermissen. Und schon ziemlich lange.«

Nireka überschlug im Kopf, *wie* lange. Man ging davon aus, dass die Drachen vor rund dreihundertsechzig Jahren ausgebrochen waren und die Zauberer ausgerottet hatten. Das bedeutete, Aylen war mindestens so lange schon in dem Kristall, vielleicht aber noch viel länger.

»Armer Bursche«, murmelte Nireka dem Besen zu. Einem Impuls folgend, streckte sie die Hand aus und streichelte den Stiel und das Reisig. Der Besen erzitterte, dass das Reisig raschelte. Dabei fiel Nireka auf, dass es gar nicht festgebunden war, sondern aus dem Ende des Stockes wuchs wie blattlose Zweige aus einem Winterbaum.

Der Besen flog unter ihrer Hand hindurch, dann an einer Wand mit Vorsprüngen entlang, auf denen Krüge und Töpfe unter einer Schicht Staub standen. Er klopfte gegen einen davon.

»Was willst du mir zeigen?« Nireka stand auf. In dem Lichtschimmer, der durch die Decke fiel, durchquerte sie den Raum und nahm das Tongefäß herunter. Nicht nur Staub, sondern auch weiße Federn und Salz bedeckten den großen Korken. Sie streifte alles ab, so gut sie konnte, und hustete. Als es ihr endlich gelang, das Gefäß unter Aufgebot ihrer ganzen Kräfte zu öffnen, zerbröselte der Korkdeckel wie ein Keks.

Ein muffig-süßlicher Geruch stieg ihr in die Nase. Sie schüttelte das Gefäß, fasste hinein und zog einen bräunlichen Stein hervor, an dem kleinere Steine klebten. Konnte das sein? Sie schnupperte und leckte vorsichtig daran. Es war Zucker! Der älteste Zucker, den sie je gesehen hatte, aber nichtsdestotrotz essbar. Sie lutschte den süßen Stein, der entfernt nach Zimtrüben schmeckte und auch nach altem Beerenschnaps.

»Danke, Besen«, sagte sie.

Der Besen strich wieder mit dem Reisig über den Boden, von einer Seite zur anderen. Dass er leblos war und dennoch eigentümlich beseelt, bereitete Nireka wie bei so vielen Zauberdingen Unbehagen. Konnte er Einsamkeit empfinden, wenn er so sehr versuchte, zu seiner Herrin zu gelangen? Hatte er ein Gefühl für Zeit, die über ihn hinwegströmte, ohne ihn je zu verwandeln und auszulöschen?

Nireka kam sich von dem Besen merkwürdig beobachtet vor, wie sie so den Zuckerklumpen aß. Sie beschloss, nach Aylen zu schauen. Schon als sie durch den Kamin nach oben kletterte, fiel ihr auf, dass das Licht schwächer war. Als sie den Kopf aus der Luke streckte, hielt sie erschrocken inne.

Der Kristall war gewachsen. So sehr, dass es kaum noch Platz zwischen ihm und dem Dach gab. Sein Umriss war auch nicht mehr eiförmig, sondern merkwürdig unregelmäßig.

»Was in aller Ahnen Namen geht hier vor?«, murmelte Nireka und zerbiss das letzte Klümpchen Zucker. »Was hast du dir bloß angetan, Aylen?«

Fast augenblicklich knackte und schnalzte der Kristall. Eine Lichtader zitterte durch das dunkle Gewölk im Stein, dann noch mal und noch mal, und das letzte bisschen Licht erlosch. Finsternis schlug über Nireka zusammen. Sie duckte sich in den Schacht hinab – gerade rechtzeitig. Über ihr krachte der Kristall gegen die Mauern. Die schrammenden, schabenden Geräusche hörten nicht auf. Ein dumpfes Klopfen kam dazu, als würden Felsbrocken fallen. Der Turm erzitterte.

Ein Feuerstrahl leuchtete auf, entzog dem Speicher alle Luft und ließ einen Windstoß durch den Schacht rauschen. Das Dach barst. Fast wäre Nireka von den Leitersprossen gefallen, denn die Wände wackelten, und Risse zogen sich durch den Salzstein. Bleiches Morgenlicht fiel auf sie herab. Dann wurde es dunkel, denn eine Tatze verdeckte den Schacht.

7

NIREKA HATTE SICH nicht geirrt. Sie hatte Klauen gesehen, hatte sie über den Stein schrammen hören. Dennoch glaubte sie es nicht. Die Tatze verschwand, und ein Quadrat Himmel erschien über Nireka. Nur für einen Moment. Dann schwenkte etwas Dunkles, Glänzendes über sie hinweg. Etwas Geschupptes.

Ein kolossales Brüllen, das in einer Feuersbrunst endete, ließ die Luft erzittern. Nireka spürte die Hitze der Flammen, ohne sie zu sehen. Das Dach bröckelte weiter, während sich das Monstrum hin und her bewegte.

»Besen!«, grollte eine Stimme, bei der sich Nireka der Magen umdrehte. Spätestens jetzt bestand kein Zweifel mehr, dass auf der zerstörten Turmspitze ein Drache herumtapste. Nur die Stimme eines Drachen dröhnte, als käme sie aus den eigenen Knochen, dem eigenen angstvollen Herzen. »Beruhige dich! Wo ist Totema?«

War das, was darauf folgte, etwa ein *Lachen*? Nireka wusste nicht, was die Laute sonst bedeuten mochten. Sie polterten wie eine Steinlawine aus der Drachenkehle.

»Totema?« Licht fiel auf Nireka herab, als der Drache seinen Schwanz schwenkte.

So leise wie möglich kletterte sie abwärts. Doch es war zu spät. Ein Schatten fiel über sie. Das Auge des Drachen blickte auf sie herab.

Feuer gloste in seiner Kehle, als er atmete. Nireka erstarrte. Sein Auge war türkisblau und menschlich – so menschlich, dass sie fast glaubte, darin ein Erschrecken zu erkennen.

»Wer bist du?«, fragte der Drache.

Sie öffnete den Mund. Aber sie brachte nichts hervor.

»Verstehst du mich?« Der Drache wich zurück, um sie im herabfallenden Tageslicht besser zu betrachten. »Was machst du hier?«

»Nireka ist mein Name. Und wie heißt du?« Noch immer klammerte sie sich an die Leitersprossen. So fest, dass ihre Knöchel hervortraten. Bisher hatte sie nie darüber nachgedacht, ob Drachen einen eigenen Namen besaßen, einen, der ihnen nicht von ihren Opfern verliehen worden war. Die Rückfrage war ihr reflexhaft herausgerutscht.

Der Drache beäugte Nireka. »Was machst du hier?«, wiederholte er mit einem Nachdruck, den Nireka in jeder Zelle ihres Körpers spürte.

»Ich bin in einen Sturm geraten … und dann … war es wie ein Wunder, dass ich hier …«

Der Drache schwenkte den Kopf, so dass er aus ihrem Blickfeld verschwand.

»Totema!«, rief er so laut, dass der Turm bebte. Dann entfaltete er seine schwarzen Schwingen und sprang.

Nireka schützte sich mit einem Arm vor dem Schutt, der herabregnete. Dann kletterte sie hoch und blickte der Bestie nach.

Es war der kleinste Drache, den sie je gesehen hatte – etwa so massig wie vier Pferde. Sein schwarzes Schuppenkleid schillerte silbrig in der Sonne, und die Musterungen an Stirn, Rücken und Bauch gingen in dasselbe Türkis wie seine Augen.

Er trudelte mit flatternden Flügeln durch die Luft. Ein kolossales Platschen erscholl, und Wasser spritzte etwa fünfzig Meter entfernt auf. Der Drache war ins Meer gestürzt. Ein Feuerball explodierte. Mit einem Geräusch, das wohl als nichts anderes als ein Schrei bezeichnet werden konnte, kam der Drache wieder an die Oberfläche. Strampelnd und Feuer spuckend kraxelte er auf die gläsernen Wellen, auf denen schon Nireka herumgetaumelt war, und machte einen Buckel wie eine nass gewordene Katze. Wieder spie er Feuer in die Luft, so als wollte er seinem Unmut Ausdruck verleihen. Doch dann tat er etwas, was Nireka nie erwartet hätte. Er legte die Flügel an, reckte sich – und tauchte kopfüber wieder in die Wellen, die keinen Widerstand leisteten.

Unter Wasser sah sie Feuerstreifen an seinem schmalen, wie für das Element geschaffenen Leib entlangwehen. Er tauchte um die versunkene Burg herum, so dass Nireka noch mehr halb zerfallene Gebäude, Mauern und sogar einen kleinen Hof unter Wasser erkennen konnte, die für Sekunden im Feuer aufschimmerten. Schließlich tauchte der Drache wieder auf, schnaubte und hustete und ließ sich auf dem Rücken treiben. Nireka schüttelte fassungslos den Kopf. Dass sie nach allem, was an diesem Tag geschehen war, immer noch in der Lage sein würde zu staunen!

Nach einer Weile kletterte der Drache wieder auf das sagenhaft feste Wasser und trocknete sich, indem er Flammen an seinem Körper entlangpustete. Dann streckte er sich und flatterte mit den Flügeln, wie um zu prüfen, auf welche Weisen er sich bewegen konnte. Einmal war Nireka sicher, dass er einen Blick zu ihr hochwarf, und duckte sich. Er spreizte die Flügel und sprang in die Luft. Obwohl er wie wild flatterte, kam er nur ein paar Meter hoch. Unsanft landete er auf den festen Wellen, schlitterte knurrend auf und ab und stolperte über seine eigenen Klauen. Fast hätte Nireka gelacht, so komisch sah es aus. Dann hatte er den Turm erreicht und kletterte daran herauf wie an einem Baumstamm. Ein bedenkliches Knacken lief durch das Gebäude. Der Drache kletterte mutwillig den Turm weiter empor. Er schien zufrieden damit, wie seine Klauen sich in den Salzstein gruben und wie sein Schwanz, um das Gleichgewicht zu halten, hin und her schwang. Immer wieder hielt er inne, um sich selbst zu begutachten.

Nireka beschloss, dass es Zeit war zu verschwinden. Sie kletterte die Leitersprossen hinab, krabbelte aus dem Kamin und wollte gerade durch das Turmzimmer laufen, um sich unten auf der Treppe zu verstecken, als der Drache seinen Kopf durch die klaffende Balkonöffnung schob.

Glut leuchtete in seiner Schnauze auf. Im warmen Schimmer sahen sie einander an. Seine Augen waren so menschlich, dass Nireka eine Gänsehaut bekam. Sie konnte nicht anders, als sich diese Augen im Gesicht der Frau vorzustellen, die sie im Ei erblickt hatte. Aylen. Gab es eine andere Erklärung für das, was sie beobachtet hatte, als dass der Drache aus dem Kristall, aus der Frau entstanden war?

Der Drache wandte den Blick von ihr ab, um sich im Raum umzusehen. Die verstaubten Regale, die zerfallenen Möbel mussten auch ihm Aufschluss darüber geben, dass viel Zeit vergangen war. Schließlich fixierte er wieder Nireka. Nichts Bedrohliches war in seinem Blick. Aber auch sonst keine Regung, die sie deuten konnte. Sie schluckte so laut, dass er es hören musste.

»Ich habe dich gesehen«, sagte sie in der Hoffnung, dass sie ihn irgendwie in ein Gespräch verwickeln und davon abhalten konnte, sie zu fressen. »Bevor du geschlüpft bist. Im Ei. Du warst ein ... eine Frau?«

Er schob sich mit dem halben Körper in den Raum und streckte die Klaue nach ihr aus. Gerade weil es so langsam geschah, fühlte Nireka sich wie gelähmt vor Schreck. Erst als er sie fast erreicht hatte, stolperte sie zurück und stieß gegen die Wand. Sie spürte Schweiß über ihrer Lippe brennen. Der Drache hielt inne, betrachtete sie prüfend; dann berührte er mit seiner Klaue ihren Arm und hob ihn höher. Er begutachtete den magischen Schriftzug auf ihrer Haut. Als der Drache ihr anschließend einen Blick zuwarf, glaubte sie ein Fünkchen Schalk in seinen Augen zu erkennen.

Wieder erbebte der Turm.

Der Drache schrie auf, warf den Kopf herum und verschwand in einem Regen aus Schutt. Nireka lief zur Balkonöffnung, um zu sehen, was geschehen war. Rings um den Turm war das Wasser nicht mehr zu sehen. Etwas Riesiges, Goldbraunes schlitterte über die gläsernen Fluten. Nireka erstarrte. Der Goldene war gekommen.

Er hatte den kleinen Drachen im Nacken gepackt. Flügel und Schwänze schäumten das Wasser auf, ohne einzusinken. Nireka hatte davon gehört, dass Drachen nichts und niemanden so sehr hassten wie ihre eigenen Artgenossen. *Nur ein Drache kann einen Drachen besiegen*, besagte ein Sprichwort. Es war klar, welcher in diesem Fall als Sieger hervorgehen würde.

Nicht nur war der Goldene alt, erfahren und mindestens zehnmal so groß wie der kleine Drache, der gerade erst geschlüpft war – er hatte auch den Überraschungseffekt auf seiner Seite. Der kleine Schwarztürkise begriff wahrscheinlich gar nicht, was geschah. Er schlug um sich, aber der Goldene hielt ihn weiter im Nacken gepackt, um ihm die Kehle zu zerbeißen oder um ihn zu ertränken. Lange konnte es nicht mehr dauern. Und dann wäre Nireka allein mit dem Goldenen.

Der kleine Schwarztürkise sah auf, und ihre Blicke trafen sich. *Nireka*, ächzte der Drache.

Hatte sie ihn wirklich gerade ihren Namen sagen hören? Nireka spürte einen kühlen Luftzug in sich, so als stünde ihr Herz offen. Schatten und Lichter flirrten über ihre Haut. Geisterschatten. Etwas regte sich in ihr, das nicht sie war. Etwas, das sich an ihr bediente. *Aylen*. Nireka war zu verblüfft über diese neue Empfindung, um sich zu wehren.

Der kleine Drache bäumte sich mit unerwarteter Kraft auf und peitschte dem Goldenen mit seinem Schwanz ins Auge. Der Goldene ließ ihn los und strauchelte. Schon sprang der kleine Drache ihm an die Kehle. Er riss den Kopf zurück, und das Geräusch reißender Schuppen hallte über das Meer. Eine Feuersäule schoss aus der klaffenden Wunde. Dann stürzte der Goldene zuckend auf die gläsernen Wogen und versuchte, sich zu fangen.

»Sabriel«, stieß der kleine Schwarztürkise aus, als er ihn zum ersten Mal wirklich sah.

Der Goldene würgte und fauchte. »Woher kennst du meinen Namen? Wer bist du?«

»Wo ist Totema?«

»Totema«, wiederholte der Goldene und begann zu lachen, wobei Rauch und Feuer aus seiner Wunde drangen. »Komm her, ich erzähle dir von Totema.«

Der goldene Drache, der offenbar Sabriel hieß, schlug mit den Klauen nach dem kleinen Schwarztürkisen. Doch Sabriel wirkte nun schwerfällig, seine Bewegungen unkoordiniert, und der Schwarz-Türkise wich ihm mit Leichtigkeit aus.

»Sabriel!«, rief er erneut. »Bei deinem Namen banne ich dich!«

Sabriel gab Laute von sich, die beinah wie Worte klangen, aber keine waren. So als hätte er vergessen, wie man sprach …

Nireka spürte wieder den kühlen Luftzug in sich. Sie wusste, dass der schwarz-türkisblaue Drache ihn verursachte. Die Frau aus dem Kristall. Aylen. Wie war das möglich?

Schließlich schlug der Schwarztürkise seine Zähne erneut in die Kehle des anderen. Diesmal ließ er dabei Flammen aus seinem Maul lodern. Sie fraßen sich wie eine weiße Klinge aus Licht durch Sabriels Nacken. Noch nie hatte Nireka einen Drachen bluten sehen. Eine dicke, dunkle Flüssigkeit schwappte hervor, als Sabriels Kopf zur Seite knickte. Der Schwarztürkise – Aylen – stürzte sich auf das Blut. Er umklammerte den offenen Hals wie einen Baum, leckte und trank.

Nireka wich zurück. Auf den Wellen trieb ein größer und größer werdender öliger Teppich. Aber auch wenn sie nicht mehr als das sah, *hörte* sie, wie der kleine Drache den großen fraß. Ob sie wollte oder nicht.

Der Goldene, ein unsterbliches Geschöpf, war tot. Und sie lebte.

Auf einem halb versunkenen Turm mitten im Meer, mit einem Drachen, der in der Vergangenheit eine Hexe gewesen war.

8

NACH DEM KAMPF wirkte das Meer ruhig wie ein zerbrochener Spiegel. Hunderte, wenn nicht gar Tausende von Schuppen, die den diesigen Himmel reflektierten, trieben auf den Wellen. Manche waren klein wie eine Handfläche, andere breit wie eine Tür. Nireka sah zu, wie sie sich in alle Richtungen verteilten.

»Ich danke dir«, ertönte die tiefe, grollende Stimme des Drachen, der einmal eine Frau namens Aylen gewesen war.

Sein Kopf erschien vor dem Balkonvorsprung, und Nireka sog scharf die Luft ein. Er war gewachsen. Nein, nicht einfach nur gewachsen, sondern vier- oder fünfmal so groß geworden wie vorher. Sein Kopf war riesig. Und seine Zähne, durchscheinend schwarz wie der Kristall, aus dem er entstanden war, hatten nun die Länge ihrer Arme. Nur seine Augen waren noch von derselben stillen Aufmerksamkeit erfüllt wie zuvor. Der Farbverlauf auf seiner Stirn erweckte beinah den Eindruck, als hätte er Augenbrauen, die ihm einen nachdenklichen, fast melancholischen Ausdruck verliehen. So wie bei der Frau im Kristall. Der Frau, die vielleicht nun in diesem monströsen Leib steckte.

Aber wie konnte das sein? Nireka hatte immer geglaubt, Drachen seien ewige Wesen, die nicht geboren wurden und starben.

»Ohne deine Hilfe wäre ich besiegt worden«, fuhr die Bestie fort, ihre Stimme nun leiser, aber immer noch donnernd wie eine Lawine von Kieselsteinen. »Warum bist du wirklich hier?«

Nireka schluckte. »Der Goldene, Sabriel, war hinter mir her, weil ...« Konnte es sein, dass der Drache es nicht wusste? Nireka wollte ihn nicht darauf aufmerksam machen, dass sie von Geisterschatten besessen war, falls er es nicht schon bemerkt hatte. So sagte sie stattdessen: »Ich schätze, du hast mir ebenso das Leben gerettet.«

»Auf welcher Seite stehst du?«, fragte der Drache unbeeindruckt.

»Auf welcher Seite?«

»Wenn Sabriel dich übers Meer verfolgt hat, musst du zu den Zauberern gehören. Aber du bist eine Frau. Ich dachte, sie nehmen keine Frauen auf.«

»Ich habe noch nie eine Zauberin oder einen Zauberer getroffen«, erwiderte Nireka.

Die Augen des Drachen wurden schmal, als suchte er nach Gründen, weshalb sie lügen würde. »Wer bist du? Warum bist du hier?«

»Ich war auf der Flucht vor dem Drachen, den du Sabriel genannt hast, bin in einen Sturm geraten und hier gelandet.«

»Du willst mir weismachen, du hättest sie zufällig zu meinem Turm gelotst?«

Sie? Auch dass Drachen männlich oder weiblich sein konnten, hörte Nireka zum ersten Mal.

»Ich glaube«, sagte der Drache ruhig, »du hast meine Einladung benutzt, um Sabriel herzuführen.«

Nireka schüttelte den Kopf. »Ich schwöre, nein.«

Der Drache maß sie mit seinem Blick. »Wer hat dich das Zaubern gelehrt?«

Sie zögerte mit einer Antwort. Griff der Drache sie lediglich deshalb nicht an, weil er ihr Zauberkräfte unterstellte? Dann klärte sie das Missverständnis besser nicht auf. Sie schluckte. »Du warst eine Zauberin, Aylen, nicht wahr?«

»Du kannst ruhig Hexe sagen.«

Nireka wurde schwindelig. Sie musste sich gegen die geborstene Mauer lehnen, und es fiel ihr schwer zu atmen. »Waren alle Drachen einmal Zauberer?«, fragte sie matt.

»Nein. Hexen.«

Nireka spürte, wie sich ihr Magen zusammenzog. All die Drachenangriffe, die sie erlebt hatte, die Zerstörung, die grausamen Morde, begangen von ... von Frauen wie der in dem Kristall?

Der Drache musterte sie eingehend. »Du hast keine Kontrolle über die Geisterschatten in dir? Du kannst keine Zauber wirken?«

»Niemand hat Kontrolle über Geisterschatten«, sagte Nireka. »Es gibt schon lange keine Zauberer mehr.«

Der Drache starrte sie an. »Wie lange?«

»Die letzte Aufzeichnung von magischem Wirken ist ungefähr dreihundertsechzig Jahre alt.«

Der Drache fuhr zurück, als wäre er geschlagen worden. Sein Kopf verschwand.

Nach einer Weile trat Nireka auf den Vorsprung hinaus und spähte hinab. Der Drache hielt sich am Turm fest, den Blick zum Horizont gerichtet, wo das Meer mit den Wolken verschmolz. Seine Klauen waren fester in die Mauer gekrallt, als nötig gewesen wäre.

»Also haben die Drachen gewonnen«, stellte er fest.

Es war keine Frage. Nireka musste nicht antworten.

»Aus allen drei Zauberbergen wurden die Drachen befreit?«, fragte er dann.

»Ich glaube, ja. Es gibt viele Drachen.«

»Viele? Wie viele?«

»Da, wo ich herkomme, haben wir in den letzten fünfzig Jahren vierzehn gezählt. Früher gab es viel mehr, aber dafür waren sie kleiner.«

»Vierzehn«, wiederholte der Drache mit Panik in der Stimme. »Das kann nicht sein. In den Bergen waren neun gefangen. Wie kann es vierzehn geben?«

Nireka dachte nach. »Sie müssen entstanden sein. So wie du.«

Der Drache schwieg, den Blick zum Horizont gerichtet. Nireka sah, dass seine Brust sich schnell hob und senkte, und aus seinen Nüstern drangen Rauchwolken. Schließlich fragte er: »Wer herrscht in Peyra?«

Nireka erinnerte sich, den Namen einmal irgendwo gelesen zu haben. Ein Königshof der Menschen hatte so geheißen. »Soweit ich weiß, gibt es kein Peyra mehr. Es gibt überhaupt keine Königreiche mehr. Nur die sieben Untergrundfestungen der Zwerge auf den Inseln«, sagte sie. »In den Gebirgen gibt es Menschendörfer. Die Elfen reisen als Nomaden, so wie früher, habe ich gehört. Nur um Tahar'Marid gibt es größere Siedlungen an der Oberfläche, die sich nicht verstecken.«

»Tahar'Marid«, wiederholte der Drache geistesabwesend. »Wenn es keine Zauberer gibt, wer dient dann den Drachen als Quelle?«

Nireka zögerte. »Ich weiß nicht, was du meinst.«

»Du hast dich mir als Quelle zur Verfügung gestellt.« Er klang ungeduldig. »Als wir Sabriel besiegt haben. Darum dachte ich, du seist eine Hexe.«

Er musste den Moment meinen, als Nireka sich seltsam von ihm geöffnet gefühlt hatte. Dann war es also nicht nur Einbildung gewesen – er hatte irgendwie ihre Geisterschatten benutzt, um stärker zu werden als der goldene Drache.

»Wie erhalten sich die anderen Drachen am Leben?«, erkundigte sich der Schwarztürkise.

Nireka schluckte und sah ihn an. »Die Drachen fressen uns«, sagte sie leise.

Der Drache erwiderte ihren Blick aus seinen großen, türkisblauen Augen, ohne etwas zu sagen. Nireka musste gegen den Drang ankämpfen zurückzuweichen. Wenn er sie töten wollte, konnte er es so oder so tun, ob sie sich zu verstecken versuchte oder nicht. Er senkte den Kopf und verschwand aus ihrem Gesichtsfeld.

Schließlich spähte Nireka nach draußen. Der Drache war noch da, zusammengekauert am Fuße des Turms wie ein Häufchen Elend. Ein fünf Tonnen schweres Häufchen Elend. In diesem Moment glaubte Nireka wieder Aylen, die Frau im Kristall, an der ermatteten Haltung und der grimmigen Mimik zu erkennen – sofern bei seiner Schuppenmusterung von Mimik die Rede sein konnte.

»Das war nicht, was wir wollten. Nicht, was wir erwartet hatten«, murmelte der Drache. »Wir hatten es gut gemeint.«

»Wer ›wir‹?«

»Totema und ich.« Als er aufblickte, lag blanke Verzweiflung in seinen Augen. »Ich bereue nicht, die Erzmagier gestürzt zu haben. Aber wir hätten den Drachen nicht trauen dürfen.«

Nirekas Verstand raste, ohne dass sie etwas begriff. »Du hast die Erzmagier gestürzt?«, wiederholte sie.

»So ist es. Mein Name lautet Aylen.« Der Drache richtete sich wieder auf und sah ihr in die Augen. »Ich habe die Herrschaft der Erzmagier beendet und die Drachen aus den Zauberbergen befreit.«

Der Meereswind fegte Nireka ins Gesicht, und sämtliche Härchen an ihrem Körper stellten sich auf.

»Hat die Welt mich vergessen?«, fragte der Drache. »Nun, vielleicht ist es besser so.«

»Nein.« Nireka schlug das Herz bis zum Hals. »Die Geschichte kennt jeder. Der Erzmagier des Elfenvolkes wurde von seiner Geliebten dazu verleitet, die Bestien zu befreien. Warst ... du diese Geliebte?«

Der Drache legte die spitzen Ohren an. »*Das* ist die Geschichte, die man sich erzählt? Was erzählt man sich genau über mich?«

Nireka schluckte. »Dass die Geliebte des Erzmagiers eifersüchtig war, weil er nie Zeit für sie hatte, und verlangte, dass er die Welt ins Chaos stürzt, um ihr seine Liebe zu beweisen.«

Der Drache stieß Rauchwolken durch die Nüstern aus. »Eifersüchtig«, wiederholte er fauchend. »Eifersüchtig? Nicht neidisch? Oder gierig? Das sind doch die anderen beiden Eigenschaften, die eine einflussreiche Frau kennzeichnen. Wie konnte man sich bloß auf Eifersucht festlegen? Oh, dreihundertsechzig Jahre, und die Welt ist keinen Deut besser geworden!«

»Dann ist die Geschichte nicht wahr?«

»Nein!«, polterte der Drache. Er schnaubte noch mehr Rauch.

»Wie war es wirklich?«

»Wer würde einer Hexe schon glauben?«, grollte der Drache. Ihm schien selbst aufzufallen, dass ihn jetzt wohl niemand mehr als Hexe wahrnehmen würde. Kurzerhand wandte er sich ab.

Nireka sah, wie er über die Wellen wankte und weiter draußen ins Wasser hinabglitt. Eine lange Zeit blieb er verschwunden – oder sie. Was auch immer Aylen nun war. Wieso hatte die Hexe sich überhaupt verwandelt? Was konnte jemanden dazu treiben, ein Monster werden zu wollen? Nireka fröstelte und schlang die Arme um ihren Oberkörper.

Als der Drache wieder aus dem Wasser glitt, schien er an etwas herumzukratzen. Mit ausgebreiteten Flügeln kam er hüpfend zum Turm zurück. Er schob eine Tatze durch die Balkonöffnung herein und legte drei Fische vor Nireka ab.

»Du musst hungrig sein«, sagte er, zog mit einer Klaue einen Holzstuhl zu sich und ließ ihn in Flammen aufgehen, wobei er aufpasste, seinen Atem nicht zu nah an Nireka herankommen zu lassen. Dann schob er den brennenden Stuhl in den Kamin.

»Danke«, stammelte Nireka. Sie bemerkte, dass die Fische sogar schon ausgenommen waren. Er musste seine Klauen wie ein Messer benutzt haben. Unter dem erwartungsvollen Blick des Drachen steckte sie die Fische auf den eisernen Schürhaken, der beim Kamin hing, und schob ihn in die Nähe des Feuers. Wenn ihr jemand vor einem Tag gesagt hätte, dass ein Drache ihr Fische fangen würde, hätte sie nicht einmal aus Höflichkeit gelächelt. Aber schließlich war nichts mehr wie vor einem Tag.

»Willst du wissen, was wirklich passiert ist?«, fragte der Drache.

Nireka musste nicht großartig nachdenken. Ihr Leben lang hatte sie darüber gerätselt, was damals wohl geschehen war. Sie zögerte nur, weil sie nicht verstand, was der Drache davon haben sollte, ihr seine Geheimnisse preiszugeben. Aber ihr fiel nichts ein, was er im Schilde führen könnte. Also nickte sie. »Ich wäre dir dankbar, wenn du es mir erzähltest.«

Der Drache zog die Lefzen hoch und entblößte seine schwarztransparenten, armlangen Reißzähne. Es dauerte einen Moment, ehe Nireka begriff, dass es ein Grinsen war.

Nicht erzählen. Zeigen.

Nireka wich zurück. »Was war das?«

Ich kommuniziere mit dir, wisperte eine klanglose Stimme in ihr.

Nireka hielt den Atem an, als der Drache die Geisterschatten in ihr durchflutete und Raum einnahm, wo sie nicht geahnt hatte, dass es überhaupt Raum gab. Und er bot ihr umgekehrt an, auch in ihn einzutreten. Sie spürte es so deutlich, als wäre eine Tür vor ihr aufgetaucht. Er nahm sie bei der Hand und führte sie hindurch zu sich.

Seine Hand … Sie wusste, wie sie sich *anfühlte*. Klein und warm und trocken. Wie die Fingernägel sich von der etwas dunkleren, silbrigen Haut abhoben. Nireka schloss die Augen, weil die Sinneseindrücke von innen sie vollkommen einnahmen.

Eine Woge der Vertrautheit überkam sie. Ihre Grenzen erzitterten und schmolzen vor Wärme, so dass sie nicht mehr sagen konnte, wer sie war und wer die andere Frau. Der Drachenleib wurde ihrer, groß und mächtig, außen schwer wie Eisen und innen hohl und leicht wie ein sternloser Himmel. Doch wer Nireka an der Hand hielt, war die Erinnerung an einen anderen, viel kleineren Körper. Aylen war ein Halbblut gewesen, Tochter von Menschen und Grauen Elfen. Wie merkwürdig, dass es eine so große Rolle gespielt hatte, wo es doch kaum mehr als ihr Aussehen betraf.

Selten reichen Blicke unter die Oberfläche der Dinge, sagte Aylen. *Aber du kannst in die Tiefe meiner Zeit schauen.*

Die Tiefe?, fragte Nireka.

Und da flogen wie Laub im Wind Erinnerungen auf, und Nireka streckte sich nach einer aus und sah …

9

AYLEN KAM IN der Abenddämmerung, als die Sonne untergegangen war und die Himmelsglut zu metallischem Glanz abkühlte. Die Grauen Elfen hatten gerade ihr Lager für die Nacht im Windschutz einer Felsgruppe aufgeschlagen, als sie die junge Frau sahen. Sie wunderten sich, dass keiner ihrer Wolfshunde bellte. Aufgeregt rannten die Kinder zusammen, und ein paar Jugendliche, hungrig auf Heldentaten, schwangen sich sogar auf Pferde, um den Stamm mit ihren weißen Pfeilen und Bögen gegen die Fremde zu verteidigen. Doch Aylen wirkt nicht bedrohlich, wie sie so gelassenen Schrittes durch die Steppe kam, bewaffnet mit nichts als einem seltsamen Stab ...

Als die Grauen Elfen erkannten, dass der Stab ein Besen war, den sie lässig über der Schulter trug, begannen sie zu lachen.

Ihre staubigen, an den Säumen zerschlissenen Männerkleider verrieten, wie lange sie schon auf Wanderschaft war. An ihrer silbrig schimmernden Haut, ihrer schmalen, hohen Nase und den hellen Augen ließ sich erkennen, dass sie von den sesshaften Grauen Elfen aus Lepenthe abstammte, die sich seit Generationen mit den Menschen dort vermischt hatten – ein Halbblut. Die Grauen Elfen, die noch an der alten Lebensweise ihres Volkes festhielten, verachteten die Bauern von Lepenthe zwar dafür, dass sie sich ein Leben lang an Felder und Obstwiesen ketteten wie die Menschen, aber es hatte nie Krieg zwischen ihnen gegeben. Im Großen und Ganzen ging man sich höflich aus dem Weg. Darum war es umso überraschender, eine Sesshafte so weit von zu Hause entfernt zu sehen.

In einigem Abstand blieb Aylen stehen und stützte sich auf ihren Besen. Die Hunde liefen nervös herum, aber auch jetzt bellte keiner, fast so, als hätten sie ihre Stimmen verloren. Das schwache Licht der Dämmerung schien sich um die Fremde zu verdichten, während das von Felsformationen durchsetzte Grasland in Dunkelheit versank.

Aylen ließ den Blick über das Lager schweifen, und als sie sich der Aufmerksamkeit der Leute sicher war, verneigte sie sich vor ihnen, wobei sie den Besen elegant hinter sich schwang.

»Sollen wir sie einladen?«, fragten sich die Grauen Elfen.

»Sie ist ein Halbblut aus Lepenthe, was will sie bei uns?«

»Ein Wanderer ist ein Wanderer – sie soll ihre Geschichte erzählen!«

»Was hat eine Bäuerin schon Spannendes zu erzählen?«

Sie konnten nicht ahnen, dass Aylen längst unter ihnen war und alles mit anhörte. Die Fremde, die die Leute im Abendlicht sahen, war nur ein Spiegelbild – ein Werk von Zauberei. Die echte Aylen hatte sich unbemerkt als Schatten ins Lager geschlichen, sichtbar, aber übersehen, denn sie wollte herausfinden, ob sie hier willkommen war oder lieber weiterzog. Sie konnte nicht vorsichtig genug sein nach dem, was sie erlebt hatte.

Die Leute schienen unschlüssig, ob ihre Gesellschaft eine warme Mahlzeit wert war, aber sie überlegten nicht, ihr etwas anzutun. Aylen bewegte die Finger wie Flammen und ließ sie aus Hüfthöhe bis über ihren Kopf steigen. Ihr Spiegelbild richtete sich auf und ließ den Besen los. Doch statt umzukippen, schwebte der Besen in der Luft.

Der Wind ließ das Reisig des Besens erzittern. Langsam begann er sich im Kreis zu drehen. Als die Grauen Elfen ihre Stimmen wiederfanden und aufgeregt zu reden begannen, griff Aylens Spiegelbild wieder nach dem Besen, doch der ruckte in die Höhe – und zog Alyen mit. Die Grauen Elfen schnappten nach Luft. Eine Handbreit schwebte sie nun über dem trockenen Steppengras. Dann ging sie um den Besen herum, ohne dass ihre Füße die Erde berührten, begann zu hüpfen und ein wenig um ihn zu tanzen. Im Schatten lächelte Aylen, und ihr Spiegelbild im Licht lächelte mit.

Die Grauen Elfen stießen Laute des Erstaunens aus. »Eine Hexe!«

Aylen ärgerte sich über die abfällige Bezeichnung, denn sie war eine *Zauberin*. Doch sie hörte mehr Begeisterung als Verachtung oder Furcht aus den Stimmen heraus, und das war ein gutes Zeichen. Sie beschloss zu bleiben. Zusammen mit einem Pulk aus Neugierigen lief sie ihrem Spiegelbild entgegen. Als sie es umzingelten, trat sie ins Licht und wurde eins mit der Illusion, die nun wieder auf dem Boden aufzukommen schien und den Besen gegen ihre Schulter lehnte. Niemand sah, wie das Spiegelbild mit der wirklichen Frau verschmolz. Alle bestaunten den Besen, dessen Reisig sich wie kleine, dünne Arme streckte und reckte und Hände schüttelte. Doch einige empfanden das Bedürfnis zu blinzeln, so als hätte die Abendbrise ihnen etwas von dem grauen Sand in die Augen geweht, der manchmal von der Wüste Uyela Utur bis ins Hochland wehte. – Und tatsächlich waren die kurzen, dunklen Locken und die Falten der Kleidung der Fremden voller grauem Sand.

»Der Besen lebt!« Die Kinder riefen alle durcheinander. »Kann man auf ihm reiten? Kommst du vom Zauberberg der Menschen? Hast du deine Ausbildung beim Erzmagier dort gemacht? Lässt du uns auf deinem Besen fliegen?«

»Ich komme vom Berg Gothak«, bestätigte Aylen. »Aber der Erzmagier ist nicht mein Meister. Er ist mein Feind.«

Das sorgte für verblüffte Stille. Doch mit ihrem Besen hatte sie die Herzen der Leute erobert. Sie nahmen sie an den Händen, führten sie an das Lagerfeuer, in das noch Holz nachgelegt wurde, und umsorgten sie wie einen Ehrengast.

Dankend nahm sie einen Becher heißen, mit Lavendel aromatisierten Honigwein entgegen. Er schmeckte köstlich nach all den Wochen, in denen Aylen nichts als das ungesalzene Fleisch von selbst erlegten Tieren gegessen hatte. Eine hübsche Frau stellte ein Tablett vor ihr ab, beladen mit klebrigen Küchlein aus Rahm, Mandeln, getrockneten Aprikosen und dem dunkelroten, fast schwarzen Honig der Erdbienen, die es nur hier in der Hochebene gab. Ausgehungert, wie Aylen war, schob sie sich ein Küchlein ganz in den Mund. Die Graue Elfe lächelte sie an, weiße Zähne in einem silbrig schimmernden Gesicht. Schöne Frauen machten Aylen immer ein wenig befangen, darum senkte sie den Blick und tat, als müsste sie sich Honig von den Fingern lecken.

Ein älterer Mann zog ihr schwatzend die Schuhe und den Umhang aus, um die Risse und Löcher zu flicken, und zwei junge Mädchen gaben ihr Gewänder, während eine weißhaarige Frau ihre vor Schmutz starrenden Kleider zum Waschen fortbrachte.

»Brauchst du noch etwas? Willst du ein Bad nehmen?«, fragten die Grauen Elfen freundlich.

Sie hatte sich noch am Morgen im eisigen Flusswasser gewaschen, aber eine Sache wünschte sie sich wirklich seit langem. Sie fuhr sich über den Kopf. »Würde mir jemand den Gefallen tun, mir die Haare abzurasieren? Sie sind viel zu lang.«

Das sorgte für allgemeine Erheiterung. Aylen hatte sich den Kopf geschoren, als sie ihr Dorf in Lepenthe verlassen hatte, doch inzwischen war ihr wieder ein welliger, dunkelbrauner Teppich in den Nacken gewachsen. Bei den Grauen Elfen hier trugen die Frauen ihr Haar, das die Farbe von Silber und Gold hatte, in langen Zöpfen, und nur die Männer ließen sich Muster ins Schläfenhaar rasieren. Mehrere Elfen traten vor, um ihr diesen Dienst zu erweisen. Sie wählte eine Hochschwangere, die ihr Talent, Haare zu schneiden, so laut und blumig anpries, dass sie die Anwesenden damit zum Lachen brachte. Sie plapperte fast unentwegt, während sie Aylen Schlangenmuster auf den Kopf rasierte – angeblich waren Schlangen die Schutztiere von Reisenden, die allein unterwegs waren wie sie.

Aylen wusste natürlich, dass die Leute sich in der Hoffnung um sie scharten, dass sie ihnen helfen würde. Nicht umsonst versuchten vor allem Alte, Kranke und Schwangere, ihr Gutes angedeihen zu lassen. Sie schenkten ihr Essen, Kleidungsstücke, Armbänder mit winzigen Glöckchen daran und allerhand andere Dinge, die ungeeignet waren, um sie auf ihrer Reise mitzunehmen, so dass sie sie freundlich ablehnen musste. Sie konnte ohnehin niemandem helfen, denn sie war keine ausgebildete Zauberin und verstand nichts von Heilungen. Aber wem sie in die Augen sah, den konnte sie für eine Weile überzeugen, keinen Schmerz und keine Sorge mehr zu empfinden. Die Dankbarkeit der Leute, die sich für geheilt und gesegnet hielten, war ihr ein wenig unangenehm, und da man dies mit Bescheidenheit verwechselte, stieg sie noch im Ansehen der Leute.

Währenddessen umringten die Kinder Aylens ständigen Begleiter, der sich bereitwillig streicheln ließ und gelegentlich ein Kind mit seinem Reisig kitzelte.

»Wieso hast du einen Besen dabei, wenn du gar kein Zelt hast, das gefegt werden muss?«, wollte ein Junge wissen.

»Gute Frage«, lobte Aylen. »Aber es ist kein Besen. Es ist ein Stab. Ein Zauberstab.«

Bei genauerer Betrachtung konnte man sehen, dass das Reisig nicht am Stiel angebunden war, sondern daraus hervorwucherte. Die Kinder reckten die Köpfe.

»Sieht trotzdem aus wie ein Besen«, gluckste der Junge. Die anderen gaben ihm recht.

Früher hatte es Aylen unsäglich geärgert, wenn man ihren Stab als Besen bezeichnet hatte. *Nur eine Hexe mit einem Besen.* Aber jetzt rang sie sich zu einem Lächeln durch, denn die

Kinder meinten es nicht böse. »Nun, wie so oft in der Zauberei trügt der Schein.«

»Fegt er von selbst?«, fragte ein Mädchen.

»Wäre es ein Zauberbesen, wäre er jetzt im Dienst eines Fürsten und würde die Gemächer einer feinen Dame sauber halten. Aber da ich meinen Stab nicht absichtlich erschaffen habe, ist er für jegliche Art von Arbeit zu ... eigenwillig.«

»Wozu ist der dann gut?«, fragte der Junge.

»Ich fürchte, zu gar nichts. Was daran liegt, dass ein Teil meiner Seele in diesem Holz steckt.«

Aylen erwartete, dass jetzt die Frage nach dem Fliegen kommen würde, so wie immer, doch der Junge betrachtete nur ehrfürchtig den Besen. »Wie heißt er?«

Aylen biss sich in die Backe. »Also, ich nenne ihn meistens ... Besen.«

»Besen«, wiederholten die Kinder respektvoll im Chor, und Aylen musste grinsen.

Als das letzte Tageslicht verblasst war und das Lagerfeuer gelb und fröhlich flackerte, entlockten ein paar Musiker ihren Trommeln und Rasseln die Rhythmen, für die die Grauen Elfen berühmt waren – aber nicht wild und laut, wie man es von ihnen kannte, sondern langsam und leise, so wie Pferde, die sich aufmerksam dazugesellten, um zu begleiten, was auch immer die Zauberin erzählen mochte.

In großen Kesseln wurde Eintopf gekocht. Bis er fertig war, bereiteten ein paar ältere Frauen dünne Streifen Ziegenfleisch und Fladenbrote auf Steinplatten zu, die sofort mit Wiesenkräutern verzehrt werden konnten. Aylen aß heißhungrig davon. Fast stiegen ihr Tränen in die Augen, weil es so gut schmeckte und weil ihr klarwurde, wie sehr sie es vermisst hatte, ein Mahl mit anderen zu teilen.

Eine der alten Frauen, die das Brot backten, forderte sie auf: »Sage uns, was dich herführt, Tochter von Lepenthe.«

Als Köchin am Feuer stand ihr das Recht zu, Befehle zu erteilen, und so nickte Aylen. Alle warteten darauf, dass sie sprach. Neben ihr begann Besen wie mit Füßen im sandigen Boden zu scharren. Das Zauberding hatte die lästige Angewohnheit, Gefühle zum Ausdruck zu bringen, die Aylen nicht vor sich selbst zugeben wollte und erst recht nicht vor anderen. Ihr einziger Trost bestand darin, dass die meisten Leute nicht gleich darauf kamen, dass Besen ihr Innenleben spiegelte.

»Vielleicht habt ihr davon gehört, dass alle sieben Jahre die Erzmagier der drei Zauberberge Lehrlinge annehmen«, begann sie. »Man muss dafür einen Zauberberg erklimmen. Wer es schafft, der hat sich als würdig erwiesen und wird in die Geheimnisse der Zauberkunst eingeweiht, um sein Talent zu schulen. Jedenfalls lautet so das Versprechen der Erzmagier. Ich habe auf dieses Versprechen vertraut. Und ich habe es geschafft. Ich war auf dem Gipfel von Gothak, beim Erzmagier der Menschen jenseits der Wüste.«

Nur das Feuer knackte, und die Instrumente tänzelten und trabten ihrer Stimme nach. Ansonsten herrschte Schweigen. Die Grauen Elfen wussten, wie aberwitzig es war, den Berg Gothak erklimmen zu wollen. Der höchste Berg des Südens erhob sich am Rand der Wüste Uyela Utur aus einem Gewirr schroffer Klippen, deren Schluchten so tief waren, dass man das Wasser auf ihrem Grund nicht sehen, sondern nur als leises Echo hören konnte. Sein Gipfel bohrte sich schneeweiß und spitz wie ein Wolfszahn in den Himmel. Man musste schon verrückt sein, um dort hinaufzuwollen. Oder ein Zauberer.

Alle sieben Jahre versammelten sich junge Männer aus dem Menschenvolk am Fuß des Berges Gothak. Man nannte sie Krähen, weil sie oft lauthals über ihre ehrgeizigen Ziele krakeelten und eher ungeschickt auf den Hängen des Berges herumkraxelten. Die meisten sah man nie wieder, verschluckt von irgendeiner dunklen Schlucht oder den dämonischen Kräften, die den

Zauberberg umwehten. Manche kamen auch halb verhungert durch die Wüste und das Hochland, weil sie die Schande nicht ertrugen, als Versager in ihre Heimat zurückzukehren. Nur selten kam einer als Delegierter auf dem Weg zum Erzmagier der Elfen oder zum Königshof der Elfen durch die Hochebene – älter, ernster, angetan mit den grauen und weißen Gewändern und dem spitz zulaufenden Filzhut eines Zauberers. Diese erfolgreichen Schüler nannte man Adler. Denn sie hatten es geschafft, zum Gipfel zu fliegen. Oder jedenfalls glaubten die einfachen Leute, dass sie geflogen waren. Anders ließ sich kaum erklären, wie sie die Spitze erreicht hatten.

Auch Aylen hatte sich darüber den Kopf zerbrochen, wie sie es anstellen sollte.

»Ich habe alle Gefahren überstanden, alle Prüfungen gemeistert«, fuhr sie leise fort und hielt Besen fest, als wolle sie sich an ihn anlehnen. In Wahrheit unterdrückte sie, dass er stolz auf und ab hüpfte. »Ich habe bewiesen, dass in mir Talent steckt, das es verdient, ausgebildet und gefördert zu werden. Ich betrat die Halle, die in die hohle Bergspitze gehauen ist. Dort erwartete mich der Erzmagier Salemandra. Er schien nicht erfreut, mich zu sehen, und ich begriff, warum. Bei ihm waren bereits zwei junge Männer, die ich während meiner Reise mehrfach getroffen hatte. Ich wusste, dass sie kein magisches Talent besaßen, nur törichten Hochmut. Und doch hatten sie es wundersamerweise auf den Gipfel geschafft, während ich andere Männer mit mehr Talent hatte sterben sehen. Es gab nur eine Erklärung dafür: Einer der beiden neuen Lehrlinge war der Sohn des Zauberers, der dem König der Menschen in Peyra dient, der andere war ein Neffe Salemandras.« Sie hielt einen Moment inne, überwältigt von Bitterkeit. »Es war beschlossene Sache, dass diese hochgeborenen Söhne Salemandras Lehrlinge werden würden, schon bevor sie aufgebrochen sind. Salemandra hat all die Zeit seine schützende Hand über sie gehalten – dieselbe Hand, die uns andere zu töten versucht hat. Es gefiel ihm nicht, dass ich noch lebte. Also holte er zu einer Attacke aus, um mich zu erledigen. Doch ich entkam. Und hier bin ich also.«

Sogar die Instrumente waren verstummt. Nur das Lagerfeuer prasselte.

Aylen blickte auf. Alle hingen gebannt an ihren Lippen. Sie grinste. »Bevor ich floh, habe ich aber noch von dem Wasser getrunken, mit dem der Erzmagier seine Lehrlinge empfängt. Ich fand, das hatte ich mir verdient.«

Auch ihre Zuhörer lächelten verblüfft bei der Vorstellung.

»Es war nicht irgendein Wasser. Es schmeckte salzig und ... danach fühlte ich mich ... anders.« Aylen unterdrückte ein Schaudern. Lauter fuhr sie fort: »Die drei Erzmagier der Menschen, Elfen und Zwerge behaupten seit alten Zeiten, dass sie in den Bergen Gothak, Faysah und Tahar'Marid Drachen bewachen, die ansonsten über die Völker herfallen würden. Dafür verehren wir die Erzmagier und alle Zauberer, die bei ihnen in die Lehre gegangen sind. Wie genau sie die Drachen bewachen, wissen nur die Erzmagier selbst. Und auch, ob es wirklich Drachen sind«, sagte Aylen langsam. »Ich habe jedenfalls keine Drachen gesehen. Sondern Frauen, gefangen im Gestein. Ihre Tränen tropften in den Kelch. Ich wusste nicht, was ich trank, doch danach erfüllte mich eine so starke, neue Zauberkraft, dass ich die Herkunft des Salzwassers auf der Oberfläche gespiegelt sah. Ich dachte immer, Zauberkraft sei etwas, womit man geboren wird. Aber die Erzmagier und ihre Lehrlinge gewinnen Zauberkraft aus den Tränen dieser geheimnisvollen Gefangenen.«

Aylen spürte, dass sie unglaubwürdig klang. Denn wer wollte schon etwas so Schreckliches glauben? Sie bemühte sich um eine heitere Miene und verschränkte die Hände um Besen, der leicht vibrierte. »Nun, ich werde noch herausfinden, was es mit diesen Frauen und der Macht der Erzmagier genau auf sich hat.«

»Wie das?«, fragte die Brotbäckerin und reichte ihr noch einen Fladen, in den sie Fleisch und gehacktes Grün gewickelt hatte.

»Ich bin auf dem Weg zum Berg Faysah, um Lehrling des Erzmagiers der Elfen zu werden«, erwiderte Aylen leichthin.

Die Leute sahen sich groß an. Aylen empfand ein Kribbeln vor Genugtuung, während sie das Brot in wenigen Bissen vertilgte. Sie war es gewohnt, mit ihren Plänen für Staunen zu sorgen, manchmal auch für Kopfschütteln, und wenn sie ehrlich war, genoss sie diese Momente mehr als alles andere. Sie war eine Tochter von Bauern gemischten Bluts; in ihrem Dorf hatte es noch nie jemanden gegeben, der aufgebrochen war, um ein Zauberer zu werden, ganz zu schweigen von einer Zauberin. Soweit sie wusste, war noch nie eine Frau der Zunft der Zauberer beigetreten. Frauen mit magischem Talent galten als Hexen und wurden für ihren Mangel an Wissen verachtet, bis man ihre Hilfe brauchte.

Auch zu Hause hatten die Leute verblüfft geschwiegen, als sie ihnen von ihrem Vorhaben erzählt hatte. Oder sich über sie lustig gemacht. *Du mit deinem Besen, der nicht fegen kann? Dich würden sie nicht mal als Dienstmagd behalten.*

Sie würde nicht zulassen, dass diese Neider und Spötter recht behielten. Allein deshalb würde sie sich beim Erzmagier der Elfen bewerben, weit im Westen, auf dem Berg Faysah. Immerhin floss in ihr, wie in allen Elfen von Lepenthe, auch menschliches Blut. Und wenn man sie in Faysah ebenfalls nicht annahm, dann würde sie sich beim Erzmagier der Zwerge auf Tahar'Marid bewerben. Und wenn selbst der sie nicht annahm … nun, dann würde sie sich etwas anderes einfallen lassen. Aber sie würde die Geheimnisse der Zauberei ergründen. Sie würde die größte Zauberin aller Zeiten werden. Diese Gewissheit erfüllte sie wie eine Flut, brachte ihre Knie zum Zittern und ließ sie die Fäuste ballen. *Aylen, merkt euch diesen Namen!* Das wollte sie den Leuten am Lagerfeuer sagen. Aber sie musste sich gedulden. Ihre Taten würden für sie sprechen, wenn die Zeit gekommen war.

Sie bemühte sich wieder um ein Lächeln und strich das Reisig glatt, das Besen angeberisch spreizte. »Eure Köchinnen sind wirklich gut, das muss man wohl sagen. Gibt es noch Honigküchlein?«

Das Tablett tauchte zwischen den Leuten auf, und man reichte es bis zu ihr weiter, wobei es sich merklich leerte. Während sie dem Tablett mit ihrem Blick folgte, hielt sie aus den Augenwinkeln nach der hübschen Frau Ausschau, aber sie entdeckte sie nirgends. Die Vorstellung, sie könnte gegangen sein – mitten in ihrer Erzählung? –, war kränkend und bestätigte sie in dem Vorurteil, dass schöne Frauen sich von ihr eingeschüchtert fühlten und sie nicht mochten. Sie schob sich ein Küchlein in den Mund und wischte die Honigreste vom Tablett mit dem Finger auf.

»Wie hast du es geschafft, Gothak zu besteigen?«, fragte eine Köchin, die am Kessel stand.

»Ich könnte nicht erklären, wie ich zaubere, selbst wenn ich wollte«, sagte Aylen ausweichend, erwiderte den Blick der alten Frau aber fest. Blicke waren mächtiger als Worte – an sie erinnerte man sich besser als an Gesagtes. Die Alte würde später das Gefühl haben, eine Antwort erhalten, sie aber nicht ganz verstanden zu haben. »Soweit ich weiß, hat jeder Zauberer seine eigene Art zu zaubern, und ein anderer könnte meine nicht nachahmen.«

»Was ist deine Art zu zaubern?«, fragte jemand aus der Menge.

Es war die hübsche Frau. Der Flammenschein spiegelte sich auf ihren hohen Wangenknochen und in ihren goldenen Augen, die so gelassen blickten, als könnte Aylen sie mit nichts überraschen. Das weckte umso mehr den Wunsch in ihr, es doch zu tun.

»Ich tanze«, sagte sie.

»Du tanzt?«, fragte die Graue Elfe.

»Ich tanze.« Sie konnte regelrecht auf den Stirnen der Leute sehen, wie sie es sich vorzustellen versuchten.

»Zeig«, forderte die Elfe sie auf, setzte eine Flöte an die Lippen, die an einer Schnur um ihren Hals hing, und begann zu spielen.

Eine Weile blieb Aylen sitzen und lauschte ihrer Musik. Es war eine fröhliche, aber kühle Melodie, die beinah etwas Lauerndes hatte. So wie ein Tag im April, der sonnig werden oder in Regen umschlagen konnte. So wie Neugier, die sich noch nicht zwischen Zuneigung und Abneigung entschieden hatte.

Als sie das Wesen des Liedes erfühlt hatte, erhob Aylen sich und ging ein Stück vom Feuer weg. Besen folgte ihr in Schlangenlinien. Sie betrachtete den zuckenden Schatten, den der Flammenschein ihr an die Füße heftete, und konzentrierte sich auf das Wesen der Melodie, die Wahrheit im rhythmischen Atem der Flötenspielerin, die Klang wurde, Aylens Ohren erfüllte, ihre Brust. Ihre Füße. Den Schatten daran.

Weil alles alles spiegeln will.

Sie begann zu tanzen. Langsam erst, so dass man von außen kaum sehen konnte, dass ihr Körper den Rhythmus in sich aufnahm. Sie ging in die Knie und ließ die Melodie ihre Arme tragen. Sie war nicht besonders grazil. Ihre Gliedmaßen waren kurz, selbst für eine Elfe mit Menschenblut. Sie hatte den Willen ihrer Knochen zu wachsen, bei einem unvorsichtigen Zauber mit fünfzehn Jahren verloren und war seitdem nicht größer geworden. Aber es ging nicht um Anmut, sondern um Wahrheit. Sie malte der Musik ein Spiegelbild.

Das war leichter gesagt als getan, aber auch leichter empfunden als erklärt. Spiegelbilder waren ein vollkommenes Ja und

Nein zugleich; ein Ja, weil sie imitierten, und ein Nein, weil sie genau verkehrt herum waren, das Gegenteil jeder Sache. Aylen hatte das in einem Geistesblitz als Kind begriffen, und all ihre Zauberei beruhte auf diesem Wissen, das spontan und ohne Lehrer zu ihr gekommen war.

Sie musste ihr Ja und Nein mit Bedacht wählen, immer im Wechsel. Ihre Handgelenke kreisten, ihre Finger spreizten sich. Sie drehte sich und hopste im Rhythmus von einem Fuß auf den anderen, und Besen hüpfte ihr nach. *Eine Krähe, das sieht die Flötenspielerin in mir. Eine Angeberin.*

Aylen zeigte ihr, was sie sehen wollte. Und als sie ein Spiegelbild ihrer Erwartung geworden war, konnte Aylen sie verändern. Sie richtete sich auf, öffnete die Arme, öffnete die Melodie mit, die größer und wärmer zu werden schien, und legte den Kopf zurück. Ihr Schatten schien einen krummen Schnabel zu bekommen. Sie öffnete die Hände. Ihrem Schatten wuchsen Schwingen mit langen Federn. Und dann löste sich ihr Schatten von ihren Füßen und segelte um das Lagerfeuer herum, über die staunenden Leute und über die Zeltwände hinweg, und Besen flog in einem hohen Bogen hinterher.

Aylen wollte ihren Schatten größer und größer werden lassen, aber dadurch wurde er schwerer zu erkennen, und die Musik hörte beinah auf, Musik zu sein, so langgezogen waren jetzt die Töne. Also kam sie auf eine andere Idee, um die Menge gefangen zu halten: Der Hals des Adlers wuchs in die Länge, hinter seinen Klauen rollte sich ein Schwanz aus.

»Eine Schlange!«, stieß jemand aus. »Eine geflügelte Schlange!«

Aylen bewegte die Hände vor dem Gesicht. Die Schattenschlange öffnete ihr Maul und präsentierte lange Giftzähne. Dann verwandelte sich ihr Profil in Aylens; ihr runder, kahler Kopf, ihr scharf geschnittenes Kinn wurden sichtbar. Die Leute sprangen auf und klatschten.

Aylen hatte nie davon gehört, dass ein Zauberer das Tanzen benutzte wie sie, um Zauber zu wirken, und vielleicht war sie tatsächlich die Einzige in ganz Tana, die das konnte. Sie lächelte. Nun, da sie von dem Tränenwasser aus Gothak getrunken hatte, konnte sie es sogar besser denn je. Wie leicht ihr dieses Kunststück gefallen war! Früher hätte sie sich zuerst in Trance tanzen müssen.

Sie überlegte gerade, in welches Tier sie ihren Schatten als Nächstes verwandeln sollte, als die Flötenmusik erstarb. Die Menge jubelte. Aylen sah, wie die Spielerin aufstand und ging. Hatte sie etwa gerade die Augen verdreht?

Nur eine Hexe, die Zaubertricks braucht, um sich beliebt zu machen. Aylen schluckte und musste sich mit Mühe daran erinnern, dass nicht alle so feindselig waren. Vielleicht hatte die Graue Elfe einen ganz anderen Grund gehabt zu gehen. Und selbst wenn nicht – Aylen kümmerte sich schon lange nicht mehr darum, was andere über sie dachten. Mit ein paar raschen Handbewegungen zog sie ihren Schatten in drei Teile; einer wuchs ihr wieder an die Füße, die anderen beiden behielten den Umriss einer Schlange und eines Adlers und harrten zuckend auf der nächsten Zeltwand aus. Kinder rannten hin, um sie zu bestaunen und ihre eigenen Schatten mit ihnen verschmelzen zu lassen.

»Du bist eine echte Zauberin, obwohl du nicht bei einem Erzmagier in der Lehre warst«, sagte ein hünenhafter Mann voll Ehrfurcht. »Ich hoffe, du bekommst in Gothak die Anerkennung, die dir zusteht.«

Aylen verneigte sich vor dem Mann. »Wenn ich in Gothak aufgenommen werde, komme ich danach wieder. Und dann kann ich euch eure Gastfreundschaft mit mehr danken als mit Spielereien.«

Am nächsten Morgen gaben die Leute Aylen ein Bündel mit Essen, dem berauschenden vergorenen Saft von Dornrübchen und eine kräftige, sanftmütige Stute mit grauem Fell, schwarzer Mähne und schwarzen Fesseln. Mit ihr würde Aylen die Hochebene doppelt so schnell durchqueren und den Schergen des Erzmagiers von Gothak vielleicht entkommen.

Sie verabschiedete sich herzlich von den Leuten und versprach noch einmal wiederzukehren, wenn sie ihre Ziele erreicht hatte.

Der Adler und die Schlange aus Schatten schwebten noch für einige Tage neben den Grauen Elfen her, ehe sie sich im Wind zerstreuten wie Wüstensand.

10

ALS KIND HATTE Aylen ihre Mutter gefragt, was Zeit war. Doch die stets beschäftigte Frau hatte ihr keine befriedigende Antwort geben können, ebenso wenig wie alle anderen Erwachsenen, die sie fragte. Wie konnte es sein, dass nichts blieb und alles verging? Woher wusste man überhaupt, dass etwas gewesen war und nicht bloß ein Traum? Wie kam es, dass ein Tag, den Aylen im Wald verbrachte, so rasch vergehen konnte und ein Morgen bei der Feldarbeit länger währte als eine Woche? Und wer wusste schon, wie viel Zeit wirklich verstrich, während man schlief ...

An diesem Morgen weckte Aylen frischer Tau, der ihr kühl in den Kragen rollte. Sie verzog das Gesicht, dann streckte sie sich und stützte sich rücklings auf die Unterarme. Nebel hing über den Wiesen, doch ein leuchtend blauer Himmel verdrängte die Nacht, und die ersten Sonnenstrahlen fächerten sich im Dunst auf. Aylen rieb sich über die Haare, die wieder angenehm kurz waren, und Besen schüttelte neben ihr sein Reisig aus, dass der Tau in alle Richtungen sprühte.

»Rücksichtsvoll wie immer«, knurrte Aylen und hob schützend eine Hand. Wie so oft fragte sie sich, ob Besen in all den Jahren nicht doch eine eigene Persönlichkeit entwickelt hatte oder ob er wirklich ein Spiegelbild ihrer selbst war.

»Was denkst du? Ähnelt er mir?«, fragte sie die grauschwarze Stute, die an dem knorrigen Busch angebunden war, unter dem sie geschlafen hatte. Die Stute schnaubte gleichgültig und widmete sich dann wieder dem Gras.

Aylen hatte ein wenig Hunger, beschloss aber, bis zur nächsten Rast mit dem Essen zu warten. Die Grauen Elfen hatten ihr getrocknetes Fleisch, dünn gebackenes Brot, Nusskuchen und Honig mitgegeben, aber sie wusste nicht, wie lange sie mit dem Proviant würde auskommen müssen, darum ging sie lieber sparsam damit um. Sie stand auf, streckte sich noch mehr und schöpfte Wasser aus dem kleinen Strom, der hier über die Felsen floss und Büsche und Bäume zwischen den Felsen wachsen ließ. Sie wusch sich und trank, bis sie sich kalt und frisch fühlte wie die Morgenluft. Dann sattelte sie die Stute, band sie los, schwang sich auf ihren Rücken und ließ zu, dass Besen sich an ihre Schulter lehnte wie ein zutrauliches Haustier. Die Stelle, an der ihre Hand meistens auf dem Stiel ruhte, war weicher und glatter als der Rest; ansonsten schien Besen nie abzunutzen. Reisig, der einmal abbrach, wuchs immer nach, denn dem Holz wohnte Aylens Wille inne zu leben. Manchmal knospte auch ein Zweig, grüne Schösslinge erschienen, und Aylen hatte einen Schwächeanfall, der wenige Atemzüge, Stunden oder gar mehrere Tage dauern konnte – je nachdem, wie schnell es ihr gelang, alles Grün abzuschneiden.

Sie setzte ihre Reise nach Nordwesten fort, wo das Reich der Weißen Elfen lag und in den tiefen Wäldern der Zauberberg Faysah. Wie weit es noch war, wusste sie nicht. Sie wusste nur, dass sie es vor dem Winter dorthin schaffen musste, um Lehrling des Erzmagiers der Elfen zu werden.

Eine Weile gab sie sich ihrem Hass auf Salemandra hin, der sie auf dem Berg Gothak zu Unrecht abgelehnt hatte. Aber an die Gemeinheiten zu denken, die man ihr angetan hatte, war auf Dauer zermürbend, und so wanderten ihre Gedanken bald zu angenehmeren Dingen. Die ernüchternde Wahrheit war, dass man sich auf langen Reisen irgendwie selbst beschäftigen musste und unweigerlich in Phantasien versank, die man zu Hause, während der Vorbereitung auf das große Abenteuer, noch als Zeitverschwendung abgetan hätte. Erlebnisse mit jungen Männern, an die Aylen damals allerhöchstens vor dem Einschlafen einen Gedanken verschwendet hatte, begleiteten sie jetzt ständig. Ein schmachtender Blick, ein paar süße, von Wein beflügelte Worte, Hände, die sich beim Tanzen um ihre Taille gelegt hatten, ließen sie in lange seichte Tagträume abdriften.

Aylen waren nie Herzen zugeflogen wie anderen Mädchen, die nach der Kindheit zu reizender Schönheit erblühten oder mit ihrer Liebenswürdigkeit und ihrem bereitwilligen Lachen jede Situation mit Licht und Wärme zu erfüllen vermochten. Im Gegenteil, irgendetwas an Aylen weckte in anderen den Wunsch, sie zu verletzen – vielleicht, weil ihre magische Gabe so herausragend war und sie sich dafür nicht schämte, sondern Anerkennung einforderte. Das machte sie angreifbar, und Angriffe schüchterten sie nicht ein. Im Gegenteil, sie hatte eine wilde, geradezu selbstzerstörerische Freude daran.

Aber alle Feindseligkeiten waren wie vergessen, wenn getanzt wurde. Seit sie denken konnte, hatte sie sich zu Musik bewegt. Bevor sie bewusst gezaubert hatte, hatte sie getanzt – und wenn sie eins mit der Musik war, dann wurde sie beachtet, anerkannt und sogar geliebt. Dann konnte sie mit dem Finger auf einen Mann zeigen, und er kam zu ihr, zitternd vor Begehren, um mit ihr im Kreis zu wirbeln. Dann konnte sie die Frauen anlächeln, die sonst über sie spotteten, und die Frauen klatschten ihr zu.

Früher hatte sie nicht gewusst, dass ihr Tanz bereits Zauberei war. Erst mit fünfzehn kam sie darauf, während eines Bauernfestes, bei dem sie mit allen jungen Männern getanzt hatte, die ihr gefielen, und mit jedem anders – ein Zauberbann nach dem anderen, ohne dass sie es recht wusste. Fast einen Mond lang hatte sie danach ein Dutzend Verehrer gehabt, die um das Haus ihrer Tante schlichen und sie beim Hüten der Kühe belagerten, ehe der Zauberbann nach und nach von den jungen Männern abfiel und ihre Blicke wieder desinteressiert oder verstört über Aylen hinwegstrichen. Die Eifersucht der jungen Frauen hielt länger an.

Danach hatte sie eigene, merkwürdige Tänze ausprobiert, wenn sie allein war, zum Takt von Regen und dem Tropfen in Grotten, zu Gewitter und Vogelzwitschern. Sie hatte erprobt, wie sie rückwirkend mit ihren Bewegungen die Klänge verzerren konnte und mit den Klängen die Zeit und mit der Zeit die ganze Wirklichkeit. Aber sie hatte nur mächtiger werden wollen statt ihre Gabe zu verstehen.

Die Gefahr von Macht, die sich selbst nicht begreift, musste sie bald am eigenen Leib erfahren. Sieben Monde lag sie nach dem fatalen Unfall im Haus ihrer Tante, zu schwach, um sich zu regen, während der Holzstab mit dem Büschel aus nackten Zweigen, die aus einem Ende sprossen, über ihr schwebte wie eine höhnische Erinnerung an ihren Fehler oder wie ein Todesurteil. Einen Sommer lang hatte sie ihn angestarrt, diesen unheimlichen beseelten Gegenstand, der einem Besen empörend ähnelte. Sie wuchs vom Tag des Unfalls an keinen Fingerbreit mehr, ihre Haut wurde fahl, die Ringe um die Augen dunkel, ihre Arme und Beine klapperig. Und egal, wie viel Rinderbrühe sie trank, sie erholte sich nicht mehr, denn ihr Wille zu leben floss nun unablässig in etwas anderes ab.

In dieser Zeit, als ihr Leben auf der Kippe stand, hatte sie beschlossen, nicht zu sterben, ehe sie das Wesen der Zauberei ergründet hatte. Und vielleicht – vielleicht lernte sie bei dem Erzmagier der Menschen ja auch, wie sie den Zauber rückgängig machen konnte, der sie zugrunde richtete wie eine Wunde, die nie aufhörte zu bluten.

Ja, hätte sie Besen nicht erschaffen, hätte ihr Leben gewiss einen anderen Kurs genommen. Sie hätte früh einen hübschen Kerl durch Zauberei an sich gebunden, wie man es Hexen nachsagte, hätte Kinder großgezogen und kranke Kühe geheilt und wäre nie aufgebrochen, um die größte Zauberin von ganz Tana zu werden.

Sie überlegte, welcher junge Mann zu Hause dieses Verhängnis am ehesten hätte werden können, und vertrieb sich damit den Morgen.

Als die Sonne im Zenit stand, saß Aylen ab, um die Stute zu schonen, und wanderte neben ihr über die hellgrauen Felsen, zwischen denen raschelnde Gräser sprossen. Sie aß ein wenig Brot und Trockenfleisch und begann danach zu singen, um sich dadurch von ihrem ungestillten Appetit abzulenken. Die Lieder von zu Hause hatten hier, in der Ferne, einen anderen Klang. Wie fremde Vögel flatterten sie ins weite Land hinaus und wirkten ein wenig verloren.

Ich sollte nicht hier sein. Das war der Gedanke, der in ihr zitterte und auch ihren Gesang einfärbte. *Ich sollte auf dem Berg Gothak sein, den ich erobert habe, und dort die Kunst des Zauberns von dem Erzmagier lernen.*

Wohin würde ihre Reise noch führen? Sie fürchtete, dass der Berg Faysah nicht das Ende sein würde, aber sie wollte nicht zu viel auf diese dunkle Ahnung geben. Sie musste es so oder so versuchen.

Immer wieder drehte sie sich um und hielt Ausschau nach Verfolgern. Salemandra hatte sie in Gestalt eines Schattens vom Berg Gothak herab verfolgt und versucht, sie in der Nacht zu erwürgen. Aber Aylen hatte ihm seinen Zauber abgeschaut und sich ebenfalls in Schatten und Licht aufgespalten. Dass sie so von dem Erzmagier gegen dessen Willen lernte, war ihr ein besonderes Vergnügen. Sie hatte gemerkt, dass sie Salemandra mit einem falschen Licht oder Schatten in die Irre führen konnte, und seitdem mehrere gesponnen. Vermutlich folgte er gerade dem Stamm der Grauen Elfen, weil Aylen dort den Adler und die Schlange aus Schatten gelassen hatte. Die Vorstellung, ihn so an der Nase herumführen zu können, amüsierte sie.

Doch als sie sich diesmal umdrehte und wieder nach vorn blickte, begann Besen aufgeregt auf dem Sattel zu hüpfen. Besen bemerkte oft Dinge, die Aylens Bewusstsein nicht erreichten, und konnte sie so warnen. Aylen blieb stehen und sah noch einmal hinter sich. Sie kniff die Augen zusammen. Da war etwas am Himmel. Nur zwei schwarze Punkte, eng nebeneinander, als hätte der Horizont Augen bekommen. Doch sie wurden größer.

Aylen lächelte ein wenig, auch wenn ihr Puls schneller ging. Sie konnte erraten, was für Vögel es waren. Adler. Vermutlich Lehrlinge Salemandras und nicht er selbst. Womöglich sogar die beiden Nichtsnutze, die ihren Platz bekommen hatten. Wenn es die beiden waren, dann wünschte sie sich eine Konfrontation. Aber ihre Vernunft setzte sich durch. Sie beschloss, es nicht auf eine Begegnung ankommen zu lassen.

Sie hätte wieder ihren Schatten losschicken können, aber vielleicht hatten die Verfolger inzwischen gemerkt, dass sie ihnen damit entkam. Und da gerade ihr Gesang zum Spiegelbild ihrer Gedanken geworden war, wollte sie versuchen, hieraus einen Zauber zu spinnen.

Langsam ging sie weiter, eine Hand am Zaumzeug und die Verfolger im Blick, und nahm das Singen wieder auf. Es war ein einfaches, heiteres Lied über eine Lerche, die beschworen wurde, sich auf einem Finger niederzulassen. Natürlich war mit der Lerche eine Frau gemeint und mit dem Finger nicht wirklich ein Finger. Aber die Worte waren, ebenso wie die Melodie, nur Hüllen für ihre Empfindungen und Gedanken. Sie ließ alles hineinströmen: ihre Wut, ihre Hoffnungen, ihre Einsamkeit, ihre simplen Sehnsüchte, ihre Angst. Auch die Angst vor den

Verfolgern. Sie durfte nichts verschweigen oder verstecken, nur so würde die Illusion glaubhaft werden. Sie würden sie hören und wissen, was in ihr vorging ... und der unverfälschte Einblick in ihre Gefühle würde sie glauben machen, dass sie sie wirklich sahen.

Als ihr Gesang sie klar genug spiegelte, konnte sie sich davon lösen. Es fühlte sich an, als würde sie etwas Großes, Schwereloses von sich abzupfen. Und so war es auch. Sie schickte einen langen Atemstoß in die Luft. Ihre Stimme war weiterhin zu hören, obwohl sie nicht mehr sang. Die Stute spitzte die Ohren. Sie merkte, dass die Wirklichkeit sich aufgetan hatte und etwas Neues hineingehuscht war wie ein Lichtreflex.

Aylen ging weiter, pustete bei jedem Ausatmen, und der Gesang schwebte, getragen von diesem zarten Windhauch, in die andere Richtung davon wie eine unsichtbare Blase aus Klang. Nach ein paar Schritten begann Aylen dort, wo der Gesang waberte, eine Gestalt zu erkennen, die denselben Gang hatte wie sie. Das einzig Verräterische war, dass diese Gestalt Zaumzeug in der Hand hielt, das an nichts festgemacht war, und dass sie kein Besen begleitete.

Aylen schwang sich auf die Stute. »Und jetzt ein kleiner Sprint, ja? Danach hast du dir eine Pause verdient.«

Sie drückte ihre Fersen in die Flanken der Stute, diese galoppierte los, und Besen schoss wie ein Speer hinterher.

Das graue Rückenfell des Pferdes glänzte vor Schweiß, und auch Aylen atmete schwer, als sie endlich erlaubte, dass es in Trab fiel. Inzwischen stand die Sonne im Westen, und die hellgrauen Felsen des Hochlands hatten einen rosigen Schimmer angenommen. Ihre Verfolger waren längst vom Kurs abgekommen – sie waren dem kleinen Fluss Richtung Südosten gefolgt, wohin der Wind ihren Gesang getragen hatte, während Aylen sich nach Nordwesten gehalten hatte.

Aylen sah sich um. Vor ihr, wo die Nacht bereits über den Horizont kroch und der Welt ihre Farben entzog, fielen ein paar schroffe Klippen ab. Sie glaubte, ein Rauschen zu hören, das vielleicht nur der Wind war, vielleicht aber auch Wasser.

Sie trieb die Stute zu den Klippen, saß ab und führte sie an den Zügeln durch schmale Spalten und an Vorsprüngen entlang in die Tiefe. Grillen zirpten in der Dämmerung, und irgendwo quakten Frösche. Aylen folgte dem Froschquaken. Schließlich fand sie einen Bach, der unter dichten Büschen dahinströmte und kurz darauf einen Tümpel speiste. Sie schöpfte aus dem Bach, wo er am lautesten über die Felsen stürzte, und ging im Kreis um die Stute, wobei sie das Wasser zwischen ihren Händen hervorrinnen ließ. Sechsmal machte sie das, wobei sie versuchte, mit jedem Schritt den Rhythmus des rauschenden Baches zu halten und ebenso rauschend durch die Zähne ein- und auszuatmen. Dann ging sie mit gesenkten Augen an dem Kreis entlang, gefolgt von Besen, und lauschte. Wo sie das Wasser vergossen hatte, hing ein Rauschen über dem Gras, als würden gleich mehrere wilde Bäche vorbeiströmen. Es war nur eine Klangillusion, aber wie schon ihr Gesang zuvor konnte das Gehörte beeinflussen, was jemand sah.

Sie trat aus dem Kreis heraus und kletterte ein Stück weiter weg auf die Felsen. Von hier oben aus, nur einen Steinwurf entfernt, waren Besen und die Stute nicht mehr zu erkennen. Stattdessen sah sie dunkel schimmernde Bäche durchs Gras fließen.

Zufrieden kehrte sie in den Bannkreis zurück. Sie nahm den Sattel von der Stute und streichelte sie. Noch immer zitterten die Muskeln des großen Tieres. Doch es hatte begonnen, die saftigen Gräser und Wildblumen am Ufer abzugrasen, und auch Aylen bediente sich an ihrem Proviant, froh, dass sie nicht auf Froschfang gehen musste. Nicht nur, weil Frösche keine besonders üppige Mahlzeit waren, sondern auch, weil sie so kein Feuer brauchte, um sich ihr Essen zuzubereiten. Vermutlich wäre der Zauber stark genug gewesen, um das Feuer zu verbergen, aber riskieren wollte sie es lieber nicht. Schon jetzt blickte sie alarmiert auf bei jeder Fledermaus, die durch den Abendhimmel flatterte.

Dunkelheit schien aus den Dingen selbst zu wogen. Dann glühten die Sterne am Firmament auf. Aylen ließ sich auf den Rücken sinken und durchwanderte die endlose Weite des Himmels mit ihrem Blick. Es hieß, dort oben, noch jenseits der Sonne und des Mondes, läge die Sphäre des Götterlichts, in der keine Zeit existierte, sondern Ewigkeit. Darum standen die Sterne in Wahrheit still. Dass sie sich zu verschieben schienen, lag nur an der Bewegung Tanas – denn hier unten war alles endlich, alles im Wandel, ein Kampf zwischen der Ewigkeit oben und der Ewigkeit unten. Die unten nannte man Geisterschatten. Sie war das Spiegelbild des Götterlichts, das exakte Gegenteil. Aylen fragte sich, ob dort unten ebenfalls Sterne glommen, tief im Schoß der Erde. Die glänzenden Metalle und funkelnden Kristalle, die man mancherorts ausgraben konnte, ließen jedenfalls darauf schließen.

Sie hatte geglaubt, vor Nervosität wegen ihrer Verfolger die ganze Nacht keinen Schlaf zu finden, aber morgens erwachte sie mit einem Schreckenslaut mitten in dichtem Nebel, ohne sich zu erinnern, wo sie war. Für einen Moment wähnte sie sich zurück auf den verschneiten Höhen von Gothak, in der tödlichen Kälte, in der sie die Stimmen böser Zauber fast dazu überredet hatten, sich in die Tiefe zu stürzen.

Erst das Schnauben der Stute neben ihr brachte sie zurück in die Wirklichkeit. Zitternd wischte sie sich über das Gesicht, auf dem sich der Dunst mit ihrem Schweiß mischte. Sie ärgerte sich über ihre eigene Ängstlichkeit, stand auf und pinkelte neben einen Strauch. Das Rauschen des Schutzbanns war noch zu hören, wenn auch nur leise, und immerhin würde der Nebel sie noch eine Weile vor Blicken aus der Luft schützen.

Sie sattelte die Stute und brach auf. Der Nebel war so dicht, dass sie kaum das Gras sehen konnte, in das die Pferdehufe traten. Wenn die Sonne höher stieg, würde sie ihn sicher wie Rauch auflösen. Doch obwohl es heller wurde, zeigte sich kein Sonnenstrahl. Der Himmel musste dicht bewölkt sein und die Feuchtigkeit herabdrücken. Oder ging es nicht ganz mit rechten Dingen zu? Aylen rieb nervös am Besenstiel und widerstand dem Drang, sich immer wieder umzudrehen, denn sie konnte ohnehin nichts sehen – erst recht nicht, wenn es ein zauberischer Nebel war. Wie konnte sie also prüfen, ob sie sich in einer Falle befand?

Zuerst musste sie sich von ihren Gefühlen unabhängig machen. Aus Angst heraus würde sie immer nur reagieren und nichts erschaffen, was aber die Voraussetzung für Zauberei war.

Um sich zu beruhigen, begann sie, die Stute beruhigend zu tätscheln. *Weil alles alles spiegelt.*

»Wir müssen noch einen Namen für dich finden«, murmelte sie. »Wie würdest du denn gern heißen? Oder hast du schon einen Namen, den ich erraten muss?« Sie kraulte ihr die schwarze Mähne. »Einen Namen, der dein sanftes Wesen spiegelt? Heleta, die Ruhe?«

Die Stute ließ ein paar Pferdeäpfel fallen.

»Na gut, nicht Heleta also! Vermutlich ist es anmaßend, dich nach deinem Wesen zu benennen. Ich kenne dich ja noch gar nicht so gut. Soll ich dich lieber nach deinem Aussehen benennen? Darüber gibt es auch Schönes zu sagen. Dämmerung?«

Die Stute schüttelte tatsächlich den Kopf. Sicher war es nur Zufall ... aber eigentlich glaubte Aylen nicht an Zufälle.

»Dämmerung ist zugegebenermaßen ein bisschen abgedro-

schen. Also etwas Einfacheres. Du siehst auch aus wie Asche und Kohle, so grauschwarz. Ascheko? Was hältst du davon?«
Die Stute trabte gelassen weiter.
»Ascheko«, wiederholte Aylen. »Kein Einspruch. Dann bleiben wir fürs Erste dabei. Aber lass mich wissen, wenn der Name sich nicht mehr richtig anfühlt. Hörst du, Ascheko? Wenn du dich weiterentwickelst und dich irgendwie nicht mehr wie Ascheko fühlst ... Na ja, wir können über alles reden.«
Sie strich weiter durch die Pferdemähne. Es hatte funktioniert – die Ruhe, die sie dem Pferd eingeflößt hatte, war in sie selbst geströmt. Nun konnte sie sich überlegen, wie sie mit ihren möglichen Verfolgern umging. Hier im Nebel hatte sie keinen Schatten, den sie als Illusion fortschicken konnte. Besser, sie versuchte wieder einen Klangzauber. Doch durch den Nebel würde ihr Gesang weithin zu hören sein, und vielleicht war das die Falle – dass sie sich verriet, indem sie laut wurde.
Sie rätselte noch, was sie tun sollte, als der Dunst in Bewegung geriet und vor ihr aufriss. Gleißende Sonnenstrahlen stießen aus dem Himmel auf die Erde herab. Aylen zügelte Ascheko.
Vor ihnen erstreckten sich bis in die Ferne tiefgrüne Hügel, umhaucht von Sonnenlicht, und aus den Tälern wallte der Dunst wie Abbilder der Drachen, die angeblich in den Zauberbergen gefangen gehalten wurden. Dies war nicht mehr die Hochebene der Grauen Elfen. Dies war das Waldreich der Weißen Elfen.
Und in seinem Herzen thronte der Berg Faysah.

NIREKA ÖFFNETE DIE Augen, als ein sanfter Stups des Drachen sie aus der Vergangenheit hinausbeförderte. Wie seltsam, wieder in ihrem eigenen Körper zu sein. In ihrer eigenen Zeit.

Die Sonne brütete im Westen, ein glosender Fleck in den Wolkenbänken. Ohne diesen Anhaltspunkt hätte Nireka erst nicht sagen können, ob wenige Atemzüge oder ganze Tage verstrichen waren. Doch der Duft der bratenden Fische verriet ihr, dass es nun Zeit war zu essen.

»Lass sie nicht verbrennen«, sagte Aylen.

Nireka erwiderte den stillen Blick des Drachen. Sie konnte jetzt nur noch die Zauberin in ihm sehen. Sicher war das der Grund, warum Aylen ihre Erinnerungen mit ihr teilte: Sie wollte als Frau erkannt werden. Sie wollte, dass Nireka verstand, warum sie die Erzmagier besiegt und die Drachen auf die Welt losgelassen hatte. Aber es gab keine Rechtfertigung dafür. Es durfte keine geben!

Nireka erhob sich und kümmerte sich um das Essen. Ihre Knie und Hände zitterten. Sie dachte, sie könnte nichts hinunterbekommen, aber ihr Hunger war stärker als alle anderen Gefühle. Sie nahm die Fische vom Spieß und musste sich zwingen, langsam zu essen. Wenn man längere Zeit nichts zu sich genommen hatte, sollte man nicht schlingen, das lernte jedes Kind in Ydras Horn. Der Gedanke an ihre Heimat tat weh; alles kam ihr so fern, so klein und unbedeutend vor. Was war schon ihre Heimat? Ein Ort, der für eine Weile bestand, ein paar Herzen, die in Angst schlugen und verstummten. Erinnerungen, die mit dem letzten Atemzug verwehten. Selbst Aylen, die die Welt verändert hatte und noch Jahrhunderte später am Leid von Hunderttausenden Mitschuld trug, war vergessen worden. Ersetzt und namenlos gemacht durch eine gemeine Legende.

Aber nein, das stimmte nicht. Aylen war nicht vergessen. Sie war unsterblich, ganz gleich, ob sie ihre Erinnerungen teilte oder nicht. Sie war ein Drache.

Nirekas Finger zitterten nun so sehr, dass sie aufhören musste zu essen. Die Wirklichkeit schien ihr zu entgleiten. Saß sie tatsächlich hier und schaute in die Vergangenheit einer Bestie? Die Vorstellung, dass Drachen einmal Frauen wie sie gewesen waren, schockierte sie nicht nur, es zerstörte sie, langsam und mit Verzögerung.

»Geht es dir gut?«, fragte der Drache.

»Ja«, murmelte Nireka, dankbar, dass er nicht in ihren Gedanken sprach und in sie hineinhorchte, wie er es ja auch durchaus konnte.

»Du hilfst mir, mich zu erinnern«, sagte der Drache. »Ich … ich habe keinen guten Zugang zu meinem Gedächtnis. Wenn du in meine Vergangenheit tauchst, bringst du die Dinge erst wieder für mich ans Licht. Ich danke dir. Wenn du fertig gegessen hast, können wir weitermachen.«

»Bist du nicht hungrig?«, fragte Nireka und biss sich erst danach auf die Zunge. Natürlich fraßen Drachen keine Fische.

»Ein Drache ist kein Lebewesen. Ich muss nicht essen, trinken oder schlafen. Ich brauche nur eine Quelle.«

Mich, dachte Nireka.

So ist es, hallte die klanglose Stimme in ihr herauf.

»Bitte mach das nicht«, sagte Nireka. »Einfach so … auftauchen.«

»Du bist selbst aufgetaucht.«

»Unabsichtlich.« Nireka atmete tief durch. *Wenn ein Drache nicht frisst, was hast du dann mit Sabriel gemacht?*

»Das war jetzt Absicht?«, fragte der Drache.

»Ja. Ich übe.«

Nun, ich habe Sabriel ... Der Drache schien nach Worten zu suchen. Schließlich sagte er laut: »Ich habe Sabriels Lebenswillen in mich aufgenommen. All die Kraft, die sie in sich angesammelt hatte. Es sieht so ähnlich aus, wie wenn ein Lebewesen frisst, stimmt.«

Nireka blickte auf ihre Essensreste hinab und wusste, dass sie nichts mehr davon zu sich nehmen konnte. Es tat ihr leid um die Fische. Der Zauberbesen kam und kehrte die Reste vorsichtig zusammen.

»Das habe ich ihn noch nie tun sehen«, bemerkte Aylen verblüfft. »Sich wie ein Besen verhalten, meine ich. Die lange Zeit allein hat ihn wunderlich gemacht.«

»Wenn er kein Besen ist, was ist er dann?«

Der Drache zögerte. »Ein Teil von mir.«

Als hätte der Besen ihn gehört, flog er zu dem Drachen und strich ihm zärtlich um die Wangen.

»Nicht mit all den Fischresten, Besen«, murrte der Drache gutmütig und neigte sich weg, um eine Tatze auf den Zaubergegenstand zu legen.

»Du nennst ihn Besen, obwohl er keiner ist«, sagte Nireka und dachte nach. »Ich habe dich erweckt, indem ich deinen Namen gesagt habe, nicht wahr?«

Der Drache nickte. »Auch dafür danke ich dir.«

Nireka wollte gerade zugeben, dass es eher ein Versehen gewesen war, da richtete sich der Drache plötzlich auf, die Augen weit aufgerissen. *Sabriel!*

»Was ist mit ...«

Sag ihren Namen nicht, donnerte die Stimme in Nireka.

»Ich Idiot«, fauchte der Drache, und Feuer zischte links und rechts aus seinem Maul. Hektisch begann er zwischen den Wogen zu suchen.

Nireka schluckte schwer. Wenn auch ein besiegter Drache dadurch erwachte, dass jemand ihn beim Namen nannte ... dann betete sie, dass Sabriel außer Hörweite war.

Der Drache hielt inne. Er schien etwas gefunden zu haben. *Ich hatte gehofft, das Ei wäre von den Wogen raus ins Meer getragen worden. Aber es war hier. Die ganze Zeit.*

Nireka fühlte Aylens Panik, noch bevor der Drache sich umdrehte und den Kristall hochhielt, der dumpf knackte und schon nicht mehr ganz eiförmig war.

Was jetzt?, fragte Nireka. *Wird sie wieder ... schlüpfen? Müssen wir sie noch mal besiegen?*

Der Drache stieß ein tiefes Stöhnen aus, das weit über das Meer wehte. *Entweder das oder wir verhindern das Wachstum ihres Drachenkörpers.*

Wie denn?

Besen drehte sich nervös im Kreis wie eine Spule, und es dauerte eine Weile, bis Aylen sich zu einer Antwort durchringen konnte. *Indem wir Sabriel in einen Zauberberg bannen.*

Laut sagte der Drache: »Wenn wir fliegen, erreichen wir Tahar'Marid vielleicht in vier Tagen. Er ist der nächste Zauberberg.«

Nireka schluckte schwer. »Wir?«

Der Drache blitzte sie an. »Du kannst mitkommen und mir als Quelle dienen. Oder du bleibst hier, und wir lassen sie noch einmal schlüpfen.« Ohne eine Antwort abzuwarten, kletterte er am Turm empor, dass der Salzstein knirschte. Nireka sah das kristallene Ei in seiner Klaue. Für einen Augenblick erkannte sie in dem goldbraunen durchscheinenden Gestein den Umriss der wahren Bestie – die Mörderin, wie sie wirklich aussah: langes, dunkles Haar, ein rundliches, eher fröhliches Gesicht.

Nireka wurde schlecht. Sie musste wegsehen.

»Wir können nicht einfach nach Tahar'Marid reisen«, sagte sie. »Ich habe doch erzählt, dass die Leute um den Zauberberg nicht versteckt leben, sondern unter freiem Himmel. Ihre Felder und Weiden werden nicht verbrannt, denn Tahar'Marid steht unter dem Schutz eines mächtigen Drachen, der alle anderen Bestien fernhält. Der Preis dafür ist, dass ihm sämtliche Bewohner von Tahar'Marid geopfert werden müssen, die von Geisterschatten besessen sind.« Nireka verschränkte fröstelnd die Arme. »Du siehst, weder du noch ich sind dort sicher.«

»Wie heißt der Drache?«

Nireka zuckte mit den Schultern. »Bis ich dich getroffen habe, wusste ich nicht, dass Drachen einmal Frauen waren, geschweige denn, dass sie Namen hatten.«

Der Drache schien nachzudenken. Dann sagte er: »Der Drache von Tahar'Marid ist nur ein Grund mehr hinzufliegen. Ich werde versuchen, mit ihm zu reden.«

»Er wird versuchen, dich umzubringen«, sagte Nireka. *Und mich*, fügte sie in Gedanken hinzu.

»Das werden wir verhindern. Steig auf.« Der Drache neigte den Kopf und bot ihr offenbar an, in seinen Nacken zu klettern.

Nireka hätte abgelehnt, wenn sie eine Wahl gehabt hätte. Aber war es eine Option, in dem verfallenen Turm im Meer zu bleiben, ohne Boot? Mit einem Drachen, der bald schlüpfen würde? Sie überwand sich und trat näher. Aylens Schuppen waren spiegelglatt. Doch in den Fugen dazwischen fand Nireka Halt, bis sie sich an den Hörnern entlang der Wirbelsäule hochziehen konnte und der Drache ihr mit einer leichten Kopfbewegung half. Sie unterdrückte einen Laut des Entsetzens, als sie unvermittelt rittlings in seinem Nacken saß. Dann hob er den Kopf, so dass sie hoch über der Turmspitze schwebte, und spreizte die Flügel. Sie klammerte sich an einem Horn fest und fühlte, wie sie mit dem Rücken gegen das hinter ihr rutschte.

»Weißt du inzwischen, wie du fliegen kannst?«, rief sie ihm zu. *Bei deinem ersten Versuch sah es noch nicht danach aus.*
»Ich werde es jetzt lernen«, grollte der Drache.
Irrte sich Nireka oder war da ein vergnügter Unterton in seiner Stimme?
»Bist du bereit?«, fragte er.
Nein.
Aber da stieß er sich bereits von dem Turm ab, das Ei fest gepackt, segelte in den Himmel ... geriet plötzlich ins Trudeln ... und raste mit flatternden Flügeln in die Tiefe.

»Aylen, flieg!«, stieß Nireka aus.
Für einen Augenblick spürte sie, dass sie mit der Nennung des Namens ein Tor in den Drachen aufgestoßen hatte, und zwar ein gewaltiges. Er zuckte zusammen und fing sich fast noch vor dem Aufprall – aber nur fast. Wie ein Pfeil schoss er über das Meer hinweg, dann durchbrach er mit einem gewaltigen Platschen die Wasseroberfläche. Seine Flügel schützten Nireka leidlich. Gischt sprühte auf, während er strampelte, den Kopf gereckt wie ein Schwan. Sie kniff die Augen zu und klammerte sich an ihm fest. Für eine Weile schwamm er mit flatternden Flügeln und reckte sich vergebens in die Höhe, das Kristallei fest in den Klauen. Sie sah ihn mit den Tatzen paddeln. Die kräftigen Flügelschläge gaben ihm Geschwindigkeit und hoben seinen Leib ein Stück empor, so dass es aussah, als würde er auf dem Wasser laufen. Aber er löste sich nicht von der Oberfläche.
Besen flog mit zitterndem Reisig neben ihnen her, und Nireka wünschte sich, sie könnte auf ihm fliegen statt auf Aylen. Mühsam flatterte, schwamm und strampelte der Drache. Wie lange er das durchhielt! Die Kräfte, die seinem Körper inne-

wohnten, schienen so unerschöpflich wie seine Flugversuche vergeblich. Doch endlich siegte seine Stärke. Seine Hinterläufe verließen das Wasser. Sie hoben ab!

Die Luft krachte unter seinen Schwingen. Rasch gewannen sie an Höhe. Nireka stieß einen Schrei aus, weil die Angst in ihr sich Bahn brechen musste. Aber als sie sich etwa zwanzig Meter über dem Meer eingependelt hatten und sie sich an die Gleichmäßigkeit seiner Bewegungen gewöhnte, gelang es ihr nach und nach, etwas lockerer zu werden. Sie musste sich nicht mit aller Macht festklammern. Solange er keine unvorhersehbaren Flugmanöver vornahm, hätte sie sogar das Horn loslassen und sich gegen das Horn hinter ihr lehnen können. Nicht, dass sie so verrückt gewesen wäre, sich tatsächlich zu entspannen.

Besen schoss mit klapperndem Reisig neben ihr her, was ihr einen gewissen Trost spendete. Nireka redete sich ein, dass er sie auffangen würde, wenn sie stürzte. Sofern der Zaubergegenstand wirklich ein Teil von Aylen war.

Unter ihnen raste das Meer dahin, eine scheinbar endlose, eintönige Fläche aus Grau und Blau. Die Wellen sahen von hier oben so harmlos aus. Dabei hätte Nireka nicht lange da unten als Schwimmerin überlebt. Über die tödliche Gefahr des Meeres einfach so hinwegzujagen erfüllte sie mit einem ungewohnten Gefühl von Freiheit. Und Macht. Dabei war es ja nicht ihre Macht, sondern die des Drachen. Wie leicht sich das vergessen ließ.

Sie waren noch nicht lange unterwegs, da tauchte am Horizont bereits die Küste auf. Nireka wusste, dass ein Segelschiff von Ydras Horn bis zum Festland bei gutem Wetter mindestens einen Tag brauchte. Den Drachen hatte es viel weniger Zeit gekostet.

Tatsächlich hatte Nireka noch nie das Festland gesehen, sondern immer nur davon gehört. Eine merkwürdige Aufregung erfasste sie. Immer näher kam das Land, das links und rechts bis in die Ferne weiterging, und dann waren sie mit einem Rauschen über die Klippen hinweg und segelten über grüne Hügel, schroffe Felsen und dürre Bäume. Der kühle, feuchte Hauch verschwand, der bis jetzt mit jedem Flügelschlag aufgewirbelt worden war, und ein warmer, trockener Wiesenduft umfing sie. Nirekas bisheriges Leben schien noch kleiner, noch ferner. Nie war sie so weit von ihrer Insel fortgekommen – und es war nicht einmal wirklich weit. Sie wäre alt geworden und gestorben, ohne je Gewissheit zu haben, dass es überhaupt ein Festland gab. Riwan kam ihr in den Sinn, und endlich verstand sie, warum er gefragt hatte, ob sie sich nicht manchmal zu Hause gefangen fühlte.

Wälder tauchten unter ihnen auf, zerzaust und kahl im Sonnenschein. Hier und da sah Nireka Flüsse glitzern und bekam Durst. Aber der Drache flog und flog, als kenne er keine Erschöpfung. Oder als wüsste er nicht, wie er landen sollte. Im Meer hatte er sich einen Bauchplatscher erlauben können, aber hier? Nireka schickte in Gedanken ein Stoßgebet an ihre Ahnen, ihr beizustehen.

Einmal roch Nireka Feuer, und als sie sich umsah, entdeckte sie nicht weit entfernt Rauchfahnen, die der Wind zwischen grün bewachsenen Klippen verwehte. Dörfer. Sie zweifelte nicht daran, dass die Leute den Drachen gesehen und so eilig wie möglich das Feuer gelöscht hatten. War auch Nireka von dort unten sichtbar? Sie versuchte, sich ihre eigene Reaktion auszumalen, wenn sie jemanden im Nacken eines Drachen entdeckt hätte. Mit einem fliegenden Besen an der Seite. Vermutlich hätte sie ihren Augen nicht getraut.

Die Flüsse weiteten sich zu Tümpeln und Teichen, und weite Sumpfwiesen mit gelben und rosafarbenen Blumen erstreckten sich unter ihnen, als das letzte Tageslicht erlosch.

Ich werde versuchen zu landen, sagte Aylen.

Versuchen? Nireka klammerte sich am Horn fest. *Wollen wir nicht lieber einen See oder so etwas dafür suchen?*

Aber da hatte der Drache bereits aufgehört, mit den Flügeln zu schlagen, und neigte sich zur Seite, um auf einer Wiese zu landen. Er bekam die Kurve nicht ganz hin und begann heftig zu flattern, um nicht in ein paar morsche Bäume zu krachen. Vogelschwärme ergriffen nah und fern die Flucht. Schließlich landete er polternd auf der Erde, galoppierte durch Sträucher und Sumpfland und kam endlich auf einem Gewirr aus Ästen zum Stehen, die von einem gemächlichen Bach zusammengeschoben worden waren.

Nun, da der Wind ihr nicht mehr um die Ohren brüllte, hörte Nireka das schwere Atmen des Drachen. Seine Flügel zitterten, als er sie an seinen langen, schmalen Leib anlegte. Das Fliegen zehrte also doch an seinen Kräften.

»Das lief besser als erwartet«, schnaufte er. »Du musst durstig sein.«

Er neigte den Kopf zum Ufer des Baches, so dass sie absteigen konnte.

Sie kletterte hinunter. Als ihre nackten Füße im Moos versanken, kam ihr ein Seufzen über die Lippen. Sie hatten es geschafft. Wie viele Wunder geschehen hatten müssen, damit sie jetzt noch lebte, konnte sie schon gar nicht mehr aufzählen. Sie sank ans Ufer, schöpfte Wasser und trank nicht nur, sondern wusch sich auch den Angstschweiß vom Gesicht.

Der Drache untersuchte das Kristallei, in dem Sabriel ihren Schlaf hielt. Mit einer Kralle fuhr er an der Oberfläche entlang und knurrte, als er Unregelmäßigkeiten entdeckte.

Wie viel Zeit bleibt uns noch?, fragte Nireka.

Schwer zu sagen. Vielleicht ein Viertelmond, vielleicht eine Nacht. Wir haben ihren Namen oft gesagt, aber von weiter weg. Und auch nur innerhalb kurzer Zeit und dann nicht mehr. Vielleicht haben wir Glück, und das verzögert ihr Wachstum.

Besen hatte inzwischen Laub und Zweige zu einem Haufen zusammengekehrt, und der Drache ließ ihn in Flammen aufgehen. Zufrieden sah er Nireka an. Das Lagerfeuer war offenbar für sie.

»Wenn du willst, zeige ich dir mehr von meiner Geschichte«, bot der Drache an.

Nur dass es nicht wirklich ein Angebot war, sondern eine Bitte. Nireka ahnte, dass er sich selbst in Erinnerung bringen wollte, wer er gewesen war. Über dreihundert Jahre in einem Ei zu verbringen hatte gewiss so manches ins Dunkle abdriften lassen. Die Verlassenheit, die in ihm herrschen musste, konnte sie sich kaum vorstellen, und ein Teil von ihr sträubte sich auch, Mitgefühl mit einem Drachen zu haben. Andererseits musste sie wissen, was damals vorgefallen war …

Sie ahnte, dass der Drache alle diese Gedanken hören oder zumindest erraten konnte, und sein stilles Verständnis überzeugte sie schließlich.

»Gut«, sagte sie, schloss die Augen und trat hinüber.

12

AYLEN HATTE ERZÄHLUNGEN vom Reich der Weißen Elfen gehört. Von endlosen Wäldern, in denen ein Fremder verschwinden konnte wie eine Schneeflocke in der Nacht. Dort, wo Aylen herkam, an der Grenze zwischen der Hochebene und den fruchtbaren Regionen von Peyra, dem Königreich der Menschen, hatte es ebenfalls Wälder gegeben, lichte und offene Wälder, durch die Aylen mit den Sonnenstrahlen gewandert war. Solche Wälder hatte sie auch hier erwartet. Aber nichts war wie zu Hause in Lepenthe.

Kaum einen Baum konnte sie einer Art zuordnen, und wenn doch, so waren es Rieseneichen, ungeheuerlich verwurzelte Zwillingsbuchen, turmhohe Birken oder Weiden, die ein ganzes Dorf unter sich hätten beherbergen können. Die Bäume wuchsen so dicht und so weit in den Himmel, dass man sich unter ihnen fühlte wie ein Käfer im Gras. Wipfel, die eher Palastkuppeln glichen, färbten allen Sonnenschein zu ewiger blauer Dämmerung. Ascheko hatte Schwierigkeiten, über die wilden Treppen aus Wurzeln hinwegzusteigen, die Moose und Farne überwucherten. Dunkel war die Welt hier, feucht und voller Leben. Aus den Augenwinkeln sah Aylen ständig Schatten umherhuschen, sie hörte Rascheln und Schritte im Unterholz, und aus der Ferne hallten Rufe, bei denen sie nicht zu sagen vermochte, von welchem Tier sie stammten. Besen machte sich die ganze Zeit so schmal, als wollte er nicht mit einem Stückchen Reisig zu viel in diese fremde Umgebung ragen.

Aber wenigstens schien Salemandra sie nicht mehr zu verfolgen. Aylen ahnte, dass es als Frevel galt, wenn ein Erzmagier im Gebiet eines anderen Volkes Zauber wirkte, noch dazu, um einen Feind zu jagen. Allzu hoffnungsvoll stimmte das Aylen allerdings nicht. Denn so leicht gab Salemandra bestimmt nicht auf – nicht, nachdem Aylen sich die Freiheit herausgenommen hatte, das salzige Wasser zu trinken, das Zaubermacht verlieh. Wenn Salemandra ihr hier nichts mehr antun durfte, dann würde er vermutlich dem Erzmagier der Elfen eine Botschaft zukommen lassen und diesen bitten, es an seiner statt zu tun.

Aylen verdrängte diese Sorge. Sie musste versuchen, die Gunst des Erzmagiers der Elfen zu erringen, so gering die Aussicht auch sein mochte. Und vor allem musste sie durch diese unheimlichen Wälder gelangen, in denen Tag und Nacht kaum zu unterscheiden waren, ganz zu schweigen von den Himmelsrichtungen.

Immer wieder fiel Regen, trommelte auf das Blätterdach und rann in einzelnen Bächen durch Lücken im dichten Grün. Die Luft war schwer vor Feuchtigkeit und Pflanzenaromen, die Aylen zu Kopf stiegen. Sie fühlte sich beinah fiebrig. Auch Ascheko ging mit angelegten Ohren und schnaubte gereizt. Ein Pferd, das die weiten Landschaften der Hochebene gewohnt war, musste sich hier wie im Rachen eines Ungeheuers fühlen.

Sie fanden einen Bach und orientierten sich an ihm, bis sie an einen kleinen Fluss gelangten. Die Bäume griffen zwar mit ihren Ästen über das Wasser, doch der Himmel schimmerte dazwischen hindurch. Aylen beschloss, dem Fluss stromaufwärts zu folgen, weil sie hier mehr Licht hatten und weil das Wasser sie zum Berg Faysah führen musste.

Nachts machte Aylen ein Lagerfeuer, um wilde Tiere fernzuhalten. Sie schlief in einer Mulde zwischen den Wurzeln wie in einem Schiff, und morgens erwachte sie in so dichtem Nebel, dass die Kleider ihr feucht auf der Haut klebten. Mehrere Tage vergingen so. Außer Füchsen, Rehen, Fischen und fremdartigen, dunkelgrün glänzenden Vögeln sah sie keine Lebewesen. Als sich ihre Vorräte dem Ende zuneigten und sie schon überlegte, wie sie am besten Fische fangen sollte, roch sie eines Vormittags etwas, was fremd über den Aromen des Waldes schwebte. Rauch.

Hinter der Biegung des Flusses schimmerte goldenes Sonnenlicht. Sie ritt näher und sah, dass hier die Bäume ein Stück weit vom Ufer zurückgedrängt worden waren, so dass ein Fleck Himmel über dem Wasser leuchtete. Und da, im Licht, lagen Äcker und sogar eine Wassermühle, die sich gemächlich mit den Wellen drehte. Doch keine Behausungen.

Sie ließ den Blick zu den Baumkronen hinaufwandern. Und während sie sich noch fragte, ob das, was sie dort erspähte, nur Ranken waren oder doch Hängebrücken, erschien eine alte Frau in einem Riss in der Baumrinde weit oben und winkte ihr. Besen winkte zurück.

Aylen ritt hin. Kinder kamen überall aus den Bäumen. Sie kletterten Stufen hinab, die man selbst aus der Nähe kaum erkennen konnte, oder erschienen wie die alte Frau in Unebenheiten der Stämme, die offenbar Eingänge waren. In Fenstern und auf Lianenbrücken tauchten Erwachsene auf, die sie neugierig beobachteten.

Die Weißen Elfen waren kleiner und zierlicher als die Grauen Elfen der Hochebene. Ihre Haut war hell ohne silbrigen Schimmer und ihr Haar entweder weißblond oder so schwarz, dass es beinah bläulich schimmerte. Doch an ihren Gesichtszügen, ihren Ohren und gewissen Merkmalen ihrer Kleidung war abzulesen, dass sie zum selben Volk gehörten.

Sie bestaunten Aylen fast so sehr wie Besen, da sie vielleicht noch nie jemanden mit gemischtem Blut gesehen hatten. Auch Ascheko wurde bestaunt, denn sie war viel größer als die stämmigen Ponys, die hier auf einer Weide standen und bei der Feldarbeit halfen.

Aylen wurde herzlich aufgenommen, auch wenn die Leute einen so starken Akzent hatten, dass sie sich kaum verständigen konnten. Die Baumhäuser waren geräumiger, als sich von außen vermuten ließ, und verfügten sogar über Kamine und fließendes Wasser. Man tischte ihr gekochte Waldfrüchte und gebratene Vögel auf, die sie noch nie gegessen hatte. Mit Besens Hilfe, der in die Asche des Herdfeuers malte, erklärte Aylen, wo sie herkam und was sie im Reich der Weißen Elfen wollte. Für die Leute schien bereits die Hochebene der Grauen Elfen der fernste vorstellbare Ort zu sein, und bei der Erwähnung von Aylens Heimat an der Grenze zum Menschenreich und des Bergs Gothak bekamen Alte wie Junge große Augen. Natürlich wollten sie auch, dass Aylen zauberte, und sie bespaßte sie mit ein paar kleinen Illusionen, indem sie ihre Schatten verzerrte. Dabei fiel ihr wieder auf, wie viel leichter es ihr fiel, Zauber zu wirken, seit sie das Wasser von Gothak getrunken hatte. Es genügten ein paar Fingerbewegungen, um die Wirklichkeit ihrer Vorstellung anzupassen.

Die Leute gaben ihr am nächsten Morgen Proviant mit und versicherten ihr, dass sie auch bei den nächsten Dörfern entlang des Flusses nur freundlich gesinnten Elfen begegnen würde, und so war es auch. Jeden Abend gelangte sie zu einer neuen Siedlung, eine wie die andere. Man nahm sie überall mit offenen Armen auf. Auch wenn die Behausungen und die Leute ganz anders aussahen als in Lepenthe, erinnerte sie das Zusammenleben an zu Hause. Allerdings kamen ihr die Weißen Elfen ein wenig freundlicher vor. In Lepenthe gab es Vorurteile zwischen den reinblütigen Menschen, den Gemischten und den reinblütigen Grauen Elfen, und man begegnete sich nicht mit so viel Neugier wie hier. Vermutlich hatten die Walddörfer ihre eigenen Konkurrenzkämpfe und Feindseligkeiten, aber weil sie so abgeschieden lebten, trafen diese offenbar keine Fremden. Oder es war, wie so oft, Besen, der Aylen überall gern gesehen machte.

Ein halber Mond verstrich. Dann sah sie in der Ferne, wo der Fluss sich zwischen den Hügeln verlor, einen Berg aufragen. Weiß und unwirklich hob er sich vom Abendhimmel ab. Faysah.

Am Fuß des Berges befand sich ein kristallklarer See, in dem sich der Koloss mit den schroffen Felswänden und der Schneespitze spiegelte. Eine große Siedlung mit Feldern und sogar Weinhängen lag am Wasser, und Aylen kehrte in einem Wirtshaus ein, das in eine riesige Weide hineingebaut war und in dem man nicht allzu verwundert darüber schien, dass sie den Zauberberg besteigen wollte. Offenbar kamen öfter Krähen, Zauberer und Fürsten vorbei, um Faysah einen Besuch abzustatten. Nicht einmal Aylens gemischtes Blut sorgte hier für besonders viel Aufmerksamkeit. Verschiedene Dialekte wurden gesprochen, aber keiner so stark, dass nicht jeder ihn verstand.

Als Aylen Ascheko auf die Weide hinter dem Gasthof führte, sah sie einen Jungen, der sich um schwarze, langfellige Ponys kümmerte. Er spähte neugierig zu ihrer Stute.

»Sie heißt Ascheko«, sagte Aylen. »Vorläufig.«

Der Junge kam näher. Er musste um die vierzehn Sommer zählen und hatte ein rundes, sommersprossiges Gesicht. »Sie ist sehr elegant. Wo kommt sie her?«

»Von den Grauen Elfen aus dem Hochland im Osten.«

Der Junge streichelte die Stute. Ascheko schnupperte an ihm.

»Sie mag dich«, sagte Aylen.

Der Junge grinste. »Ich versteh mich ganz gut mit Ponys und Pferden.«

»Warst du schon mal da oben?«, fragte Aylen.

Der Junge folgte mit dem Blick Besen, der zum Berg hoch wies, und sah ungläubig wieder zu ihr zurück. »Auf Faysah?

Nein, er ist für normale Leute unbetretbar.« Er überlegte. »Na ja, ein Stück weit bin ich schon hochgeritten. An der Westseite ist der Anstieg sanfter. Eine halbe Tagesreise aufwärts gibt es Quellen und Kräuter, die heilsamer sind als hier unten.«
Genau so eine Antwort hatte sie sich erhofft. »Und darüber?«
»Darüber ist ein Weiterkommen unmöglich. Nur Klippen und Wasserfälle.« Der Junge musterte Besen, den Aylen sich wieder gegen die Schulter gelehnt hatte. »Du musst schon fliegen können, um das zu schaffen.«
Sie nickte, als sei das für sie die normalste Sache der Welt. Dabei konnte sie nicht fliegen, erst recht nicht auf Besen. Sie hatte es versucht. Nie wieder. »Wie heißt du?«
»Wandrik.« Er errötete ein wenig. »Und du?«
»Aylen.« Sie reckte das Kinn. »Sag, würdest du mich morgen früh so weit nach oben führen, wie du schon gekommen bist? Wo ein Weiterkommen zu Pferd nicht möglich ist, gehe ich allein weiter. Ich brauche jemanden, der Ascheko wieder mit nach unten nimmt. Und sich um sie kümmert.«
Wandrik schluckte hörbar. »Du willst mir dein Pferd überlassen?«
»Für die Dauer meiner Zeit auf Faysah. Wenn ich wiederkomme und Ascheko abhole, hast du einen Wunsch offen. Wenn ich nicht wiederkomme, gehört sie dir.«
Wandrik streichelte die Stute, während er nachdachte. Leise sagte er: »Ich muss meine Eltern fragen, ob ich darf.«
Sie nickte bedächtig. Tatsächlich hatte sie gar keine andere Wahl, als Ascheko zurückzulassen, und Wandrik machte den Eindruck, als würde er gut für die Stute sorgen.
Im Morgengrauen, als sie mit einem Bündel Proviant, das sie sich im Gasthof hatte packen lassen, auf die Koppel trat, war Wandrik bereits dabei, Ascheko und eins der schwarzen Ponys zu satteln. Er trug einen kurzen ledernen Umhang und

hatte sich ein langes Jagdmesser an den Gürtel gehängt, das ihn kindlicher wirken ließ statt älter, was zweifellos das Gegenteil seiner Absicht war. Aufregung leuchtete in seinen Augen, und Aylen zweifelte, ob er wirklich die Erlaubnis seiner Eltern bekommen hatte. Aber sie fragte nicht nach.

Sie brachen auf und umrundeten den Berg. Die Sonne stieg über die Bäume, als es endlich aufwärts ging. Ein schmaler Trampelpfad durch den Wald zeugte davon, dass die Bewohner der Seesiedlung öfter hier heraufkamen. Wandrik erzählte munter von den Kräutern, die er oben pflückte, und wie er schon kranke Ponys damit geheilt hatte, denen die Gewächse von weiter unten nicht geholfen hatten.

»Es muss an der Nähe zum Erzmagier liegen«, mutmaßte er. »Man sagt, der Erzmagier segnet das Wasser, ehe es zu uns herunterströmt. Ohne ihn würde nicht Wasser, sondern das Feuer der Drachen aus dem Berg fließen, das alles Leben vernichtet. Ist das beim Zauberberg der Menschen auch so?«

»Man erzählt es sich auch dort, ja. Ob es wahr ist, sage ich dir, wenn ich wiederkomme.«

Er warf ihr einen halb begeisterten, halb misstrauischen Blick zu. »Wenn du dann drüber reden darfst. Ich dachte immer, Zauberer dürfen ihr Wissen niemandem verraten.«

»Oder sie wollen nicht.«

Er ritt eine Weile schweigend vor ihr her. »Für eine Krähe bist du den Zauberern gegenüber ganz schön skeptisch eingestellt.«

»Ich habe schon ein paar Erfahrungen mit Zauberern gemacht, deshalb.«

Er warf ihr einen Blick über die Schulter zu und schien wieder zu erröten. Während sie weiterritten, betrachtete sie seinen strubbeligen schwarzen Kopf und fragte sich, warum sie ihn gebeten hatte, sie ein Stück zu begleiten. Sicher, sie brauchte jemanden, der Ascheko danach wieder mit nach unten nahm, aber das war nicht der einzige Grund. Sie hatte auch hinauszögern wollen, wieder einsam unterwegs zu sein. Sie hatte immer geglaubt, sie sei eine Einzelgängerin, und vielleicht war sie das sogar – aber die Einsamkeit war beim Erklimmen des Berges Gothak das Schwierigste gewesen. Die Einsamkeit hatte an ihrem Mut und ihrem Willen gefressen wie ein Parasit.

Und noch etwas erhoffte sie sich von Wandrik. Es war nur eine zarte, unbestimmte Hoffnung. Aber manchmal ahnte sie, dass jemand oder etwas sie auf eine Idee bringen würde, wenn sie nur wartete. Wandrik gab ihr dieses Gefühl. Also geduldete sie sich.

Sie kamen an einen wilden Strom, der über die Felsen stürzte und hier und da zu einem schäumenden Wasserfall wurde. Im Zickzack folgten sie ihm aufwärts, bis sie eine sonnenbeschienene Wiese zwischen Tannen und Klippen erreichten, die über und über mit Wildblumen und duftenden Kräutern übersät war.

»Hier geht es nicht weiter«, sagte Wandrik und wies auf die glatten Felswände, die vor ihnen aufragten. »Also, für mich nicht.«

»Ich danke dir, dass du bis hierher mein Führer warst.« Sie stieg ab und reichte ihm Aschekos Zügel. »Und ich danke dir, dass du dich um Ascheko kümmern wirst.«

Wieder errötete der Junge. »Ja. Ich meine, ich habe dir zu danken. Was machst du jetzt?«

Sie stapfte über die Wiese, atmete die duftende Luft ein und betrachtete das funkelnde Wasser, das in die Tiefe strömte. Die Klippen waren so glatt, dass man unmöglich daran hinaufklettern konnte. Erst weit, weit oben schienen sich ein paar dürre Fichten an Felsvorsprünge zu klammern. Sie neigten sich über den Abgrund und wiegten sich im Wind, als würden sie vor Schwindel schwanken.

Wandrik saß ab und sagte: »Ich werde noch ein paar Kräuter pflücken, da ich nun schon hier bin.«

Etwas an seinem Tonfall verriet, dass es eine Ausrede war. Er wollte nicht wirklich Kräuter sammeln, sondern länger bei ihr bleiben. Sie setzte sich in einen Sonnenstrahl am Ufer, lehnte sich gegen einen Stein und sah ihm aus den Augenwinkeln zu. Während Wandrik umherging und der Strauß verschiedener Blüten und Kräuter in seinem Arm wuchs, fiel ihr auf, dass auch er sie aus den Augenwinkeln beobachtete. Er bewegte sich langsam und zögerlich, dann schnell und zappelig, als würde er sich in unsichtbaren Seilen verheddern. Aylen schloss die Augen und lächelte ein wenig. Wandrik war jung und unerfahren und wusste noch nicht recht, was er von ihr wollte.

Schließlich aßen sie noch zusammen. Wandrik hatte ein dickes, rundes Brot, in Salz eingelegte Gänseeier und ein Stück Räucherwurst mitgebracht. Aylen merkte jetzt jeder seiner Bewegungen an, dass er zögerte – dass er die unweigerliche Trennung hinauszögern wollte. Er stellte ihr Fragen über ihre Heimat, über die Grauen Elfen, über Besen und über die Zauberei im Allgemeinen und lauschte mit gespitzten Ohren. Dabei sah er immer wieder blinzelnd zur Sonne, die im Westen tiefer und tiefer sank.

»Jetzt muss ich gehen, sonst bricht die Dunkelheit herein, bevor ich unten bin«, sagte er schließlich mit einem Unterton herzergreifender Verzweiflung.

Aylen hatte eine Eingebung. Sie wusste nicht, ob es funktionieren würde, aber mit der neuen Zaubermacht, die sie durch das Wasser von Gothak gewonnen hatte ... Sie griff kurzerhand nach Wandriks Wasserschlauch, leerte ihn und tauchte ihn in den Bach, wo das Sonnenlicht besonders hell glitzerte.

Etwas von diesem Mittag wird bei ihm bleiben, weil er jung ist und Dinge zum ersten Mal erlebt. Eine leuchtende Erinnerung wird bei ihm bleiben.

Sie spähte in den Wasserschlauch. Zufrieden lächelte sie und reichte ihn Wandrik. »Schau hinein. Wenn es dunkel ist, öffne den Schlauch, und das Sonnenlicht wird dir den Weg leuchten.«

Er spähte ebenfalls in den Schlauch. Sein Gesicht reflektierte einen Schimmer von unten. Begeistert sah er wieder zu ihr auf. »Wie hast du das gemacht?«

»Du hast es ermöglicht«, sagte sie und stützte die Arme auf die angezogenen Knie. »Lebe wohl, Wandrik. Bis eines Tages.«

Er nickte, rot bis zu den Haarwurzeln.

Der Abend zog herauf, und die Schatten wurden länger als die wirklichen Dinge, die sie warfen. Wandrik war gegangen. Seine Gefühle, noch namenlos vor Unreife, waberten dunkel um Aylen. Er hatte etwas gewollt und davor gestanden wie vor einer Mauer. So wie Aylen vor den Klippen des Berges stand und nicht wusste, wie sie zu dem hinaufkommen sollte, was sie begehrte.

Sie fühlte Wandriks Zuneigung auf sich wie einen Schatten. Mit der Zeit würde er verblassen und schließlich verschwinden. Aber wenn sie jetzt die Arme ausstreckte, konnte sie seine Zuneigung lenken ... Sie schlang sie sich um die Hände, die der Junge beäugt hatte, und ließ sie über ihre Schultern, ihre Brust und die Taille hinab über ihre Hüfte wallen, an der Wandriks Blick so oft hängen geblieben war, und wandte den Kopf um, damit der Schatten sie von allen Seiten umfließen und streicheln konnte, wie Wandrik es gern getan hätte. Sie drehte sich. Die Gefühle des Jungen wehten mit, kribbelnd vor Glück und Wehmut.

Seine Zuneigung umgab sie jetzt wie sehnsüchtige Finger aus Schatten. Wie Seile. Sie spürte sein Herz schwerer pochen mit jedem Schritt seines Ponys, das ihn weiter von Aylen wegtrug. Sie hob die Hände und faltete sie dann mit größter Kraftanstrengung vor dem Herzen. Sie tat Wandrik Gewalt an, das wusste sie, denn sie straffte die Schattenseile, sie spannte seine Sehnsucht fast bis zur Unerträglichkeit. Tief hämmerte der Puls durch seinen Körper. Hämmerte wie Schritte, die ihn von dem fortbrachten, was er doch so sehr wollte. So wie Aylen mit dem Rücken zur Klippe des Berges stand, die sie doch eigentlich überwinden wollte, ohne zu ahnen, was sie weiter oben erwartete.

Und da gingen ihre Füße rückwärts durch das Gras, gezogen von einer Kraft, die nicht ihre war, sondern Wandriks. Die Schattenseile strafften sich um ihre Brust, ihre Hüfte, ihre Arme und Beine und brachten sie zur Klippe. Und daran hinauf.

Schritt für Schritt ging sie rückwärts die Felswand hoch. Ließ sich ziehen, so wie es Wandrik zu ihr zurückzog. Sie spannte die Seile so fest, dass er fast zu weinen begann vor Verlustgefühlen. Er spähte in seinen Wasserschlauch, in dem Aylen das funkelnde Sonnenlicht ihres gemeinsamen Nachmittags für ihn gefangen hatte. Die Schatten zerrten sie so abrupt und schnell in die Höhe, dass ihre Füße über die Klippe schlitterten und Besen ihr mit wild gesträubtem Reisig nachflog.

Sie stürzte in die Zweige einer Fichte, die sich über den Abgrund neigte. Vor Schreck verlor sie die Verbindung zu Wandrik, konnte sich aber an dem Baum festhalten und keuchte, als würde sie aus einem Traum erwachen. Unter ihr ging es rund fünfzig Meter in die Tiefe. Die Zweige knarrten und knackten. Hastig wich sie zurück, bis sie festen Grund unter den Füßen hatte und mit dem Rücken an der Felswand lehnte.

Hell stand der Mond am Himmel. Aylen konnte sehen, dass es über ihr noch rund zwanzig Meter in die Höhe ging, ehe die Felswand endete – vielleicht, weil darüber ein Hang war, ein

Waldstück. Dorthin musste sie es schaffen, denn dieser kleine Vorsprung bot gerade einmal der dürren Fichte Platz.

Aylen stellte wieder die Verbindung zu Wandrik her, und als sie die Seile der Sehnsucht spürte, die sich um sie strafften, ließ sie sich waagrecht an der Klippe emporziehen. Der Wind zerrte an ihr. Sie musste sich konzentrieren, um das Band zu Wandrik aufrechtzuerhalten. Dem Jungen gegenüber war es nicht fair, dass sie sich zum Spiegelbild seiner Gefühle machte und dadurch seine Gefühle verstärkte, aber ein schlechtes Gewissen konnte sie sich jetzt nicht erlauben.

Die Felswand unter ihr verschwand. Sie trat vom Abgrund weg, nun wieder aufrecht auf der Erde stehend, und ihr Herz begann wild zu hüpfen, als käme jetzt die Panik, über dem sicheren Tod zu schweben, mit geballter Kraft doch noch über sie. Sie musste sich setzen. Die Hände auf die Brust legen. Vielleicht war es nicht nur die Nähe zum Tod, sondern auch die Verbindung zu Wandrik, die sie so erregte.

Sie war, wie sie gehofft hatte, bei einem Waldstück angelangt. Irgendwo rauschte Wasser, das vermutlich weiter unten in den Bach mündete, an dem sie heute mit Wandrik gerastet hatte. Sie wollte aufstehen und sich umsehen, aber schon bei dem Versuch knickten ihr die Beine ein. Ihr Atem ging schwer. Fast, als müsste sie schluchzen. Eine süße Leere war in ihr, und ihre Haut schmerzte, so stark war die Verbindung zu dem Jungen, mit dessen Gefühlen sie spielte. Sie konnte ihn nicht für ihren Zauber benutzen, ohne selbst zu fühlen, was er fühlte.

Besen hämmerte ihr dreimal auf den Hinterkopf.

»Ah, warum das denn!« Aylen scheuchte ihn weg. Dann seufzte sie und ließ sich nach hinten sinken. Natürlich wusste sie, warum, denn sie hatte sich in gewisser Weise selbst geschlagen. Sie lächelte. »Ach, Wandrik.«

Mit den Händen über dem Herzen und dem Verlangen nach einem Kuss schlief sie ein, wo sie lag.

13

AYLEN FAND AM nächsten Morgen einen Pfad, der wie eine Schneise aus goldenem Licht durch den Wald führte. Doch sie betrat ihn nicht. Dass es hier oben, wohin kaum jemand kam, überhaupt einen Pfad gab, musste einen stutzig machen.

Aylen ging in die Hocke. Der Pfad sah viel benutzt aus. Nur ein paar beharrliche Gräser wuchsen noch aus der plattgetretenen Erde. Sie berührte den Boden, hob einen Kieselstein auf. Alles wirkte normal.

Seit dem frühen Morgen kämpfte sie sich den Berg hoch, stapfte steile Hänge empor und zog sich an Wurzeln und Zweigen aufwärts. Sie hätte den Zauber zu Hilfe nehmen können, den sie aus Wandriks Hingezogenheit gewoben hatte, aber je mehr sie ihn benutzte, umso stärker würde Wandriks Sehnsucht nach ihr werden, und eine quälende unerfüllte Liebe hatte der Junge nicht verdient. Nur wenn es gar nicht anders ging, wollte sie auf den Zauber zurückgreifen. Wenn es aber einen Pfad gab, der bequem den Berg hochführte …

Nein, es musste eine Falle sein. Schließlich war das Erklimmen des Berges gerade die Herausforderung, die ein Lehrling bestehen musste.

Doch was, wenn die Herausforderung in der Klippe gelegen hatte und längst bewältigt war und sie jetzt nur noch dem Pfad folgen musste?

Aylen wusste, dass sie sich etwas vormachte. Es war schwer gewesen, verdammt schwer, lebend auf die Spitze des Berges Gothak zu gelangen. Beim Zauberberg des Elfenvolkes würde es ähnlich sein. Oder war das Erklimmen von Gothak nur so schwer gewesen, weil Erzmagier Salemandra sie nicht bloß hatte prüfen wollen, sondern tatsächlich umbringen?

Besen schwenkte vor ihr hin und her, als wollte er ihr sagen, dass sie dem Pfad nicht folgen sollte. Wenn etwas zu einfach wirkte, war der Sache nicht zu trauen.

»Die Stimme der Vernunft, wie immer«, sagte Aylen und nahm Besen am Stiel, um ihn zu beruhigen. Doch war es nicht auch gefährlich, sich Hänge und Klippen hochzuhangeln? Sie könnte auch dabei sterben, nicht nur durch eine magische Falle.

Schließlich war es Aylens Hochmut, der siegte. Wenn es eine Falle war, würde sie damit schon fertigwerden! Sie erhob sich, atmete tief ein ... und betrat den Pfad.

Nichts.

Nur Besen ließ resignierend sein Reisig hängen, und das Knistern klang beinah wie ein Seufzen.

Aylen stand jetzt unter den tanzenden Schattentupfern der Bäume und fühlte die Wärme der Sonne auf dem Kopf. Keine magische Attacke kam. Kein Blitz, keine Flammen, kein Abgrund, der sich unter ihr auftat. Sie machte einen Schritt. Immer noch – nichts.

Langsam setzte Aylen sich in Bewegung. Die Vögel zwitscherten, das Laub raschelte im Wind. Unter ihren Füßen knirschte der Kies. Da alles ruhig blieb, begann sie sich ein wenig zu entspannen und drehte Besen im Kreis. Der Weg führte um eine Biegung. Auch dahinter ging es gemütlich weiter. Der Pfad schien sich in Serpentinen den Berg hinaufzuschlängeln. Das Gefälle war offenbar so leicht, dass Aylen sich wie auf einem Spaziergang fühlte. Doch sie blieb auf der Hut. Selbst wenn der Weg keine Falle war, würde sie vielleicht noch an Prüfungen geraten, die würdige Anwärter von unwürdigen trennten. Denn das konnte doch noch nicht schon alles gewesen sein ... oder etwa doch?

Zugegeben, die Klippe weiter unten war nur mit Hilfe von Zauberei zu überwinden gewesen. Je länger Aylen darüber nachdachte, umso stolzer war sie auf sich. Wie die meisten ihrer Zauber war auch dieser spontan entstanden, ein Geistesblitz, der unter Beweis stellte, wie genial sie ganz ohne Ausbildung war.

Pfeifend ging sie weiter.

Du kannst gar nicht zaubern. Jede Hexe kann mehr Täuschungstricks als du.

Das hatten sie zu ihr gesagt, die Mädchen, derentwegen sie ihren Lebenswillen fast verloren hatte. Die Mädchen hatten Zweige mit Eichkätzchen durch die Finger gezogen und getuschelt und gekichert, nervös, weil sie Aylen im blühenden Wald unter den Schattentupfern junger Blätter aufgelauert hatten.

Beweise, dass du zaubern kannst. Webe einen Liebeszauber, damit Caeryn Sarienna liebt, wenn du kannst.

Das hatten sie gewollt. Einen Liebeszauber, weil eine von ihnen einen Jungen mit den ihm gegebenen Reizen nicht bekam.

Aylen hatte Sarienna betrachtet, die unter ihrem Blick errötete, aber ihren stolzen Ausdruck nicht verlor. Sarienna hatte sich einmal über Aylen lustig gemacht, vermutlich ohne sich dabei etwas zu denken, und nun wollte sie ihre Hilfe. Und stellte sich nicht sehr geschickt dabei an.

»Wusste ich es doch. Möchtegernhexe!«, sagte Sarienna und wandte sich zum Gehen. Vermutlich, weil sie Aylens Blick nicht mehr aushielt.

»Wir sind jedenfalls gekommen, um dir einen Rat zu geben: Hör auf mit der Angeberei«, schob ihre Freundin hinterher. »Alle lachen über dich!«

Aylen schmunzelte über diese schlechte Ausrede, sie aufgesucht zu haben.
»Was lachst du so hässlich?«
»Die ist doch dumm wie ein Schaf, schau sie an. Die muss behaupten, dass sie zaubern kann, weil sie sonst nichts hat.«
»Sprechen kann sie wohl auch nicht.«
»Määääähhh!«
Wie die Mädchen kicherten. Ohne zu merken, dass sie selbst wie Schafe klangen.

Während die Mädchen sich nach der Enttäuschung gegenseitig auf Aylens Kosten Mut machten, kniete Aylen nieder und brachte Butterblumen, die noch verschlossen waren, zum Erblühen. Und dann zum Welken. Der Zauber fiel ihr ganz leicht, denn es war nur ein Spiegelbild dessen, was sie in den Mädchen sah: grelles, schnell verblühendes Leben. Die Mädchen verstummten und blickten erstaunt auf Aylens Werk.

Aylen erhob sich. Nachdenklich sagte sie: »Ich kann Caeryn dazu bringen, dich zu heiraten. Und mit dir Kinder zu zeugen. Aber niemals wird er dich lieben. Kein Mann wird dich je lieben. Weil du hohl bist wie eine vergammelte Walnuss.«

Sarienna ging rückwärts, als wären Aylens Worte Geschosse. Als ihre Feigheit ihr selbst auffiel, brach sie einen Zweig von einem Baum ab. »Möchtegernhexe. Ekelhaft, wie sie angibt. Schämst du dich nicht? Niemand fällt auf deine blöde Angeberei rein!«

Zum ersten Mal wurde Aylen klar, dass es für sie, wie für jede Zauberin, immer nur zwei Möglichkeiten geben würde: verehrt oder verhöhnt zu werden. Etwas dazwischen gab es nicht.

Sie umkreiste die Mädchen, die nun alle Stöcke und Steine aufhoben. Sollte sie sich ebenfalls bewaffnen oder sollte sie weglaufen? Nein, niemals weglaufen. Ihr Herz schlug ihr bis zum Hals. Aber sie lächelte. Denn sie war allein gegen viele, und doch hatten die anderen mindestens so viel Angst wie sie.

»Lauf zu deinen Tümpeln, los«, sagte eins der Mädchen fast bittend. »Glaubst du, wir wissen nicht, dass du nackt im Schlamm tanzt, um dir Zaubermacht von irgendwelchen Erddämonen zu erbetteln?«

»Die treibt es mit Salamandern und Würmern. Die widerliche Hexe.«

»Möchtegernhexe!«

»Eine ordentliche Tracht Prügel würde ihr guttun.«

Aylen wartete darauf, dass ihr eine Idee zuflog. Meistens ließ ihr Einfallsreichtum sie nicht im Stich, und so war es auch diesmal. Hinter den Mädchen erhob sich eine Ulme mit verrenkten Zweigen und knotigen Wurzeln, die sich wie zielstrebige, aber komplizierte Denker mal hierhin und mal dorthin reckten, ohne je ihr Ziel aus den Augen zu verlieren. Sie fand ein Spiegelbild davon in sich. Als Zauberin würde sie wachsen, wie die Ulme gewachsen war, und auf abenteuerlichen Umwegen in die tiefsten Geheimnisse der Welt und die glanzvollen Höhen des Ruhms vorstoßen. Sie fühlte die Kraft in sich, die auch die Ulme erfüllte – den unbedingten Drang nach Größe, nach Entfaltung. Sie würde nicht anderen weichen. Andere würden ihr weichen.

Sie konzentrierte sich auf die Spiegelung zwischen sich und dem Baum. Fast ohne es zu merken, streckte sie die Arme aus, ließ die Finger den Zweigen nachstreben und spürte den Wind in ihrem Haar wie der Baum in den Blättern. Ihre Füße fuhren über den Waldboden, ertasteten den dunklen, duftenden Reichtum der Erde, die nur darauf wartete, ihre Geheimnisse einem empfindsamen Geist preiszugeben. Ihr Rücken krümmte sich, nur um sich dann aufzurichten, stärker denn je. Sie hatte das Gefühl, höher und höher zu kommen, riesenhaft zu werden in einem endlosen Sprung, ohne aufzukommen.

Die Mädchen spotteten über ihren Tanz, solange sie konnten. Doch sie näherten sich nicht und verstummten, als sich nicht länger ignorieren ließ, dass etwas Ungeheuerliches im Gang war. Dass die schmächtige Fünfzehnjährige, deren Verständnis von der Welt eigentlich nicht weiter reichen konnte als ihre Nasenspitze, *die Wirklichkeit veränderte.* Die Wirklichkeit schien an ihrem langsam tanzenden Körper zu schmelzen und sich neu zu formen.

Die Zweige über den Mädchen begannen zu knarren und zu knacken. Mit einem Geräusch, das wie brechende Knochen klang, hievte sich die Ulme aus der Reglosigkeit. Ihre Äste streckten sich nach den Mädchen aus, die Wurzeln glitten wie Schlangen auf sie zu, winzige Zweige wuchsen wie Härchen aus der Rinde und entrollten kleine, hellgrüne Blätter. Die Mädchen ließen alles fallen und wollten die Flucht ergreifen. Da schoss ein Ast hervor, gerade und ebenmäßig wie ein Rohr, und ließ sie alle stolpern und auf die Knie fallen. Der Ast brach mit einem beinah metallischen Klirren.

Die Mädchen schrien vor Schreck auf, doch lauter und länger als sie schrie Aylen.

Sie tanzte nicht mehr, sondern lag zuckend im Laub, und ihre Hände kratzten vergeblich über ihren Rücken, ohne das Etwas vertreiben zu können, das ihre Wirbelsäule ausschlürfte.

Möchtegernhexe.

Es stimmte. Sie hatte die erste und letzte Regel der Zauberei nicht bedacht, nämlich, dass nichts aus nichts entstand. Alles suchte sich sein Spiegelbild, und alles zog seine Kraft aus etwas anderem. Der Baum, der in einem Augenblick mehr gewachsen war als in einem Jahr und einen perfekt ebenmäßigen Zweig hatte hervorschießen lassen, hatte die Kraft dazu nicht aus der Erde gezogen, sondern aus Aylens tanzendem Körper.

Weil sie die Kontrolle verloren hatte. Weil sie sich von ihrem eigenen Tanz hatte verführen lassen. Weil sie zu sehr die Macht des Baums hatte fühlen wollen.

Angeberin. Schämst du dich nicht?

Sie lag auf der Erde, und jeder flache Atemzug währte ein Jahrhundert. Es fühlte sich an, als würde ein Gletscher durch ihre Knochen kriechen, und er nahm alles mit. Alle Wärme, alle Kraft. Aus den Augenwinkeln sah sie, wie die Mädchen davonrannten – um Hilfe zu holen, aber das wusste sie in dem Moment nicht.

Sie glaubte, die ganze Welt würde sie verlassen. Es war jedoch nur ein Teil von ihr selbst, der sie verließ. Der Wille ihres Körpers zu leben, würde nie wieder ganz bei ihr sein. Eine Ulme schöpfte von nun an aus ihr Kraft. Und ein gerader, langer Ast mit vielen kleinen Trieben, den Aylen aus einem niederen Beweggrund in die Welt gebracht hatte, so wie man ihn von einer Hexe erwarten würde.

Während Aylen den Pfad unter den Lichtflecken entlangtrottete, erinnerte sie sich an den langen Sommer, den sie im Bett verbracht hatte, ohne sich bewegen zu können. Ihre ›Feindinnen‹ hatten sie besucht, zumindest ein paar von ihnen. Sie hatten Aylen nichts Böses gewollt, nicht wirklich. Oder vielleicht waren sie auch zu Besuch gekommen, weil sie eine schlimme Rache von ihr befürchteten, wenn sie sich jetzt nicht mit ihr gutstellten.

Aylen hegte keinen Groll gegen die Mädchen. Sie empfand nur Scham – erdrückende Scham gegenüber jedem, der wusste, was vorgefallen war.

Sie dachte an weitere Zaubereien in ihrer Jugend, bei denen sie sich ihres Leichtsinns überhaupt nicht bewusst gewesen war. Einmal hatte sie versucht zu fliegen, und es war ihr gelungen, sich wie schwebend zu fühlen, während sie tatsächlich, ohne es zu merken, einen Hang hinuntergestürzt war. Wie durch ein Wunder hatte sie sich nicht das Genick gebrochen. Aber oft hatte ihr Leichtsinn nicht nur sie, sondern auch andere in Gefahr gebracht.

Weiter und weiter ging sie in die Vergangenheit zurück, dachte zum ersten Mal seit Jahren wieder an ein Schaf, das verlorengegangen war und das sie tot in einem Graben aufgefunden hatte, unsicher, ob sie es mit ihrem Findezauber getötet hatte. Sie hatte sich beim Zaubern oft schuldig gefühlt und war manchmal auch wirklich schuldig geworden. Das war der schlammige Grund, auf dem ihr Selbstbewusstsein errichtet war. Bei den Grauen Elfen im Hochland hatte sie nicht zum ersten Mal jemanden glauben lassen, er sei geheilt, ohne ihn wirklich zu heilen.

Erinnerungen an ihre Mutter flatterten auf, die sie als kleines Mädchen davon überzeugt hatte, keine Schmerzen mehr zu haben. Wie sehr sie es geliebt hatte, wenn ihre Mutter sich erhob und sie mit einem ungläubigen, ehrfürchtigen Blick ansah und nicht wusste, wie sie sich bedanken sollte. Wie sehr sie es geliebt hatte, wenn ihre Mutter auf dem Weg zur Arbeit auf den Feldern vor lauter Kraft hüpfte und lachte, während ihr armer Körper in Wahrheit zugrunde ging. Vielleicht wäre ihre Mutter ohne die falschen Heilzauber nicht gestorben, oder jedenfalls nicht so bald.

Verdutzt blieb Aylen stehen. Noch immer funkelte die Sonne durch das Blätterdach, und der Pfad schlängelte sich gemütlich aufwärts. Aber etwas hatte sich verändert. Aylen hatte sich verändert. Überrascht blinzelte sie und stellte fest, dass ihr Tränen über die Wangen rollten. Je weiter sie in die Vergangenheit zurückging, umso weniger Sinn ergab ihr Leben. Das kleine Mädchen, das die Mutter nicht hatte retten können, die Halbstarke, die sich selbst vor Eitelkeit fast umgebracht hätte, wollte jetzt die größte Zauberin aller Zeiten werden? Damit sie sich irgendwann nicht mehr wie eine Hochstaplerin fühlte, sondern wirklich jemanden rettete?

Sie wusste in der Tiefe ihres Herzens, dass das niemals geschehen würde. Selbst wenn sie auf Faysah aufgenommen wurde und das Zaubern lernte, es war immer nur ein Geschäft mit dem Schein. Niemand war zu retten, nicht wirklich. Der Tod, das große Unbekannte, schöpfte alle Lebenden ebenso wieder aus der Zeit, wie sie hineingeworfen worden waren, unter Schmerz und in dunkler Ungewissheit. Auch von der größten Zauberin aller Zeiten würde nichts bleiben als ein paar fadenscheinige Legenden, falsch wiedergegeben von Leuten, die ihre Kinder nachts von ihren leeren Bäuchen ablenken mussten.

»Wozu?«, murmelte Aylen. Das Wort ließ sie einknicken. Nicht einen Schritt konnte sie mehr tun, so schwach fühlte sie sich plötzlich. Sie nahm Besen in Augenschein, um zu prüfen, ob er grünte und wieder einer ihrer Schwächeanfälle bevorstand. Aber nichts spross aus dem Holz. Eine leise Stimme des Misstrauens erwachte in Aylen. Dieses *Wozu* fühlte sich verdächtig an wie ... ein Spiegelbild.

»Zu wo?«, sagte Aylen die Silben in umgekehrter Reihenfolge. Ja, zu welchem Ziel wollte sie eigentlich? Sie wusste es nicht mehr. Das Wozu hatte sich zwischen sie und ihr Ziel, was auch immer es war, geschoben. Ihr Herz pochte schwer. Jetzt wusste sie es. Ein Zauber lag auf ihr!

Der Pfad. Sie hatte dem Pfad nicht getraut und war ihm dennoch gefolgt, weil ihr Vertrauen in ihre eigenen Fähigkeiten noch größer war. Wohin hatte der Pfad sie geführt? In die Vergangenheit. Dabei wollte sie doch ...

Nein, sie wusste nicht mehr, wohin sie wollte. Sich daran zu erinnern war, als versuchte sie durch einen Spiegel hindurchzusehen.

Sie musste runter von dem Pfad, und zwar sofort. Doch als sie einen Schritt in den Wald machte, brauste ihr ein heftiger, heulender Wind entgegen. Besen stellte sich schützend vor sie, aber das Reisig peitschte ihr nur ins Gesicht. Sie kniff die Augen zu und musste sich mit ihrem ganzen Körpergewicht gegen die Luftmassen lehnen, um nicht umgeworfen zu werden. Sie taumelte, aber sie würde sich nicht zurück auf den Pfad drängen lassen. Mit zusammengebissenen Zähnen versuchte sie gegen den Wind anzugehen.

Sinnlos, fauchte der Wind. *Du mühst dich ganz umsonst.*

Aylen schrie gegen die donnernde Stimme an. Sie wünschte, sie könnte ihr Worte entgegenschmettern, aber ihr fiel nichts ein. Ihr Kopf war erfüllt vom dröhnenden Widerhall des Windes.

Es gibt nichts zu gewinnen. Alles zerrinnt in der Zeit, und alle Wege führen ins Nichts.

Aylen schrie immer noch, oder vielleicht glaubte sie auch nur zu schreien, denn hören konnte sie sich nicht. Der Wind nahm ihr die Stimme einfach aus dem Mund und wehte sie davon.

»... Neeeiiin«, brachte sie hervor. Ihr Kopf fühlte sich an, als würde er explodieren. Dieses Nein hatte sie unglaubliche Kraft gekostet. Und noch immer war der Wind so laut. Jeder Gedanke wurde ihr sofort in Stücke gerissen. Aber sie stemmte sich dagegen, schlang die Arme schützend um sich und suchte nach Worten. »Es ... gibt Sinn!«

Der Wind, der ihr die Stimme raubte, nahm ihre Worte mit abertausend Echos auf. Abrupt wurde Aylen nach vorn geschleudert und landete auf dem Waldboden. Besen holperte ihr gegen den Hinterkopf. Sie rang nach Atem. Die Stille sirrte hell in ihren Ohren. Als sie sich umdrehte, sah sie den Pfad so friedlich im goldenen Licht, als hätte sie sich den entsetzlichen Wind nur eingebildet. Aber sie spürte ihn noch in sich. Seine schreckliche, hoffnungslose Leere.

Sie brauchte noch einen Moment, bis sie sich bereit fühlte, aufzustehen und ihren Weg fortzusetzen. Der Hang war steil, sie musste mit Besen als Wanderstock von Wurzel zu Wurzel steigen wie über eine unregelmäßige Treppe. In der Ferne hörte sie Wasser rauschen. Sie ging dem Geräusch nach, bis sie auf eine kleine Lichtung trat. Wie angewurzelt blieb sie stehen. *Nein. Nein. Nein.*

Vor ihr lag die Blumenwiese, zu der Wandrik sie gestern gebracht hatte. Dahinter erhob sich die Felswand, die sie bereits überwunden hatte.

Lange stand sie da und starrte nur. Deshalb war der Pfad so leicht gewesen. Er hatte sie in Wahrheit nicht näher zum Gipfel geführt, sondern bergab.

Sie mahlte vor Frustration mit den Zähnen, aber schließlich atmete sie tief aus, lockerte ihre Fäuste und ging auf die Felswand zu. Sie würde alles noch mal tun müssen. Sie würde noch einmal Wandriks Gefühle ausnutzen und …

Als sie vor der Felswand stand, überwältigte sie wieder die Wut. Sie trat gegen die Klippe, dann rannte sie zurück, schlitterte den Hang hinab und zurück zu dem verzauberten Pfad. Sie sah ihn erst, als sie fast darauf trat. Und diesmal konnte sie nicht fassen, dass sie überhaupt gezweifelt hatte, ob es sich um eine Falle handelte. Das Sonnenlicht wirkte zu strahlend, der Pfad viel zu ordentlich. Und noch etwas stimmte nicht, was Aylen nicht recht benennen konnte. Aber wenn sie ganz ehrlich mit sich war, hatte sie gewusst, dass es sich um einen verwunschenen Pfad handelte. Sie hatte in ihrer maßlosen Überheblichkeit nur geglaubt, dass sie schlauer sein würde als der Zauber.

Und das war sie auch!

Sie schritt zurück auf den Pfad.

NIREKA UND AYLEN standen im Inneren der jeweils anderen, in Spiegelkammern. Nireka sah alles – sah, wie Aylen sich selbst sah. Ihr schier unzerstörbares Selbstvertrauen wurzelte in ihrer Mitte. Doch daran fraß ein Wurm aus Schuldgefühlen, und Aylen wollte sich die Hände vors Gesicht schlagen und nichts mehr wissen müssen.

Lass mich alles sehen, verlangte Nireka.

Aber der Widerstand war groß. Es tat so weh. Nireka spürte es wie ihren eigenen Schmerz. Also ließ sie los und …

Gelächter holte Nireka zurück. Oder jedenfalls ein rasselnder, gurgelnder Krach, der wohl Gelächter sein sollte.

»Ich hatte mehr Mut als Verstand«, keckerte der Drache. »Aber zum Glück auch fast so viel Können wie Mut.«

Nireka war weniger zum Lachen zumute. Sie fragte sich, wie sehr sie sich auf die Erinnerungen verlassen durfte. Sie glaubte zwar, dass Aylen gehänselt und ausgeschlossen worden war, aber vielleicht nicht wegen ihrer Gabe, sondern wegen ihrer Neigung zur Angeberei, die sie auch als Drache nicht ganz abgelegt zu haben schien.

Und Aylen hatte die Erinnerungen daran, wie Besen entstanden war, nicht gern preisgegeben. Sie wollte sich lieber nur die Erlebnisse ins Gedächtnis rufen, die sie in ein gutes Licht rückten. Vermutlich spürte Nireka deshalb Widerstand, wann immer sie vorwärts drängen wollte, hin zu dem Moment, in dem Aylen die Drachen aus den Bergen befreit hatte. Eine diffuse Angst umgab diese Ereignisse. Und Scham.

»Bist du hungrig? Soll ich auf die Jagd gehen?«, fragte der Drache.

Inzwischen war es dunkel, und nur der Sternenstaub am Himmel und das Lagerfeuer leuchteten. Nireka schloss die Arme um ihre angezogenen Knie. »Danke, nein. Ich glaube, ich werde ein wenig schlafen.«

Sie rollte sich neben dem Feuer zusammen und nickte fast augenblicklich ein, und als sie wieder zu sich kam, war es noch immer Nacht. Das Lagerfeuer war fast heruntergebrannt. Sie sah den Drachen reglos daneben liegen. Den riesenhaften Leib, in dem sich eine junge Frau verbarg, die eigentlich nur Anerkennung gewollt hatte.

Es ist ihre Schuld. Alles, alles ihre Schuld, dachte Nireka.

Aber die Worte waren leer, als hätten sie alle Bedeutung verloren. Keine Wut flammte in Nireka auf, um ihren Schmerz zu lindern.

15

ALLES HATTE SICH verändert. Nicht nur sie.

Aylen spürte es mit jedem Atemzug, bei jeder Bewegung. Der Stoff, aus dem Tana gemacht war, vibrierte. Die Befreiung der Drachen schien vollendet. Aylen vermutete, dass es deshalb keine Zauberer mehr gab. Ihnen fehlten die Quellen für ihre Zauberei. Die drei Völker mochten von den Drachen terrorisiert werden, aber Tana war nicht im Chaos versunken, wie die Erzmagier immer gewarnt hatten. Noch gab es Tag und Nacht, oben und unten und all die Gesetzmäßigkeiten, die Leben ermöglichten. Immerhin darin hatten Aylen und Totema sich nicht geirrt.

Sie beobachtete Nireka, die schlief. Manchmal zeigten sich auf ihrer Haut und in ihren Augen Geisterschatten wie bei einem Zauberer im höchsten Zustand magischer Verwirklichung. Aber Nireka hatte keine Kontrolle über ihre Kräfte. Auch wenn das Wissen um die Zauberkunst verlorengegangen war, hätte es Begabten wie ihr durch Intuition möglich sein sollen, Geisterschatten zu lenken. So wie Aylen aus eigenem Antrieb, aus Wissbegier und Beharrlichkeit eine Zauberin geworden war. Aber so schien es heute nicht mehr zu funktionieren.

Ein Gefühl der Verlorenheit überkam Aylen, wie sie es noch nie erlebt hatte. Schon immer war es ihr unerträglich gewesen, etwas nicht zu verstehen. Und jetzt war die ganze Welt unverständlich. Auch sie selbst. Wenn nur Totema hier wäre ...

Erinnerungen durchschwebten sie, blass wie Traumfetzen. Sie wusste noch, wie es war, einen Menschenkörper zu besitzen, aber die Einzelheiten wurden mit erschreckender Geschwindigkeit ungreifbarer. Je mehr sie über ihren neuen Leib lernte, je besser sie ihn beherrschte, umso abstrakter wurde ihre Vergangenheit. Sie versuchte, sich zu erinnern, um ihr Gedächtnis mit neuem Leben zu füllen und so zu bewahren. Als Kind hatte sie beim Tanzen auf den Bauernfesten zum ersten Mal Zauberkraft in sich gespürt. Mit dem Klang der Flöten, Schellen und Trommeln war etwas anderes in sie eingedrungen, eine Stimme ohne Worte, Bedeutung ohne Sprache, tief aus den Dingen selbst. Und sie hatte mit ihren Bewegungen zurückgesprochen, bis ihre Arme und Beine gar keine Arme und Beine mehr gewesen waren, sondern Mittel, um Schatten zu malen, die so täuschend echt waren, dass die Wirklichkeit ihnen hinterherwuchs.

Die Erinnerung fühlte sich hohl an. Aylen konnte sich ihre Vergangenheit wie eine Geschichte aufsagen, aber nichts davon fühlte sich an, als sei es wirklich ihr zugestoßen, solange nicht Nireka sie mit Leben erfüllte. Das Einzige, was Aylen noch gehörte, war das Gefühl der Einsamkeit von damals. Wie oft sie mutterseelenallein gewesen war, Hunger und Kälte ausgeliefert, ohne einen Freund auf der Welt.

Sie hatte die Zähne zusammengebissen und sich gegen einen Widerstand nach dem anderen durchgesetzt, sich von nichts aufhalten oder entmutigen lassen, weder von der Ungerechtigkeit der anderen noch ihrer eigenen Schwäche. Sie hatte sich alles mit Blut und Schweiß errungen und Tränen, die sie niemals jemanden hatte sehen lassen. Nicht einmal Totema.

Sie wusste, dass sie sich diese Gedanken früher oft ins Gedächtnis gerufen hatte, um sich aufzumuntern. Jetzt kamen sie ihr etwas albern vor. Ihre menschlichen Regungen trieben im Nebel davon und wurden immer kleiner, bedeutungsloser. Sie musste Nireka bald bitten, die Erinnerung an Totema aufleben zu lassen, damit er ihr nicht auch verlorenginge, aber sie fürchtete sich seltsam davor.

Im Osten hauchte der neue Tag Helligkeit ins Dunkel. Aylen empfand keine Müdigkeit, und sie ahnte, dass auch die Erinnerung an diesen körperlichen Zustand verschwinden würde. So wie Durst und Hunger. Die Gier, die sie dazu getrieben hatte, Sabriels Leib in sich aufzunehmen, hatte nur vage mit Hunger zu tun gehabt. Sie dachte nicht gern daran. Zu fremd war dieses Neue in ihr, sie wollte sich damit noch nicht befassen.

Sie betrachtete das Ei, in dem die goldbraunen Wolken und Wirbel so dicht geworden waren, dass kaum noch Licht herausdrang. Von der Frau war nur noch ein wenig nackte Haut zu sehen. Es brach Aylen das Herz, dass sie Sabriel erneut in einen Zauberberg sperren musste. Aber was blieb ihr anderes übrig?

Ich habe versagt, dachte sie, und der Gedanke hallte durch die Leere in ihr.

Als Nireka erwachte, senkte Aylen die Augenlider so weit, dass die junge Frau denken musste, dass sie schlief. Nireka rührte sich nicht und betrachtete sie ebenfalls aus halb geschlossenen Augen, und es amüsierte Aylen, dass sie beide versuchten, die jeweils andere zu täuschen, nur um einander anzuschauen.

Schließlich stand Nireka leise auf, sah sich um und schlich in ein Gebüsch, vermutlich, um sich zu erleichtern. Sie trank auch Wasser am Ufer des Baches. Dann rollte sie sich wieder neben den Flammen ein. Aylen hörte ihren Magen knurren. Für einen Moment erinnerte sie sich wieder deutlich daran, wie es war, Hunger zu haben.

Ich werde mich nach Essbarem für dich umsehen, sagte sie und erhob sich.

Soll ich mit dem Drachenei allein bleiben?, fragte Nireka und richtete sich auf. Die Vorstellung missfiel ihr offenbar.

Ich bin bald wieder da. Versprochen, sagte Aylen.

Sie musste nicht einmal außer Sichtweite gehen. Vögel flatterten aus den Bäumen auf, als sie näher kam, und Aylen tauchte einen von ihnen in ihren Feueratem. Das Tier fiel augenblicklich verkohlt zu Boden, und mit ihrer Klaue nahm Aylen es aus.

»Es wird sicher besser schmecken, wenn du es noch ein wenig an der Glut garen lässt.«

Nireka wirkte blass in der Dämmerung, als sie den toten Vogel betrachtete. Und da begriff Aylen. Es war nicht das erste Mal, dass Nireka einen derart verkohlten Leib sah.

»Du musst etwas essen.« Aylen bemühte sich um einen heiteren Tonfall, aber mit ihrer neuen Drachenstimme klang es nur falsch und unheimlich. Dasselbe schien Nireka zu denken. Widerwillig legte sie den Kadaver in die Glut.

»Findest du, der Kristall ist gewachsen?«, fragte Aylen, um das Thema zu wechseln.

Nireka betrachtete ihn und schüttelte dann den Kopf. »Aber er ist dunkler geworden.«

»Die Verwandlung ist im Gange«, murmelte Aylen. »Ich schätze, uns bleiben noch ein paar Tage.«

»Wir könnten einen Drachen nach dem anderen bekämpfen und dann in einen Zauberberg bannen«, überlegte Nireka, ohne von der Glut aufzublicken.

»Das war mein Plan, als ich beschloss, mich zu verwandeln«, sagte Aylen.

Nun sah Nireka doch zu ihr hoch, unsicher, ob sie ihr glauben sollte.

Mit Nachdruck wiederholte Aylen: »Ich habe mich nur in einen Drachen verwandelt, um die anderen Drachen besiegen zu können. Glaub mir, die Entscheidung ist mir nicht leichtgefallen.«

»Und dabei hast du es darauf ankommen lassen, dass eine Dahergelaufene wie ich dich erweckt?«, murmelte Nireka.

»Eine Dahergelaufene wie du war nicht Teil des Plans.« *Totema war Teil des Plans.* Aber irgendetwas musste schiefgegangen sein, und der Gedanke allein tat weh.

Nireka schien seinen Namen gehört zu haben. Oder vielleicht versuchte sie auch nur zu begreifen, was Aylen sich bei dem Ganzen gedacht hatte. Schließlich fragte sie: »Soll ich mich wieder für dich erinnern?«

Aylen fühlte, wie sich etwas in ihr anspannte und verschließen wollte. Aber sie atmete tief durch und versuchte, sich zu öffnen. »In Ordnung.«

16

DIE VÖGEL ZWITSCHERTEN. Die Sonne strich warm über Aylens Haut. Schmetterlinge und kleinere Insekten schwebten in der Ferne durch den Lichttunnel, den der verwunschene Pfad durch den Wald zog. Was war es, was hier nicht stimmte?

Aylen nahm sich Zeit. Sie ließ die Umgebung über alle Sinne auf sich wirken, Besen in der Hand und die Stirn gegen den Stiel gelehnt. Die Waldgerüche, die Schattenflecken der Bäume, die Geräusche ... Je länger sie wartete, umso deutlicher spürte sie, dass *alles* seltsam war. Aber auf eine so subtile Weise, dass ihr Verstand ihrem Gefühl einfach nicht nachkam. *Was ist es?*

Sie atmete ein und aus. Streckte die Hände aus, um die leichte Brise aufzufangen. Sie fühlte die Steine unter den Sohlen ihrer Schuhe. Sie versuchte sogar, dem Wasser in den Pflanzen und Bäumen zu lauschen. Wartete. Wo war die Naht des Zaubers, der Übergang zur Wirklichkeit, der Anfang, der notwendig auch die Schwachstelle des Zaubers war?

Sie wartete, bis ihr die Beine schwer wurden und sie selbst zu schwanken begann wie ein junger Baum. Und dann wusste sie es.

Der Wind in Besens Reisig. Er wehte rückwärts.

Plötzlich war alles so glasklar, dass sie sich an den Kopf fasste. Wie hatte sie es so lange nicht bemerken können? Der Duft wogte nicht von den Kräutern am Wegesrand auf, sondern in sie zurück. Die Blätter in der Brise winkten falsch herum, vom Nachzittern in den Stillstand, und deshalb bewegten sich auch die Schattenflecken so merkwürdig. Sogar die Insekten schwirrten rückwärts.

Aylen drehte sich um und blickte in die Richtung, die bergab führte. Wenn alles verkehrt war, dann musste es hier zum Gipfel gehen. Sie setzte sich in Bewegung. Konnte es so einfach sein?

Nein. Einfach war es nicht. Obwohl der Pfad gemütlich abwärts ging, trat Aylen bald der Schweiß auf die Stirn. Jeder Schritt war mühselig, als müsste sie ihren Fuß aus Schlamm ziehen. Aber nichts hätte sie mehr freuen können. Sie grinste, während ihr Atem immer schwerer ging.

Sie schritt zuversichtlich voran, bis es zu dunkel war, um zu sehen, wo sie hintrat. Mitten auf dem Weg ließ sie sich nieder. Ihre Muskeln brannten. Sie konnte gerade noch etwas essen, dann sank sie in einen tiefen Schlaf der Erschöpfung.

In ihren Träumen hörte sie Frauen weinen. Je lauter ihre entsetzlichen Schluchzer und verzweifelten Schreie wurden, umso ferner wirkten sie, und je leiser sie wimmerten, umso dichter schienen sie an Aylens Ohren zu rücken. Vielleicht waren sie dabei zu ertrinken, denn sie hörte auch Wasser rauschen, aber zugleich war ihr Leid ewig und ohne Erlösung; sie steckten im Strom des Wassers, das sie quälte, wie Steinbrocken fest.

Mit trockenem Mund und rasendem Herzen kam Aylen zu sich, als hätte auch sie gelitten statt zu schlafen. Dieses Weinen ... hatte sie im Innern des Berges Gothak gehört, beim Trinken des salzigen Zauberwassers.

Die Dämmerung verlieh den Bäumen Umrisse. Aylen trank in kleinen Schlucken Wasser aus ihrem Schlauch und auch einen Schluck des vergorenen Dornrübchensafts, den die Grauen Elfen ihr geschenkt hatten. Die brennende Wärme stieg ihr in Brust und Kopf und beruhigte sie nach den bösen Träumen.

Der Weg kam ihr heute noch anstrengender vor, was kein

Wunder war, da ihre Muskeln noch immer wund waren vom Vortag. Sie kam nur langsam voran, jeder Schritt eine Mühsal. Und sie musste Pausen machen. Wenn sie sich hinsetzte und wartete, bis sie wieder zu Atem gekommen war, hörte sich das Rauschen in ihren Ohren fast nicht wie ihr Blut an, sondern wie Wasser ... und darin ebbten Schluchzer und Schreie auf und ab. Nur wenn sie ging, vernahm sie nichts als angenehme Geräusche der Natur.

In dieser Nacht fiel ihr das Einschlafen schwer. Sie war erschöpfter als am Vortag, aber eine innere Unruhe ließ sie die Augen immer wieder öffnen und in die Finsternis starren. Sie glaubte Schemen im tiefen Schwarz ausmachen zu können – Frauen, die auf sie zuschwebten, die Hände nach ihr ausstreckten und sie umklammern wollten, vielleicht sogar erwürgen wie Salemandra auf ihrer Flucht vom Berg Gothak. Aber nichts berührte sie. Sie lag nur wach, von klammer Furcht gepackt, in Erwartung eines Angriffs.

Und sie hörte sie wieder. Hinter dem geisterhaften Wasserrauschen riss der Strom der Schluchzer und Schreie nicht ab. Das Leid der Frauen war unerträglich. Und vielleicht ebenso unerträglich war, dass Aylen ihnen nicht helfen konnte. Dass sie nicht einmal wusste, warum sie gefoltert wurden und von wem oder was.

Sie fiel in einen unruhigen Schlaf voll Unterbrechungen, und als der Tag dämmerte, fühlte sie sich wie gerädert. Doch es half alles nichts, sie musste weiter. Und immerhin schien sie auf dem richtigen Weg zu sein. Wenn etwas Schlafmangel, Muskelkater und geisterhaftes Weinen alles waren, was Aylen erdulden musste, um den Gipfel zu erreichen, wollte sie sich nicht beklagen.

In der folgenden Nacht träumte sie von riesigen Wassermassen, die den Pfad fluteten. Erst rannte sie vor den Wellen davon, die wie Mäuler tobender Bestien hinter ihr zuschnappten, aber als sie erkannte, dass sie sie einholen würden, griff sie nach einem tiefhängenden Ast und zog sich von dort bis in die Krone einer Linde hoch. Unter ihr donnerte die schäumende, alles zerschmetternde Flut vorbei, begrub den Pfad, knickte junge Bäume um und stieg auch den mächtigsten, ältesten Bäumen bis an die Wipfel.

Aylen wusste, dass das Wasser, das die gefangenen Frauen in den Zauberbergen weinten, das ganze Land überspülen und alles vernichten würde. An den Baum geklammert, sah sie zu, wie die Welt jenseits des Berges unterging. Ascheko und Wandrik und alle Weißen Elfen starben. Das Wasser trat über den Horizont im Norden, Süden, Westen und Osten und vernichtete die Stämme der Grauen Elfen im Hochland, auch die Bewohner von Lepenthe, ja, sogar das Zwergenreich und die Menschen jenseits der Wüste.

Zeit verging. Die Fluten wogten umeinander, satt gefressen und träge. Schließlich sank das Wasser und ließ einen abscheulichen Sumpf der Verwesung entstehen, der die ganze Erde bedeckte. Jahre flogen dahin, ohne dass Aylen davon berührt wurde. Neue Menschen und Elfen und Zwerge kamen, die in den Landschaften des Todes herumkrochen wie Gewürm. Die Flut der Tränen war nun zu einem Schatten unter der Erde geworden, der die Lebenden aussaugte und niederrang.

In kalten Schweiß gebadet, kam Aylen zu sich. Erst glaubte sie, im Traum geschrien und sich dadurch selbst geweckt zu haben, doch dann merkte sie, dass die Schreie von anderen ausgestoßen wurden.

Von Frauen irgendwo in der Finsternis.

Sie setzte sich auf und schluckte schwer gegen das Herz an, das ihr bis zum Halse schlug. Der Traum hatte ihr Zeitgefühl so verzerrt, dass sie im Geiste noch immer wie ein Gespenst über einer fernen Zukunftsvision schwebte, ihrer eigenen Gegenwart entrissen. Aber die Schreie holten sie zurück.

Sie wischte sich über das feuchte Gesicht und den Mund, dann stand sie auf und folge den Klagelauten. Besen zitterte neben ihr, dass das Reisig raschelte. Noch immer waren die leisen Schluchzer deutlicher zu hören als das Heulen und Schreien, daher wusste Aylen, dass sie es mit Zauberei zu tun hatte. Aber wenn man von etwas verfolgt wurde, was sich nicht abschütteln ließ, war es am besten, sich ihm zu stellen.

Plötzlich trat sie in Wasser. Erschrocken zog sie den Fuß zurück. Die lange Pfütze, die sich über dem Weg gebildet hatte, war so klar und unbewegt gewesen, dass sie sie gar nicht gesehen hatte. Es war eine sehr lange Pfütze ... fast schon ein Teich. Doch das Wasser schien von nirgendwo zu kommen und nirgendwohin abzufließen. Still lag es da wie ein Spiegel, über den die Bäume links und rechts lange Gitterstäbe zogen. Doch Aylens Fuß hatte silberne Wellen ausgelöst, die jetzt über die glatte Fläche liefen. Das schwache Mondlicht, das herabdrang, schien sich auf ihnen zu verdichten. Drei helle, runde Formen wurden sichtbar. Köpfe.

Sie tauchten langsam auf und verwandelten die Spiegelungen der Baumstämme in echte Gitterstäbe, die sie daran hinderten, auch die Schultern aus dem Wasser zu heben. Aber Aylen sah ihre Körper unter Wasser. Sie schienen Licht auszustrahlen, gerade genug, um ihr zu zeigen, wie schön sie waren.

Auch ihre Gesichter waren schmerzhaft schön auf eine Weise, die typisch für das Elfenvolk war. Ihre Anmut war so makellos und blendend, dass es Aylen schwerfiel, sie wirklich zu sehen – sie konnte sie beinah nur *fühlen*, gerade so, wie es ihr mit niederschmetternder Schönheit immer erging.

Sie waren schön, obwohl sie weinten.

Unter Wasser wanden sie sich, als würden sie langsam verbrennen. Sie streckten glänzende Finger nach ihr aus. Obgleich sie nichts sagten, bestand kein Zweifel, was sie von Aylen wollten: Rettung.

Aylen konnte nicht atmen. Schuld und Ohnmacht, wie sie sie nicht mehr empfunden hatte, seit sie ihre Mutter zu Grabe getragen hatte, schnürten ihr die Brust ein.

»Ihr seid nicht echt«, flüsterte sie, schloss die Augen und presste sich die Fäuste gegen die Stirn. »Es gibt euch nicht wirklich.«

Aber das war eine Lüge, die sie sich selbst erzählte. Die Frauen waren echt, und sie litten wirklich, wenn auch nicht hier, vor ihr. Sie waren in irgendeiner anderen Sphäre oder vielleicht auch in einer anderen Zeit gefangen und konnten sich gerade weit genug aus ihrem Gefängnis hinauslehnen, um Hilfe zu erflehen, wo sie nicht geleistet werden konnte. Das machte ihr Schicksal noch grausamer.

»Ihr seid nicht hier«, sagte Aylen laut vor sich hin. Sie musste bei Zauberei einen kühlen Kopf bewahren. Sie durfte sich von keinem Gefühl leiten lassen, nicht einmal von Mitgefühl. »Ihr seid nicht da!«

Sie richtete den Blick zum Himmel, sah die Bäume, die sich im Wind wiegten, ihre langen, schwarzen Stämme, die sich in der Spiegelwelt wie Stäbe über die Frauen legten ... und begriff, dass das die Lösung war. Sie musste über die Frauen hinwegsteigen mit Hilfe der Stämme.

Sie setzte sich in Bewegung, den Kopf noch immer in den Nacken gelegt, konzentriert auf die Stämme, auf die sie ihre Füße setzen wollte. Sie sah aus den Augenwinkeln, dass die Frauen bis zur Nase unter Wasser versanken. Ihr Weinen drang jetzt nur noch dumpf und leise zu ihr. Sie tat den Schritt ins Wasser – und trat auf hölzernen Grund. Es funktionierte. Sie fixierte die Bäume, die ihr Laub wie aberhundert dunkle Herzen zittern ließen. Noch ein Schritt. Wieder trat sie auf einen Stamm und versank nicht in Wasser. Beim nächsten Schritt fühlte sie etwas Weiches unter ihrem Fuß, das zuckte. Eine Hand!

Fast hätte sie hinabgeschaut, aber im letzten Moment kniff

sie die Augen zu. Dann zwang sie sich, wieder nach oben zu starren.

»Ihr seid nicht echt. Ihr seid nicht echt!«, stieß sie aus.

Die Hand unter ihr zersprang in Schmerzenslaute, bei denen Aylen Tränen in die Augen schossen. Da war keine Hand mehr unter ihr. Sie hatte sich in Geräusche aufgelöst. Denn in Wahrheit konnten sie nur Aylens Gehör erreichen. Ihre Körper waren nichts als Illusion.

Aylen überquerte das Wasser. Erst als sie nichts mehr hörte als den sanften Wind in den Zweigen, wagte sie, nach unten zu blicken. Sie stand auf festem Grund. Als sie sich umdrehte, lag hinter ihr wie vor ihr der Pfad. Von der Pfütze und den Frauen war nichts mehr zu sehen.

Doch als sie den Blick wieder nach oben richtete, sah sie einen Herzschlag lang ein Gesicht hinter dem Laub, das auf sie herabschaute, hell wie der Mond. Es war keine Frau, sondern ein Mann.

Auch wenn das Gesicht nur kurz zu sehen war, ehe es hinter den wogenden Baumkronen verschwand, glühte es in Aylens Gedächtnis nach. Der Mann war ungefähr in ihrem Alter gewesen, ein Weißer Elf mit einem kräftigen Kinn und stark ausgeprägten Brauenknochen, aber der groben Schädelform widersprach die Weichheit seines breiten Mundes, seiner Knubbelnase und seiner Augen, die voll empfindsamer Schwermut auf Aylen herabgeblickt hatten.

Der Pfad führte aus dem Wald und auf felsige Höhen, wo keine Pflanzen mehr wuchsen außer störrischem Gras und winzigen blauen Blumen. Winde jagten um die Klippen wie ein Rudel Wölfe, und Aylen konnte sehen, wie sie weiter unten die Wipfel der Bäume zerzausten. Endlos erstreckte sich das Reich der

Weißen Elfen unter ihr. Sie erblickte tief unten den See, an dem Wandrik und jetzt auch Ascheko lebten, einer von vielen Tropfen Silber im endlosen Grün. Über ihr türmten sich Gesteinsmassen auf und ließen sie nicht erkennen, wie weit es noch zum Gipfel war. Ihr wurde schwindelig, wenn sie zu lange hinaufschaute. Also konzentrierte sie sich auf den Boden und setzte den Aufstieg fort.

Wolken zerrissen an den Felsen zu Fetzen und machten es ihr schwer zu sehen, wohin sie trat. Schon in der Dämmerung musste sie Rast einlegen, weil das Terrain zu unsicher wurde. In einer Felsnische ließ sie sich nieder, zog den Umhang fest um ihre Schultern und schob die Hände unter ihre Achseln, um der Wärme ihres Körpers ein Spiegelbild zu zaubern. Nicht lange, und eine Glocke aus wohliger Wärme umgab sie, fast so schützend wie ein Feuer.

Zum hundertsten Mal freute sie sich, wie viel mächtiger sie geworden war, seit sie von dem Wasser in dem Berg Gothak getrunken hatte. Mit welcher Leichtigkeit sie Dinge wahr machen konnte! Zufrieden aß sie, nahm noch einen beherzten Schluck vom Dornrübchensaft und fühlte sich so gemütlich, wie man sich ohne Dach über dem Kopf nur fühlen konnte.

Sie schlief tief und traumlos und erwachte kurz vor Sonnenaufgang voller Energie. Sogar ihr Muskelkater war beinah verschwunden. Sie brach sofort auf und kletterte steile Hänge hinauf, balancierte über schmale Vorsprünge und ließ sich weder von Geröll, das sich unter ihren Füßen in Bewegung setzte, noch von Abgründen, über die sie springen musste, schrecken. Dass sie immer noch von einem gewöhnlichen Tod ereilt werden könnte, nachdem sie sämtliche magische Fallen überwunden hatte, kam ihr unwahrscheinlich vor.

Bald setzte sie ihre Füße in Schnee. Die Luft schnitt ihr mit jedem Atemzug in die Lungen, und sie zog sich die Kapuze über den Kopf. Gegen Sonnenuntergang zerrte der Wind die

Wolken auseinander und gewährte Aylen einen Blick auf den Gipfel.

Grau und eisverkrustet hatte sich diese böse Klinge über der Erde aufgerichtet. Selbst Aylen erschauderte bei ihrem Anblick, aber die Ehrfurcht löste keine Angst in ihr aus, im Gegenteil. Die Entsetzlichkeit des Gipfels würde Aylen zum Ruhm gereichen, wenn sie den Berg bezwang.

Sie fand keinen so guten Schlafplatz wie in der vorangegangenen Nacht und musste sich mit einem schmalen Vorsprung begnügen, der sich gefährlich der Tiefe zuneigte. Von allen Seiten heulten Böen um sie und ließen die Wärmeglocke um sie hüpfen wie eine Flamme. Einzelne Schneekörner trieben ihr ins Gesicht und schmolzen ihr kalt den Nacken hinab. Doch sie ließ sich ihre Nachtruhe nicht nehmen und schlummerte geradezu trotzig gegen die Umstände an, den Kopf auf Besens Reisig gebettet.

Frierend und steif vor Kälte, erwachte sie erst spät am Tag, weil das Licht nur diesig durch die Schneewehen drang, und machte sich bald auf den Weg.

Der Schneefall wurde heftiger. Besen schwebte nun über ihr, um die Flocken halbwegs abzuschirmen. Trotzdem konnte sie irgendwann kaum noch die Hand vor Augen sehen. Sie hielt inne. Sie musste sich wohl einen Zauber überlegen, um besser erkennen zu können, wo sie langging. Sie war noch dabei zu grübeln, als eine heftige Bö den Schnee für einen Moment so weit auseinandertrieb, dass sie klar sehen konnte.

Der Gipfel lag unmittelbar vor ihr. Ein Tor und viele hohe, schmale Fenster schienen hineingemeißelt, ähnlich wie in den Berg Gothak, so dass auch Faysah wie ein Schloss oder eine Burg wirkte, nur zehnmal größer. Und wie eine Burg umgab auch Faysah ein Graben.

Aylen wagte sich bis zu dessen Rand vor und starrte in einen Abgrund. Felsspitzen ragten aus der Finsternis, umwirbelt vom

Schneegestöber, doch es ging zu weit hinab, um den Boden zu sehen. Aylen wusste, dass der Abgrund die Bergspitze vollständig umschloss, ohne nachsehen zu müssen. Dennoch sah sie nach.

Sie brauchte lange, um den Gipfel einmal zu umrunden – der Tag schien bereits zu enden, als sie wieder an der Stelle ankam, von der aus das Tor zu sehen war. Wie sie vermutet hatte, verlief der Abgrund wie ein Krater um den Gipfel herum, der eigentlich nur die größte und höchste Felsspitze war, die sich aus der Dunkelheit in den Himmel bohrte. Nirgends gab es eine Brücke, einen Weg, eine Treppe. Und ein beherzter Sprung würde es auch nicht tun; an der schmalsten Stelle schätzte Aylen die Schlucht auf dreißig Schritte. Wie also würde sie hinüberkommen?

Sie ließ sich in den Schnee plumpsen, den Rücken gegen Besen gelehnt, und blickte in den Himmel, der mit jedem Herzschlag trüber wurde. Einen Abgrund überwinden. Den Boden verlassen. Abheben. Fliegen.

Zu fliegen war immer schon ein Wunsch gewesen, den sie sich mit Zauberei zu erfüllen versucht hatte. Wer träumte nicht davon? Sie hatte Geschichten von Zauberern gehört, die sich in die Lüfte erhoben, indem sie mit zwei Blättern Papier wie mit Flügeln schlugen oder indem sie sich gleich in Vögel verwandelten. Sich in einen Vogel zu verwandeln, so wie Salemandras Schergen, das wäre die Lösung. Aber sie hatte nicht einmal den Hauch einer Idee, wie sie das bewerkstelligen sollte. Welchem Teil der Wirklichkeit um sie herum konnte sie ein Spiegelbild abgewinnen, in dem sie ein Vogel war?

Auf dem Berg Gothak hatte sie vor Verzweiflung versucht, auf Besen zu fliegen. Sie hatte sich dabei fast umgebracht und nur mit großem Glück Halt an einer Klippe gefunden. Sie war die Klippe mit reiner Muskelkraft hochgeklettert. So hatte sie die letzte Prüfung bestanden. Das noch einmal zu versuchen wäre nicht nur würdelos, sondern auch höchstwahrscheinlich tödlich.

Sie dachte nach. Dann versuchte sie ganz bewusst, aufzuhören zu denken. Es wurde dunkel, die Wolken rissen auf, und der Himmel gähnte hinter dem rasch vorbeiziehenden Dunst. Die Erde war ständig in Bewegung; darum schienen die Sterne über ihr zu kreisen wie Schneeflocken.

Alles kreiselt und schwebt längst. Wir alle fliegen. Die ganze Zeit.
Sie ließ sich auf die Vorstellung ein, dass alles ständig in Bewegung war. Sie musste die *Schwachstelle* finden, an der ein Missverständnis möglich war, damit sie fliegen konnte, während der Rest der Welt weiterhin den Anschein von Starre wahrte.

Der Rest der Welt. Die Erde war mit all ihren Bewohnern bereits dabei zu fliegen. All das war durch Zauberei nicht zu ändern. Doch Aylen konnte sich selbst ändern. Sie konnte als Einzige unbewegt bleiben ...

Sie atmete so flach wie möglich, um sich so starr zu machen, wie es nur ging. Sie blinzelte nicht. Schneeflocken und Wolken und Sterne, die vielleicht auch nur Schneeflocken waren, wirbelten durch ihr Gesichtsfeld, schnell, so schnell ... Ein zartes Schwindelgefühl kam in ihr auf. Sie nährte es, indem sie sich vorstellte, dass auch die Erde unter ihr kreiselte, und zwar rasend schnell. Nur Aylen wollte reglos bleiben. Sie war zwischen den Spiegelbildern von Erde und Himmel, zwischen den gegensätzlichen Sphären der Berührungspunkt. Sie musste nicht mit der Erde rasen. Sie konnte still ausharren mit dem Himmel.

Sie fühlte, wie der Schnee unter ihr knirschte. Dabei rührte sie keinen Muskel. Ihre Schuhe schleiften durch den Schnee. Sie sah aus den Augenwinkeln, wie sie Spuren hinterließ, wie sich die Erde auf ihrer ewigen Reise eine Schramme an ihr zuzog. Und dann brach die Spur ab.

Weil keine Erde mehr unter ihr war. Sondern der Abgrund.

Auch er zog unter Aylen dahin, und zwar mit der ungeheuerlichen Geschwindigkeit der Erde. Kaum hatte Aylen das gedacht, begann der Abgrund unter ihr davonzurasen. Und Aylen schwebte, reglos im Rausch aller Dinge um sie herum.

Drei Herzschläge später schlitterte sie unsanft über vereisten Boden. Fast hätte sie sich den Kopf an einer Wand gestoßen, die hinter ihr auftauchte. Doch sie rutschte knapp daran vorbei durch das hohe Tor, hinein in die hohle Bergspitze.

Sie stöhnte, und ihr Stöhnen hallte weit durch unbekannten Raum. *Mach schnell. Rase wieder mit der Erde mit!* Anstatt dass sich die Erde verlangsamte, beschleunigte jede Zelle ihres Körpers, um mit dem wahnsinnigen Reigen aufzuholen. Ihr wurde so schwindelig, dass sie Galle schmeckte. Die Geschwindigkeit, die ihr Körper aufnahm, ließ sie zittern. Sie schrammte jetzt nur noch sehr langsam über den polierten Steinboden, zuckte und würgte die Galle hinunter.

Schritte ertönten irgendwo, begleitet von Echos. Aylen versuchte aufzublicken. Aber es war zu viel. Sie musste sich vollauf darauf konzentrieren, sich nicht zu übergeben. Ihre Fingernägel kratzten über die Steinfliesen, dann sackte sie herab, lag da und keuchte, endlich wieder in derselben Geschwindigkeit wie der Rest der Welt.

Die Schritte hielten inne, die Echos verebbten. Aylen zwang sich aufzublicken. Ihre Sicht flackerte. Die Halle, in der sie sich befand, wurde von schwebenden Lichtkugeln erhellt, die träge in der Höhe schwebten wie riesige, leuchtende Schneeflocken. Hohe Säulen waren in den unebenen Fels gehauen, dahinter lag Finsternis, die vielleicht Gänge oder Treppen barg. Oder Elfen. Sie glaubte, eine Bewegung wahrzunehmen, und das Geräusch von Stoff, der über den Boden schleifte, hallte durch die Bergspitze.

»Wer ist da?«, fragte sie.

Ihre Stimme kam ihr dutzendfach aus allen Richtungen entgegen. Sie stemmte sich hoch. Ihre Beine zitterten. Sie blieb auf einem Knie, weil sie sich noch nicht zutraute, wieder auf die Füße zu kommen.

»Wie hast du den Abgrund überwunden?«, fragte jemand zurück. Auch seine Stimme wurde von Echos verfolgt. »Du bist nicht geflogen. Es sah aus, als wärst du in der Zeit stehen geblieben.«

Aylen sah sich um. Das half nicht gerade gegen ihren Schwindel. Sie wäre fast erneut zusammengesackt, konnte sich aber noch aufrecht halten. Wo war der Sprecher?

»Erzmagier?«, fragte sie. »Ich habe Eure Prüfungen bestanden. Ich bitte Euch, mich als Lehrling aufzunehmen.«

Aus der Dunkelheit zwischen zwei Säulen trat ein junger Mann. Er war groß für einen Weißen Elf und wirkte weniger zierlich als knochig. Die wollweißen Gewänder hingen von seinen breiten Schultern wie von einer Stange. Silberblondes, dünnes Haar fiel ihm in die Stirn. Sofort erkannte Aylen ihn wieder – sein Gesicht war über den Bäumen erschienen, als sie die drei weinenden Frauen im Wasser überwunden hatte. Seiner Jugend wegen vermutete Aylen, dass er ein Lehrling war, nicht der Erzmagier selbst. Und tatsächlich war seine Kleidung nicht silberdurchwirkt und sein Hut schmalkrempig und kurz, nicht lang und spitz, woran man einen ausgebildeten Zauberer erkannte.

»Mein Name ist Totema«, sagte der junge Mann. Nun, da er näher kam, konnte Aylen seine Stimme besser hören, ehe die Echos sie einholten wie Wasserwogen. Es war eine überraschend sanfte, helle Stimme. »Ich diene seit sieben Jahren dem Erzmagier der Elfen. Du siehst nicht wie eine Elfe aus.«

»Und auch nicht wie ein Mensch. Trotzdem bin ich beides, fürchte ich«, erwiderte sie und schaffte es endlich, mit Hilfe von Besen aufzustehen. Sie versuchte, ihr Schwanken zu unterdrücken und stützte sich möglichst unauffällig auf Besen. »Ich komme aus Lepenthe, dem Land des Weins und der gemischten Völker. Manche sagen, dazwischen besteht ein Zusammenhang.«

Totema musterte sie, und ein zartes Lächeln schien seinen Mund noch mehr in die Breite zu ziehen. »Lepenthe ist dem Berg Gothak viel näher als dem Berg Faysah, wenn ich mich nicht irre. Wie kommst du darauf, dass hier Besseres auf dich wartet als auf Gothak?«

»Das will ich deinem Meister erzählen. Bringst du mich zu ihm?«

Totema schien etwas sagen zu wollen, schloss den Mund aber wieder. Als er schließlich doch sprach, geschah es so leise, dass es fast kein Echo erzeugte. »Ich hoffe, du kannst den Zauber wiederholen, mit dem du den Abgrund überwunden hast.«

Da begriff Aylen, dass der Lehrling sie zu warnen versuchte. Oder den Eindruck erwecken wollte, dass er sie warnte. Aylen suchte in dem grobschlächtigen und zugleich so empfindsamen Gesicht nach Anzeichen von Arglist, aber sie hatte das beruhigende Gefühl, es mit einem Freund zu tun zu haben.

Ihr fiel auf, dass seine rechte Hand unter dem Umhang verborgen war. Hielt er eine Waffe? Er bemerkte ihren Blick, holte die Hand aber nicht hervor.

»Ich will den Erzmagier treffen«, sagte Aylen. »Soll ich ihn suchen, oder führst du mich zu ihm?«

Totema wirkte traurig. »Wenn das dein Wunsch ist, führe ich dich zu ihm. Oder du wartest hier beim Tor auf ihn.«

Wieder ein Hinweis, sich den Fluchtweg offenzuhalten. Aber Furcht hatte Aylen noch nirgendwo hingebracht. »Führe mich zu ihm.«

Totema sah sie eindringlich an. Dann drehte er sich um, machte eine Handbewegung und ging zwischen den Säulen hindurch in die Dunkelheit. Drei Lichtkugeln aus der Halle folgten ihm und spendeten weißes Licht, so dass Aylen erkennen konnte, dass eine gigantische Wendeltreppe hinter den

Säulen abwärts führte. Ein unbestimmtes Wummern drang aus der Tiefe.

Während sie gingen, warf Totema ihr einen Blick über die Schulter zu. »Warum hast du einen Besen dabei?«

»Es ist kein ...« Sie seufzte. »Er ist recht anhänglich.«

»Ah«, machte er, als wäre damit irgendetwas geklärt, und fuhr fort: »Ich habe noch nie gesehen, wie jemand einen Abgrund überwindet wie du. Wieso hast du dich nicht in einen Vogel verwandelt?«

»Machen das alle anderen Lehrlinge so?«, fragte Aylen zurück.

Totema nickte. »Die meisten kommen mit einem Vogel in einem Käfig an, damit sie den Abgrund überwinden können.«

Aylen erinnerte sich, dass die Lehrlinge, die sie auf dem Berg Gothak getroffen hatte, auch Vögel in kleinen Käfigen oder an einer Schnur bei sich gehabt hatten – angeblich als Glücksbringer. »Sie verwandeln sich alle in Vögel, um zu fliegen?«

»Nur das letzte Stück. Es ist gefährlich, zu lange in Tiergestalt zu verharren, insbesondere, wenn man ein Anfänger ist. Wie kommt es, dass du diese Dinge nicht weißt?«

»Woher wissen die anderen davon?«

Totema warf ihr wieder diesen Blick zu, während sie die Wendeltreppe hinabstiegen – als wäre er zu amüsiert und auch zu verwundert, um misstrauisch zu sein. »Von ihren Vätern, natürlich.«

Ihren Vätern. Das klang plausibel. Es hieß, magisches Talent läge im Blut, aber wie es schien, wurde vor allem magisches *Wissen* weitergegeben.

»Und wie genau hilft es, einen Vogel dabei zu haben, um sich in einen Vogel zu verwandeln?«, fragte sie.

Totema schmunzelte. »Das sage ich dir, wenn du mir verrätst, wie du über den Abgrund gekommen bist.«

Da der Lehrling bisher offen zu ihr gewesen war, beschloss Aylen, ihm die Wahrheit zu sagen.

»Ein Perspektivenzauber«, bemerkte er, als sie es erzählt hatte. »Aber du hast die Perspektive der Erde eingebunden. Es ist erstaunlich, dass du nicht ohnmächtig geworden bist oder Schlimmeres.«

Aylen erwähnte nicht, dass sie nur mit Mühe verhindert hatte, sich die Seele aus dem Leib zu speien. »Also, wie hilft ein Vogel dabei, sich selbst in einen zu verwandeln?«

»Es ist ein Opferzauber, die simpelste Form von Zauberei. Der Vogel stirbt, du nutzt seinen Leib.«

Eine Weile waren nur ihre Schritte zu hören, gefolgt von Echos. Aylen war bestürzt. Nicht nur über die Brutalität, die offenbar gang und gäbe bei Zauberern war, sondern auch über ihre eigene Naivität. Sie hatte tatsächlich noch nie darüber nachgedacht, etwas – und erst recht nicht *jemanden* – zu opfern, um selbst etwas zu gewinnen. Wie viele Zauberarten gab es noch, auf die sie nicht von allein gekommen war?

Eine Türöffnung erschien zwischen zwei Säulen, und Totema trat hindurch. Aylen folgte ihm in einen Saal, der fast so groß war wie die Halle oben, aber weniger hoch. Lichtkugeln wie die, die ihnen folgten, rollten an der Decke entlang und ließen Schatten um einen massiven Steintisch, einen Steinthron und mehrere Hocker kreisen.

»Warte hier«, sagte Totema. »Ich hole Meister Rodred.«

Rodred. Gut, dass Aylen den Namen des Erzmagiers nun kannte.

Totema setzte sich in Bewegung, lächelte sie aber nach wenigen Schritten über die Schulter an und sagte: »Schau, was man hier bei den Säulen machen kann.«

Wie schon oben war der Saal von Säulen umgeben, hinter denen Dunkelheit lag – und an einer Stelle die Treppe, von der sie gekommen waren. Totema machte einen Sprung zwischen die Säulen und wieder zurück, ohne seine rechte Hand unter dem Umhang hervorzuziehen, und bei jedem Sprung entstand ein Doppelgänger von Totema, der zwischen den Säulen entschwand.

»Wie machst du das?«, rief Aylen ihm nach.

Totema lachte – ein leises, fast nur geatmetes Lachen. »Zauberei!«

Dann sprang er zwischen zwei Säulen und verschwand zum letzten Mal. Aylen war allein in dem Saal. Sie lief an den Säulen entlang und spähte in die Dunkelheit, in der Gänge oder einfach nur Wände lagen, aber von Totema fehlte jede Spur. Hatte er ihr den Trick nur gezeigt, um sie zu beeindrucken, oder war es schon wieder ein Hinweis gewesen, dass Aylen sich auf eine Flucht gefasst machen sollte?

Sie befühlte die Säulen, die eher warm als kalt waren, und fragte sich, wie Totema die Illusion zuwege gebracht hatte. Dann betrachtete sie den Tisch, zählte die Hocker – zwölf – und stellte sich vor, wie hier Erzmagier Rodred seine Lehrlinge in der Zauberkunst unterwies oder hohe Gäste empfing. Ein Anflug von Verunsicherung überkam sie, als ihr klarwurde, dass vermutlich alle Lehrlinge hochgeboren waren und sie sich in ihren Augen wohl bei zahllosen Gelegenheiten blamieren würde. Aber Widerstand beflügelte ihren Ehrgeiz mehr, als dass er sie entmutigte. Ein Teil von ihr freute sich darauf, mit Hochgeborenen in Konflikt zu geraten und ihnen zu zeigen, wer mehr Talent besaß.

Schritte erklangen, und sie drehte sich um. Totema war zurückgekehrt. An seiner Seite stand ein älterer, hochgewachsener Grauer Elf. Er trug ein Gewand aus Silbergarn und einen Hut, der spitz über seine Stirn reichte und in die Höhe ragte wie ein Berg. Aylen musste daran denken, dass das Wort für ›Erzmagier‹ in der Sprache der Elfen dasselbe war wie für ›Berg‹ – *Fay* – und dass die Leute glaubten, der Berg sei der

Leib des Erzmagiers und der Erzmagier die Seele des Berges.

»Du bist weit gekommen«, stellte der Herr von Faysah nicht unfreundlich fest. Doch begeistert klang er auch nicht.

Aylen verneigte sich. »Meister Rodred. Ihr ahnt nicht, wie weit. Ich war ...«

»Oh, ich weiß es«, unterbrach Rodred sie.

Aylen richtete sich auf und sah dem Mann in die Augen. Es lag keine Feindseligkeit in dem markanten, strengen Gesicht.

»Du warst auf Gothak«, sagte der Erzmagier. »Ich wurde über dich unterrichtet.«

»Von Salemandra.« Aylen spuckte den Namen aus.

Rodred nickte.

»Hat er Euch auch gesagt, warum er mich abgelehnt hat, obwohl ich seine Proben ebenso wie seine hinterlistigen Angriffe überlebt habe?«

»Ein Erzmagier muss keine Rechenschaft darüber ablegen, warum er einen Lehrling annimmt oder ablehnt«, sagte Rodred ruhig.

Das verschlug Aylen für einen Moment die Sprache. So hatte sie es noch nie gesehen. Sie war einfach davon ausgegangen, dass das Erklimmen eines Zauberberges Beweis genug war, dass man eine Ausbildung verdiente. Dass Salemandra Gebrauch von seinem guten Recht gemacht haben könnte, als er sie abgelehnt hatte, war ihr nicht in den Sinn gekommen.

»Er hat unwürdigere Männer mir vorgezogen!«, protestierte sie. »Ich bin begabter als alle, die sich nach Gothak aufgemacht haben, begabter als alle Eure Lehrlinge!« Ihr Blick streifte Totema, der ausdruckslos danebenstand, und ihre heftigen Worte taten ihr leid. Aber vermutlich war es die Wahrheit. »Ich habe mir alles selbst beigebracht. Verdient das Verachtung oder Bewunderung?«

»Es geht nicht um dich.« Rodred faltete die Hände. »Um

ehrlich zu sein, wärst du zuerst zu mir gekommen, hätte ich ernsthaft in Erwägung gezogen, dich hierzubehalten. Natürlich nicht als Lehrling, aber als ... Gast. Es kommt nicht alle Tage vor, dass eine Frau so viel Mut beweist. Und ich kann mir ein paar mehr Freiheiten erlauben als Salemandra, der unzähligen verfeindeten Fürsten seines Volkes einen Gefallen schuldet.« Er seufzte mit einem kleinen Lächeln. »Du hättest dir doch denken können, dass du als Halbblut nicht in Gothak bleiben kannst. Die Menschen beharren noch viel mehr auf der Reinheit ihres Blutes als wir.«

Aylen biss die Zähne zusammen. Es gab vieles, was sie hätte erwidern können, aber sie sagte nur leise: »Nun bin ich hier. Lasst mich von Euch lernen. Ich werde Euch nicht enttäuschen.«

Rodred musterte sie. Es gefiel ihr nicht, wie sein Blick über sie wanderte, als wäre sie ein offenes Buch. Eins, das er schon oft gelesen hatte. Schließlich schüttelte er den Kopf. »Einen erklärten Feind Salemandras aufzunehmen wäre eine undenkbare Provokation. Ich würde eine Spaltung der Zunft der Zauberer riskieren – ja, einen Krieg zwischen unseren Völkern. Es tut mir leid. Du hättest zuerst hierherkommen sollen. Oder niemals.«

»Oder niemals«, wiederholte Aylen.

Da hob Rodred bereits die Hände. Leise entschuldigte er sich: »Es geht nicht um dich.« Die Lichtkugeln an der Decke begannen zu vibrieren und rollten über Aylen zusammen.

»Nicht!«, stieß Totema aus, sprang vor und riss Rodreds Arme zur Seite. Die Lichtkugeln krachten als Blitz knapp an Aylen vorbei und brannten eine Narbe in den Steinboden. »Verschont sie, ich bitte Euch, Meister.« Totema sank auf die Knie und umklammerte die Hände des Erzmagiers. Umklammerte sie mit *einer* Hand. Sein rechter Arm endete in einem lederumwickelten Stumpf. Deswegen hatte er ihn stets unter dem

Umhang gehalten. »Es ist schändlich genug, jemanden mit ihren Fähigkeiten nicht aufzunehmen. Sie hat Gothak erklommen ohne Vorwissen und vermutlich ohne je einen Tropfen Tränenwasser getrunken zu haben, und jetzt auch noch Faysah. Und sie ist Salemandra entkommen. Das ist unglaublich. Lasst sie ziehen, und verschweigt Salemandra, dass sie hier war. Bitte, Meister.«

Rodred wandte den Blick ab, doch er zog seine Hände nicht aus Totemas Umklammerung. Schließlich knurrte er Aylen zu: »Verschwinde.«

Aylen war wie erstarrt. Der Angriff hätte sie nicht überraschen dürfen. Aber sie hatte es nicht wahrhaben wollen. Wäre Totema nicht dazwischengegangen, wäre sie jetzt tot. Die unerwartete Kameradschaft des Lehrlings ergriff sie so sehr, dass sie gar nicht dazu kam, wütend auf den Erzmagier zu sein.

Stockend setzte sie sich in Bewegung. Doch einfach verschwinden wie ein geprügelter Hund – nein, das konnte sie nicht. Mit klopfendem Herzen ging sie an den Säulen vorbei, so wie Totema vorhin. Wie immer fühlte sie sich in Situationen größter Gefahr, wenn sie dem Tod ins Auge blickte, am ruhigsten und klarsten. Wie hatte Totema Doppelgänger von sich erschaffen? Vermutlich auf die Weise, mit der Aylen bereits vertraut war: mit einem Perspektivenzauber. Darum hatte der Lehrling es ihr vorgeführt. Weil er gewusst hatte, dass Aylen es ihm würde nachmachen können.

Aylen stellte sich die Perspektive des Erzmagiers vor, so wie Totema sich vorhin Aylens Perspektive vorgestellt haben musste. Aylen hatte bei jedem Sprung gedacht, dass Totema im Dunkel verschwinden würde. Und Rodred würde zuerst davon ausgehen, dass Aylen zur Wendeltreppe zurückkehrte und floh. Jeder, der bei Verstand war, würde das tun.

Aylen sprang auf den Ausgang zu, entließ Rodreds Erwartung aus sich und sprang wieder zurück in den Saal. Aus den

Augenwinkeln sah sie, wie eine Gestalt, die wie sie aussah, zur Treppe hinaustrat. Rodred stieß einen verblüfften Laut aus, als er mehrere Herzschläge später begriff, dass er einer Illusion nachblickte und die echte Aylen weiter an den Säulen entlanglief.

Was wäre seine nächste Erwartung? Dass Aylen ihn angriff. Aylen sprang auf den Erzmagier zu und gleich wieder zur Seite. Der Erzmagier ließ die Lichtkugeln auf die Doppelgängerin krachen, die auf ihn zustürmte. Der Blitz erhellte für einen Moment den Saal, so dass Aylen nichts mehr erkennen konnte.

Sie schlug an jeder Säule, an der sie vorbeikam, einen Haken, so dass Dutzende Doppelgängerinnen im Dunkel dahinter verschwanden. Fast wie eine Tänzerin sprang sie auch auf Totema zu und noch mal auf den Erzmagier, der entsetzt Blitze von der Decke regnen ließ. Nach jedem Blitz wurde es etwas dunkler im Saal.

Dann entschlüpfte Aylen in einen dämmerigen Säulengang. Irgendwo musste eine Quelle sein, die Zaubermacht spendete, so wie auf Gothak, und Aylen würde Faysah nicht verlassen, ohne sich zuvor einen kleinen Schluck genehmigt zu haben.

Sie rannte, bis das Licht des Saals hinter ihr zurückblieb und sie nur noch die Echos ihrer Schritte und ihres Atems hörte. Oder war da womöglich ein leises Rauschen? Sie kam an eine Kreuzung, und aus einem der anderen Gänge drang ein Hauch von Helligkeit. In der Ferne sah sie Männer in den gleichen Gewändern wie Totema vorbeilaufen. Als ihre Stimmen verklungen waren, hörte Aylen wieder das Rauschen und folgte ihm hin zum Licht. Eine Treppe abwärts tat sich auf. Ihr war, als drangen das Wimmern und Schluchzen von dort zu ihr herauf.

Es klang wie Frauen, die weinten.

Aylen stieg hinab, Windung um Windung. Immer deutlicher klang jetzt das Weinen, fast als wollte es ihr den Weg weisen.

Die Treppe mündete in einen finsteren Raum, in den aus verschiedenen Richtungen Stufen hinabführten. Aylen wich gerade rechtzeitig wieder in den Treppenschacht zurück, ehe ein junger Mann in der Kluft eines Lehrlings den Raum durchquerte. Als sie wieder allein war, näherte sie sich der Lichtquelle.

Drei eiförmige Kristalle, die vom Fels des Berges wie von Klauen umschlossen wurden, strahlten einen matten Schimmer aus. Irgendwo rauschte Wasser. In den Falten des Gesteins glitzerte Flüssigkeit, und hinter den Kristalleiern gurgelte eine natürliche Quelle, deren Grund nicht zu sehen war.

Faszinierende Farben und glitzernder Sternenstaub zog sich durch die halb transparenten Steine. Einer war schwarz und nachtblau mit silbernen Sprenkeln und Nebelschleiern, einer schien die Wogen flüssigen Feuers zu enthalten, und der dritte glänzte in allen Nuancen von Braun und Gold. Salzige Verkrustungen hingen wie Eiszapfen von den Eiern herab und ließen hin und wieder einen Tropfen in einen Pokal fallen, der darunterstand.

Aylen wusste, dass diese Kristalle die Gefängnisse der Frauen waren, von denen sie geträumt hatte, noch ehe sie das Schluchzen erneut vernahm. Kaltes Grauen packte sie. Die Stimmen waren keine bloße Illusion wie bisher. Sie waren hier.

Sie trat näher. War es ihr Schatten, der über die Kristalle glitt, oder bewegte sich etwas darin? Sie berührte den nachtblauen Kristall. Er war körperwarm. Von innen tauchte eine Hand auf und drückte sich gegen ihre. Aylen blieb ein Schrei in der Kehle stecken. Ein nacktes Knie stieß von innen gegen den Stein und verursachte ein dumpfes Geräusch. Schwarzes Haar wogte durch den Kristall, der nicht genug Platz bot, dass die Gefangene sich darin hätte aufrichten können. Ein Gesicht schimmerte hinter den Nebelschleiern. Der Mund war aufgerissen zu einem Heulen, die Augen stumpf und blind vor Schmerz. In dem Feuerkristall zappelte eine Gestalt, als würde sie brennen. Und Fäuste schlugen gegen die Innenwände des goldbraunen Kristalls, und Augen, die vor Entsetzen wie ausgehöhlt wirkten, fixierten Aylen.

»Da ist sie!«, schrie jemand.

Endlich gelang es Aylen, sich von dem Anblick der Frauen loszureißen und sich umzudrehen. Auf mehreren Treppen erschienen Zauberer. Totema kam ebenfalls angelaufen. Vielleicht irrte sie sich, weil Tränen ihren Blick verschleierten, aber er schien ein wenig zu lächeln, als sie den Pokal aufhob.

»Danke für die Gastfreundschaft«, rief sie mit zitternder Stimme, hob den Pokal und leerte ihn in einem Zug.

17

DAS WASSER WAR so salzig, dass Aylen würgte. Aber sie trank den Pokal leer. Die Flüssigkeit rann ihr die Kehle hinab und explodierte in ihrer Brust. Jede Faser ihres Körpers schien von Licht durchglüht zu werden. Sie taumelte einen Schritt zurück und ließ das Gefäß klirrend fallen.

Die Zauberer hoben ihre Hände, um Attacken auf sie loszulassen. Doch sie waren viel zu langsam für Aylen. Der Raum ihrer Gedanken weitete sich, und sehr ruhig kam sie zu dem Schluss, mit ihren neu gewonnenen Kräften einen riskanten Abgang wagen zu können.

Sie drehte sich zu den drei Frauen um, die sich in ihren engen Gefängnissen wanden.

»Ich werde einen Weg finden, euch zu befreien. Das schwöre ich!«, flüsterte sie ihnen zu. Dann atmete sie tief ein und sprang in die gurgelnde Quelle hinter den Kristallen.

Das Wasser war nicht kalt. Es war nur kühl, so wie alte Hände an einem Herbstabend. Aylen stieß tiefer hinab und öffnete die Augen. Dunkelheit schmolz um sie herum und schien sie nach unten zu ziehen. Sie warf einen Blick zurück an ihren Füßen vorbei nach oben. Die Umrisse der Zauberer flackerten und wurden rasch kleiner. Angst schoss Aylen durchs Blut, als ihr klarwurde, dass sie wirklich vom Wasserstrom in die Tiefe gesaugt wurde, aber sie ließ die Angst los. Sie fühlte, dass sie von Zauberkraft erfüllt war wie nie zuvor. Dass sie nicht atmen konnte, war zweitrangig.

Und dann reichte die Luft in ihren Lungen nicht mehr, und

ihr Körper rebellierte. Sie öffnete den Mund und verlor ihren Atem. Aber ihr Körper hatte unrecht; sie musste nicht auftauchen, sie konnte alles tun, alles werden, denn die Macht in ihr war grenzenlos!

Grenzenlos. Sie löste die Grenzen zwischen sich und dem Wasser auf und wurde zu einem Tropfen.

Ihr Körper verschwand in der Dunkelheit, wurde von ihr verschluckt. Aylen schwebte tiefer, zeitlos, endlos, eins mit allem um sie herum. Die Wassermassen rauschten der Oberfläche entgegen, Felsen erschwerten ihnen den Weg. Aylen stürzte und wirbelte und musste sich darauf konzentrieren, ein Wassertropfen zu bleiben. Die Ahnung ihres Körpers hing wie eine Drohung über ihr, denn in menschlicher Gestalt würde sie in dieser Umgebung keinen Augenblick überleben.

Sie raste auf einen hellen Ring zu. Es war eine Öffnung. Sie flog hindurch, einem klaren Sternenhimmel entgegen. Dann stürzte sie mit dem Rest des Wasserfalls in den Abgrund.

Ich bin ein Tropfen, erinnerte sie sich. *Nur ein Tropfen.*

Sie landete in schäumenden Fluten, wirbelte über Steine und durch Wogen von Luftblasen. Als sie sich verlangsamte, hörte sie auf, ihre menschliche Gestalt zu leugnen. Ihr Gewicht sackte wieder auf sie nieder, zusammen mit der Notwendigkeit zu atmen. Die Kälte des Wassers ließ sie einen heiseren, langgezogenen Schrei ausstoßen. Sie strampelte, stieß mit den Knien gegen Ufersteine und hob prustend den Kopf. Mit Armen und Beinen, die sich wie angebundene Stöcke anfühlten, kletterte sie ans Ufer und brach unter ein paar Tannen zusammen.

Etwas kam angeflogen. Es sah aus wie ein Geschoss. Doch direkt über Aylen hielt es inne und wedelte aufgeregt mit seinem Reisig.

»Besen«, keuchte Aylen und streckte die Hand aus. Der Holzstiel schmiegte sich in ihren Griff und lehnte sich gegen ihre Schulter. Die Anhänglichkeit des beseelten Holzes rührte sie mit einem Mal so sehr, dass sie schluchzen musste.

Seit ihrem Unfall hatte sie gehofft, die Erzmagier könnten ihr helfen, die zauberische Verbindung zwischen ihr und diesem wurzellosen Baum aufzulösen. Denn er war ihr Tod. Eines Tages – eines nicht sehr fernen Tages – würde sie ihre letzten Kräfte an Besen verlieren. Das wusste sie. Und dennoch gab es in diesem Moment nichts und niemanden, den sie lieber an ihrer Seite gehabt hätte als den dummen, treuen Stock. »Ja, du bist ein Teil von mir«, flüsterte sie ihm zu. »Vielleicht sogar der bessere.«

Sie sammelte sich, um ein wenig Wärme zu erzeugen. Sie musste nur an das Gegenteil von Frieren denken, und schon durchglühte ein heißer Hauch ihre Kleider und begann sie zu trocknen. Sie würde sich noch daran gewöhnen müssen, wie mächtig das Tränenwasser der gefangenen Frauen sie gemacht hatte.

Ihre Erschöpfung war wie weggeblasen. Sie stand auf und lief durch den dunklen Wald bergab. Als sie einen Blick zurück zum Gipfel warf, den sie bezwungen hatte, bereute sie nicht, dass Rodred sie abgelehnt hatte. Sie war lieber hier unten allein als dort oben Lehrling eines Feiglings, dessen Zauberei ganz und gar auf den Tränen gequälter Gefangener basierte.

»Wir sehen uns wieder!«, brüllte sie den Berg hinauf. »Eure Tage sind gezählt!«

Nur ihre eigenen Echos kamen von den Klippen zurück.

Es dauerte nicht lange, bis Aylen die Verfolger bemerkte. Am Himmel kreisten fünf oder sechs Adler. Aylen teilte sich in Schatten und Mondlicht auf, so dass sie unbemerkt den Berg hinabsteigen konnte, doch die Adler blieben stets in Sichtweite.

In der Morgendämmerung wollte sie sich zwischen den Wurzeln einer Buche zur Ruhe legen, doch die Wurzeln begannen sich um sie zu schlingen wie Tentakel, und sie entkam nur knapp mit Hilfe von Besen, der die Wurzeln tapfer abwehrte.

Irgendwie musste Rodred spüren, wo Aylen stehen blieb. Sie durfte nicht schlafen.

Oder jedenfalls nicht auf der Erde. Sie kam auf die Idee, in einen Baum zu klettern, und tatsächlich konnte sie ein paar Stunden seichten Schlaf in den Zweigen finden, eingewickelt in ihren Umhang und an Besen geklammert.

Als sie erwachte, war sie noch immer müde, aber sie musste weiter. Da Rodreds Schergen sie aus der Luft nicht entdeckt hatten, würden sie sich gewiss bald etwas anderes einfallen lassen, und die tentakelartigen Wurzeln waren ein Vorgeschmack darauf gewesen, was sie noch an tückischen Angriffen erwarten würde.

Dass sie ungestört auf dem Baum hatte schlafen können, bewies, dass sie in Gefahr war, sobald sie den Boden berührte. Sie musste ihren Weg also ohne Kontakt zur Erde fortsetzen. Den Zauber dazu hatte sie ja bereits erfunden ... Aber angesichts der körperlichen Begleiterscheinungen zögerte sie. Wie würde es ihr ergehen, wenn sie die Welt nicht nur eine kurze Strecke, sondern Meilen um Meilen unter sich fortziehen ließ? Würde sie das überhaupt überleben? Und noch etwas anderes missfiel ihr daran, den Zauber anzuwenden. Eigentlich wollte sie die Siedlung am See besuchen, um Ascheko und Wandrik noch einmal zu sehen und bei der Gelegenheit die Verliebtheit des Jungen aufzulösen. Sie wusste, dass sie ihn in Gefahr bringen konnte, wenn er zwischen sie und ihre Verfolger geriet. Aber schuldete sie ihm nicht ein Wiedersehen? Sie wollte sich nicht einfach aus dem Staub machen.

Sie kletterte von dem Baum. Der Weg bergab ging rasch, vielleicht schaffte sie es sogar heute noch zur Siedlung am See.

Mit jedem Schritt pochte ihr Herz schwerer. War es, weil sie so schnell lief? Oder war es die Aussicht, Wandrik wiederzusehen und wiedergutzumachen, dass sie ihn benutzt hatte? Immer wieder musste sie sich vorstellen, wie Wandrik sie vermisste, und ihre Schuldgefühle hatten etwas Süßes. Dabei hatte sie sich kein bisschen zu dem Jungen hingezogen gefühlt, er war ja noch ein halbes Kind.

Der Abend dämmerte, als die Lichter der Häuser durch die Bäume schimmerten. Sie hatte den ganzen Tag nichts gegessen, denn ihr Bündel hatte sie auf der Flucht durchs Wasser verloren, und sie zitterte vor Erschöpfung, aber das letzte Stück über Wiesen und Felder legte sie im Laufschritt zurück.

Obwohl sie vor wenigen Tagen erst hier gewesen war, schien es eine Ewigkeit her zu sein. Der Gasthof sah verändert aus. Es dauerte einen Moment, ehe Aylen begriff, dass es an dem Laub lag, das von den Zweigen gesegelt war. Der Boden war von gelben und roten Blättern bedeckt. Ihre Schritte raschelten, als sie auf das Baumhaus zuging und die Wurzelstufen zur Tür erklomm.

In der Stube saßen ein paar Leute am Ofen und tranken Bier. Sie grüßte mit einem Nicken.

Die Wirtin kam aus der Küche und wurde aschfahl, als sie sie erkannte.

»Guten Abend«, sagte Aylen und schob die Kapuze ihres Umhangs zurück. »Ist noch ein Bett frei?«

Die Wirtin antwortete nicht. Auch die Gäste waren verstummt, um ihr Gespräch zu belauschen. Nur das Wummern des Ofens war zu hören.

Ein hübscher, recht kleiner Mann, Wandriks Vater, kam die Stiege aus dem Keller herauf. Auch er schien nicht allzu erfreut, Aylen wiederzusehen. Finster starrte er sie an.

»Wenn kein Zimmer mehr frei ist«, sagte Aylen, »würde ich mich mit einem warmen Mahl und der Scheune begnügen.«

Nach einem Moment überwand sich die Wirtin, deutete ein Nicken an und kehrte in die Küche zurück.

Der Wirt trat hinter den Tresen. Aylen setzte sich vor ihn.

»Ein Bier, bitte.«

Der Wirt nahm einen Krug und zapfte ihr dunkles Bier, doch er schien es widerwillig zu tun. Hinter Aylen gingen die Gespräche der anderen Gäste weiter.

»Wie geht es dem Pferd, das ich Wandrik zur Pflege überlassen habe?«, fragte Aylen, als der Wirt ihr den Krug hinstellte.

»Haltet Euch von meinem Sohn fern«, knirschte der Mann so leise, dass niemand außer Aylen ihn hörte.

»Natürlich«, sagte Aylen. »Es tut mir leid, dass ich mich von ihm zum Fuß des Berges habe führen lassen, ohne Euch zuerst um Erlaubnis zu bitten. Sicher habt Ihr Euch Sorgen gemacht, als er einen Tag verschwunden war. Aber ich kann versichern, dass ich ihm ...«

»Versichern!«, spie der Wirt aus. Aber er hielt die Stimme noch immer gesenkt, damit die anderen Gäste ihn nicht hörten. »Euer Wort ist mir nichts wert, Hexe.«

Aylen steckte die Bezeichnung ein, wie man einen Fußtritt unter dem Tisch einsteckt, und fragte: »Was ist mit ihm?«

»Geht nach dem Essen. Bitte«, knurrte der Mann. Dann verschwand er wieder im Keller.

Aylen nippte nachdenklich an dem dunklen Bier. Die Wirtsleute verhielten sich wie normale Eltern, deren Kind einen Tag lang mit einer Fremden verschwunden war. Es hätte sie mehr beunruhigt, wenn sie sie überschwänglich begrüßt hätten. So aber vermutete sie dahinter keine Zauberer auf der Lauer.

Die Wirtin brachte ihr kurz darauf eine kräftige Suppe mit Kastanien und Räucherwurst. »Wenn Ihr gegessen habt, setzt Eure Reise fort«, sagte sie bestimmt.

Aylen aß, dann brachte sie die leere Schale zur Küche, wo die

Wirtsleute leise miteinander sprachen. Sie fuhren zusammen, als sie sie bemerkten.

»Danke für das Mahl«, sagte sie. »Ich habe kein Geld, aber ich kann mich anders erkenntlich zeigen. Wenn es etwas Unmögliches zu reparieren gibt oder Ihr sonst gern etwas hättet, was man mit Zauberei ...«

»Wir haben schon gesagt, was wir uns wünschen«, unterbrach die Wirtin sie halb flehend, halb ärgerlich.

Aylen gab ihnen noch einen Moment Zeit, über ihr Angebot nachzudenken. Der Wirt legte einen Arm um seine Frau. Schließlich nickte Aylen und stellte die Schüssel auf dem Arbeitstisch ab. »Verzeiht die Störung. Gute Nacht.«

Sie verließ das Baumhaus.

Die Nacht war kalt, ihr Atem wehte als Wolke vor ihr her. Der Mond stand riesig über dem See und hatte einen rötlichen Ring, als hätte er sich durch das Gewebe des Himmels gebrannt. Fast wie von selbst bewegten sich Aylens Füße in Richtung der Scheune. Es war ihr unmöglich zu gehen, ohne vorher nach Ascheko zu sehen. Und ein Gefühl sagte ihr, dass Wandrik auch dort sein würde, in dem langen Gebäude, dessen Dach von dichten Zweigen gebildet wurde.

Sie schob das knarrende Tor auf. Ihr Herz schlug schnell und weich vor Freude. Der Geruch von Heu und Tieren kam ihr entgegen. In der Dunkelheit hörte sie Hufgescharre und Schnauben. Ganz hinten brannte ein Licht: eine kleine Talglampe in einem Stall am Ende der Scheune. Ascheko lag auf der Seite im Stroh, und an ihren Kopf gekuschelt kauerte Wandrik.

Die Stute erwachte sofort, als Aylen sich näherte, und richtete sich auf. Auch der Junge kam zu sich. »Aylen!«, rief er atemlos.

»Hallo, ihr zwei.« Sie streichelte das Pferd, das mit seinen weichen Nüstern über ihr Gesicht schnupperte, und drückte auch Wandrik an sich. Die Sehnsucht in ihr löste sich in warmen Schaudern.

Er und sie schlangen die Arme umeinander. Sie waren fast gleich groß, aber Aylen wunderte sich, dass er sich stärker anfühlte, als er aussah. Ascheko stupste sie schnaubend an; dann wich das Pferd zurück, als wollte es ihnen einen Moment allein gewähren.

»Ich habe nur an dich gedacht«, flüsterte Wandrik. »Die ganze Zeit. An nichts anderes.«

Sie wollte ihm sagen, dass es nicht echt war. Dass sie die Fesseln jetzt lösen würde. Aber es fühlte sich so gut an, ihn zu umarmen. Sie wollte sich noch ein bisschen an ihn drücken, nur noch ein bisschen. Seine warmen Hände wanderten an ihrem Rücken hinauf, schlossen sich um ihren Nacken. Um ihren Hals.

»Wandrik«, krächzte sie. Langsam wurde es unangenehm.

Als sie ihn wegschieben wollte, schienen sich seine Hände in eiserne Zangen zu verwandeln.

»Was …? Es tut mir leid, ich will das nicht!« Wandrik starrte auf seine Hände.

Aylen packte seine Gelenke und drückte sie mit Gewalt nach unten. Wandrik stöhnte auf. Doch er war stärker als sie, viel stärker, und krallte sich gleich wieder an ihrem Hals fest. »Ich will das nicht!«, schluchzte er.

Sie glaubte ihm. Aber was er wollte oder nicht, spielte keine Rolle. Eine fremde Kraft hatte sich des Jungen bemächtigt. Seine Hände drückten ihr die Luft ab. Die Seile, die sie zwischen ihm und sich gespannt hatte, um sich die Klippe hochziehen zu lassen, legten sich nun Schlaufe um Schlaufe um ihre Kehle. Rodred legte sie. Daran zweifelte Aylen nicht.

Wandrik weinte und schrie vor Schmerz auf, als Besen auf ihn einzuschlagen begann. Weiße Punkte flimmerten vor Aylens Augen. Sie merkte kaum, wie sie gegen die Bretterwände des Stalls stolperten und die Lampe umwarfen. Augenblicklich züngelte Feuer im Stroh auf. Ascheko wieherte und scheute. Besen traf Wandrik heftig gegen die Schläfe, und der verdrehte die Augen und sank zurück. Aylen stürzte über ihn. Seine Hände krampften noch um ihren Hals, aber dann erschlafften sie.

Hustend und würgend kam sie frei. »Wandrik«, ächzte sie.

Noch immer spürte sie die unsichtbaren Seile zwischen sich und ihm, die Erzmagier Rodred aus der Dunkelheit der Ohnmacht nach ihr werfen wollte. Sie musste diese Bande lösen. Aber wie?

Das Feuer fraß sich inzwischen an den Holzwänden empor. Ascheko tänzelte wiehernd in der Ecke, ihre Hufe traten gefährlich nah an Wandriks Kopf auf. Rauch füllte den Stall. Aylen wollte sich den Umhang ausziehen und auf die Flammen einschlagen, aber ihr fehlte die Kraft. Sie schaffte es gerade noch, das Gatter aufzustoßen. Ascheko ergriff die Flucht und galoppierte durch die Scheune. Panisches Wiehern und Muhen erhob sich aus den anderen Ställen.

Aylen zog Wandrik von den Flammen weg, strauchelte und sank zu Boden. Sie konnte immer noch nicht richtig atmen, und nun verdichtete sich der Rauch. Wandrik kam stöhnend wieder zu sich. Seine Hände zuckten und griffen nach Aylen. Gerade rechtzeitig wich sie zurück.

»Es tut mir leid«, stammelte sie.

Dann lief sie zum Ausgang. Stimmen näherten sich vom Haus. Aylen floh in die Dunkelheit, rannte, stolperte, fiel, rappelte sich auf und rannte weiter. Erst als sie den See erreichte, wagte sie, sich umzudrehen. Nur Besen folgte ihr. Von überall kamen Leute aus den Bäumen, doch sie liefen zur Scheune, deren hinterer Teil lichterloh brannte. Wandrik … Bestimmt war er rechtzeitig hinausgetragen worden. Aber Aylen konnte sich nicht sicher sein.

Sie hätte schluchzen können, aber sie erlaubte es sich nicht. Diese Linderung hatte sie nicht verdient. Stattdessen wischte sie sich mit den Fingern die Tränen von den Wangen und tat, was sie schon längst hätte tun sollen. Mit den tränenbenetzten Fingern fuhr sie durch die Luft und beobachtete den See. Die glatte Oberfläche begann sich an einer Stelle am Ufer zu kräuseln. Dann löste sich ein Rinnsal aus dem See. Schimmernd im Mondlicht, als wäre das Wasser flüssiges Silber, kroch es den Hang hinauf zur Scheune. Aylen machte weiter. Mit jeder Armbewegung mehrte sich das Wasser, das vom See heraufflloss. Sie hörte ungläubige Rufe, und schließlich wurde es dunkler um die Scheune. Das Feuer erlosch.

Adlerschreie hallten vom Berg her.

Zitternd kletterte Aylen auf einen Baum. Im Dunkeln sah sie kaum, wohin sie griff. Sie schrammte sich die Hände und das Gesicht blutig und wäre ein paarmal beinah hinuntergefallen. Aber sie konnte nicht vorsichtiger mit sich selbst umgehen, nicht nach dem, was sie getan hatte. Nie wieder würde sie den Boden berühren dürfen, das war ihr mit einem Mal klar. Sobald sie auf festen Grund trat, würde sie Wandriks Sehnsucht einholen, die sie willentlich geweckt und ohne die geringsten Bedenken missbraucht hatte. Der Klammergriff der Schuld würde nicht nachlassen. Fortan wäre sie dazu verdammt, in der Höhe zu schweben, im Leeren, wo nichts ihr nahe kommen konnte, feige auf der Flucht.

Sie erreichte den Wipfel des Baums, der im Nachtwind leicht schwankte. Für einen Moment wünschte sie sich, das Holz unter ihren Füßen würde brechen. Aber die Zweige hielten sie, und der kalte Wind, der nach Rauch roch, trocknete ihre Tränen und das Blut der Kratzer.

Sie schloss die Arme um Besen, konzentrierte sich auf das Kreiseln der Erde und versank in sich selbst, bis sie ganz starr und reglos wurde. Der Zauber wirkte innerhalb weniger Augenblicke. Doch diesmal versuchte sie, langsamer und kontrollierter hinter der Erde zurückzufallen.

Sie brach dennoch mit einiger Wucht durch die Zweige. Dann war sie über den Bäumen. Manche peitschten noch mit ihren höchsten Zweigen ihre Beine. Aber zum Glück sank das Land bald unter ihr ab, und nichts kam ihr mehr in die Quere.

Sie ließ sich selbst immer regloser werden, so dass die Erde noch schneller unter ihr dahinflog. Klippen, Wälder, Wasserfälle und auch die Siedlungen entlang des Flusses, in denen sie so viel Gastfreundschaft erfahren hatte. Aber sie war zu hoch, um mehr zu erkennen als strohgedeckte Dächer.

Der Mond wanderte im Himmel mit, und bald ging die Sonne auf. Aylen wollte nicht anhalten, um in einem Baum zu schlafen. Solange sie im Reich der Elfen oder der Menschen war, würden sie die Zauberer verfolgen. Wobei Salemandra und Rodred gewiss längst Gesandte zum Erzmagier der Zwerge geschickt hatten, um ihn vor Aylen zu warnen, und vermutlich war sie inzwischen in allen drei Reichen eine Gejagte. Kein Zauberer würde ihr je etwas beibringen. Diesen Traum musste sie begraben …

Und wenn schon! Sie würde auch noch das Tränenwasser trinken, das der Erzmagier des Zwergenvolkes im Berg Tahar'Marid versteckte. Nicht, um die mächtigste Zauberin der Welt zu werden. Nicht einmal, um den frühzeitigen Tod abzuwenden, der sie in Besens Gestalt verfolgte. Denn was war schon ihr Unglück im Vergleich zu dem unermesslichen Leid der Frauen in den Steinen?

Nein, sie würde vielmehr mächtig werden, um den Zauberern ihre Macht zu entreißen. Auch wenn sie danach selbst keine Kräfte mehr hätte. Auch wenn sie danach nur wieder eine Hexe sein würde mit gerade genug Talent, um sich und anderen zu schaden.

Das Versprechen, das sie den Gefangenen in Faysah gegeben hatte und jetzt vor sich selbst wiederholte, hatte allerdings einen fahlen Beigeschmack. Aylen wusste, dass sie sich damit von der Schuld ablenken wollte, die sie längst auf sich geladen hatte. Doch wie sollte sie ihr Ziel erreichen ohne Opfer? Sie würde andere ausnutzen müssen, wollte sie den Zauberern Einhalt gebieten. Sie würde zuerst die Tränen der Gefangenen trinken müssen, wollte sie sie befreien. Ja, sie würde Schuld auf sich laden, mindestens so viel Schuld wie alle anderen Zauberer auch.

»Aber ich werde es wiedergutmachen«, flüsterte sie, »das werde ich, das werde ich.«

Der Nachtwind schöpfte die Worte aus ihrem Mund, noch ehe sie sie selbst hören konnte.

18

DIE ERINNERUNG VEREBBTE. Nireka starrte in die Glut, die inzwischen fast erloschen war, ohne wirklich etwas zu sehen. Langsam rollten ihr Tränen die Nase hinab.
»Aylen«, flüsterte sie. Die andere fühlte sich noch so nah an, dass sie kaum zwischen ihr und sich unterscheiden konnte. Ihre Schuld fühlte sich an wie Nirekas.
»Iss«, sagte der Drache.
Nireka fischte den Vogel aus der Glut und begann das Fleisch unter dem verkohlten Äußeren herauszupulen. Auch wenn der Kadaver aussah wie so viele Drachenopfer, die sie im Lauf ihres Lebens gesehen hatte, war ihr Hunger stärker.
»Keine Zauberei ist unschuldig«, sagte der Drache. »Den Preis zahlt immer jemand.«
Es klang nicht wie eine Rechtfertigung. Aylen war sicher klug genug, um zu wissen, dass eine Rechtfertigung ebenso ungenügend bleiben musste wie eine Entschuldigung. Vielleicht konnte sie für ihre Taten ebenso wenig wie Nireka für ihren Hunger. Vielleicht konnten nicht einmal die Drachen etwas dafür, dass sie Leute fraßen. Diese Vorstellung war niederschmetternder als alles. Denn dann gab es keinen Gegner, keinen Feind, nur ein grausames Gesetz der Natur, das sie alle aufeinanderhetzte, und kein Kampf konnte sich jemals gegen das Böse richten. Und dennoch mussten sie kämpfen.
Nireka zwang sich, nicht länger darüber nachzudenken. Sie hatten viel Zeit verloren. Wenn sie Sabriel rechtzeitig in Tahar'Marid einschließen wollten, mussten sie sich beeilen.

Nireka aß, und dann trank sie aus dem Fluss, so viel in ihren Bauch passte, ehe sie in den Nacken des Drachen kletterte.

Er erhob sich nicht besonders elegant in die Lüfte. Im Meer hatte er so langsam abheben können, wie es nötig gewesen war, aber hier fehlte ihm der Platz. Er hüpfte ein paarmal, ohne es zu schaffen, und Nireka wurde in seinem Nacken ordentlich durchgeschüttelt. Aber schließlich gelang es ihm – auch wenn er mit dem Bauch über die Baumkronen schrammte und einmal fast das Kristallei hätte fallen lassen.

Das Fliegen selbst schien dem Drachen heute schon leichter zu fallen als gestern. Nireka bemerkte, dass er die Luftströmungen besser nutzte und mit dem Wind segelte. Sie flogen weiter nach Südwesten, und das sumpfige Land unter ihnen stieg an, wurde trockener und felsiger. Wälder erstreckten sich in alle Himmelsrichtungen, durchbrochen von Klippen und Wasserfällen und Hängen, die so wirkten, als wären sie für Weideflächen gerodet worden. Hier und da sah Nireka sogar Schafe, Ziegen und Kühe. Es gab also noch Zwerge im Inland, doch ihre Behausungen mussten zwischen den Felsen oder vielleicht sogar unter der Erde versteckt sein.

Am Nachmittag erreichten sie ein Gebirge. Steinböcke sprangen unter ihnen dahin. Nichts deutete auf Siedlungen hin. Als die Sonne unterging, landete Aylen auf einem geeigneten Felsplateau, auf dem nichts wuchs außer ein paar trockenen Gräsern und dürren Fichten. Doch der Duft von Frühlingsblumen stieg von den Hängen herauf, und Schmetterlinge und Libellen schwirrten im letzten Tageslicht. Der Drache riss morsche Äste von den Bäumen und entfachte für Nireka ein Lagerfeuer.

Nireka streckte sich und schüttelte ihre Beine aus. Jeder Muskel fühlte sich steif an, weil sie immer noch alles andere als entspannt auf dem Drachen ritt.

»Wir könnten versuchen, ein Stück Leder oder ein Fell aufzutreiben, damit du bequemer sitzt«, bemerkte der Drache, als sie sich ächzend am Feuer niederließ. »Und neue Kleidung könntest du gebrauchen.«

Tatsächlich waren ihre Hose und ihre Tunika an mehreren Stellen zerfetzt. Ganz davon zu schweigen, dass sie barfuß war und im Wind erbärmlich fror.

Der Drache streckte sich und legte sich in einem Halbkreis um sie, so dass sie vor der kühlen Brise geschützt war.

»Bist du so freundlich zu mir, weil du mich als deine Quelle brauchst?« Nireka hatte versucht, es lustig klingen zu lassen, aber die Worte kamen ernst aus ihrem Mund.

»Ich bin freundlich, weil ich keinen Grund habe, es nicht zu sein.« Der Drache musterte sie aus seinen menschlichen Augen, als fiele ihm etwas auf, was er bis jetzt nicht bemerkt hatte. »Erzähle mir von dir.«

Nireka schmunzelte. Aylen war also endlich aufgefallen, wie sehr sie auf sich selbst bezogen war. Wahrscheinlich hatte sie noch kein einziges Mal darüber nachgedacht, dass auch Nireka eine Vergangenheit hatte, nicht nur sie. Aber Nireka nahm es ihr nicht übel. »Was willst du wissen?«

»Alles. Wie du und deine Leute leben. Wie du aufgewachsen bist. Wen du zurückgelassen hast.«

Nireka zuckte die Schultern. »Wo ich herkomme, ist das Leben hart. Wir verbringen die meiste Zeit unter der Erde. Oft fallen Ernten aus. Dann leiden wir Hunger. Aber wir halten zusammen. Wir haben uns nie gebeugt.« Sie blickte zu dem Drachen auf, und ihr Stolz war stärker als ihr Körper verletzlich. Er war ihr Schutzschild, und es war ein mächtiger.

»Hast du einen Mann und Kinder?«, fragte Aylen und traf damit genau ihre Schwachstelle. War das Absicht gewesen?

Nireka schüttelte den Kopf. »Es ist ... Es ist nie dazu gekommen, dass ...«

»Verstehe ich nur zu gut«, schnaubte der Drache. »Ich hatte

auch immer Besseres zu tun.« Er klang ein wenig zu trotzig, um glaubhaft zu sein. »Aber einen Süßen hast du zurückgelassen. Oder mehrere? Irgendeinen Mann gibt es immer, und gemeint sind damit eigentlich mindestens zwei!« Der Drache kreuzte die Tatzen und legte in gespannter Zuhörstimmung den Kopf darauf ab.

»Äh, nein. Es gibt niemanden.«

»Unsinn«, knurrte der Drache. »Wer ist es? Ist er hübsch? Ist er geheimnisvoll? Vergeben?«

»Da ist wirklich niemand.« Nireka spürte, dass ihre Ohren glühten. »Wer war denn dein Geliebter und wer der zweite?«

Der Drache schnaubte vergnügt, und Nirekas Ablenkungsmanöver funktionierte – tatsächlich schien Aylen wieder an ihre eigene Vergangenheit zu denken. »Es gab viele, aber nur einen, der wirklich wichtig war.« Der Drache verfiel einen Moment in Schweigen, und als er endlich wieder sprach, war seine Stimme zittrig. »Es kommt mir alles so nah vor, als wäre es erst gestern passiert, doch sobald ich versuche, die Ereignisse in Worte zu fassen, versinken sie in der Tiefe der Zeit. Ich kann mich nicht richtig an Totema erinnern. Schau nach, Nireka. Schau für uns beide.«

Aylen griff in Nirekas Geisterschatten und öffnete sich, als reichte sie ihr eine Hand.

19

DIE ERDE FLOG und flog unter ihr dahin, und Aylen hatte das Gefühl, die Tage und Nächte wurden immer kürzer. Oder wurden ihre Gedanken und Gefühle im Stillstand nur größer? Wie Wolken füllten sie den Raum zwischen Himmel und Erde. Sie dachte an Totema. Auch wenn sie nur kurz miteinander gesprochen hatten, war ihr Gespräch bedeutsam gewesen. Allein schon seine Erklärung, dass es verschiedene Arten von Zauberei gab, hatte ihr ganz neue Sichtweisen eröffnet.

Sie fühlte, dass sie Ruhe und Zeit brauchte, um ihre Vorstellungen neu zu ordnen und Dinge auszuprobieren. Und dafür musste sie ein Versteck finden. Während des langen Sommers nach ihrem Unfall hatte sie sich das Lesen und Schreiben beigebracht, angeleitet vom Buchhalter des Kornspeichers, der ab und zu vorbeikam, denn sie hatte gehört, dass Zauberer ihr Wissen in Büchern verwahrten. Nun hatte sie das Bedürfnis, selbst niederzuschreiben, was sie über Zauberei erfahren hatte.

Erst bei dem Gedanken daran, sich Schreibzeug zu holen, fiel ihr auf, dass sie keinerlei Ahnung hatte, wie sie jemals landen sollte. Selbst die höchsten Baumkronen waren jetzt weit unter ihr. Eigentlich konnte sie die Geschwindigkeit der Erde erst wieder aufnehmen, wenn sie über Wasser war, wo ein Sturz sie nicht umbringen würde.

Das Land sackte weit unter ihr ab. Sie sah Flüsse, Moore und Sumpflandschaften vorbeiziehen. Regenschleier wehten über sie hinweg, und sie öffnete den Mund und fing so viel, wie sie konnte, in den hohlen Händen, um zu trinken. Dann stieg der Boden wieder an. Eine Gebirgskette rauschte unter ihr davon, in deren Tälern Felder und runde Steinhäuser lagen. An manchen Felshängen klebten Burgen wie riesige Wespennester. Daran erkannte sie, dass sie im Reich der Zwerge sein musste. Sie hielt Ausschau nach Tahar'Marid, dem Zauberberg des Zwergenvolkes, doch sie sah keinen besonders hohen Berg. *Eines Tages*, sagte sich Aylen. Aber zuerst musste sie einen Ort finden, um sich auszuruhen und ihre weiteren Schritte zu planen.

Als das Gebirge Heide und felsigem Flachland gewichen war, tauchte das Meer auf und in seinem Dunst unzählige Inseln. Beim Anblick dieser endlosen Oberfläche, die keinem Fuß Halt bot, wusste Aylen, dass sie nicht nur im Meer würde landen können, sondern dass sie auch dort ihr Versteck finden musste – dort, wo weder die Elfen noch die Menschen oder die Zwerge herrschten, sondern die Erde selbst aufhörte.

Sie nahm vorsichtig Geschwindigkeit auf, so dass das Land langsamer unter ihr dahinglitt. Zwölfmal war die Sonne auf- und untergegangen, und währenddessen hatte sie sich nicht ein Stück gerührt. Aber es fühlte sich nicht so an, als wäre dermaßen viel Zeit für sie vergangen. Die Tage und Nächte waren eher wie Stunden an ihr vorbeigezogen. Nun brach sie aus ihrer Starre wie aus einer Eierschale, bewegte die Finger, dann die Gelenke, die Füße und den Kopf. Ihr Magen fühlte sich eng an, und Druck breitete sich hinter ihrer Stirn aus, aber sie schaffte es, das drohende Erbrechen zurückzuhalten.

Ein frischer, salziger Wind wehte ihr entgegen. Sie hatte gehört, dass das Meer so viel Salz enthielt, dass man davon nicht trinken konnte. Die letzten, schroffen Klippen des Landes verschwanden hinter ihr, und dann war alles von einem Horizont zum anderen nur noch Wasser. Der Anblick war so ungeheuerlich für jemanden, der zwischen Hügeln und Wäldern aufgewachsen war, dass sie ihren Augen nicht traute. Sie konnte die Krümmung der Erde sehen.

Unter den Wellen waren Fischschwärme und die riesenhaften Schatten von Kreaturen, die womöglich Dämonen waren. Manche tauchten auf und sprühten Wasserfontänen in die Luft, ehe sie wieder abtauchten. Aber unter dem Wasser kreiselte noch immer die Erde. Es gab Berge und Täler, so wie an Land. Was für eine bizarre Vorstellung!

Sie nahm noch mehr Geschwindigkeit auf, bis sie fast mit der Erde mitflog und merkte, wie die Schwerkraft an ihr zu zupfen begann. Sie sah zurück, und für einen Moment flammte Panik in ihr auf. Die Küste war nicht mehr zu sehen. Doch sie musste dort sein, wohin die Sonne wanderte.

Aylen wandte sich wieder nach vorn und begann, in der Luft Schritte zu machen. Sie war nun fast so schnell wie die Erde. Gelegentlich sackte sie ein Stück abwärts, und Schwindel erfasste sie, aber sie stürzte nicht. Nachdenklich wirbelte sie Besen neben sich im Kreis. Wie sollte sie sich hier eine Bleibe schaffen? Der Himmel war für sie bewohnbarer als das Meer. Der Himmel war wenigstens leer. Leer …

Als der Wind ihr um die Nase blies, kam sie auf eine Idee. Wenn das Wasser hier so salzig war, wie es roch, dann musste es zu großen Teilen aus Salz bestehen. Aus einer festen Substanz. In Lepenthe war das Salz aus Minen in den Bergen gekommen, und man sagte, ein Brocken sei so viel wert wie die gleiche Menge Knochen eines Minenarbeiters. Und tatsächlich war das Salz so hart gewesen wie Knochen. Aylen dachte daran, dass das Meer den Himmel spiegelte und also der vollkommene Gegensatz des Himmels war. Der Himmel war trocken und unbewegt, das Meer feucht und bewegt. Nur das Salz hatte eigentlich keinen Platz in der Spiegelung …

Aylen machte große Schritte in der Luft und streckte seitlich die Arme aus. Einen ließ sie sinken, den anderen hob sie hoch.

Unter ihr begannen sich Wirbel im Wasser zu regen. Schaum bildete sich auf den unentschlossen ineinandergreifenden Wellen. Und dann stieg etwas Helles aus der Tiefe empor: Salz, vom Wasser abgeschieden.

Es war so viel, dass es rasch nach allen Seiten und in die Höhe wuchs. Aylen musste sich beeilen, ihm eine Form zu geben.

»Türme!«, rief sie und schwang die Arme. Besen ahmte ihre Bewegungen nach. »Türme mit Zimmern und Treppen und einem Dach! Und ein Hof! Mauern! Mauern mit einem Tor!«

Die Salzkristalle wuchsen nach ihren Wünschen, bildeten Türme und Mauern um einen Innenhof. Aylen ließ mit einer Handbewegung fein geschnittene Fenster entstehen und entzückende Dächer aus so zartem Kristall, dass die Sonnenstrahlen sich daran funkelnd in allen Farben brachen. Sie war dermaßen vertieft in ihre Arbeit, dass sie kaum merkte, wie sie tiefer und tiefer sackte. Als die Wellen an ihren Füßen leckten, erschrak sie und fiel ins Wasser.

Nein, nicht in, sondern *auf* das Wasser.

Ihre Hände und Knie sanken nicht ein. Sie wurden nur nass. Die Wellen bewegten sich unter ihr, warfen sie hierhin und dorthin, nur tauchte sie nicht ins Wasser. Denn hier war das Meer Spiegelbild des Himmels und ließ nichts in sich eindringen, was nicht ein Abbild im Himmel hatte.

Wie eine Betrunkene torkelte sie über die Wellen zu ihrem neuen Heim, stürzte und rappelte sich wieder auf. Aber sie lachte. Als sie den Salzboden der Burg betrat, war dieser hart wie Stein und glitzerte wie Schnee. Aylen schabte mit dem Fuß darüber, aber es löste sich nichts. Weder Hacken noch Regen noch Stürme würden auch nur ein einziges Korn lösen. Denn was die Burg zusammenhielt, war die gewaltige Macht des Meeres, das hier das Salz aus sich herausdrückte.

Zum Test steckte sie die Hand ins Wasser. Ein unnatürlicher Druck schob sie sogleich wieder hinaus, aber sie konnte wenigstens einen kleinen Schluck in der hohlen Hand bewahren und trank davon. Es schmeckte nicht salzig, sondern süß. Da merkte sie, wie durstig sie war, und tauchte immer wieder die Hände ein, um zu trinken. Es dauerte lange, bis ihr Durst gestillt war, weil sie nie genug schöpfen konnte – der Druck des Wassers war zu stark. Sie würde sich einen Zauber überlegen müssen, um sich das Trinkwasser leichter zu holen.

Doch zuerst durchschritt Aylen das Tor, um sich ihr neues Zuhause genauer anzusehen. Sie musste die Augen zusammenkneifen, so hell funkelten die Mauern und Türme ringsum. Sie hatte vier Türme entstehen lassen, einen für jede Himmelsrichtung, und auf den Mauern waren Wege, die sie miteinander verbanden. Sie sprang die Stufen einer Treppe hinauf, die sich spiralförmig zu den Mauern hinaufwand, und umrundete ihr neues Zuhause einmal. Unter ihr schäumten die Wogen bis in die Ferne, bis zur Naht zwischen Himmel und Meer. Wie weit, wie unvorstellbar weit die Wasserwüste war, und darin niemand außer Seeungeheuern und Aylen … Sie stieß einen Jubelschrei aus, den der Wind in alle Richtungen trug, als wollte er verkünden, dass dieses Reich nun eine Herrin hatte.

Das zauberhafte Bauwerk mit seinen lichtdurchlässigen Kristalldächern, glitzernden Böden und all den hübschen Möbeln, die Aylen daraus wachsen ließ, hatte einen Nachteil. Es gab nicht das Geringste zu essen. Und Aylen fiel fast um vor Hunger.

Zudem kamen keine Fische bis an das Bauwerk heran, weil das Wasser im Umkreis von hundert Metern nichts Festes in sich duldete. Aylen maß die Distanz, indem sie noch einmal übers Wasser ging, so weit sie kam. Es war alles andere als einfach, und sie purzelte öfter auf allen vieren über die Wellen, als dass sie ging, aber dann erreichte sie die unsichtbare Grenze ihrer Burg. Sie merkte es daran, dass sie mit dem Fuß ins Wasser tauchte und hineinfiel. Als sie wieder zurück auf den widerständigen Wassergrund geklettert war, setzte sie sich, wischte sich über die Augen und dachte nach, wie sie ohne Angel oder Netz Fische fangen konnte. Ihr rumorender Bauch machte sie unkonzentriert. Und selbst wenn sie Fische fing – wie sollte sie Feuer machen ohne Brennmaterial, um sie zu garen? All ihre großartigen Zauberkräfte kamen ihr plötzlich nicht mehr besonders nützlich vor.

Sie schüttelte den Kopf. »Denk nach!«

Das Schwanken der Wellen, auf denen sie lag, bereitete ihr Übelkeit. Als ihr nichts einfiel, stieß sie ein langes, ärgerliches Knurren aus. An der Küste hatte sie ein paar Zwergenfestungen gesehen. Sicher wäre man dort bereit, ihr gegen magische Gefälligkeiten zu geben, was sie zum Leben brauchte.

»Sieht so aus, als müssten wir ein paar Besorgungen machen«, sagte sie zu Besen, der in der Luft ihr Schwanken nachahmte.

Die Zwerge, deren Festungen an den Klippen hingen wie gigantische Nester, staunten nicht schlecht, als sie aus dem Himmel ins Meer fiel und, kaum dass sie ans Ufer geklettert war, wieder in trockenen Kleidern steckte. Dass sie den harten Dialekt der Zwerge ebenso schlecht verstand wie sie ihren, spielte keine allzu große Rolle. Sie begriffen, dass Aylen Zaubermacht besaß und dass sie sehr hungrig war.

Aylen hatte schon Händler aus dem Volk der Zwerge durch ihre Heimat kommen sehen, einmal sogar ein prachtvolles Gefolge auf dem Weg zum König der Elfen in Alelyssa, aber noch nie hatte sie ein Bauwerk der Zwerge betreten. Die Klippen über dem Meer waren von Zauberern ausgehöhlt worden, so dass Gänge, Hallen und Balkonvorsprünge entstanden waren, halb in der Luft und halb in der Erde. Es gab keine einzelnen Hütten, und die meisten Räume schienen von allen bewohnt zu werden. In den Buchten ankerten Schiffe von verschiedenster Größe, von kleinen Fischerbooten über lange, schmale Barken bis hin zu dreimastigen Segelschiffen. Denn das Zwergenvolk war seit jeher auf der See zu Hause und bevölkerte derart entlegene Inseln, dass die Bewohner manchmal hundert Jahre und länger niemanden vorbeikommen sahen. Oder zumindest schienen die Zwerge ihr das zu erzählen, wenn sie richtig verstand.

Sie half mit ihrer Zauberkunst bei Bauarbeiten an der Festung und konnte sich nicht darum drücken, ein paar Kranke zu behandeln, die sich danach geheilt fühlten, wahrscheinlich ohne es zu sein. Dafür bekam sie alles, was sie brauchte, auch Schreibzeug. Das kleine Segelboot, das man ihr gab, sank tief in die Wellen, so schwer beladen war es, als Aylen aufbrach.

Obwohl die Zwerge versucht hatten, ihr zu erklären, wie man ein Schiff steuerte, scheiterte sie kläglich. Einen ganzen Tag lang schwankte sie auf den Wellen umher, drehte sich in Kreisen und fluchte sich heiser. Zuletzt benutzte sie Zauberei, um zu ihrer Burg zu gelangen, und erst in tiefster Nacht sah sie das weiße Bauwerk endlich vor sich im Wasser. Sie hatte das Gefühl, dass auch ihr Zauber nur mühsam funktioniert hatte im Vergleich zu den Wundern, die sie zuletzt mit ein paar Handbewegungen zuwege gebracht hatte. Sie ahnte, dass das Tränenwasser, das sie getrunken hatte, ihr nur eine begrenzte Menge Zauberkraft verliehen hatte, und beschloss, sparsam damit umzugehen.

Nach und nach richtete sie sich in ihrem neuen Heim ein. Sie schuf Schutzschilde um ihre Burg, damit keine Gefahr sie erreichen konnte, und Mechanismen, um ungebetene Gäste schon von fern zu bemerken. Dann begann sie zu schreiben. Über die Entdeckung und Entwicklung ihrer Gabe, über ihre Reise nach Gothak und die Eroberung der Zauberberge. Über ihre Begegnung mit den Erzmagiern. Über die gefangenen Frauen in den Kristallen.

Die Worte strömten nur so aus ihr heraus. Es half Aylen, ihre Verbitterung zu Papier zu bringen, auch weil sie hoffte, dass möglichst viele Leute sie lesen würden. Sie erfand einen Zauber, um das Geschriebene zu schützen; wenn das Papier verbrannte, flüchteten die Buchstaben einfach auf die nächstbeste Oberfläche. So füllte sie nach und nach die Salzsteinwände der Zimmer mit ihren Reinschriften.

Sie verfasste Briefe an die Fürsten und Könige der Menschen, Elfen und Zwerge, in denen sie offenlegte, dass sie in Gothak und Faysah nicht Drachen, sondern gefangene Frauen gesehen hatte, und forderte die Völker auf, sich gegen ihre Zauberer zu erheben.

Von diesen Pamphleten fertigte sie mittels Magie unzählige Abschriften an. Sie verschickte sie mit Hilfe von Möwen, faltete die Papiere so zusammen, dass sie selbst wie Vögel davonsegelten, brachte sie stapelweise zu den Zwergenfestungen entlang der Küste. Alle sollten die Wahrheit über die Erzmagier und ihre Günstlinge erfahren.

Der Winter brach an, fast ohne dass Aylen es mitbekam. Sie erwachte morgens mit rasenden Gedanken darüber, was sie ausprobieren oder niederschreiben wollte, und schlief mit denselben rasenden Gedanken ein. Im Schein der Lichter, die sie sich erschuf, merkte sie kaum, dass draußen Schneestürme tobten und ein trüber Tag nach dem anderen erlosch.

Wenn ihr ihre Einsamkeit auffiel, kam ihr Wandrik in den Sinn. Sie hatte ihr Bestes getan, um die Sehnsucht aufzuknüpfen, die ihn an sie fesselte. Sofern es ihr gelungen war, empfand er jetzt nur noch Verachtung für sie. Alle positiven Gefühle hatte sie auf sich genommen. Obwohl sie wusste, dass sie sich kein bisschen zu ihm hingezogen gefühlt hatte, empfand sie nun seine kindliche, ziellose Verliebtheit, überschattet von dem Schmerz darüber, was alles hätte sein können und nie sein würde. Es gab keine Zauberei, die nicht von irgendwem bezahlt werden musste.

Eines Morgens, als es draußen noch dunkel war, wachte sie auf und konnte sich nicht rühren. Ihr Herz hämmerte schwer, als wollte es sie auf dem Bett festnageln. Nur mit Mühe gelang es ihr, die Augen einen Spaltbreit zu öffnen, doch schon den Kopf zu neigen überstieg ihre Kräfte.

Besen schwebte über ihr, genauso wie in dem langen Sommer nach ihrem Unfall. Reglos, ein Spiegelbild. Als es allmählich heller wurde, erkannte sie die grünen Blätter, die an seinem Reisig sprossen. Auch sein Stiel war dicker und länger geworden. In letzter Zeit hatte sie nicht mehr so sehr auf Veränderungen an ihm geachtet. Aber sie vollzogen sich, ob sie es nun täglich beobachtete oder nur durch einen Schwächeanfall mitbekam.

Nach einigen Stunden gelang es ihr, sich aufzurichten. Sie griff nach dem Dolch, den sie stets unter ihrem Kissen aufbewahrte, und schnitt das Grünzeug zitternd ab. Danach ging es ihr besser. Trotzdem blieb sie fast den ganzen Tag im Bett, fröstelte und schwankte zwischen Schlaf und Wachsein. Draußen fiel Schnee in nassen Flocken. Aylen erinnerte sich vage, dass es dieses Jahr schon geschneit hatte, aber erst jetzt bemerkte sie es wirklich. Wie viel Zeit schon vergangen war. Die Einsamkeit, die sie bislang so gut verdrängt hatte, überkam sie wie eine Flutwelle.

Sie wollte nicht allein sein, wenn sie dahinsiechte und starb.

Schwach kroch sie aus dem Bett und tapste zu ihrem Schreibtisch, um mit Papier und Federkiel unter ihre Decke zurückzukehren. Sie würde Einladungen an magisch Begabte wie sie selbst verschicken, öffentliche Einladungen bis in die entlegensten Winkel Tanas. Wenn es mehr von ihrer Sorte gab, dann litten sie auch wie sie an Einsamkeit. Dabei konnten sie ihre Fähigkeiten doch gemeinsam erforschen, voneinander lernen und einander Trost spenden. Die Burg würde ein Zauberberg sein, nur ohne gefangene Frauen und ihr kraftspendendes Tränenwasser. Eine echte Schule. Eine Schule für Hexen.

Um gemeinsam die Zauberer zu stürzen.

Mond um Mond verstrich, und Aylen verschickte so viele Flugschriften und offene Briefe, dass sie ständig mit dicken Packen Papier zwischen den Zwergenfestungen an der Küste und ihrer Burg hin- und hersegeln musste. Mittlerweile verstand sie das Boot halbwegs zu navigieren und hatte sich bei den Zwergen als Hexe einen Namen gemacht. Und sie ärgerte sich nun nicht mehr über die Bezeichnung, sondern nannte sich selbst mit Stolz eine Hexe.

Die Zauberer des Zwergenvolkes, die ihre Ausbildung beim Erzmagier von Tahar'Marid gemacht hatten, beobachteten zähneknirschend ihren wachsenden Ruhm, aber nur einmal traten ihr drei direkt entgegen. Aylen besiegte sie mit Leichtigkeit. Danach wagte keiner mehr, sie herauszufordern. Sie merkte lediglich an Sturmwellen, die ihr Boot vor der Küste zerschmettern wollten, und anderen hinterlistigen Fallen, dass auch die Zauberer des Zwergenvolks ihre Feinde waren. Doch alles, was sie ihr entgegenstellten, half ihr nur, ihr Handwerk besser zu verstehen.

Aylen sammelte und ordnete ihre Erkenntnisse für die Lehrlinge, die sie erwartete, doch niemand kam. Der Frühling brach an und verstrich. Es wurde Sommer. Endlich kam jemand, um

Aylen zu besuchen: ein Fischer, der sich verirrt hatte und sich schüchtern anhörte, was Aylen ihm erzählte.

Kurz darauf kam ein feister Mann aus dem Menschenvolk, der tatsächlich ihrer Einladung gefolgt war. Er sprach unentwegt davon, dass er die Zauberkunst erlernen wollte, aber ein natürliches Talent besaß er nicht. Aylen ließ ihn einen Viertelmond bei sich wohnen, bis sie seine Gegenwart nicht mehr aushielt und ihn höflich bat abzureisen. Er tat es recht beleidigt. Aber immerhin wusste sie nun, dass ihre Einladungen sich bis ins Menschenreich verbreiteten. Allerdings schien es weniger Leute wie sie zu geben, als sie gehofft hatte.

Oder traute sich niemand, zu ihr zu kommen?

Im Herbst wurde ihr zu einer Zwergenfestung nach der anderen der Zutritt verweigert. Die Leute schienen es zu bedauern und erklärten, dass sie Schwierigkeiten mit ihrem Erzmagier bekamen, wenn sie Aylen weiterhin als Gast empfingen. Manchmal zogen heftige Stürme über ihre Burg hinweg, bei denen Eissplitter von der Länge eines Fingers auf sie niederprasselten, oder es erhoben sich vollkommen lautlose Flutwellen, die ihre Türme überragten und die sie nur mit Mühe abwehren konnte. Auch die Gefühle, die sie für Wandrik auf sich genommen hatte, wurden bisweilen düster oder erbebten auf unnatürliche Weise, so dass sie davon ausging, dass Rodred sich auf diesem Weg Zugang zu ihrem Geist verschaffen wollte.

Die Erzmagier hatten ihr den Krieg erklärt, und er würde erst mit ihrem Tod enden. Oder mit dem Sturz der Erzmagier.

Aylen beschloss, nachdem sie ein Jahr auf dem Meer gelebt hatte, dass es an der Zeit war, ihren Weg fortzusetzen. Kein Lehrling war zu ihr gekommen. Sie hatte lange genug gewartet. Nun würde sie allein auf den Zauberberg Tahar'Marid steigen und ihre Macht ein drittes und letztes Mal durch Tränenwasser steigern.

Eines kühlen Herbstmorgens brach sie mit ihrem Segelboot

auf. Sie hatte einen guten Umhang und feste Stiefel an, trug ihren Dolch am Gürtel und ein Bündel mit Proviant auf dem Rücken. Besen lehnte an ihrer Schulter, das Reisig klapperte leise in der Brise. Mehr brauchte sie nicht, um sich das Wasser von Tahar'Marid zu holen.

Doch es kostete sie Überwindung, das Segel zu hissen. Sie war nun schon so lange hier draußen, wo ihre Abgeschiedenheit von Horizont zu Horizont reichte, dass die Vorstellung, von starren Hügeln und Bäumen und Bergen umschlossen zu sein, bedrohlich wirkte.

Sie hisste das Segel, fing den Wind ein und ließ sich über die Wellen tragen.

Hätte sie gewusst, dass sie mehr als zwei Jahre fort sein würde, hätte sie sich vielleicht nie dazu überwunden.

20

AYLEN HATTE SICH ausgerechnet, dass sie fünf bis zehn Tage an der Küste entlangfahren müsste, bis sie das Marschland finden und flussaufwärts rudern würde, um zum Zauberberg des Zwergenvolkes zu gelangen. Doch sie fand nicht einmal die Küste.

Ein so dichter Nebel schloss sich um sie, dass sie kaum über den Schiffsbug hinaus sehen konnte. Sie versuchte, sich in dieser weißen Blindheit gen Südosten zu halten, aber spätestens, als es Nacht wurde und weder Wasser noch Himmel sich durch ein Schillern oder ein Sternenfunkeln verrieten, ahnte sie, dass sie es mit einem Zauber zu tun hatte.

Sie saß still in ihrem schwankenden Boot, die Kapuze ihres Umhangs bis zur Nasenspitze ins Gesicht gezogen, und dachte nach. Vermutlich war der Nebel von den Erzmagiern gesponnen, und vermutlich umgab er nur ihr Boot. Das wiederum schenkte ihr Hoffnung. Sicher konnte sie den Zauber umkehren und den Nebel von sich wegdrücken.

Stunde um Stunde überlegte sie, wie sie es am besten anstellte. Sie wollte ihre Kräfte nicht an unnötige Experimente verschwenden, denn sie würde sie noch für ihren Einbruch in den Zauberberg benötigen. Als ihr endlich die Idee kam, den Nebel näher an sich heranzuziehen und damit *dichter* und *schwerer* zu machen, so dass er sich in Regen auflöste, wob sich bereits graue Dämmerung ins Dunkel.

Der Regen blieb vier Tage und fünf Nächte über ihr hängen. Er umgab sie wie ein Ring, während wenige Schritte weiter die

Sonne auf den Wellen glänzte. Aber sie konnte wieder sehen.

Sie erreichte die Küste und hielt sich an die schroffen Klippen, bis diese sanfter abfielen und in Dünen übergingen und hin und wieder dazwischen Flussmündungen erschienen. Sie fand einen breiten, gemächlichen Strom, der im Meer endete, holte das Segel ein und ruderte zwischen hohen Sumpfgräsern ins Land hinein. Hier versiegte die Regenwolke über ihr. Doch die Luft war so feucht und klamm, dass es kaum ein Unterschied war. Jeder Atemzug fiel ihr schwer, und Aylen begann zu schwitzen, während sie gegen die Strömung ruderte und stakte. Hier und da strömte ihr das Wasser so kräftig entgegen, dass sie überlegte, jetzt schon ihr Boot zu verlassen. Doch dann wurde der Fluss wieder so still und weit, als sei sein Wasser völlig unbewegt.

Als es dunkelte, wollte sie am Ufer anlegen, doch sie kam nur in höheres und dichteres Schilf, ohne festen Grund zu finden. Sie gab schließlich auf und beschloss, zwischen dem hohen Schilfrohr zu rasten, das verhindern würde, dass die Strömung sie davontrug. Zum ersten Mal seit Tagen sah sie Sterne über sich, und sie erwiderte den Blick der fernen Ewigen, die die Lebenden beobachteten. Ohne es zu bemerken, schlief sie ein ... und erwachte von dem Geräusch von Schilfrohr, das aneinanderrieb. Sie öffnete die Augen und sah, wie die Stängel ringsum im Sternenlicht glänzten wie Eisenklingen. Und wie Eisenklingen sausten sie auf sie herab.

Doch Aylen hatte sich mit einem Zauber geschützt, der sie fünf Herzschläge in die Zukunft versetzt erscheinen ließ. So hatte sie immer ein wenig Zeit übrig, um sich gegen Angriffe zur Wehr zu setzen, ganz gleich welcher Art. Nun sprang sie auf und ließ mit ihrem Atem einen so starken Wind aufkommen, dass das Schilf sich tief bog. Die Stängel, die sich in Klingen verwandelt hatten, barsten und platschten klirrend ins Wasser. Aylen hob die Arme, atmete tief ein und, während sie die Arme senkte, wieder aus. Der Wind brauste von ihr aus in alle Richtungen und knickte das Schilf. Sie sah drei Gestalten durch das niedrige Wasser davonrennen. Sie trugen die grauen Umhänge von Zauberlehrlingen.

Aylen streckte eine Hand nach jedem von ihnen aus und zeichnete sie mit ihrem Atem. Stöhnend fielen die Männer. Aber sie würden es überleben. Sie würden allerdings, wohin sie auch kamen, den Wind mitbringen und sich so nicht mehr unbemerkt an Aylen heranschleichen können.

Da ist noch jemand. Sie sah sich um. Deutlich spürte sie einen Blick auf sich. Doch sie hatte den Wind wieder ersterben lassen, das Schilfrohr richtete sich federnd wieder auf. Alles ringsum war in Bewegung.

Ein Flattern über ihr. Sie legte den Kopf zurück und nahm gerade noch Flügel wahr, dann erklang irgendwo in der Nähe ein Platschen.

»Du kannst den Lauf der Zeit manipulieren, ich habe es doch gewusst«, sagte eine vertraute Stimme, nah genug, dass sie Aylen trotz des leisen Tons erreichte. »Deine Zauberei ist erstaunlich.«

»Totema«, sagte sie und fuhr herum. Doch das Schilfrohr nahm ihr, immer noch schwankend, die Sicht. Vielleicht durch einen Zauber.

»Du erinnerst dich an mich.«

»Zeig dich«, forderte sie. Eigentlich rechnete sie nicht damit, dass er gehorchen würde. Das Schilfrohr jedoch teilte sich, und am Ende der glänzenden Schneise stand der Lehrling von Erzmagier Rodred.

»Guten Abend, Aylen«, sagte er und verneigte sich.

Sie schob das Kinn vor. »Lauf lieber deinen Freunden nach, wenn dir dein Leben lieb ist.«

»Ich mag mein Leben. Aber es wäre mir weitaus weniger wert, wenn ich dich nicht beobachten könnte«, sagte er so leise, dass sie für einen Moment fürchtete, er sei viel näher bei ihr und die Gestalt am Ende der Schneise nur eine Illusion. Doch wie schon im Berg Faysah empfand sie ein seltsames Kribbeln, so als wäre ihre Feindschaft mit Totema nur ein Spiel, und in Wahrheit ... Sie wagte nicht, den törichten Gedanken zu Ende zu denken.

»Komm nicht an Land«, sagte er. »An Land kann Rodred dich tödlich angreifen.«

»Ich habe keine Angst vor ihm.«

»Dann hast du mehr Mut als Verstand.« Er lächelte sie an, als er sich zum Gehen wandte. Ihr fiel auf, dass er nur die linke Hand benutzte, um das Schilf zur Seite zu streichen. Sein verstümmelter rechter Arm war unter seinem Umhang nicht zu sehen. »Übrigens wirst du ohnehin kein Land finden. Dafür habe ich gesorgt.« Er verschwand zwischen dem Schilfrohr.

Am nächsten Tag ruderte Aylen flussaufwärts, ohne dass der Strom ihr besonders viel Widerstand leistete, und als die Sonne wie Eidotter in den westlichen Wolkenschichten zerlief, sah Aylen das Meer vor sich.

Vor Zorn hätte sie am liebsten die Ruder weggeschleudert. Stattdessen setzte sie sich und bemühte sich um einen kühlen Kopf. Es war möglich, dass sie sich in den verzweigten Wasserkanälen der Marschen verirrt und wieder zum Meer hinausgetrieben war. Aber viel wahrscheinlicher hatte ein böser Zauber sie in die Irre geführt.

In den folgenden Tagen passierte es wieder und wieder. Sie ruderte flussaufwärts, nur um am Ende des Tages das Meer vor sich zu sehen. Auch wenn sie nur gegen die stärksten Strömungen fuhr, kam sie am Ende zwischen den Dünen an. Einmal ließ sie sich von der Strömung tragen, in der Hoffnung, den

Zauber so umzukehren wie schon damals auf dem verwunschenen Pfad hinauf zum Berggipfel von Faysah, doch sie wurde nur schneller wieder ins Meer hinausgespült.

Sie probierte allerhand Umkehrzauber, aber nichts funktionierte. Immerhin jedoch wurde sie nachts nicht noch einmal angegriffen. Die Lehrlinge schienen es nicht mehr zu wagen, und die Erzmagier hatten offenbar von vornherein nie den Mut dazu gehabt. Nur manchmal hörte sie das Schlagen von Flügeln oder sah einen Reiher über ihrem Boot kreisen, dem die rechte Klaue fehlte.

Das brachte sie auf eine Idee. Sie beobachtete tagsüber Scharen von Zugvögeln, die gen Süden zogen, und folgte ihnen. Selbst als es so schien, als würde sie nur im Kreis rudern. An diesem Abend kam sie zum ersten Mal nicht wieder am Meer an. Und so überwand sie den Zauber der Erzmagier, ganz ohne selbst zu zaubern.

Nach vielen Tagen blieb das Marschland hinter Aylen zurück. Verschiedene Flüsse mündeten zwischen bewaldeten Felsklippen in den Strom. Kein Ufer war geeignet, um anzulegen, und Aylen begann zu glauben, dass es vielleicht besser so war. Die Marschen hatten sie lange genug aufgehalten, und wenn sie an ihre letzte Begegnung mit dem armen Wandrik zurückdachte, wollte sie lieber nicht erfahren, wozu die Erzmagier noch in der Lage waren, sobald sie einen Fuß an Land setzte.

Dennoch ärgerte sie, dass bei den abweisenden Ufern Totema seine Finger im Spiel hatte, und allein aus diesem Grund wollte sie anlegen. Doch es kam nicht dazu. Eines Morgens, als sie sich von dem Wind ihres Atems im Segel flussaufwärts fahren ließ, kam sie an einem Zwergendorf vorbei. Krausköpfige Kinder, die mit Angelruten auf der Uferböschung saßen, sahen sie mit offenem Mund an. Eins von ihnen stand auf, rannte zu den Häusern und rief: »Die Hexe kommt! Die Hexe kommt!«

Das machte sie stutzig. Erwartete man sie etwa? Sie steuerte ihr Boot unter einen Felsüberhang, von dem ein kleiner Wasserfall stürzte. Sie musste das Segel einholen, den Mast flach ins Boot legen und den Kopf einziehen, um darunter zu passen. Dann beobachtete sie die Hütten und den Wald auf der anderen Seite des Flusses, ohne etwas zu sehen.

Plötzlich hörte sie etwas.

Das kaum wahrnehmbare Schrammen von Eisen auf Eisen. Es kam nicht von drüben, sondern von über ihr. Sie meinte auch Stimmen wahrzunehmen, aber sie waren zu leise, um etwas zu verstehen.

Aylen atmete flach und schloss halb die Augen, um sich so unbemerkbar zu machen, wie es nur ging. Die Sonne stieg über die Baumwipfel. Und da sah sie endlich das Funkeln auf der anderen Seite des Flusses. Bogenschützen kauerten im Dickicht. Die Pfeilspitzen verrieten sie.

Aylen begriff, dass nicht nur die Erzmagier ihren Einbruch in Tahar'Marid erwarteten, sondern offenbar auch der König der Zwerge. Er musste zur Unterstützung der Zauberer seine Krieger geschickt haben. Aylens Puls wollte sich beschleunigen, sie indes ließ es nicht zu. Sie dufte sich durch nichts bemerkbar machen, musste still und reglos bleiben wie ein Stein. Doch sie grinste. Wenn die Erzmagier die Hilfe gewöhnlicher Krieger erbeten hatten, glaubten sie, dass sie Aylen unterlegen waren. Sie hatten bereits aufgegeben, auch wenn es ihnen noch nicht klar war.

Aylen hatte eigentlich vorgehabt, sich erst zu verwandeln, wenn sie Tahar'Marid erreicht hatte, aber es schien, als müsste sie es bereits jetzt tun. Die Frage war, ob sie es in ihrer veränderten Form von hier aus bis auf den Zauberberg schaffte …

Nun, sie würde es herausfinden. Die Angst der Erzmagier flößte ihr Zuversicht ein. Sie schloss die Augen und ließ nach und nach alle Wahrnehmungen an sich abgleiten. Seit ihrer Flucht aus Faysah hatte sie es nur noch ein einziges Mal gewagt, sich in Wasser aufzulösen – um zu testen, ob sie es noch konnte –, und danach hatte sie förmlich gespürt, dass sie weniger Zaubermacht besaß als zuvor. Sie hatte an der Art und Weise gefeilt, wie sie sich auflöste, um möglichst sparsam mit ihrer Kraft umzugehen. Dennoch rechnete sie damit, das meiste davon aufgebraucht zu haben, wenn sie auf Tahar'Marid ankam. Aber solange sie in Tahar'Marid Tränenwasser trinken konnte, würde es sich lohnen.

Sie sank aus ihren Kleidern, aus ihrer Haut, aus ihren Knochen. Und statt als Tropfen in den Fluss zu fallen, machte sie sich noch leichter, noch kleiner und stieg, zu Wasserdampf aufgelöst, an den Felsen vorbei empor. Sie blieb sie selbst, weil sie tanzte. Langsam, ganz langsam räkelte sie sich, schwang ihre nahezu unstofflich gewordenen Arme und hüpfte auf ihren luftleichten Beinen. Tanzend schwebte sie den Wasserfall hinauf, während die Bogenschützen auf das leere Boot schossen, das unter dem Felsen hervortrieb, erschrocken auf Besen deuteten und auch auf ihn Pfeile abfeuerten, ohne seinen beschwingten Flug stören zu können.

Für sie ging es weiter hinauf, immer weiter. Der Wasserfall speiste sich aus einem Wildbach, der durch ausgedehnte Tannenwälder rauschte, und Aylen tanzte und tanzte seinen Lauf nach.

Es war schwer, einen Körper aus Wasserdampf zu bewegen. Alles an ihr drängte nach Auflösung, und es erforderte eine ständige Kraftanstrengung, sich buchstäblich zusammenzunehmen und ganz zu bleiben. Auch ihre Gedanken trieben immer wieder auseinander. Sie wusste, dass es der gefährlichste Zauber war, den sie je vollzogen hatte, denn ein Augenblick der Unachtsamkeit reichte aus, und sie würde aus dem Leben scheiden, ohne es überhaupt zu merken. Darum versuchte sie, nur an Dinge zu denken, die starke Gefühle in ihr auslösten und sie fest in sich selbst verankerten.

Sie dachte an die lebendig begrabenen Frauen in den Kristallen, deren ganze Hoffnung jetzt auf ihr ruhte. Sie dachte an die Erzmagier Salemandra und Rodred, diese selbstgefälligen alten Männer, die für ihre Taten büßen sollten. Und sie dachte an Totema. Immer wieder an Totema, den sie nicht wirklich verachten und hassen konnte, jedenfalls nicht, ohne dabei vor sich hin zu lächeln und ein wenig langsamer zu tanzen.

Sie schwebte an dem Bach entlang bis zu seiner Quelle. Hier ergab sich das Problem, das sie befürchtet hatte: Ihr Weg entlang des Wassers endete fern des Zauberbergs. Wenn sie als kleine Dampfwolke in den Himmel schwebte und sich dem Wind aussetzte, wusste sie nicht, ob sie es schaffen würde, beisammenzubleiben. Daher wartete sie bei der Quelle, bis ein feines Nieseln einsetzte. Zum Glück war das Land der Zwerge feucht und regenreich. Aylen schloss sich einer Nebeldecke an, die aus den Wäldern stieg und in eine Schlucht hinabwallte. Von hier aus konnte sie Tahar'Marid sehen.

Der Zauberberg war nicht so weit entfernt, wie sie befürchtet hatte. Stufenförmig umringten ihn kleinere, flache Felsen. Die Klippen des Zauberbergs ragten wie Eisenplatten in die Höhe und tauchten unter Wolkenbänken ab, was ihn merkwürdig unwirklich erscheinen ließ, wie eine halb zu Ende gedachte Idee von etwas Monströsem.

Aylen hüpfte und schwang durch den Regen hindurch. Jeder Tropfen, der sie durchschnitt, drohte einen Teil von ihr unwiderruflich abzutrennen. Folglich versuchte sie sich unter Besen zu halten, der ihr notdürftigen Schutz bot.

Während ihr Körper so aufgelöst war wie noch nie, musste ihr Geist sich mehr konzentrieren denn je. Doch langsam näherte sie sich dem Zauberberg, und endlich erreichte sie die Wolken, die wie unlösbare Sorgen um ihn kreisten. Hier erfolgte ihr Aufstieg rasant. Die Winde trugen sie aufwärts, und trotz der starken Böen blieb sie geschützt in den Wolken. Schließlich tauchten eckige Fensteröffnungen im Gestein auf, und sie wusste, dass dahinter die Räumlichkeiten des Erzmagiers der Zwerge und seiner Lehrlinge lagen. Sie wirbelte hindurch und ließ sich erschöpft als feuchter Atem an der Felswand nieder. Langsam rann sie zusammen. Erst zu Wassertropfen, dann zu einer Pfütze auf dem Boden, und dann gewann sie als ein zitterndes, nach Luft schnappendes Häufchen Elend an Festigkeit. Ihr war entsetzlich kalt, und sie konnte nicht klar denken; alles trieb ihr fort, nichts hing zusammen.

Es dauerte eine Weile, bis sie wieder wusste, wie sie ihre Glieder bewegen konnte, und noch länger, bis ihr auffiel, dass sie splitterfasernackt war. Dann wurde ihr klar, wo sie sich befand.

Dass sie es geschafft hatte.

Ihr Atem füllte sich mit einem rauen Lachen, und aus ihren Augen flossen ein paar rasche Tränen.

Im Grunde hatte Aylen keine Angst mehr, nachdem sie bereits in zwei Zauberberge eingedrungen war. Gewiss, es erwarteten sie mehr Zauberer, nicht nur der Erzmagier der Zwerge und seine Lehrlinge, und es ergaben sich ein paar brenzlige Situationen. Noch dazu fiel es ihr diesmal schwerer, von dem Wasser zu trinken, das aus den Kristallen mit den weinenden Frauen rann, da sie wusste, dass sie sich dadurch an deren Leid bereicherte. Aber sie versprach den Frauen, dass sie zurückkommen und sie befreien würde, und vielleicht hörten sie sie.

Wirklich stolz war Aylen allerdings darauf, dass sie es nicht nur schaffte, einen ganzen Trinkschlauch mit dem Tränenwasser der Ewigen zu befüllen, sondern auch die Kleider des Erzmagiers zu stehlen. Angetan mit den silbernen Roben, die in ganz Tana nur drei Männer tragen durften, und mit dem spitzen, an einem Silberdiadem festgemachten Hut unter dem Arm, raste sie ihren Feinden davon, die mit der Erde kreisten, während sie sich in die Reglosigkeit zurücklehnte.

Aber einen Fehler beging sie doch. Sie merkte es nicht gleich. Ihr Sieg öffnete dem Hochmut eine Tür, die womöglich immer schon nur leicht angelehnt gewesen war, und so ging sie davon aus, dass die Erzmagier sich nicht mehr mit ihr anlegen würden, und erwartete keine weitere Falle.

Drei Tage nach ihrem Einbruch in Tahar'Marid erschien ihre weiße Salzfestung im Meer unter ihr. Aylen nahm Geschwindigkeit auf, bis sie fast gleichauf mit der rasenden Erde war, und ließ sich tiefer sinken. Kurz bevor ihre Füße auf den Wellen aufkamen, die nichts Festes eindringen ließen, merkte sie, dass etwas nicht stimmte. Die Wellen ... sahen alle gleich aus. Nicht *ähnlich*, wie es üblich war, sondern *identisch*. Es waren allesamt Spiegelungen voneinander.

Im letzten Moment zog sie die Füße hoch und verlangsamte sich, um nicht zu landen.

»Was zum ...?« Sie drehte sich um, blinzelte und begriff, dass ein Zauber auf ihren Augen lag. Sie sah, was sie sehen wollte.

Sie bremste noch weiter ab und konzentrierte sich auf ihre anderen Sinne. Was hörte, was roch sie wirklich? Kein Meerwasser. Sondern ... Sumpf.

Ihr Zuhause zerfiel in ein Gesplitter aus Licht. Darunter kam graues und ockergelbes Land zum Vorschein. Ein muffig süßer Geruch von Brackwasser stieg ihr in die Nase. Schilfrohr peitschte sie. Aylen musste Geschwindigkeit aufnehmen und stürzte, geschunden und geschlagen, in den Morast.

Wo war sie? Die hohen Gräser versperrten ihr die Sicht in jede Richtung. Der Himmel war wolkenschwer und weiß. Es hätte morgens sein können oder nachmittags.

Aylen wischte sich den Schlamm aus dem Gesicht und griff nach Besen. Es half alles nichts; sie würde auf gut Glück in eine Richtung stapfen müssen, bis sie eine Anhöhe fand, von der aus sie eine bessere Aussicht hatte.

Sie benutzte Besen, um das Schilf beiseitezuschieben und sich einen Weg hindurchzubahnen, doch manchmal war der Wuchs so dicht, dass sie nicht durchkam. Immer wieder peitschte ihr das Schilfrohr gegen die Arme und Beine und ins Gesicht, und sie strauchelte im Sumpfwasser, das ihr bis zu den Knien reichte.

Sie hätte sich wieder in Dampf aufgelöst, aber dann hätte sie den Schlauch voll Tränenwasser zurücklassen müssen, und das wollte sie nicht. Sie musste ihre menschliche Gestalt beibehalten. Und das hieß weiterstapfen.

Als es Nacht wurde und ihre Lage sich noch immer nicht gebessert hatte, stieß sie vor Frustration einen Schrei aus. Kein Froschquaken antwortete, kein Vogel flatterte auf. Als wäre sie das einzige Lebewesen weit und breit.

Tage vergingen. Aylen verlor zwischen dem Schilfrohr, das immer enger um sie zu wuchern schien, fast den Verstand. Jeder Zauber, der ihr einfiel, um zu entkommen, zog sofort einen Angriff nach sich, den Aylen nicht abwehren konnte. Das Einzige, was sie insgeheim tun konnte, war mit ihren Füßen eine Strömung im Wasser zu erfühlen. Selbige war so schwach, dass man sie nicht sehen konnte.

Aylen begann der stillen Sehnsucht des Wassers nach dem Meer zu folgen. Es wurde ihr Leitfaden. Je aufmerksamer sie darauf lauschte, umso deutlicher hörte sie die Sehnsucht und umso stärker schien die Strömung zu werden. Irgendwann schnitt Aylen Schilf ab, um sich Platz zu verschaffen, und baute sich ein Floß.

Doch kaum hatte sie einen kleinen Bach erreicht, auf dem sie halbwegs fahren konnte, verlor sich die Sehnsucht wieder in gluckernden Wirbeln, und das Wasser blieb brackig stehen.

Aylen ahnte, dass die Erzmagier sie mit einem Zauber belegt hatten, der alle Zauber umkehrte, die sie wirkte. Sie hatten ihr einen Feind gegenübergestellt, der unbesiegbar war: sie selbst.

Alles, was sie tun konnte, war, den Umkehrzauber, der unweigerlich folgte, hinauszuzögern. So gelang es ihr, Tage am Stück auf dem Floß zu fahren, nur um dann wieder festzustecken. Aber irgendwann musste sie aus den Marschen herausfinden, auch wenn es lange dauerte. Oder?

An Tagen, an denen sie der Strömung folgen konnte, sah sie Vögel am Himmel und fand Enteneier, fing Frösche und Schlangen, so dass sie nicht verhungerte. Doch wenn sich das Schilf wieder um sie schloss, erreichte sie kein Lebenszeichen von außen mehr. Dann war sie in ihrem persönlichen Totenreich.

Ein halber Mond verstrich. Dann ein ganzer. Aylen hörte auf, die Tage zu zählen. Eines Nachts, als sie versuchte, die Wolken beiseitezuschieben und sich an den Sternen zu orientieren, ereilte sie ein neuerlicher Schwächeanfall.

Sie konnte sich nicht rühren. Sie konnte nicht einmal die Augen bewegen. Über ihr schwebte Besen und klapperte leise mit seinem Reisig, obwohl kein Wind wehte. Im blassen Mondschein sah sie, wie sich aus dem Stiel neue, dürre Zweige schoben und aus den Zweigen grüne Triebe.

Sie wollte die Hand ausstrecken und Besen packen, das Grün abreißen, aber sie konnte kaum atmen, so schwach war sie. Etwas anderes als ihr Herz begann in ihr zu pumpen, etwas Größeres, Mächtigeres. Die Kraft strömte aus ihren Knochen in

Besen hinein wie Pflanzensaft von den Wurzeln in den Stamm. All ihre neu gewonnene Zaubermacht konnte ihr nicht helfen. Im Gegenteil, sie half nur Besen, schneller zu gedeihen.

Das erste Tageslicht flutete den feuchten Himmel. Es brannte auf Aylens trockenen Augenlidern und ließ ihre Lippen aufplatzen wie die Glut einer Wüstensonne.

Ein Schatten senkte sich über sie. Dann strömte ihr kühles Wasser in den Mund. Sie sah einen grauen Umhang. Den Umhang eines Lehrlings. Eine große Hand mit schweren, groben Fingern wischte ihr unerwartet zärtlich über den Mund. Sie sah, dass er den Wasserschlauch zwischen die Knie klemmen musste, um ihn zu verschließen. Unter dem Umhang tauchte für einen Moment ein zugeknoteter Ärmel auf.

»Was passiert mit dir?«, fragte Totema ohne Mitleid oder Häme in der Stimme. Als wäre er einfach unschuldig neugierig.

»Das ist nicht unser Werk.«

Sie schaffte es, ihre Wimpern zittern zu lassen, während sie zu Besen aufblickte.

»Einer von euch beiden sieht frischer aus als sonst«, bemerkte Totema. »Ist er doch nicht dein Freund?«

Er ist ich. Und nein, dieser Tage bin ich wirklich nicht mein eigener Freund.

Totema zückte ein Messer. Aylen versuchte mit aller Macht, sich zu bewegen, aber sie brachte nur ein leichtes Kopfschütteln zustande. Vielleicht dachte er, sie bettelte um einen schnellen, schmerzfreien Tod. Diese Vorstellung trieb sie schier in den Wahnsinn. Sie zuckte mit den Füßen.

»Ich weiß nicht, was du mir sagen willst«, meinte er. »Ich versuche einfach mal das hier.« Beherzt schnitt er Besen einen grünen Spross ab.

Aylen stöhnte auf. Es fühlte sich an, als wäre ein Kanal gestopft worden, durch den ihre Kraft abgeflossen war.

Totema brummte zufrieden. Er schnitt noch einen Spross ab,

dann noch einen und noch einen. Er steckte das Messer ein, klaubte das Grünzeug von Aylens Brust auf und hob es an die Nase, um daran zu schnuppern. »Was ist das für ein Baum, der nach Mädchenschweiß riecht?«

Ein Lächeln hob seine Mundwinkel.

Er schob sich das Grün in eine Innentasche seines Umhangs. Dann beugte er sich zu ihr herab und strich ihr die dunklen Locken aus der Stirn. »Wenn du nun verlierst, dann meinetwegen und nicht wegen deines Besens.«

Er verschwand.

Nachdem Totema vier Sprösslinge abgeschnitten hatte, fand Aylen die Kraft, ihren eigenen Dolch zu ziehen und auch den Rest abzuschneiden. Schließlich sank sie mit Besen in den Armen auf ihr Floß, die Hände um den Stiel geklammert, dass ihre Knöchel weiß hervortraten. Eines Tages würde sie sterben, damit er ein echter Baum wurde. Heute war sie verdammt nah dran gewesen. Und wieder hatte Totema ihr das Leben gerettet.

Sie hasste ihn. Seine Finger, die ihr über den Mund und über die Stirn gefahren waren, schienen dort ein dauerhaftes Kribbeln hinterlassen zu haben.

Doch er hatte ihr einiges verraten. Erstens, dass er es war, der hinter dem gemeinen Zauber steckte, der all ihre Zauber sabotierte. Zweitens, dass er sie vor allen anderen Gefahren schützen würde, damit er sie am Ende besiegen würde und niemand sonst. Diese Vorstellung brachte Aylen zum Kochen wie nichts sonst. Sprach daraus nicht die ganze Selbstherrlichkeit der Zauberer? Niemals würde sie ihm das Vergnügen lassen, über sie zu triumphieren, und wenn sie dafür einen schrecklichen oder, am allerschlimmsten, einen völlig ruhmlosen Tod wählen musste!

Zu wissen, dass sie in Totemas Falle steckte, belebte ihre Grübeleien. Wie würde er sie gefangen halten? Sicher, indem er berücksichtigte, was er über sie wusste. Er und niemand sonst. Dass sie durch den Raum schwebte, indem sie sich reglos machte? Sie experimentierte, doch ergebnislos. Ihr Gefängnis aus Schilf zog sich Abend für Abend wieder um sie zusammen.

Es dauerte fast noch einen ganzen Mond voller Einsamkeit, Frustration und hilfloser Rachegelüste, bis sie begriff, in was für einer Zauberschlinge sie steckte: Ihr eigener Wille, bestimmte Ziele zu erreichen, warf sie immer wieder zurück. Also musste sie sich darin üben, ihren jetzigen Platz zu akzeptieren. Sich in ihr Gefängnis fügen, damit es sich nicht mehr wie ein Gefängnis anfühlte und sich wie Nebel auflöste. Ein Sprichwort kam ihr in den Sinn, das in allen Völkern bekannt war: *Ein Mann muss seinen Platz in der Welt finden, eine Frau hat ihren Platz zu kennen.*

Den Zauber zu überwinden und sich ihrem Schicksal als Gefangene zu ergeben fühlte sich so falsch an, dass sie sich bei den ersten Anläufen fast übergeben musste und schließlich abbrach, um lieber vor Zorn zu toben und zu schreien. Aber endlich fügte sie sich. Und das Schilf teilte sich wie trügerisch zärtliche Finger, die ihr einen Weg vorgaben, und sie fuhr ihn hinab in eine Freiheit, die nach Sumpf und Fäulnis stank.

Für Aylen fühlte sich ab jetzt jeder Angriff, jede Falle der Erzmagier und auch jeder Triumph ihrerseits wie eine Wiederholung an – eine blitzende Spiegelung dessen, was schon gewesen war oder noch kommen würde. Dabei war es die Einsamkeit, die sie zermürbte und gegen die es keinen Zauber gab.

Eines trüben Nachmittags im Herbst glitt ihr Boot durch den Dunst des Meeres. Es war an mehreren Stellen geflickt, und die schönen Farben, in denen es einst gestrichen war, hatten Wind und Salzwasser längst abblättern lassen. Quietschend stieß es gegen Wellen, die zwar so aussahen wie Wasser, sich aber wie eine festere, widerständigere Substanz verhielten. Das Heck wurde in die Höhe gehoben, dann kippte das Boot rumpelnd zur Seite. Der Kiel ächzte.

Aylen purzelte auf die harten Wellen und stieß vor Erleichterung ein Lachen aus. Ihr Zauber wirkte noch. Ihre Burg stand, auch wenn sie sie im Nebel nicht sehen konnte. Beschwingt zog sie das Boot über die Wogen, die nicht zuließen, dass irgendetwas Festes in sie eindrang.

Dabei war sie in letzter Zeit körperlich eher schwächer geworden, dünn und müde und ständig frierend wie eine alte Frau. Zweimal noch hatte ein Schwächeanfall sie niedergestreckt. Einmal auf einer felsigen Insel, auf der freundliche Zwerge sie gepflegt und ihr das Boot gegeben hatten, die selbst kaum genug zum Überleben besaßen, und einmal auf hoher See. Dort hatte sie drei Tage unter der glühenden Sonne und in peitschendem Regen gelegen, während Besen über ihr wie ein schwebender Baum gedieh. Aber sie hatte am Ende dank vorsorglicher Zauber ihren Tod verhindern können, ohne auf Totemas Hilfe angewiesen zu sein.

Obwohl mehr als zwei Jahre vergangen waren und sie nicht selten Gebrauch von ihren Zauberkräften hatte machen müssen, war sie in dieser Hinsicht stärker denn je. Sie hatte gelernt, sie effizient einzusetzen und auf sich zurückzuleiten. Ihre Zauberkraft half ihr, das Boot über die Wogen zu ziehen, ohne ins Straucheln zu geraten, bis sie das funkelnde weiße Ufer erreichte. Ihr stiegen Tränen in die Augen, als das Tor im Dunst sichtbar wurde. Alles war noch da, so wie sie es verlassen hatte. Als wäre hier die Zeit stehengeblieben.

Doch sobald sie auf festen Grund trat, spürte sie, dass etwas anders war. Ein fremder Atem hatte die Luft in Schwingung versetzt. Fremde Schritte hatten Druck in den Boden gegeben. Jemand war auf der Burg gewesen und ... war es noch.

Aylen blieb äußerlich ruhig. Kein Muskel zuckte in ihrem sonnengegerbten, älter gewordenen Gesicht. Innerlich indes ließ sie alles Harte flüssig werden und alles Flüssige zu Dampf. Auf diese Weise spürte sie die geringsten Vibrationen ihrer Umgebung, ohne selbst durch Zauber wahrnehmbaren Widerstand zu leisten. Sie zog ihre durchnässten Schuhe aus, legte ihren Umhang ab und befahl Besen lautlos, hier auf sie zu warten. Dann ging sie hinein.

Der Hof lag verlassen da, weiß wie der Himmel darüber, so als würde Aylen ein Reich in den Wolken betreten. Die Türme blickten aus leeren Fenstern herab. Aber sie *sahen* sie. *Jemand* sah sie durch die leeren Fenster.

Sie stieg die schmale Treppe in denjenigen der vier Türme hinauf, in dem das fremde Leben am deutlichsten pochte. Sie hörte ein Knacken und Prasseln, je höher sie kam. Oben angelangt, schob sie die Tür aus Salzkristall auf und sah, dass ein Feuer im Kamin flackerte. Der Lichtschein tauchte den Raum in die Farben eines Sonnenuntergangs. Vor dem Kamin saß jemand an Aylens Schreibtisch, mit Aylens Teekessel und zwei Tonbechern vor sich.

Totema.

Auch der Zauberlehrling war älter geworden. Seine Brauenknochen und sein Kinn noch markanter, die Falten um seinen sinnlichen Mund tiefer, und das silberblonde Haar zog sich in den Ecken seiner Stirn bereits zurück. Er war immer noch hager, vielleicht sogar noch hagerer als zuvor, weil seine Schultern breiter geworden waren, ohne dass er Fleisch angesetzt hatte, und seine krumme Haltung ließ bereits erahnen, wie gebeugt er als alter Mann sein würde. Aber seine Augen erfüllte dieselbe schwere, tiefe Empfindsamkeit wie damals. Er lächelte nicht, als Aylen erschien, nur sein Blick wurde wärmer.

Aylen blieb wie angewurzelt stehen. Oder jedenfalls ließ sie es so aussehen. In Wahrheit trat sie unsichtbar von ihrem Bild im Raum zurück und ging hinter der Wand in Deckung. »Freut mich, dass der Tee noch gut ist.«

»Er ist ein wenig fad geworden, aber immerhin nicht schimmelig«, sagte Totema auf seine eigentümlich langsame Weise, so als kostete es ihn Kraft, sich zum Sprechen durchzuringen. Er machte nicht den Eindruck, als wollte er sie angreifen. Aber das hieß nicht viel. »Ich hoffe, du verzeihst, dass ich deine Sachen benutzt habe, um mir die Wartezeit bequemer zu machen.« Er wies mit seiner großen Hand auf die beiden Tonbecher. »Möchtest du Tee?«

Aylen überlegte, ob er sie vergiften wollte. Nach allem, was sie in den letzten zwei Jahren erlebt hatte, war einem Zauberer selbst der niederträchtigste Angriff zuzutrauen. Aber Totema hatte sich einst auf ihre Seite gestellt und sie vor seinem Meister beschützt.

»Ich bin ohne Schutzzauber hier«, sagte Totema und schenkte dampfenden Tee in die beiden Becher ein. »Ich habe alle Spiegelungen beim Betreten deiner Burg abgestreift, so wie dein Schutzbann es erfordert. Wenn du mich angreifst, werde ich mich nicht verteidigen. Ich bin nicht als dein Feind gekommen.«

»Als was dann?«

Er sah sie an. »Als ein Bewunderer. Als dein Schüler, wenn du willst.«

Aylen musste grinsen, und er grinste zurück. Sie grinsten einander an wie Eingeweihte, die eine Lüge durchschauten. Dann wurde Aylen allmählich klar, dass es womöglich keine Lüge war. Konnte es Totema ernst damit sein?

»Es fällt mir schwer, das dem Lehrling eines Erzmagiers zu glauben«, sagte sie.

»Ich bin kein Lehrling mehr. Rodred liegt im Sterben. Er hat mich zu seinem Nachfolger ernannt.«

Aylen hatte nicht gewusst, dass Rodred im Sterben lag. Sofern es denn stimmte.

»Es ist dein Fluch, der ihn dahinrafft«, fuhr Totema leise fort. »Je wütender er sich gegen die Ruhe auflehnt, mit der du ihn bei eurer Begegnung auf dem Meer belegt hast, umso schwächer wird er. Es scheint, als würde er an seinem eigenen Zetern ersticken. Sein Tod wäre leicht zu vermeiden, wenn er seine Gefühle unter Kontrolle hätte. Aber das hat er nicht. Ich kenne ihn. Er wird an deinem Zauber sterben.«

»Ich wollte ihm eine Lektion in Demut erteilen«, sagte Aylen, was stimmte.

»Das hast du. Doch er wird nicht daraus lernen.«

»Und du bewunderst mich? Die Mörderin deines Meisters?«

»Ja«, sagte Totema und schluckte. Seine Augen schimmerten. »Du bist die größte Zauberin unserer Zeit. Vielleicht die größte Zauberin aller Zeiten. Nicht, weil du das Wasser aller drei Zauberberge getrunken hast, sondern weil dir dieser kolossale Diebstahl überhaupt erst gelungen ist. Ganz ohne tradiertes Wissen. Ohne Ausbildung. Ohne Hilfe. Ohne einen Tropfen Tränenwasser zu Beginn.«

Aylen hätte sich früher nach dieser Art von Anerkennung gesehnt, erst recht von einem etablierten Zauberer. Einem baldigen Erzmagier sogar, wenn er die Wahrheit sagte. Aber der Wunsch nach Ruhm war in den Hintergrund getreten. Aylen hatte zu viel durchgemacht und zu viel Schuld auf sich geladen, um in der Zauberei noch Ruhm zu sehen.

Totema nahm einen Schluck Tee. Erst aus dem einen, dann dem anderen Becher, um zu zeigen, dass keiner vergiftet war. Er blickte nachdenklich auf das dampfende Getränk. »Ich habe deine Flugblätter gelesen. Ich habe versucht, alle zu bekommen. Dreiunddreißig sind in meiner Sammlung. Wie viele fehlen mir?«

Das überraschte Aylen. Sie hatte nicht nur gehört, sondern

mitunter mit eigenen Augen gesehen, wie die Könige der drei Völker ihre Schriften öffentlich hatten verbrennen lassen – und die Besitzer der Briefe gleich mit. Totema musste sein Leben riskiert haben, wenn er ihre Pamphlete wirklich gesammelt hatte, noch dazu auf dem Berg Faysah, unter der Nase des Erzmagiers.

Noch bevor Aylen etwas dazu sagen konnte, blickte Totema auf. »Du hast recht mit deiner Vermutung. Die Frauen in den Kristallen – Grabsteine nennen wir sie – müssen leiden, damit wir aus ihren Tränen unsere Zauberkraft schöpfen können. Es ist die Ehre und das Privileg eines Erzmagiers, die Frauen zu quälen, damit sie ihr Tränenwasser geben.«

Die Worte, obwohl leise gesprochen, hallten wie Donner in Aylens Ohren wider. Endlich bestätigte sich, was sie geahnt hatte. »Wie?«, brachte sie hervor. »Wer sind diese Frauen?«

Nun lächelte er wieder. »Du weißt wirklich wenig. Ich sage das mit Bewunderung, denn umso unglaublicher ist, was du geschafft hast. Die Frauen sind natürlich Drachen.«

Aylen war sich einen Moment nicht sicher, ob er sich über sie lustig machte. Aber Totema saß geduldig vor dem Tee, bis sie schließlich erwog, dass er die Wahrheit sagen könnte. Nach kurzem Zögern trat sie wieder in ihr Bild hinein und setzte sich Totema gegenüber. Sie studierte das Gesicht des Weißen Elfen, in dem keine Arglist zu erkennen war. Dann nahm sie einen Schluck Tee, der schwach nach Wiesenblumen und etwas stärker nach Staub schmeckte.

»Lange bevor es Erzmagier gab, hatten Hexen Zaubermacht. Große Zaubermacht«, begann Totema. »Um ehrlich zu sein, ist wenig über sie bekannt, und alles, was ich weiß, habe ich von Rodred. Der Legende nach verwandelten die Hexen sich in Drachen, um unbesiegbar und unsterblich zu werden. Jahrhunderte, wenn nicht Jahrtausende, herrschten sie grausam über die Völker. Dass sie auch einander bekämpften, war die Chance für die Unterdrückten. Vernichtete nämlich ein Drache einen anderen, wird nur der Drachenleib zerstört. Die Hexe bleibt in einem Kristallei erhalten. Solch ein Ei ist also nichts anderes als ein Unsterblichkeitszauber.

Mutige Männer brachten die Eier der besiegten Drachen dann in die Zauberberge, denn nur dort oben, wo die Erde in den Himmel tropfen will, vermag sie das Wachstum eines neuen Drachenleibes zu verhindern. Und das ist es, woran die Hexen in den Eiern leiden. Sie wollen sich einen neuen Drachenleib wachsen lassen und können nicht. Sie sind lebendig begraben, bis in alle Ewigkeit.«

»Dann stimmt es doch, dass die Erzmagier Drachen bewachen, die sonst über die Völker herfallen würden?« Aylen kniff die Augen zusammen. »Ich halte das für ein Märchen.«

»Es ist die Wahrheit. Nur nicht die ganze Wahrheit.«

»Wieso verleihen ihre Tränen Zaubermacht?«

Er musterte sie wieder halb mitleidig, halb bewundernd, weil sie so ungebildet war. Es wäre ihr lieber gewesen, wenn er sie verspottet hätte. Damit konnte sie umgehen. Aber so lief sie rot an wie ein junges Mädchen.

»Jede Zauberei entsteht durch einen Austausch zwischen den beiden großen Gegensätzen«, begann er und schob hinterher: »Wir nennen sie Götterlicht und Geisterschatten, hast du davon schon einmal gehört?«

Sie nickte knapp. Aber sie wusste darüber nur so viel wie die Bauern von Lepenthe.

»Nun, es sind die beiden ersten, grundlegenden Gegensätze, aus denen sich alle anderen Gegensätze, aus denen Tana besteht, ableiten lassen. Um ein Zauberer zu werden, muss man sie in den Dingen der Welt erkennen können. Die allermeisten Leute sind blind für sie. Oder besser gesagt, sie können sie nicht von ihrer oberflächlichen Erscheinung unterscheiden. Zum Beispiel gibt es die weit verbreitete Vorstellung, Männer seien Wesen des Götterlichts und Frauen Wesen der Geisterschatten. So verehren die einfachen Leute die großen Gegensätze als männliches und weibliches Prinzip, als väterliche Substanz und mütterlichen Geist. Aber es gibt kein Ding und kein Geschöpf in ganz Tana, das mehr zum Götterlicht oder mehr zu den Geisterschatten gehört. In einem Lebewesen ist immer ebenso viel Götterlicht wie Geisterschatten, ebenso viel Männliches wie Weibliches, ebenso viel Lebendes wie Totes, Vergängliches wie Ewiges. Aber das zu sehen – dass unter jeder Tatsache ihr Gegenteil liegt –, erfordert ein Talent, das die wenigsten haben, und vielleicht niemand auf so enorme Weise wie du.«

Es klang eher wie eine Feststellung als wie ein Kompliment, und es bedeutete Aylen nun auch nicht annähernd so viel, wie es ihr früher bedeutet hätte. Sie dachte daran, dass sie mit ihrer Theorie, dass alles ein Spiegelbild voneinander war, mehr oder weniger diese Wahrheit vor langem entdeckt hatte, und doch waren Götterlicht und Geisterschatten für sie immer nur Bezeichnungen für das Männliche und das Weibliche gewesen, so wie die *einfachen* Leute es eben glaubten.

»Alle haben gleich viel von den großen Gegensätzen in sich«, wiederholte sie nachdenklich. »Und doch nehmen Erzmagier nur junge Männer als Lehrlinge auf.«

»Auch Zauberer sind oft einfältige Leute. Was besonders unerträglich ist.« Er trank einen Schluck Tee.

»Zurück zum Tränenwasser«, erinnerte sie ihn.

Er nickte. »Alles will also in sein Gegenteil kippen und das zugleich verhindern, und dieser innere Widerspruch ist es, mit dem die Welt, das Leben und jede Zauberei anfängt. Die Drachen sind unsterblich, aber sie sind immer noch Wesen von Tana, dem Tag-Nacht-Reich, und nicht der Sphären der Ewigkeit. Ihr Zauber muss dem Gesetz der Gegensätze gehorchen. Darum haben die Drachen, um ihren Leib zu erhalten, Sterbliche gebraucht – Zauberer. Der Drachenleib ist reine Materie, reines Götterlicht. Um ihn zu erhalten, muss ein Drache beständig Geisterschatten schöpfen, das heißt unstofflichen Lebenswillen. Ein Zauberer ist jemand, der die Geisterschatten in sich und seiner Umwelt lenken kann. Daher waren die Drachen gehalten, sich auf eine Partnerschaft mit Zauberern einzulassen. Wie diese Partnerschaft aussah, kann ich nicht sagen. Es gibt keine Dokumente darüber, und glaube mir, ich habe die Bibliotheken von Faysah und zahllosen Fürsten und Königen danach durchforstet. Jedenfalls wandelte sich diese Partnerschaft. Und zwar in das, was wir heute kennen.

Noch immer herrscht zwischen den Drachen oder, besser gesagt, den Dracheneiern und den Zauberern ein Austausch von Götterlicht und Geisterschatten. Aber das Verhältnis ist umgekehrt. Die Unsterblichen sind unterdrückt, die Sterblichen an der Macht. Die Unsterblichen weinen Geisterschatten, die Sterblichen geben ihnen Götterlicht in Form der Felsen, die das Wachstum ihrer Drachenleiber vereiteln. Es ist ein Verhältnis von Herrschaft und Knechtschaft. Und wenn das, was wir heute haben, das Gegenteil ist von dem, was früher war ... dann hatten die Drachen und ihre Zauberer einst ein Verhältnis von Respekt und Vertrauen.«

Aylen schwieg. Sie glaubte Totema. »Wie kann man sie befreien?«

»Ich weiß es nicht«, sagte er schlicht. »Sobald ich zu Rodreds Nachfolger ernannt wurde und den Austausch mit den Drachen übernahm, habe ich es versucht. Aber ich konnte sie nicht aus dem Fels befreien. Darum bin ich hier. Weil ich hoffe, dass du einen Weg finden wirst. Mit deinem Talent und meinem Wissen haben wir eine Chance.«

Sprachlos lehnte sie sich zurück. Totema musste wissen, dass er ihr genau das anbot, wovon sie die letzten Jahre geträumt hatte. Es war zu schön, um wahr zu sein. Oder?

Sie trank ihren Tee in einem Zug aus und wischte sich über den Mund. »Was hast du davon?«, fragte sie.

Totema drehte nachdenklich den Becher in seiner Hand. »Kannst du dir vorstellen, wie es ist, das Weinen und die Schmerzensschreie der lebendig Begrabenen neun Jahre lang zu hören? Rodred hat behauptet, dass es nur noch Echos der Vergangenheit sind, aber das stimmt nicht. Das weiß jeder, der sie einmal in ihren steinernen Gräbern gesehen hat.«

Aylen biss die Zähne zusammen. Es war ein schöner Gedanke, dass das Leid der Frauen nicht echt war, mehr aber auch nicht.

»Ich will die Hexen von ihrem Leid befreien, so wie du«, sagte Totema langsam, als wollte er selbst die Aufrichtigkeit seiner Worte prüfen. »Aber mir geht es nicht wie dir darum, Rache an den Zauberern zu üben. Mir geht es mehr darum, dass ich … sehen will, welche Möglichkeiten es gibt. Die Zauberei der Erzmagier ist begrenzt. Sie sind gefangen in ihren Traditionen. Das hast du selbst gesehen. Ihr ganzes Bestreben zielt darauf ab, ihre Macht zu erhalten und zu hüten. Du als Außenseiterin hast gezeigt, wie viel mehr möglich ist. Niemand, von dem ich weiß, ist je durch den Raum geflogen wie du, indem er sich reglos gemacht hat. Wenn wir die Drachen entfesseln würden, denk nur, wohin wir mit ihnen kommen könnten! Die Geheimnisse des Lebens und des Todes liegen in den Dracheneiern wie Münzen in einem Brunnen. Wir könnten sie ans Tageslicht bringen.«

Obwohl er so überlegt gesprochen hatte wie immer, war seine Erregung kaum zu überhören gewesen.

»Also geht es dir um Macht. Weil du um deine Macht fürchten musst, wenn du mich zur Feindin hast«, schloss Aylen.

»Die Macht eines Erzmagiers hat keinen Wert für mich«, sagte Totema. »Darum fürchte ich nicht um sie. Die Ängstlichen streben nach Macht. Ich bin nicht ängstlich.« Er hielt inne, überlegte offenbar im Stillen, was er als Nächstes sagen wollte, und lächelte. »Ich will das Leben und den Tod ergründen. Und alle Sphären der Vergänglichkeit und der Ewigkeit.«

Aylens letzte Zweifel verflogen. Was er gesagt hatte, dachte man sich nicht als List aus. Denn wer sich ein solches Ziel vorstellen konnte, würde nach nichts Geringerem mehr streben. Sie setzte den Becher an die Lippen, ohne sich zu erinnern, dass er bereits leer war.

Totema beugte sich vor, um ihr nachzuschenken, und sie ließ es zu. Wasserdampf kräuselte sich zwischen ihnen. Aylens Gedanken überschlugen sich. Sie hatte sich Zugang zu allen drei Zauberbergen verschafft und dreimal das Tränenwasser der gefangenen Frauen – der Drachen – getrunken. Sie hatte jede Attacke und jede List der Zauberer überstanden, manche besser als andere. Und anscheinend hatte sie sogar Rodred fast umgebracht. Aber sie war es leid, allein zu kämpfen. Auch darum war sie heimgekehrt. Weil sie die Hoffnung noch nicht aufgegeben hatte, dass sich ihr Mitstreiter anschließen würden. Nur mit einem Zauberer hätte sie nie gerechnet – von einem künftigen Erzmagier ganz zu schweigen.

Totema beugte sich vor. Seine Schultern waren gebeugt wie bei einem großen Mann, der daran gewöhnt war, sich für andere kleiner zu machen. »Sicher hast du Hunger nach deiner langen Reise. Ich habe Doppelbackbrot der Zwerge und eingelegte Pflaumen mitgebracht. Und Sardinen gefangen.«

»Ich bin schon dabei zu verhungern«, sagte sie, und ihr knurrte der Magen. Sie musterte den Zauberer immer noch. »Du willst, dass ich nach allem, was passiert ist, mit dir nach Faysah gehe.«

»Ja.«

Sie schnaubte.

Totema blickte auf Aylens Hand. Unendlich langsam streckte er seine eigene aus und legte sie daneben. Fast als hätte er

Aylen berühren wollen und es sich im letzten Moment doch nicht getraut.

»Zauberin«, sagte er. »Wir könnten eine neue Welt erschaffen. Und nichts Geringeres will ich. Wenn du ablehnst, habe ich mit meinem Leben nichts mehr anzufangen. Dann wünsche ich mir nur, dass du deine Ziele erreichst. Verfahre mit mir, wie du willst.«

Aylen nahm noch einen Schluck Tee. Was für ein sonderbarer Mann. Aber schließlich musste sie schmunzeln. Dass der Nachfolger des Erzmagiers sie bitten würde, nach Faysah zu kommen – und dass sie es tun würde! –, das hätte sie sich nicht im Traum vorstellen können.

»Ich bin übrigens keine Zauberin«, sagte sie und verschränkte die Hände hinter dem Kopf. »Ich bin eine Hexe.«

21

AYLEN WOLLTE DIE Augen nicht öffnen. Alles fiel ihr wieder ein, da Nireka ihren Erinnerungen Leben einhauchte. Sie wollte in der Vergangenheit verweilen. Bei Totema. Sehen, wie sie und er reglos in den Lüften saßen und sich ihre Geheimnisse anvertrauten, während Erde und Himmel um sie rasten. Ein Zauberer und eine Hexe, einander ebenbürtig, aber so verschieden, dass sie in jeder Hinsicht das Gegenteil voneinander darstellten. Sie impulsiv und er besonnen, sie rebellisch und er taktisch, sie talentiert und er gebildet. Zwei Gegensätze bildeten etwas Vollkommenes. Darum waren sie zusammen unaufhaltsam gewesen. In jenen Tagen hatten sie nichts anderes als das gespürt – die Gewissheit, dass nichts so bleiben würde, wie es war, und dass die neue Zeit ihre Namen tragen würde: Aylen und Totema.

Sie öffnete die Augen und blickte in die sternenerfüllte Nacht. Ja, nichts war geblieben, wie es gewesen war. Doch sie hatten eine Ungerechtigkeit beendet, um eine noch viel grausamere in die Welt zu bringen. Und niemand erinnerte sich an ihre Namen.

»Was wurde aus Totema?«, fragte Nireka.

Aylen atmete tief durch. Aber der Schmerz ließ sich nicht wegatmen. Er wogte in ihr, wogte wie flüssiges Feuer, und fast wünschte sie sich zurück ins Dunkel des Vergessens. »Ich weiß es nicht«, sagte sie leise.

Ich glaube, sie haben ihn getötet.

Am nächsten Tag flogen sie über karger werdendes Terrain. Die Wälder blieben hinter ihnen zurück, und nur noch selten reckte sich ein Baum oder Strauch aus den Felsen. Doch es blühten Wiesen in allen Farben; violette Heudisteln und gelbe Butterprimeln und Federzweige, die sich wie Daunen im Wind wiegten. Und sie sahen Wildpferde.

»Schau!«, rief Nireka und klang fast wieder wie ein junges Mädchen.

Aylen flog tiefer. Es war eine Herde von fünfzehn, zwanzig Tieren. Sie preschten unter ihnen dahin, manche weiß, andere karamellfarben mit blonder Mähne.

»Sie sehen aus wie die Pferde des Königs der Zwerge«, rief Aylen gegen den Wind. »Es müssen Nachfahren der edlen Pferderasse sein, für die Koharat berühmt war. Hast du von Koharat je gehört?«

»Ich habe davon gelesen. Koharat hieß der Königshof des Zwergenvolkes, nicht wahr?«

»So ist es.«

»Warst du je dort?«

Eine vage Erinnerung blitzte in ihr auf. »Einmal, ja. Aber nicht als Gast, sondern als Gegner. Der Zwergenkönig hat natürlich zu den Erzmagiern gehalten.«

»Die Pferde sind wunderschön!«, rief Nireka, und fast schien es, als wäre sie vor Aylens Stimme in ihr zurückgewichen. Als wollte sie nicht noch mehr wissen, wofür sie Aylen hassen musste. »Bitte tu ihnen nichts!«

»Hatte ich nicht vor«, erwiderte Aylen verwundert.

Als der Abend kam, landeten sie auf einem Felsen, der noch sonnenwarm war. Es gab nicht viel, womit man hier ein Feuer machen konnte, von einem Abendessen ganz zu schweigen.

Während Nireka Zweige zwischen den kargen Büschen sammelte, behielt Aylen das Drachenei im Blick. Es war inzwischen weiter gewachsen und unförmiger geworden. Aylen spürte manchmal beim Fliegen, wie der Kristall sich in ihrer Klaue regte. Sabriel war in den goldenen und braunen Wolken kaum noch zu sehen, und Aylen wollte die Hexe auch nicht erkennen. Es tat weh, wie nah sie sich einmal gestanden hatten und wie bitter Aylen enttäuscht worden war ...

Noch dazu lag der Verdacht nah, dass Sabriel daran beteiligt gewesen war, Totema umzubringen. Nur so ließ sich erklären, warum er Aylen nicht erweckt hatte. Dass sie erst jetzt, viel zu spät, um ihn trauern konnte, machte es auf gewisse Weise noch viel schlimmer.

Vor Schmerz versuchte sie, nicht daran zu denken. Stattdessen konzentrierte sie sich auf die Hoffnung, es noch rechtzeitig bis Tahar'Marid zu schaffen und Sabriels Erwachen so zu verhindern.

Als Nireka mit Brennholz zurückkam, sah Aylen ihr sofort an, dass etwas nicht stimmte. Sie wartete darauf, dass Nireka etwas sagte, aber die schichtete schweigend das Holz auf und ignorierte Aylens Blick ebenso, wie sie Besen ignorierte, der misstrauisch um sie kreiste.

»Du musst hungrig sein«, sagte Aylen. »Ich werde auf die Jagd gehen.«

»Nein, schon gut.« Nireka wich zurück, damit Aylen das Holz anzünden konnte. »Ich habe mich den ganzen Tag nicht bewegt. Ich bin nicht schrecklich hungrig.«

Aylen hauchte Feuer ins Holz. »Vielleicht treibe ich etwas auf. Ich bin gleich wieder da.«

Nireka schien widersprechen zu wollen. Aber sie brachte nichts hervor. Seltsam. Aylen erhob sich in die Lüfte und ließ sich vom Wind tragen. Inzwischen gelang es ihr immer leichter so zu fliegen.

Nicht weit entfernt entdeckte sie in der Dämmerung Licht. Mehrere Lagerfeuer brannten im Schutz einer Klippe. Das war es also, was Nireka gesehen hatte und ihr verheimlichen wollte.

Aylen wurde bewusst, wie wenig die Halbzwergin ihr tatsächlich vertraute. Es war verletzend, aber Aylen verstand, warum sie nichts anderes erwarten durfte.

Sie kehrte zu Nireka zurück.

»Kein Glück bei der Jagd?«, fragte Nireka, ohne ihre Erleichterung verbergen zu können.

Aylen beschloss, es direkt anzusprechen. »Nicht weit von uns lagern Leute. Wollen wir hinfliegen? Dort bekommst du vielleicht etwas Besseres zu essen als eine Schlange.«

Nireka wich ihrem Blick aus. »Ich habe gehört, dass die Heimatlosen, die durchs Land ziehen und kein Versteck haben, sich mit ihren eigenen Klingen töten, wenn ein Drache naht. Damit sie einen schnellen Tod finden.« Sie biss sich auf die Lippe. »Lass mich erst allein hingehen. Dann erzähle ich ihnen von dir und dass sie nichts zu befürchten haben und hole dich, ja?«

Aylen missfiel es, ihre Quelle unbeaufsichtigt von sich weggehen zu lassen. Aber sie wollte, dass Nireka ihr vertraute. »In Ordnung«, sagte sie. »Ich warte hier.«

22

DER WEICHE TANNENNADELBODEN federte unter Nirekas Füßen, als sie sich den Lagerfeuern näherte, doch sie sah nicht, wohin sie trat. In der Dunkelheit zwischen den dünnen, hohen Bäumen fühlte sie sich fast körperlos. Als wäre sie ein Geist, der auf den Flammenschein bei den Klippen zuschwebte. Dann fiel ihr auf, dass die gespenstische Atmosphäre nicht nur von ihr ausging, sondern auch von dem Lager. Sie kam nicht darauf, was es war, doch etwas stimmte nicht.

Hunde begannen zu bellen und aufgeregt hin und her zu laufen, aber sie griffen nicht an. Nun tauchten zwischen den Klippen auch Gestalten auf. Soweit Nireka es beurteilen konnte, waren es Menschen, keine Zwerge. Sie kletterte ein paar Felsen empor und schritt in den Lichtkreis.

»Seid gegrüßt!«, rief sie. »Ich bin eine Wanderin und habe euer Feuer gesehen.«

Es dauerte einen Moment, ehe ein Mann mit fremdem Akzent erwiderte: »Sei gegrüßt, Wanderin. Woher kommst du, und wohin gehst du?«

Sie blieb stehen. Die Hunde liefen nervös zwischen ihr und den Leuten auf und ab, bellten aber nicht mehr. »Ich komme von Ydras Horn, einer der sieben Untergrundfestungen der Zwerge. Draußen auf den Inseln. Ich bin auf dem Weg nach Tahar'Marid.«

Die Leute schienen das nicht zum ersten Mal zu hören. Der Mann winkte sie herbei. »Du kannst mit uns lagern. Erzähle deine Geschichte.«

Es war nicht ganz leicht, ihn zu verstehen, denn die Worte klangen verkürzt und genuschelt. Aber er konnte nichts anderes gemeint haben. Auch die Art und Weise, wie die Leute zur Seite traten und zum Feuer wiesen, war eindeutig.

Nireka folgte ihnen. In der Spalte zwischen zwei Klippen hatte man notdürftige Behausungen aus Brettern und Ästen errichtet. Die Spalte reichte tiefer, als von außen ersichtlich war. Noch weit hinten im Dunkel flackerten Lagerfeuer und beleuchteten wackelige Holzbalkone, Schlafstätten und Männer, Frauen und Kinder aller Völker. Mochten die Bauwerke und die Fell- und Lederkleider der Leute auch ihre Armut verraten, über den Flammen hingen große Kessel, und der Essensduft ließ Nireka das Wasser im Mund zusammenlaufen. Am größten Feuer wachten zwei ältere Frauen über Tongefäße in der Glut. Sie bedeuteten Nireka, in der großen Runde Platz zu nehmen.

»Nireka«, sagte eine vertraute Stimme.

Sie blickte sich um. Aus der Menge am Lagerfeuer erhob sich ein Weißer Elf mit einem breitkrempigen Hut. Nireka sog scharf die Luft ein.

»Was machst du hier?«, fragten sie einander gleichzeitig.

Riwan grinste, und sein Hut schien ein wenig nach hinten zu rutschen. Es war der Zauberhut von Resa Schlangenfuß. Wieso trug er ihn? Nireka fiel auf, dass seine Augen einen fiebrigen Glanz von Schlaflosigkeit hatten, doch abgesehen davon wirkte er galant und verwegen wie bei ihrer letzten Begegnung.

»Ich bin ...« Sie hielten inne, weil sie wieder gleichzeitig gesprochen hatten, und fuhren dann im Einklang fort: »... auf dem Weg nach Tahar'Marid.«

Jetzt musste auch Nireka grinsen.

»Ihr kennt euch?«, fragte der Mann, der Nireka eingeladen hatte.

Sie schüttelte den Kopf, während Riwan sagte: »So gut, wie ein Mann und eine Frau sich kennen können.«

Nireka wollte im Erdboden versinken. Betretenes Schweigen setzte ein. Sie kauerte sich zwischen die Leute ans Feuer und stammelte: »Danke für eure Gastfreundschaft.«

»Hast du eine Schüssel?«, fragte eine der Köchinnen.

Da Nireka keine hatte, gab Riwan der Köchin die, die er am Gürtel trug. Nireka öffnete den Mund, wusste aber nichts zu sagen, als Riwan ihr zuzwinkerte. Die Leute begannen zu kichern. War ihr in Ydras Horn nicht aufgefallen, wie jung er war? Jetzt im Flammenschein kam er ihr vor wie ein Junge.

Die Köchin füllte die Schüssel mit klarer Brühe aus dem Kessel, und die andere Köchin legte Schmorfleisch, Zwiebeln und Rüben aus dem Tongefäß hinein. Sie reichten die Schüssel Nireka, die dankbar den Kopf senkte. Beim ersten Schluck entspannte sie sich. Zwar gab es kein Brot, und das Essen war viel weniger salzig als in Ydras Horn, aber allein die Tatsache, dass man ihr ein warmes Mahl schenkte, gab ihr ein Gefühl von Heimat.

»Du willst also nach Tahar'Marid«, meinte die jüngere der beiden Köchinnen. »Wurden deine Leute auch von dem goldenen Drachen gefressen?«

Nireka warf Riwan einen Blick zu und las in seiner Miene, dass ihm das passiert war. Darum trug er den Hut von Resa Schlangenfuß. Darum hatte Sabriel so lange auf sich warten lassen, dass Nireka Aylens Schlüpfen hatte erleben dürfen. Riwans Truppe hatte den Preis dafür bezahlt.

Er sah blinzelnd weg und lächelte jemandem zu, der in der Dunkelheit vorbeiging. Oder tat er nur so, als grüßte er jemanden, um Nirekas Blick auszuweichen?

Nireka schluckte. »Nicht ganz. Aber der goldene Drache war da, ja.«

»Er hat auch in unserer Gegend gewütet«, sagte die Köchin. »In letzter Zeit kamen viele Wanderer auf dem Weg nach Tahar'Marid hier vorbei. Wir teilen unser Essen mit jedem. Aber wir finden es nicht richtig, dass Leute unter der Herrschaft eines Drachen leben. Was die Bewohner von Tahar'Marid tun, ist eine Schande!«

»Ich stimme euch zu«, sagte Nireka. Die Menschen sahen sie verwundert an. Sie leerte ihre Schüssel, dann zog sie die Knie an die Brust und schloss ihre Hände um ihre nackten Füße, um sie zu wärmen. »Ich gehe nicht nach Tahar'Marid, um ein bequemes Leben zu führen und dem Drachen dafür meine Nachbarn, Freunde oder Verwandten zu opfern. Ich will die Spuren der Vergangenheit nachverfolgen. Denn es gab nicht immer Drachen. Und vielleicht muss es nicht für immer Drachen geben.«

Ein Raunen ging durch die Menge, und dann redeten alle durcheinander.

»Die Lösung ist bereits bekannt«, sagte irgendwo jemand. »Die Drachen wären längst ausgehungert, wenn alle mitmachen würden!«

»Sie fressen ja nur die Unreinen«, meinte ein anderer.

»Wenn die Geisterschatten von niemandem mehr Besitz ergreifen würden, hätten die Drachen nichts mehr zu fressen«, sagte ein Dritter.

Zustimmung kam von allen Seiten.

»Was meint ihr?«, fragte Nireka.

Die alte Köchin begann zu sprechen, und alle verstummten. »Dies ist die Stadt der Stille. Wir haben hier schon vor langer Zeit alles aufgegeben, was uns mit Geisterschatten beschmutzt. Musik, Tanz, Malerei, all die lasterhaften Vergnügungen sind gefährlich. Sie locken Geisterschatten an. Und Geisterschatten locken Drachen an.« Die Alte blickte auf, und ihre hellblauen Augen fixierten Nireka. »Seit ich ein Kind bin, hat es nicht mehr als vier Besessene unter uns gegeben.«

Endlich begriff Nireka, was ihr an dem Lager seltsam vorgekommen war: Es gab keine Musik. In Ydras Horn verging keine Mahlzeit ohne Sithra- und Flötenspiel, keine Arbeit ohne Gesang, und an den Abenden tanzten mindestens die Kinder und jungen Leute. Nireka ließ den Blick über die Versammelten schweifen, die Feuerstellen und Bauwerke tiefer zwischen den Klippen. Wie zahlreich die Bewohner der Stadt der Stille waren, ließ sich schwer abschätzen, aber es mussten mehr als tausend sein, vielleicht sogar sehr viel mehr, wenn die Siedlung noch tiefer unter die Erde ging. Vier Besessene im Lauf des Lebens der alten Frau – das wäre selbst dann erstaunlich gewesen, wenn ihre Siedlung nur hundert Einwohner gezählt hätte.

»Ich wusste nicht, dass alles Schöne Geisterschatten anlockt«, sagte Nireka. »Seid ihr sicher?«

»Die Erfahrung gibt uns recht«, erwiderte die Alte schlicht. »Und es ist ein Preis, den wir bereitwillig zahlen. Die Leute in Tahar'Marid leben schlimmer als Wölfe, denn jeder würde jeden ans Messer liefern. Ihr Zwerge von den Inseln versteckt euch unter der Erde wie die Kaninchen und könnt euch eurer Ernte nie sicher sein. Aber wir werden von den Drachen einfach nicht bemerkt, obwohl wir durch die Wälder streifen und sogar Äcker anlegen und Schweine halten.«

Nireka nickte nachdenklich. »Es stimmt, wir in Ydras Horn sehnen uns nach Sonnenlicht, immerzu. Aber dafür haben wir Musik und schöne Dinge, so viel das Herz begehrt. Ich bin damit aufgewachsen und kann mir ein Leben ohne diese Freuden nicht vorstellen.«

»Und ihr habt Besessene«, schnaubte ein Mann verächtlich.

»Das stimmt. Dann warten und hoffen wir, dass die Geisterschatten wieder verschwinden. Meistens tun sie das. Und wenn nicht, ... dann haben wir immer noch unsere Musik und unsere Tänze, um uns aufzumuntern.«

Ein paar Leute schüttelten die Köpfe. Jemand sagte: »Und wegen dieser Besessenen werdet ihr immer wieder von Drachen belagert. Das ist allen anderen gegenüber nicht gerecht.«

»Ich finde es gerecht«, widersprach Nireka ruhig. »Wir halten zusammen, der Stärkste mit dem Schwächsten.«

Schweigen senkte sich auf die Runde, da ihr offenbar niemand widersprechen und sie damit vor den Kopf stoßen wollte. Nireka hörte die Grillen zirpen und das Feuer knacken und konnte nicht anders, als mit Stolz an die Lieder ihrer Heimat zu denken, die eine so trostlose Stille nie hätten aufkommen lassen.

Aber sie mochte diesen hochmütigen Gedanken nicht, und sie ahnte, dass er ihrer Verunsicherung entsprang. Denn eigentlich wusste sie nicht, ob das Leben in Ydras Horn so viel besser war als das in der Stadt der Stille. Je länger sie darüber nachdachte, umso weniger konnte sie sich für beide erwärmen, und vor Bitterkeit wurde ihr die Brust eng.

Doch es gab Hoffnung ... Aber Nireka zögerte noch, Aylen zu erwähnen.

Riwan begann leise zu lachen. »Wo hast du deine Schuhe gelassen? Willst du barfuß nach Tahar'Marid wandern?«

Andere ließen sich von seinem Lachen anstecken. Aber Verunsicherung stand in ihren Augen. Was brachte sie auf die Idee, es könne eine Welt ohne Drachen geben? Nireka sah förmlich, wie sich diese Frage hinter mancher gerunzelten Stirn bildete.

»He, Mattia«, rief Riwan und winkte einem Mädchen, das hinten vor den Holzverschlägen saß. »Kannst du einer Freundin von mir ein Paar Schuhe geben?«

Zu Nireka sagte er: »Komm mit«, und etwas in seinem Blick gab ihr zu verstehen, dass es um mehr als Schuhe ging.

»Danke für das Mahl«, sagte sie zu den Köchinnen, stand auf und folgte ihm tiefer hinein in die Schlucht.

»Fang nicht an, mit ihnen über ihre Lebensweise zu diskutieren«, murmelte er ihr im Gehen zu. »Sie sind nett, solange du ihnen nicht widersprichst.«

»Wie lange bist du schon bei ihnen?«

»Ein paar Tage. Ich war vorher bereits öfter hier. Man kann sich keinen freudloseren Ort vorstellen. Das heißt, solange du nicht da bist.« Riwan zwickte ihr in den Hintern, und Nireka sprang zur Seite.

»Was zum ... Mach das nie wieder!«, sagte sie.

Ihre Reaktion ließ ihn nur breiter grinsen. Er wies eine wackelige Holzstiege hinauf und wollte ihr den Vortritt lassen, aber Nireka zögerte. Also ging er zuerst und sie hinterher. Unter den Gebäuden fraßen Schweine die Abfälle, die anscheinend oben durch die Bretterböden geworfen wurden. Oben saßen Leute in kleinen Kammern um Fettlampen, redeten, schliefen, spielten Würfel oder waren in Handarbeiten vertieft.

Riwan trat zu dem jungen Mädchen, das inzwischen aufgestanden war, flankiert von ihren zwei Freundinnen oder Schwestern, und umarmte sie flüchtig. »Das ist Nireka. Sie ist eine Gelehrte und will in Tahar'Marid herausfinden, ob es einen Weg gibt, Drachen zu besiegen.«

Die Mädchen starrten Nireka an und schienen unentschlossen, ob sie Mitleid oder Bewunderung für sie empfinden sollten.

»Hallo«, sagte Nireka.

Mattia schien kurz zu überlegen, dann lächelte sie. »Wenn du eine Freundin von Riwan bist, bist du meine Freundin.« Sie fasste Nireka bei der Hand. »Meine große Schwester ist im Kindbett gestorben. Ich will dir Sachen von ihr geben!« Sie zog Nireka auf dem schmalen, bedenklich wackelnden Gerüst hinter sich her und in eine Art Hütte, deren Boden aus zusammengebundenen jungen Baumstämmen bestand. In einer Ecke lag eine alte Frau und schlummerte, daneben eine jüngere mit einem Neugeborenen. Riwan wartete draußen.

»Wenn bei uns jemand stirbt, verschenken wir immer die Schuhe«, erklärte Mattia im Flüsterton, um sie nicht zu wecken. »Damit jemand für die Tote weitergeht. Und du scheinst einen weiten Weg vor dir zu haben.«

»Das ist sehr lieb von dir. Tut mir leid, dass du deine Schwester verloren hast«, flüsterte Nireka zurück.

»Hast du auch Geschwister?«

»Ja, eine Schwester. Sie heißt Patinka und war wie eine Mutter für mich.«

Aus einer schlichten Truhe holte Mattia gute lederne Stiefel, die nur ein wenig zu groß für Nireka waren. Mattia gab ihr auch lederne Beinkleider, die fürs Reiten gemacht und viel robuster waren als Nirekas alte Kleider, dazu eine Wolltunika und einen warmen Umhang mit Kapuze. Nireka war ergriffen von der Freigiebigkeit des Mädchens – von allen drei Mädchen, die sich regelrecht darin überboten, die besten Stücke in der Truhe zu finden, um sie Nireka zu reichen.

»Deine Haare sind so kurz, aber du kannst dir vielleicht trotzdem ein Band von Isba hineinflechten«, flüsterte Mattia und fing schon damit an, während Nireka noch damit beschäftigt war, in die neuen Hosen zu steigen. Kichernd halfen die Mädchen ihr, das Gleichgewicht zu halten und die Kleider zu wechseln, während Mattia ihr das Band in die Haare wickelte.

Nireka sah, dass Tränen in Mattias Augen glänzten, aber sie lächelte. »Isbas kleiner Sohn hat überlebt«, flüsterte sie. »Ich werde mich um ihn kümmern, so wie deine große Schwester sich um dich, als ...«

Die Alte im Hintergrund begann aufgeregt zu reden, und die junge Frau neben ihr schrie auf. Ihre Blicke waren auf Nireka gerichtet. Mit dem nun weinenden Baby in den Armen sprang die junge Frau auf und eilte aus der Hütte. Draußen rief sie etwas, wieder und wieder. Wegen ihres Dialekts war es für Nireka nicht zu verstehen, aber sie konnte sich auch so denken, was die Frau schrie.

Die Mädchen wichen vor ihr zurück. Nireka sah an sich herab. Unter den noch offenen Kleidern flossen Schatten und bleiche Lichtschemen über ihre Haut.

»Dämon«, krächzte die Alte. »Dämon, weiche!«

Alle Gegenstände in der Hütte kippten gleichzeitig um. Die Truhe voller Kleider, die Körbe mit Essen und Werkzeug, der Wasserkrug, die Fettlampe. Das Feuer schnappte nach den Wänden aus Zweigen, und innerhalb von Sekunden brannten sie lichterloh. Mattia und die beiden anderen Mädchen versuchten, es auszutreten, doch das Feuer schoss mit übernatürlicher Kraft in die Höhe und versengte ihnen die Haare.

»Rennt!«, schrie die Alte. »Rettet euch!« Sie huschte nach draußen. Ihr Rücken war so krumm, dass sie mit den Händen fast den Boden berührte.

»Es tut mir leid«, stammelte Nireka. »Ich … Es ist keine Absicht!«

Die Mädchen flohen. Nireka versuchte, das Feuer auszutreten, aber es hatte sich bereits an der Wand zum Dach hochgefressen. Sie hustete. In einem verzweifelten Versuch hob sie eins der Schlaffelle auf und warf es über die Flammen. Funken sprühten. Rauch wallte auf und raubte ihr den Atem. Sie musste raus.

Sie stolperte Riwan in die Arme, der in die Hütte gerannt war, um sie zu suchen. Schatten glitten über sie. Waren es nur die der Leute, die angelaufen kamen, oder ihre eigenen?

»Bleib auf Abstand«, hustete Nireka. »Ich kann es nicht beherrschen …«

Riwan zog sie hinter sich her aus der Hütte und über den Steg. Das Gerüst drohte einzustürzen, so sehr wackelte es.

»Da hoch.« Er wies eine Stiege an der Felswand hinauf.

Aus den aufgeregten Rufen ringsum glaubte sie eine Stimme herauszuhören, die forderte: »Bringt sie um!«

Ein Pfeil schoss an ihr vorbei. Sie warf einen Blick über die Schulter und erkannte den Mann aus der Runde am Lagerfeuer, der sie eingeladen hatte. Mit ernster Miene zog er einen weiteren Pfeil aus seinem Köcher, legte ihn auf die Sehne und zielte.

Nireka hechtete von der Stiege in eine Hütte – gerade rechtzeitig. Das Geschoss zischte an ihrem Ohr vorbei und blieb in der Wand stecken.

»Tötet sie!«, schrie jemand. »Schnell!«

So also ging man in der Stadt der Stille mit Besessenen um. Und dann hielten sie sich für besser als die Bewohner von Tahar'Marid!

»Komm!«, rief Riwan.

Sie flohen durch die Hütte und über einen Steg in ein Gewirr aus Holzgerüsten voller Menschen, Zwerge und Elfen. Leute schleuderten Sachen nach ihnen – Abfälle und Brennholz und sogar einen Tonkrug. Nireka hob die Arme, um ihren Kopf zu schützen, aber der Krug traf sie am Bein und ließ sie vor Schmerz aufstöhnen. Sie fiel auf die Knie, rappelte sich wieder auf und folgte Riwan in eine Felsnische, in der Wasser rann.

»Tiefer rein«, sagte er atemlos. »Durch das Wasser. Da ist ein Weg.«

Hinter ihnen hallten aufgebrachte Stimmen herein. Nireka tastete sich durch die feuchte Dunkelheit. Die Felsen schienen immer näher zu rücken. Sie zwängte sich unter dem eiskalten Rinnsal hindurch, und die Wände waren nun so eng beieinander, dass sie sich seitlich voranschieben musste. Dann gelangte sie an einen Ort völliger Finsternis, doch wenigstens war hier mehr Platz.

»Halte dich rechts.« Obwohl Riwan flüsterte, erfüllte seine Stimme den unbekannten Raum.

Nireka tastete sich an den unebenen Felsen entlang. Die Decke wurde niedriger. Sie musste sich gebeugt halten und auf allen vieren über feuchtes Geröll klettern. Endlich verlieh ein bleicher Hauch Mondlicht den Steinen Umrisse. Sie kamen auf einen schmalen Felsvorsprung. Ein Hang fiel unter ihnen in den Wald ab, wo Nadelbäume ihre Wipfel wiegten.

»Da sind sie!«, schrie jemand über ihnen. Lichter schwankten herbei. Geschosse zischten von der Klippe herab.
»Wartet«, japste Nireka. »Wir wollen doch gehen!«
»Unreine! Euretwegen gibt es die Drachen!«
Nireka und Riwan wichen zurück in die Höhle. Doch hinter ihnen näherten sich nun auch Stimmen und Lichter. Sie waren umzingelt.
Da erzitterte die Erde. Gellende Schreie erschollen draußen. Die Nacht erstrahlte in einer Feuersbrunst.
Riwan klammerte sich an Nireka und zog sie zu Boden, doch sie wollte nach draußen.
»Komm«, sagte sie jetzt zu ihm. »Vertrau mir!«
Sie konnte ihn nicht mit sich ziehen, aber er ließ sie widerwillig los. Sie trat auf den Vorsprung hinaus. Warmer Wind strich über sie hinweg. Er roch nach Heu und getrockneten Wildblumen. Wie konnte der Atem eines Drachen so gut riechen?
Nireka blickte auf, und Aylen neigte sich von oben herab, als würde die Nacht selbst sich schützend um sie legen. Hinter den glänzenden schwarzen Schuppen, die das Mondlicht reflektierten, hörte sie Geschrei und Hundegebell.
»Bist du verletzt?«, fragte der Drache.
»Ich glaube nicht«, sagte Nireka. Aber sie zitterte, als sie in seinen Nacken klettern wollte. Er schob seine Schnauze unter ihren Arm und half ihr auf. Durch eine sanfte Kopfbewegung ließ er sie über seine Stirn rutschen, bis sie zwischen seinen Hörnern saß und sich festhalten konnte. »Wir müssen noch jemanden mitnehmen. – Riwan, komm!«
Riwan starrte sie kreidebleich aus der Höhle an.
»Ich kann alles erklären«, sagte sie. »Beeil dich!«
Er sah sich noch einmal um. Schließlich traf er eine Entscheidung, taumelte aus der Höhle, ergriff ihre Hand und ließ sich von ihr in den Drachennacken ziehen. Als er hinter ihr saß,

klammerte er sich so fest an das Horn vor ihr, dass er sie beinah erdrückte.

Der Drache richtete sich auf. Nireka konnte jetzt die Schlucht von oben sehen. Durch die obersten Stockwerke der Gebäude schien ein Wirbelsturm gefegt zu sein. Leute flohen in die Tiefe.

Aylen breitete die Flügel aus und erhob sich mit einem Sprung in die Lüfte. Riwan stieß einen Schrei aus. Die Welt unter ihnen verschwamm, und dann gab es nur noch sie und den rauschenden Himmel.

23

ALS SIE GELANDET waren, blieb Riwan so reglos, dass Nireka fast gewaltsam seine Arme, die sie umrahmten, lösen musste.

»Ich werde es dir erklären«, sagte sie.

»Ein Drache«, flüsterte er.

»Ein Drache, der noch nie jemanden gefressen hat.« Nireka kletterte hinunter, wobei sie ein Stöhnen unterdrückte. Ihr Oberschenkel schmerzte, wo sie von dem Krug getroffen worden war.

Riwan überwand sich und sprang ab, nur um sofort so viel Abstand zwischen sich und den Drachen zu bringen wie auf dem Felsplateau möglich.

»Vorsicht«, sagte Aylen und wies mit einer Klaue hinter ihn.

Er drehte sich um und schnappte nach Luft, als er das goldbraune, matt glosende Kristallei sah, gegen das er beinah gestoßen wäre. »Was ist das?«, fragte er atemlos. »Da-da-da ist jemand drin!«

»Der goldene Drache«, sagte Nireka. »Das ist, was sich in seiner monströsen Gestalt verbarg.«

Als wären diese Worte nicht schwer genug zu verarbeiten, kam nun auch noch Besen hinter dem Drachenei hervor und strich misstrauisch um Riwan herum.

Doch bei seinem Anblick schien Riwan nicht noch verzweifelter zu werden. Im Gegenteil, er atmete auf. »Ein Zauberbesen«, sagte er, beinah erleichtert, dass wenigstens eine Sache da war, die er bedenkenlos mögen konnte. Er streckte die Hand aus, als wäre Besen ein Tier, das an ihm schnuppern durfte.

Zu Nirekas Überraschung kam Besen tatsächlich zu ihm und schmiegte seinen Stiel in Riwans Hand, so dass Riwan lächeln musste. Auch sein Zauberhut neigte sich zu Besen herab, und Besen stupste neugierig gegen die Krempe. Nireka warf Aylen einen Blick zu, doch der Drache zeigte, anders als ihr magischer Begleiter, keine Begeisterung für ihren Gast.

Nireka setzte sich an das Lagerfeuer, das immer noch brannte, und der Drache legte sich in einem Halbkreis um sie, damit sie vom Wind geschützt war.

Wer ist der Kerl?, fragte Aylen.

Ein Bekannter, sagte Nireka und hoffte, dass die anderen Bezeichnungen, die ihr in den Sinn kamen und die ebenfalls zutrafen, nicht von Aylen gehört wurden. *Er hat mir geholfen zu entkommen. Darf ich ihm von unserem Vorhaben erzählen?*

Verrate ihm auf keinen Fall, wie ich heiße. Auch Sabriels Namen nicht.

Nireka nickte, sich der Gefahr bewusst. »Setz dich«, sagte sie zu Riwan.

Zögerlich gehorchte er. Besen lehnte sich gegen seine Schulter, und Riwan streichelte ihn ein wenig, vermutlich auch, um sich selbst zu beruhigen, während Nireka ihm alles erzählte: von ihren Geisterschatten und ihrer Flucht aufs Meer hinaus, von dem weißen Turm voller magischer Botschaften an den Wänden und dem Drachenei, vom Angriff des goldenen Drachen und ihrem Beschluss, ihn in den Zauberberg zu verbannen, damit er nicht wieder schlüpfte.

Riwan hörte zu, ohne sich anmerken zu lassen, was er von alldem hielt. Nur sein Blick glitt zwischen Nireka und dem Drachen, dessen Namen sie ihm nicht verriet, hin und her, als müsste er sich immer wieder vergewissern, dass er tatsächlich beide vor sich sah.

Als Nireka geendet hatte, schwieg er immer noch und betrachtete den inzwischen kaum noch als Ei auszumachenden

Stein, in dem Sabriel ihren ewigen Schlaf hielt. Endlich fragte er: »Kennst du die Namen aller Drachen?«

Nireka brauchte einen Moment, ehe sie begriff, dass die Frage nicht an sie, sondern an Aylen gerichtet war.

Aylen antwortete: »Nur von dreien. Aber die restlichen werden wir noch herausfinden. Oder wir besiegen sie so, einfach im Kampf.«

»Dafür bist du nicht stark genug«, sagte er, ohne zu zögern. »Ich habe den Giganten von Tahar'Marid gesehen. Er ist ... viel größer als du.«

»Wir werden sehen«, erwiderte Aylen ungerührt.

Wieder schwieg Riwan lange, ehe er fragte: »Wenn dieses Drachenei und vielleicht sogar noch weitere in den Zauberberg eingeschlossen werden, dann ist es wie früher. Wird es dann auch wieder Zauberer geben?«

Nireka schluckte. Er war scharfsinnig. Aufmerksam blickte sie zu Aylen.

»Nein«, sagte Aylen. »Ich habe geschworen, dass die Ewigen nicht mehr leiden müssen, damit andere aus ihren Tränen Zaubermacht gewinnen. Ich werde sie wieder in den Berg einschließen, aber ich werde nicht zulassen, dass jemand sie erweckt. Ihre Namen müssen für alle Zeit vergessen werden.«

Ihre Namen, dachte Nireka im Stillen. Solange die Dracheneier in einem Zauberberg von Fels umschlossen waren, konnten die Drachen nicht schlüpfen, das war ihr klar. Doch sie hatte nicht gewusst, dass man die Ewigen trotzdem mit ihren Namen erwecken konnte und ihre Tränen dann Zaubermacht spendeten. Aylen hatte ihr das Geheimnis der Zauberei verraten, ohne es zu bemerken.

Begriff auch Riwan, was ihm soeben offenbart worden war? Seine Miene gab nichts preis.

»Einst habe ich die Drachen von Faysah befreit, um eine gerechtere Art von Zauberei zu ermöglichen«, fuhr Aylen fort.

»Ich war die Quelle der drei – die Quelle auch des goldenen Drachen, dessen Erwachen ich jetzt um jeden Preis vereiteln muss. Sie waren ... meine Schwestern. Meine Mütter. Aber sie haben sich nicht mit mir zufriedengegeben. Sie wollten mehr, als ich ihnen freiwillig geben konnte. Und anscheinend sind die anderen Drachen, wer auch immer sie sind, ihrem Beispiel gefolgt. Dass sie Leute fressen, statt eine Verbindung mit ihnen einzugehen und sie als Quelle zu nutzen, ist meines Erachtens kein Grund, ebenso grausam gegen sie zu sein, wenn wir sie besiegt haben. Es ist heute wie damals mein Ziel, alle Zauberei zu beenden, die auf Ausbeutung beruht. Um dieses Ziel zu erreichen, habe ich mich selbst in das verwandelt, was ich am meisten gefürchtet habe. Ich werde nicht zulassen, dass mein Opfer vergebens war.«

Riwan hatte ein Stöckchen aus dem Feuer gefischt und zerfasert. Nun warf er die Holzstränge in die Flammen und zuckte die Schultern. »Von mir aus.«

Aylen lachte. Es klang, als würde sie mit Felsbrocken gurgeln. »›Von mir aus‹? Sehr großzügig von dir, aber dein Einverständnis ist mir gleichgültig, Elf.«

Er blickte wieder ins Feuer. Dann schüttelte er langsam den Kopf. »Ganz und gar nicht. Du brauchst mich.« Besen rückte von ihm ab, das Reisig gespreizt, aber mit einem leisen Schnalzen zog Riwan ihn wieder an sich und strich das Reisig glatt. »Glaubt ihr zwei, es versuchten nicht immer wieder Drachen, die Landstriche um Tahar'Marid zu überfallen? Sie wittern die Opfer, die dem Giganten gebracht werden. Dutzende, manchmal Hunderte Besessene, die darauf warten, gefressen zu werden. Aber der Gigant besiegt alle Eindringlinge an den Grenzen. Ich habe es einmal mit eigenen Augen gesehen. Er hat einen Drachen in der Luft zerrissen, der dreimal so groß war wie du.«

Aylen schnaubte Rauch. »Und inwiefern willst du mir nützlich sein?«

Riwan stützte sich auf Besen und wirkte mit einem Mal wieder sehr jung, vielleicht, weil sein Lächeln so vollkommen arglos war. »Ich kenne einen Geheimweg in den Zauberberg.«

»Ich brauche keinen Geheimweg!«, polterte der Drache.
»Wo finden wir den Weg?«, fragte Nireka ruhig.
»Ich werde ihn euch zeigen.«
Die Vorstellung, ihn mitzunehmen, ließ Nireka innerlich erstarren. Ihre Hände wurden eiskalt und feucht, und das Herz schlug ihr bis zum Hals.
»Und was willst du dafür?«, fauchte Aylen. »Ein wenig Zauberkraft, hm? Auf Kosten der Ewigen?«
»Ich will, dass der goldene Drache nie wieder erwacht«, sagte Riwan schlicht und blickte zu dem schimmernden Stein hinüber. »Und wenn ihr den Kampf gegen den Giganten von Tahar'Marid überlebt, um noch mehr Drachen zu besiegen und wegzuschließen, umso besser.«
Aylen schien außer sich. Aus ihren Nüstern quoll Rauch. Doch sie schwieg.
Zumindest für Riwan. Innerlich hörte Nireka die lautlose Stimme fragen: *Wer ist der Kerl? Kann man ihm trauen?*
Ich weiß es ehrlich nicht, erwiderte Nireka. *Aber dass er Sabriels Erwachen verhindern will, glaube ich ihm.*
Aylen musterte ihn aus schmalen Augen. *Oh, bei allen guten Geistern. Er ist in dich verliebt.*
Nireka lief rot an.
»Was?«, fragte Riwan, der ihr Erröten bemerkte. »Was ist denn dein Grund, dem Drachen zu helfen, wenn wir jetzt alle unter Generalverdacht stellen?«
»Derselbe wie deiner«, sagte Nireka.
»Gut. Dann sind wir uns einig.« Er klopfte Besen auf den

Reisig, dann legte er sich hin und der Hut faltete sich von selbst unter seinem Kopf zu einem kleinen Kissen zusammen. »Ich bin hundemüde. Gute Nacht.«

Nireka und Aylen sahen einander ratlos an.

Immerhin hast du heute Abend etwas Warmes zu essen und gutes Schuhwerk bekommen, meinte Aylen und wandte den Kopf in die andere Richtung.

Nireka fand kaum Schlaf. Es war merkwürdig, so nah bei Riwan zu liegen, dass sie seinen Fuß mit ihrem hätte berühren können, und zugleich diese Distanz zu wahren. Noch dazu hatte sie den Verdacht, dass sie ohnehin nicht vor Aylen würde verheimlichen können, was zwischen ihnen vorgefallen war. Selbst wenn Aylen es jetzt noch nicht wusste – Riwan würde sich bestimmt noch damit vor dem Drachen brüsten. Nireka hätte vor Scham im Erdboden versinken mögen, zumal sie wusste, dass es zu einer Frau ihres Alters nicht mehr passte, sich für diese Dinge dermaßen zu schämen.

Im Morgengrauen begann sich Riwan zu regen. Er streckte sich, stand auf und pinkelte nicht weit entfernt in einen Strauch, und Nireka fühlte, wie vor Nervosität Licht und Schatten über ihre Haut schillerten.

Was ist los?, fragte Aylen.

Nichts.

Der Drache linste aus einem Auge auf sie herab. *Du bist doch nicht etwa in den Knaben verschossen?*

Natürlich nicht. Ihr war schlecht.

»Du leuchtest«, bemerkte Riwan im Flüsterton, als er hinter dem Busch hervorkam, und blieb stehen. Geisterschatten waren unberechenbar; es war besser, Abstand zu Besessenen zu wahren.

»Hab keine Angst«, flüsterte Nireka zurück, obwohl sie wusste, dass der Drache nicht schlief und deshalb auch nicht von ihren Stimmen geweckt werden konnte. »Meine Geisterschatten werden abgeschöpft von ...«

Abrupt hob der Drache den Kopf und funkelte sie an. *Wenn du je meinen Namen vor ihm nennst, muss ich ihn umbringen.*

Nireka erschauderte. Noch nie hatte Aylen so laut und so scharf in ihr gesprochen. Und das, während sie aus ihr schöpfte. Nirekas erster Impuls war, sich zu verschließen. Aber damit wäre niemandem geholfen.

Zögerlich kam Riwan näher, als die Geisterschatten an Nireka verschwanden. »Ihr seid wirklich auf eine zauberische Art miteinander verbunden«, murmelte er. »Wie fühlt es sich an?«

»Wie Liebe«, hauchte Aylen.

Nireka hörte den ironischen Unterton, aber sie war nicht sicher, ob Riwan das auch tat. »Lasst uns aufbrechen«, schlug sie vor und kletterte in Aylens Nacken.

Sie flogen weiter gen Westen. Schier endlos erstreckten sich die Nadelwälder unter dem Himmel, durchbrochen nur von Flüssen und von schmalen, tückischen Schluchten. Nireka fror nicht mehr so sehr wie in den letzten Tagen, weil die neuen Kleider sie wärmten und vor allem weil Riwan nun hinter ihr saß, seine Arme um sie geschlungen, um sich am Horn vor ihr festzuhalten. Sie gewöhnte sich nicht daran, ihm so nah zu sein; sie konnte die ganze Zeit an nichts anderes denken. Ihr Herz begann zu rasen, wenn der Wind seine in Holzperlen eingefasste Haarsträhnen gegen ihren Nacken schlug. Ob er auch an ihre gemeinsame Nacht dachte? Sicher nicht so pausenlos wie sie.

Warum verschließt du dich vor mir?, fragte Aylen.

Tu ich nicht, erwiderte Nireka sofort.

Daraufhin sagte Aylen nichts mehr, was in gewisser Weise beunruhigender war als offener Widerspruch.

An diesem Abend rasteten sie zwischen den dicken Wurzeln von Nadelbäumen an einem Fluss, der über Felsvorsprünge strömte. Aylen erlegte für sie einen großen Vogel, den sie noch in der Luft röstete, und zündete ihnen ein Lagerfeuer an.

Riwan schnupperte, als die Flammen an den Zweigen entlangzüngelten. »Dein Atem stinkt nicht nach Verwesung, wie es Drachen sonst nachgesagt wird.«

»Danke.«

»Liegt das daran, dass du noch nie jemanden gefressen hast?«

»Vielleicht.« Aylen überlegte. »Der goldene Drache stank bestialisch, als ich ihn besiegt habe.«

»Du hast nie Hunger?«, hakte Riwan weiter nach. »Nirekas Geisterschatten reichen dir aus?«

»Vielleicht bekomme ich Lust, dich zu fressen, wenn Nireka mich irgendwann nicht mehr auf ihre Geisterschatten zugreifen lässt.« Da weder Riwan noch Nireka lachten, schob der Drache hinterher: »Nur ein Witz.«

»Aber eigentlich nicht wirklich«, sagte Riwan und setzte ein Lächeln auf, von dessen Echtheit er niemanden zu überzeugen versuchte.

Aylen richtete sich ein wenig auf. »Ich werde weder dich noch sonst jemanden fressen. Zumal du nicht einmal Geisterschatten besitzt.«

Riwan gab sich unbeeindruckt, lehnte sich zurück und klopfte gegen das Drachenei. »Hat deine alte Freundin da drinnen das auch irgendwann versprochen?«

Nireka beobachtete den Drachen genau. Er senkte den Kopf wieder und schloss seine Klauen um den schimmernden Kristall, um ihn aus Riwans Reichweite zu schieben. »Ich bin nicht wie sie.«

Später, als Nireka und Riwan, dicht an das Lagerfeuer gerückt, auf den Schlaf warteten, hörte sie, dass er den Kopf bewegte. Sie öffnete die Augen und spähte zu ihm hinüber. Er sah sie an. Seine Augen schimmerten im Feuerschein, und Nireka konnte nicht anders, als in Erinnerungen zu versinken.

Doch sein Blick war ein ganz anderer als damals. »Vertraust du ihm?«, wisperte er so leise, dass sie die Worte eher von seinen Lippen ablas, als dass sie sie hörte.

Nireka war über die Antwort, die sie geben musste, selbst ein wenig überrascht. »Ja. Das tue ich.«

Er sah sie an. Lange genug, dass sich etwas an seinem Blick änderte und er weicher wurde. »Was wird aus dir, wenn der Drache ... wieder zu einem Ei wird?«

Darüber hatte Nireka tatsächlich nie nachgedacht. Aber mit Aylen verbunden zu sein, wenn ihr Drachenleib zerstört wurde und sie wieder im ewigen Schlaf versank, konnte nicht angenehm sein, so viel stand fest. »Was sie empfindet, empfinde ich«, flüsterte Nireka.

»Sie«, wiederholte er leise und zog den Kopf wieder ein.

Als Nireka erwachte, stieg die Sonne bereits über die Baumwipfel. Sie sah Riwan, umrissen von Licht, am Ufer des Flusses sitzen und augenscheinlich angeln. Er hatte eine Schnur an Besen befestigt, der zwischen seinen Beinen steckte. Aylen hockte neben ihm und hatte etwas Raubtierhaftes, wie sie so konzentriert ins Wasser blickte. Nireka staunte, wie schnell Riwan sogar den Drachen für sich gewonnen hatte.

»Was sind Geisterschatten eigentlich?«, hörte sie ihn Aylen fragen.

»Der dunkle Samen des Lichts. Der Geist in der Materie. Das, was Sachen wahr macht.«

»Wozu brauchen Drachen überhaupt Geisterschatten? Ich habe keinen Drachen je zaubern sehen.«

Aylen lachte. »Wir fressen und trinken nicht. Wie, glaubst

du, erhalten wir uns? In Lebewesen ringen Götterlicht und Geisterschatten ständig miteinander und werden nie eins. Darum seid ihr bewegt und vergänglich. Ein Drachenleib aber ist eine zauberische Reaktion, bei der die beiden Urmächte verschmelzen und reglose Ewigkeit erzeugen. Um dennoch zu leben, müssen Drachen den Prozess der Verewigung in Gang halten und sich immer aufs Neue Geisterschatten zuführen.«

Nireka stand auf und trat hinter die beiden. »Heißt das, man könnte Drachen aushungern? Wenn sie lange genug keine Besessenen fressen, verwandeln sie sich zurück?«

Riwan drehte sich zu ihr um und lächelte bei ihrem Anblick. Verunsichert strich sie sich übers Haar und merkte, dass es in alle Richtungen abstand.

»Möglich«, sagte Aylen. »Oder sie verändern sich auf unvorhersehbare Weise. Ich weiß es nicht genau, ich habe die letzten Jahrhunderte verschlafen.«

Riwan schnalzte missbilligend mit der Zunge. »Da findet man einmal einen Drachen zum Plaudern, und dann hat er von nichts eine Ahnung.«

Nireka setzte sich neben ihn, und eine Weile beobachteten sie alle den Haken der Angel, der mit einem Wurm auf den Wellen schaukelte.

Für den Wurm sind wir nichts anderes als das, was die Bestien für uns sind, dachte Nireka. *Weil wir alle vernichten, um zu leben.*

»Angesichts des Drachen, der hinter uns schlüpfen will«, sagte Aylen schließlich, »biete ich an, das hier zu beschleunigen.«

Riwan runzelte die Stirn. »Bitte. Wenn du meinst, dass du ...«

Der Drache war bereits mit dem Kopf unter Wasser getaucht. Nireka sah, wie Flammen entlang des Ufers explodierten. Wogen schlugen weiß schäumend auf und schwappten ihr und Riwan über die Füße, so dass sie zurückwichen. Rauchende Dinge kamen an die Oberfläche. Der Drache folgte ihnen, klaubte sie aus den Fluten und warf sie vor die beiden. Ein Aal, zwei Krebse, ein Tannenzapfen. Nichts regte sich mehr.

Riwan löste seine Angelschnur und den Haken von Besen und steckte sie, nachdem er den Wurm ins Gras geworfen hatte, in die Innentasche seines Umhangs. »Ich hätte Forelle bevorzugt.«

Er hätte bevorzugt, dich zu beeindrucken, wisperte Aylen, wo nur Nireka sie hören konnte, und schüttelte sich das Wasser vom Kopf.

»Danke für die Dusche und den Hinweis«, murmelte Nireka, die gegen die fliegenden Tropfen die Hände hob.

Riwan warf ihr einen Blick zu. »Hinweis? Könnt ihr etwa … eure Gedanken teilen?«

»Nein«, sagte Aylen.

Gleichzeitig sagte Nireka: »Ja.«

Aylen verdrehte die Augen und schnaubte Rauch. Riwan beäugte beide skeptisch. Und Nireka musste seine Gedanken nicht hören, um zu wissen, dass er sie für ihre Aussage von letzter Nacht tadeln wollte. Wenn Aylen schon bei einer so nichtigen Sache die Unwahrheit sagte, war ihr dann wirklich zu trauen?

24

DAS LAND UNTER ihnen veränderte sich nach und nach. Immer öfter ragten schroffe Felsen aus den Wäldern, und stufenförmig stieg das Land an. In den Tälern lagen Seen, manchmal so weitläufig, dass ihre Ufer bis zum Horizont reichten, und in den Schluchten glitzerten Flüsse. Das Reich der Zwerge bestand größtenteils aus Wasser – das sagte man nicht nur draußen auf den Inseln.

Als sie gerade über einen weiten See flogen, geriet Aylen plötzlich ins Taumeln. *Das Ei!*, stieß sie aus.

Nireka schaute hinab und sah den Kristall durch die Luft fallen.

Er fiel eine gefühlte Ewigkeit, ehe er gegen eine Klippe prallte. Funken schienen aufzusprühen. Das Ei überschlug sich und verschwand zwischen Wasserfontänen.

Riwan klammerte sich derart an dem Horn vor ihr fest, dass Nireka kaum Luft bekam, als Aylen jäh in die Tiefe schoss. Krachend landeten sie auf einem Steinhang, und halb stürzte, halb rannte Aylen selbigen hinab, bis sie das Ufer erreichten. Nireka wäre heruntergefallen, wenn Riwan sie nicht umschlossen hätte, so sehr wurden sie durchgeschüttelt.

»Steigt ab«, schnaufte Aylen und neigte den Kopf.

»Warum hast du sie fallen lassen?«, rief Nireka atemlos, als sie aus ihrem Nacken glitt.

»Sie hat sich bewegt.« Damit sprang Aylen kopfüber ins Wasser.

Nireka und Riwan warteten. Als Aylen endlich wieder auftauchte, war sie viel weiter draußen. Sie sah sich nur kurz um und verschwand gleich wieder unter Wasser. Zeit verging.

Riwan setzte sich und holte die Reste ihres Frühstücks hervor, um zu essen, aber Nireka war zu nervös, um viel hinunterzubekommen. Sie ging an dem steinigen Ufer auf und ab. Auch wenn Sabriel schwach und klein sein würde, wenn sie schlüpfte – sollte es ihr gelingen, Nireka zu fressen, gewänne sie an Macht und würde Aylen zugleich ihre Quelle nehmen. Nirekas Blick glitt über die stille Oberfläche des Sees, der zwar nicht sehr breit war, aber so lang, dass man seine Enden nicht sehen konnte. Falls Sabriel auftauchte, während Aylen unter Wasser war ...

»Wir müssen uns verstecken«, sagte Nireka.

Riwan und Besen folgten ihr in den Wald zwischen den Hängen. Die Bäume waren dürr und würden kein Hindernis für einen Drachen sein. Nireka konnte bestenfalls hoffen, dass sie Sabriel so lange aufhielten, bis Aylen ihnen zu Hilfe kam.

In einer Nische zwischen großen Steinen ließ Nireka sich nieder. Sie zitterte. Riwan bemerkte es und begann Brennholz für ein Feuer zu sammeln und aufzuschichten, damit sie sich wärmen konnte. »Deine Geisterschatten«, sagte er, als er es anzündete.

Sie sah an sich herab. Die Schlangen aus Licht und Schatten wanden sich um ihre Hände. Es war die Aufregung.

»Ich werde hundert Schritte tiefer in den Wald gehen, bleib du hier«, sagte sie.

Doch als sie aufstehen wollte, hielt er ihre Hand fest. »Bleib. Nichts wird passieren.«

»Wirklich, ich will nur sicherheitshalber einen größeren Abstand zwischen uns bringen, solange die Geisterschatten sichtbar sind.«

Zu ihrer Überraschung fasste er sie an beiden Handgelenken und begann zu singen. »Du musst dich nur beruhigen. Geisterschatten gehen meistens zurück, wenn man ruhig ist«, erklärte er kurz und summte dann weiter.

»Nicht unbedingt.« Sie lachte nervös und machte sich von ihm los, aber er umschloss ihre Hüfte und zog sie wieder zu sich herunter. Für einen Moment war sie zu schockiert, um sich zu wehren. Leicht und selbstverständlich legte er die Arme um sie. Nur das Lachen, das seinen Gesang verzerrte, verriet, dass er sich seiner Unverschämtheit bewusst war.

»Du bist total übergriffig, ist dir das klar?«, protestierte sie.

»Meine Übergriffe sind alles, was du fürchten musst«, sagte er seelenruhig. »Aber sonst wird nichts passieren.«

»Das weißt du nicht!« Sie schob ihn weg, aber ihre Wut sackte gleich wieder in sich zusammen, und entsetzt merkte sie, dass ihr Tränen in die Augen stiegen. Was war mit ihr los? »Lass mich jetzt gehen.«

Er summte nur noch leise die Melodie, seine Arme locker um sie geschlungen, als würde er sie gar nicht gegen ihren Willen festhalten. Es gefiel ihr nicht. Es empörte sie. Und doch schüttelte sie ihn nicht mehr ab. Ihr liefen Tränen über die Wangen, und sie musste sich darauf konzentrieren, nicht zu schluchzen. Unter keinen Umständen wollte sie, dass er es mitbekam. Aber sie befürchtete, dass er es längst wusste.

»Du bist eine seltsame Frau, Nireka. Aber ich habe keine Angst«, sagte er.

»So was Dummes hab ich noch nie gehört«, erwiderte sie erstickt.

»Du brauchst auch keine Angst zu haben.«

»Das ist nicht wahr.« Sie presste die Lippen zusammen. Natürlich war er ein Idiot. Aber es fühlte sich so gut an. Nach und nach erlaubte sie sich, gegen ihn zu sinken. Er hielt sie wie ein Vater sein Kind. Dabei war sie die Ältere. Ob er daran dachte?

Es wurde dunkel, und die Welt schien auf den Lichtkreis

ihres kleinen Feuers zusammenzuschrumpfen. Nireka spürte seinen Atem an ihrem Kopf und schloss die Augen.

Das Geräusch von Wind, der durch die Baumkronen fegte, ließ sie auffahren.

Nireka, wo seid ihr?, wisperte es in ihr.

Besen war bereits nach oben durch die Bäume geschossen, um Aylen den Weg zu weisen. Wenig später hörten sie, wie Aylen auf dem Hang über ihnen landete und ihre Klauen über den Fels schrammten. Sie stieß eine gelbe, lange Flamme aus, um für Licht zu sorgen.

Nireka und Riwan kamen aus ihrem Versteck und stiegen ihr entgegen. Erleichtert entdeckte Nireka das Drachenei in Aylens Griff. Doch es war inzwischen so groß, dass sie es kaum noch zu halten vermochte. Und man konnte nun deutlich die Form eines gebeugten Halses und eines Kopfes erkennen. Nireka schluckte schwer.

»Uns bleibt nicht viel Zeit«, sagte Aylen. »Wir fliegen die Nacht durch. Riwan, wirst du aus der Luft sehen können, wo der Weg in den Berg anfängt?«

Er nickte. »Es gibt eine Burgruine am Fluss, direkt an der Grenze nördlich von Tahar'Marid. Dorthin müssen wir.«

Sie stiegen auf. Aylens Schuppen waren noch rutschig vor Nässe, und als sie die Flügel ausbreitete, sprühte Wasser auf. Sie stieß sich vom Boden ab, so gut es mit dem Drachenei in ihrer Klaue ging, und sie erhoben sich in die Lüfte.

Sie flogen die ganze Nacht. Nireka spürte, dass Aylen an die Grenzen ihrer Kräfte kam. Nicht nur brauchte der Drache für jeden Flügelschlag etwas länger als sonst und versuchte, mit dem Wind zu gleiten, bis es sich anfühlte, als würden sie fallen, sondern Aylen griff auch immer wieder auf Nirekas Geisterschatten zu. Es machte Nireka nichts aus, nur das ständige Offensein war ein wenig unheimlich. Wenn Aylen so viel aus ihr schöpfte, fühlte es sich für Nireka an, als würde das namenlose Dunkel ihres Ichs rumoren und sich wandeln und vielleicht etwas anderes werden. Dann musste sie immer wieder ihre Beunruhigung niederringen und sich zwingen, Vertrauen zu haben. Und unter ihren eigenen Gedanken hallte stets Aylens Atem mit, so dass sie nicht sicher war, wie viel der Drache davon mitbekam.

Sie nickte immer wieder ein und fuhr zusammen, sobald ihre Hände sich von dem Horn lösten. Sie hatte auch Angst, dass Riwan einschlief und abstürzte. Sie legten ihre Hände übereinander und passten so aufeinander auf.

Als das erste Tageslicht den Himmel ergrauen ließ, zeichnete sich links vor ihnen am Horizont ein Berg ab, der die übrigen Klippen bei weitem überragte. Wie ein gigantischer eiserner Klotz hockte er im Land – wie ein Rätsel für die Welt. Und genau das bedeutete Tahar'Marid auch in der alten Bardensprache der Zwerge: *Großes Rätsel.*

»Halte dich nach Norden!«, rief Riwan gegen den Wind an. »Du darfst nicht den Fluss dort überqueren, sonst dringst du ins Schutzgebiet des Giganten von Tahar'Marid ein!«

Aylen legte sich schräg in den Wind, und sie drifteten der Nacht hinterher, weg vom Sonnenaufgang. Kleinere Berge, die wie schiefe Treppen durch die Seen und Flüsse führten, zogen unter ihnen dahin.

»Da ist es!« Riwan wies auf eine Festungsanlage an einem Berg, die zwischen Wasserfällen hing wie ein Wespennest. »Da ist der Weg.«

Aylen flog hin und kreiste eine Weile über den Wasserfällen auf der Suche nach einem geeigneten Landeplatz. Das Sonnenlicht kroch an den Klippen entlang und offenbarte, dass die Festung eine Ruine war. Mauerteile waren abgefallen, und

Turmspitzen ragten unten aus dem Wasser, über und über bewachsen mit Moos und Farnen.

Aylen landete auf einem Trümmerhaufen, der eine Art Halbinsel geworden war, und zertrampelte dabei fluchend ein paar junge Bäume. Das Drachenei – inzwischen konnte man es kaum noch als Ei bezeichnen, sondern eher als steinerne Drachenfigur – rutschte ihr aus der Klaue und fiel polternd ins seichte Wasser.

»Setz uns dort oben ab«, bat Riwan.

Aylen reckte sich und hielt den Kopf an eine halb abgebrochene Treppe, die durch einen hohen Bogengang tiefer ins Innere der Ruine führte.

Nach der durchwachten Nacht fühlte Nireka sich nicht besonders sicher auf den Beinen und musste sehr langsam und vorsichtig vom Nacken hinüber auf den Vorsprung klettern. Riwan hielt sie von hinten und folgte ihr. Sie reichte ihm eine Hand.

»Wo ist nun der Geheimweg?«, fragte Aylen.

Riwan wies die Treppe hinauf.

»Soll das ein Witz sein?«, schnaubte Aylen. »Ich passe da nicht durch.«

»Stimmt«, sagte Riwan. »Dann müssen Nireka und ich das Ei wohl allein in den Berg bringen.«

Aylen fauchte. Ihre Klaue schloss sich um Sabriels Kristall im Wasser. »Du hast mich in die Irre geführt, Elf.«

»Ich habe nie behauptet, dass der Geheimweg groß genug für einen Drachen wäre«, sagte Riwan. »Wäre er es, wäre er auch nicht der einzige Weg, lebend nach Tahar'Marid zu gelangen. Und wieder hinaus.«

Aylen funkelte ihn aus schmalen Augen an. »Steig auf, Nireka«, knurrte sie. »Wir fliegen ab hier allein weiter.«

Doch Nireka rührte sich nicht. »Wir alle wollen verhindern, dass der Goldene wieder schlüpft. Aber … ich glaube Riwan.

Es gibt einen Grund, warum die Leute von Tahar'Marid ihrem Drachen Opfer bringen: Er hält alle anderen Drachen fern. Wir können nicht einfach in sein Reich eindringen und ihn besiegen. Aber vielleicht schaffen wir es heimlich. Das ist die Chance, die ich sehe.«

Aylen knurrte, dass die Luft vibrierte. Doch sie war sichtlich hin- und hergerissen.

»Nireka hat dir bis jetzt ihr Leben anvertraut. Nun musst du ihr vertrauen«, sagte Riwan. »Und bedenke, dass nicht nur du bei einer Konfrontation mit dem Giganten sterben würdest, sondern auch sie.«

Aylen wandte den Blick ab. Eine Weile sagte niemand etwas, und sie lauschten dem Gesang der Vögel, während ein strahlender Frühlingstag begann.

»Ihr müsst den Ort im Berg finden, vermutlich weit oben in der ausgehöhlten Spitze, an dem eine Quelle dem Gestein entspringt«, begann Aylen schließlich unvermittelt. Sie sah sie immer noch nicht an, doch ihr Ton war ruhig und ernst. »Dort solltet ihr Ausbuchtungen finden, wie gemacht für ein Drachenei. Stellt den Kristall hinein. Der Fels sollte sich von selbst darum schließen.«

Nireka wusste, was Aylens Vertrauen bedeutete. Sie nickte, auch wenn Aylen es höchstens aus den Augenwinkeln sehen konnte. *Danke. Das werden wir.*

»Wir nehmen Besen auch mit, damit uns jemand überwacht, in Ordnung?«, schlug Riwan vor. Der kleine Zauberbaum umkreiste ihn argwöhnisch, aber als Riwan ihn zu sich heranzog und ihn gegen seine Schulter lehnte, ließ Besen es geschehen.

»Vielleicht wird unsere Verbindung auf die Entfernung bestehen bleiben, wenn Besen dabei ist«, meinte Nireka.

»Ich glaube kaum«, sagte Aylen entschieden. Dann seufzte sie Rauch. »Vielleicht. Lass es uns versuchen.«

»Wir sollten in zwei Tagen wieder hier sein«, sagte Riwan.

»Du kannst dich ja nützlich machen und Frühstück vorbereiten.«

»*Du* wirst mein Frühstück, wenn du weiterhin so frech bist«, knurrte der Drache.

Riwan grinste, aber Nireka entging nicht, dass er einen kleinen Schritt zurückwich. »Also, reichst du uns das Ei hoch?«

Grummelnd setzte Aylen den Kristall vor ihnen ab. Er war mittlerweile höher und breiter als sie beide, aber als Nireka versuchte, ihn anzuheben, staunte sie über seine Leichtigkeit. Die Schwebenatur des Drachen war bereits dabei, sich zu entwickeln.

Ich lasse dich nur mit ihm allein, weil er über beide Ohren in dich verliebt ist, sagte die tonlose Stimme in ihrem Kopf. Nireka zuckte so heftig zusammen, dass Aylen die Augen verdrehte. *Versprich mir nur eins: Schlaf nicht mit ihm, bevor ihr euch um Sabriel gekümmert habt.*

Was?, schoss Nireka zurück und kam sich selbst in Gedanken piepsig vor. Eine bessere Erwiderung war ihr nicht eingefallen.

Wer weiß, ob er dich noch will, nachdem er dich hatte. Und dass er dich will, ist der einzige Garant dafür, dass er uns helfen wird.

Nireka fehlten die Worte. Sie biss die Zähne zusammen.

»Was ist?«, fragte Riwan, der bis jetzt damit beschäftigt gewesen war, das Ei auf die beste Transportmöglichkeit zu untersuchen.

»Wenn Nireka etwas passiert, mache ich dich dafür verantwortlich«, grollte Aylen.

Riwan schienen verschiedene Erwiderungen auf der Zunge zu liegen, aber er schwieg und packte nur den Kristall mit beiden Händen. Nireka hob das andere Ende an. Trug man ihn zu zweit, war er nicht schwer, nur unhandlich. Sie gingen die Stufen hinauf in die Ruine, und Nireka spürte den Blick des Drachen in ihrem Rücken, selbst als er sie längst nicht mehr sehen konnte.

25

SIE WANDERTEN DURCH Säle voller Schutt und Pflanzen, dann durch Gänge, in die kein Sonnenlicht mehr drang und die nur das goldene Glosen des Dracheneis erhellte. Statuen säumten die Steinwände, Reihen eindrucksvoller Krieger und Könige, deren Heldentaten längst in Vergessenheit geraten waren.

»Was für eine Burg ist das hier?«, fragte Nireka, und ihre Stimme hallte weit durch die Gänge.

»Keine Ahnung. Vielleicht die des Königs der Zwerge? Es gibt viele Burgen, vor allem im Zwergenreich. Dein Volk hat sehr tüchtig gebaut in der Vergangenheit.«

»Zumindest ihre Zauberer«, murmelte Nireka. Sie erkannte an der Bauweise Ähnlichkeiten mit Ydras Horn. Sicher war das harte Gestein nicht von Händen bearbeitet worden, sondern durch Magie.

Je tiefer sie ins Bergesinnere vordrangen, umso weniger imposant wurde die Umgebung jedoch. In einer niedrigen Kammer, die ein Kornspeicher oder Ähnliches gewesen sein musste, legten sie das Ei ab, und Riwan betastete eine Mauer, bis er fand, wonach er suchte: eine Eisentruhe. Er öffnete sie.

»Gelobt seien die Verfluchten der Erde!«, stieß er aus und zog ein Bündel hervor. Darin befand sich ein Vorrat an Dreibackbrot und getrockneten Fleischstreifen.

»Wer hat das hier gelassen?«, fragte Nireka.

Sie waren beide so hungrig, dass sie sofort davon aßen. Das Brot war frischer und knackiger, als Nireka erwartet hätte, sowie mit Mandelmehl verfeinert, und das Trockenfleisch musste leicht geräuchert worden sein, denn es war angenehm würzig.

»Es gibt mächtige Leute, die es den Wanderern auf diesem Weg so angenehm wie möglich machen wollen«, sagte er geheimnisvoll.

Sie gab ihm mit einer Kinnbewegung zu verstehen, dass er mit der Sprache herausrücken sollte.

»Die Reichen von Tahar'Marid, die Großhändler und Gutsbesitzer, haben den Weg angelegt, um zu fliehen, wenn sie oder ihre Angehörigen von Geisterschatten besessen sind. Darum ist es hier so gepflegt und gut ausgestattet.«

Nireka wäre nie darauf gekommen. In Ydras Horn gab es keine Reichen und Mittellosen, dafür teilten alle viel zu viel miteinander. Aber da in Tahar'Marid jeder für sich kämpfte, klang das plausibel.

»Und außer diesen Reichen und Mächtigen weiß niemand von dem Weg?«, fragte sie.

»Natürlich nicht.« Er lachte schnaubend. »Wer davon erfährt, wird abgemurkst.« Er bemerkte ihren erschrockenen Blick und fügte hinzu: »Wenn uns jemand entgegenkommt, sollten wir uns verstecken.«

Er knotete das Bündel wieder zu, verstaute es unter seinem Umhang und lud sich das Drachenei auf den Rücken. Er beharrte darauf, dass er es eine Weile allein tragen konnte, und wollte sich von Nireka nicht reinreden lassen.

Er ist über beide Ohren in dich verliebt, hallte es in ihr wider, und für einen Moment war sie nicht sicher, ob es nur eine Erinnerung war oder ob sie noch Aylens Stimme aus der Ferne vernehmen konnte. Sie fühlte sich jedenfalls immer noch offen und verbunden mit ihr.

»Wie hast du von diesem Weg erfahren?«, fragte sie.

»Indem ich ihn benutzt habe, um zu fliehen.«

Sie stutzte.

»Was?« Er warf ihr lächelnd einen Blick zu. »Ich wurde in Tahar'Marid geboren. Alle Völker leben dort, auch Weiße Elfen.«

»Ich hätte nur nicht gedacht, dass du aus Tahar'Marid stammst. Aus einer reichen Familie noch dazu.«

»Oh, das habe ich nicht gesagt.« Er verlagerte das Ei auf seinem Rücken und unterdrückte ein Ächzen. »Ich hatte nur das Glück, dass ein mächtiger Mann hinter meiner Mutter her war, als ich noch ein halbes Kind und plötzlich von Geisterschatten besessen war. Um den Preis, dass sie seine Sklavin wurde, konnte meine Mutter mich so aus dem Land bringen lassen. Eine weitere Auflage meines Retters war, dass ich nie wiederkommen durfte. Ich schätze, dagegen verstoße ich jetzt, aber das muss er ja nicht erfahren.«

Nireka wusste nicht, was sie sagen sollte. Endlich murmelte sie: »Das tut mir leid.« Es klang so hohl, wie sie befürchtet hatte.

»Ach, lange her«, winkte er ab. »Und vielleicht hatte meine Mutter auch nicht so viel dagegen, wie ich mir als Kind gern eingeredet habe.«

Nireka spürte, dass die Leichtfertigkeit, mit der er darüber sprach, ein Schutzschild war. Sie wollte nicht tiefer in ihn dringen und schwieg.

Sie gingen durch einen schmalen Tunnel weiter, der nichts mehr mit den bisherigen Prunkbauten gemein hatte. Nireka versuchte, sich Riwans Vergangenheit vorzustellen.

»Wohin bist du gegangen? Als du Tahar'Marid verlassen hast.«

»Nirgendwohin. Ich war, wie gesagt, noch klein. Ich hab einen langen, dunklen Winter hier in der Ruine verbracht. Bis man mich vertrieben hat, weil ich die Wegzehrung immer gestohlen habe.« Er lachte gehässig auf. »Aber dann war schon fast Sommer, und die Welt war schön. Ich hab mich in anderen

Ruinen versteckt. Es gibt viele in der Gegend. Dort haben mir die vergessenen Zauberdinge der Vergangenheit Gesellschaft geleistet. Sie haben mir immer leidgetan ... weder Lebewesen noch Gegenstand, und das für alle Zeiten. Meine Geisterschatten wurden immer weniger, und bald schloss ich mich Ruinengängern an, um verlorene Schätze zu suchen.«

Wieder verfielen sie in Schweigen. Obwohl Riwan jünger war, hatte er viel mehr erlebt und gesehen als sie. Nireka fragte sich, ob er sie langweilig fand, weil sie nie aus Ydras Horn herausgekommen war.

Nach einer Weile legte Riwan den Kristall ab und murmelte: »Lass uns eine kurze Rast einlegen. Wir haben beide letzte Nacht nicht geschlafen.«

Auch Nireka war todmüde, aber schließlich waren sie nur deshalb die ganze Nacht durchgeflogen, weil ihnen die Zeit davonlief.

»Besen wird uns wecken. Oder, Besen? Scheuch uns bald wieder auf, ja?« Riwan legte sich seufzend auf den Boden und schloss sofort die Augen. Der Zauberhut faltete sich wieder zu einem Kissen zusammen, aber er legte ihn neben sich, damit Nireka ihn benutzen konnte.

Sie betrachtete Riwan einen Moment lang im Schimmer des Kristalls. Wie schön sein Gesicht war.

Er linste sie zwischen seinen Wimpern hindurch an. »Komm her«, sagte er kaum hörbar.

Sie setzte sich mit dem Rücken gegen die Wand.

»So schläfst du?«, fragte er mit gerunzelter Stirn.

»Ja, so schlafe ich.«

»Hast du so viel Angst, dass ich auf dumme Gedanken komme, wenn du neben mir liegst?«, fragte er unverblümt. »Oder wovor hast du Angst? Vor irgendwas hast du große Angst, Nireka.« Er hatte die Augen wieder geschlossen und nickte so plötzlich ein, dass Nireka beinah auflachen musste.

Als sie sicher war, dass er wirklich schlief und nicht nur so tat, legte sie sich neben ihn.

Tatsächlich weckte Besen sie eine unbestimmte Zeit später, indem er mit seinem Reisig über ihren Gesichtern wedelte. Nireka blinzelte und schob ihn reflexhaft weg. Dabei bemerkte sie, dass Riwans Arm über ihr lag. Und dass sie sich ihm zugewandt haben musste, den Kopf auf seiner Brust. Seine Hand strich schlaftrunken über ihren Kopf und fasste in ihr Haar. Murrend vergrub er die Nase darin.

Aylens Worte hallten in Nireka nach, und sie wich zurück. »Wir müssen weiter.«

Diesmal ließ sie nicht zu, dass er das Ei allein trug, sondern packte mit an. Der Tunnel schlängelte sich endlos durch die Finsternis. Gelegentlich tauchten Seitengänge und Schächte auf, und Nireka fragte, wohin sie führten.

»Alle führen hinaus aus Tahar'Marid. Sie sind für den Fall, dass man verfolgt wird oder Feuer hinter einem ausbricht«, erklärte Riwan.

Es ging bergab, und sie rutschten über Geröll und Kies. Wasser rann an den Wänden entlang, und mitunter mussten sie über große Pfützen springen. Sie stillten ihren Durst an den eiskalten Rinnsalen. Wie viel Zeit mochte schon vergangen sein? Es war unmöglich zu sagen. Nirekas Kopf pochte vor Müdigkeit.

Einmal war sie sicher, dass sich der Kristall bewegte. Sie hörte eine Abfolge von Knackgeräuschen. »Bist du ausgerutscht?«, fragte sie Riwan alarmiert.

»Nein, du?«

»Ich glaube nicht.« Sie war sich nicht mehr sicher. Die Erschöpfung verkürzte ihr Gedächtnis.

»Los, weiter«, sagte er nur.

Sie beeilten sich. Doch bald ging es bergauf, und jeder Schritt wurde anstrengend. Sie schoben den Kristall nun gemeinsam vor sich her, lehnten sich gegen ihn und gingen rückwärts, hielten den Kristall schwer atmend fest. Sein Licht war kaum noch hell genug, um etwas zu erkennen. Es konnte nicht mehr lange dauern, bis Sabriel schlüpfte.

Schweiß rann Nireka über die Stirn. Sie sah, dass auch Riwans Gesicht im matten Schein des Eis glänzte, obwohl der Zauberhut seine Krempe eingeklappt hatte und wie ein Stirnband Riwans Haare zurückhielt.

»Was glaubst du, wie weit es noch ist?«, fragte sie.

»Wir werden ... noch eine Weile bergauf müssen.« Er ächzte, als er den Kristall über einen Felsbrocken im Boden hinweghievte. »Dann kommen wir zum Tal der Tränen. Wo die Besessenen gefangen gehalten werden, damit der Gigant sich an ihnen satt fressen kann.« Er drehte sich um und schob den Kristall nun wieder mit dem Rücken an. »Es gibt einen Weg, der daran vorbeiführt und weiter hinauf in den Zauberberg. Ich bin nur einmal ganz oben gewesen.«

Nireka staunte, dass er überhaupt je ganz oben gewesen war. Sie wusste nicht, ob sie an seiner Stelle je zurückgekehrt wäre.

»Warum?«, fragte sie.

»Warum nur einmal?«

»Warum überhaupt?«

Er schmunzelte. »Ich bin doch nicht zum Spaß Ruinengänger. Ich hab Schätze gesucht.«

»Hast du welche gefunden?«

Er konzentrierte sich eine Weile auf das Vorankommen, aber sie ahnte, dass er überlegte, wie er antworten sollte.

»Ich hab jedenfalls nichts zum Mitnehmen gefunden«, sagte er schließlich. »Aber ich hab ein paar solcher Kristalle gesehen. Mit Leuten drin.«

»Was, wirklich?«, stieß sie aus. »Wie viele?«

»Ich weiß nicht. Eine Handvoll.«

»Ay…« Sie räusperte sich. »Der Drache hat mir gesagt, dass es ursprünglich nur neun Hexen gab, die in den Zauberbergen gefangen gehalten wurden. Wenn es jetzt mehr Dracheneier gibt, dann müssen sich auch Zauberer verwandelt haben.«

»Zauberer«, wiederholte er. »Ausgerechnet die, die uns vor den Drachen beschützen wollten. Wundert mich nicht.«

Sie hätte ihn gern mehr gefragt – über seine Entdeckungen im Berg, über seine Vergangenheit und was er erlebt hatte, um so ernüchtert zu sein. Doch sie musste ihren Atem sparen.

»Der Name eines Drachen verleiht dir Macht über ihn, nicht wahr?«, fragte er schließlich.

»Nicht direkt. Ich glaube, es löst etwas in ihnen aus, wenn sie sich erinnern, wer sie einmal waren. Vielleicht ruft ihr Name die Schwäche in ihnen wach, die zu ihrem sterblichen Dasein gehörte. Aber ich habe keine Macht über …«

»Aylen?«, sagte er für sie.

»Woher …?«

»Ich habe dir die magische Einladung mit ihrem Namen darunter doch geschenkt!« Er schnalzte mit der Zunge. »Beleidigend, dass du dachtest, ich würde nicht darauf kommen.«

Sie musste grinsen. »Lass sie nicht wissen, dass du ihren Namen kennst. Sie würde dich wahrscheinlich frittieren.«

Sie gingen weiter, Schritt für Schritt.

»Also würde uns der Name von dieser Hexe hier nicht helfen, mit ihr fertigzuwerden, wenn sie schlüpft?« Er klopfte auf den Kristall.

»Ihren Namen auszusprechen würde nur ihr Schlüpfen beschleunigen«, sagte sie.

Er verfiel wieder in nachdenkliches Schweigen.

Die Luft veränderte sich. Nireka kannte den feinen Wandel nur zu gut von zu Hause: Irgendwo in der Nähe war ein Ausgang.

Tatsächlich fiel bald ein Lichthauch auf ihren Weg. Der Tunnel öffnete sich auf einer Seite. Das Rauschen von Wasser hallte herein. Nireka spähte durch den Spalt nach draußen, der quer durch die Felswand ging und mal schmal wie eine Hand, mal breit genug war, um hindurchzusteigen. Jenseits des Gesteins stürzten Wasserfälle herab, und dichtes Rankengeflecht bildete einen Vorhang. Nireka konnte nur ungefähr ein Tal erkennen, in dem nichts Grünes wuchs. Erst glaubte sie, die Hänge seien aus Gestein, doch dann erkannte sie, dass es verkohlte Erde war. In der Mitte des Tals war eine Art Becken in den Boden gelassen, vielleicht fünfzehn Meter tief. Darin kauerten Gestalten. Manche gingen auf und ab wie gefangene Tiere. Ein Mann schien seinen Kopf immer wieder gegen die Steinwand zu schlagen.

»Die Unglückseligen von Tahar'Marid«, sagte Riwan. »Und jede Wette ist keiner von ihnen aus einer wohlhabenden Familie.«

Nireka glaubte Kinder zu erkennen. Ihre Kehle fühlte sich wie zugeschnürt an, und feige wandte sie den Blick ab. Sie hatte gewusst, wie das bequeme Leben in Tahar'Marid bezahlt wurde, aber es mit eigenen Augen zu sehen, war etwas ganz anderes.

Sie sind da, bei Wind und Wetter, und müssen darauf warten, gefressen zu werden. Dem Drachen preisgegeben von ihren eigenen Leuten.

Sie hatte bisher immer nur den Kopf darüber geschüttelt, wie man ein solches Leben wählen konnte. Aber diese Kinder waren hier geboren worden. Sie hatten sich nie dafür entschieden und bezahlten nun den Preis für die anderen.

Die Öffnung im Fels verschwand, und sie wanderten in Dunkelheit weiter bergauf.

Sie mussten noch einmal vor Erschöpfung eine Pause einlegen. Fast augenblicklich schliefen sie ein, Arm in Arm gegen den Kristall gelehnt, und als Nireka erwachte, hatte sie das Gefühl, kaum einen Augenblick weggenickt zu sein. Hatte sie nur geträumt, dass sich das Ei hinter ihr zu bewegen begann, oder war es wirklich geschehen? Auch Riwan kam zu sich, und Nireka konnte ihm ansehen, dass sein Herz vor Panik raste wie ihres. Besen klopfte immer wieder gegen den Kristall. Nireka hoffte, dass es dieses Geräusch gewesen war, das sie geweckt hatte, und nicht ein Knacken aus der Tiefe des Eis.

Sie aßen von ihrem Proviant, dann gingen sie weiter. Es wurde kälter. Raureif glitzerte am Gestein, und wo zuvor Rinnsale geflossen waren, hingen nun Eiszapfen, die sie gegen ihren Durst lutschten. Die Kälte war erfrischend und half ihnen beim Aufstieg.

Ein fernes Heulen erklang.

»Hörst du das?«, flüsterte Riwan.

Nireka nickte.

»Das ist der Wind in der hohlen Bergspitze. Wir sind fast da.«

Sie hievten das Ei weiter über den unebenen Boden bergauf – vorsichtig, damit sie nicht den Halt verloren. Das Heulen erstarb, als sie um eine Biegung kamen, doch dann hörten sie es wieder, deutlicher denn je.

Ein warmer Hauch kam ihnen entgegen. Irgendwo tröpfelte Wasser. Nireka kannte diese Art von Wärme, die aus dem Fels selbst drang, von zu Hause. Es war ein Zauber. Irgendjemand musste ihn vor langer Zeit für mehr Wohnlichkeit gewirkt haben.

Ein Lichtschimmer erschien vor ihnen. Er drang durch eine Öffnung über einer schrägen Wand, über die Wasser in unzähligen kleinen Bächen strömte. Mit ihren letzten Kräften hievten sie das Drachenei hinauf, wobei Riwan vorauskletterte und es von oben zog, während Nireka von unten schob. Als es oben war, reichte er ihr eine Hand und half ihr hinauf. Sie krochen das letzte Stück mit dem Kristall durch knöcheltiefes Wasser, das wärmer war, als eine Bergquelle hätte sein dürfen. Dann traten sie unter herabhängenden Stalaktiten, lang wie Speere, in eine Höhle, die halb natürlich entstanden zu sein schien und halb durch Zauberei erschaffen: Hohe, spitze Fensteröffnungen zierten eine Seite. Der Wind hauchte Schneeflocken herein, die in der warmen Luft zu einem Schimmer auf dem Steinboden schmolzen. Aus den Tiefen des Berges hallten gespenstische Geräusche. Nireka hielt inne, um ihnen zu lauschen. War das der Atem eines Drachen?

»Soll ich dir zeigen, wo die anderen Eier sind?«, fragte Riwan.

Nireka nickte, und sie gingen weiter. Hier, auf ebenem Boden, war es so viel leichter, den Kristall zu tragen, dass sie die Last kaum noch spürten. Sie kamen durch einen Durchgang in eine weitläufige Halle, in der auf einem Podest ein steinerner Thron stand. Aus dem Fels geformte Stufen führten von dort hinab zu einem Tor, durch das Schneekörner wirbelten. Dahinter lag eine Eislandschaft.

Sie umrundeten den Thron, auf dem wohl seit dreihundert Jahren niemand mehr gesessen hatte – es sei denn, Riwan hatte bei seinem letzten Besuch darauf Platz genommen, was Nireka sich gut vorstellen konnte. Dann folgten sie einer anderen Treppe nach unten. Dunkelheit herrschte hier, nur durchbrochen von Spalten im Gestein, durch die bläuliches Tageslicht drang. Sie wirkten wie in der Zeit stehen gebliebene Blitze und ließen Nireka die Tiefe des hohlen Berges erahnen, in der die Stufen sich mal verzweigten, mal als Brücken über den Abgrund spannten, mal in Gängen verloren und, wo sie klein wie Scheunenstiegen wirkten, ineinander verhakten, als gäbe es kein Oben und Unten mehr. Schneekörner glitzerten in der feuchten Luft, als würden abertausend Geisteraugen blinzeln. Sehr fern waren Geräusche zu vernehmen, in einem monotonen, durch den Hall weichgespülten Rhythmus, der nur eines bedeuten konnte: Irgendwo tropfte Wasser.

Nireka und Riwan gingen mit ihrer Last bergab. Altäre standen auf Vorsprüngen oder waren in Nischen gehauen, und hier und da standen knorrige, blattlose Bäume – sie mussten einst mit Magie in der Düsternis am Leben gehalten worden sein – in unberührter Totenstarre über zierliche Brunnen geneigt. Fensterbögen und Säulengänge ließen Räume im Fels erahnen, in denen Lehrlinge oder hohe Gäste beherbergt worden waren oder vielleicht einfach nur die Geister des Windes.

»Dort entlang«, sagte Riwan leise, und seine Stimme hallte weit durch die Dunkelheit.

Sie verließen die Treppe, um in einen hohen Durchgang abzubiegen. Dahinter führte eine gewundene Treppe abwärts in eine Grotte, durch die seichtes Wasser strömte. In den Gesteinsfalten glosten große, farbige Kristalle.

Dracheneier.

Nireka sah auf den ersten Blick sechs, aber es mochten mehr sein. Bleiche Arme, Beine und Gesichter zeigten sich in den Wolkenmustern des Gesteins. Auf die Distanz ließ sich nicht sagen, ob sie alle Frauen waren.

Riwan setzte den Kristall ab und wandte sich Nireka zu. »Wir haben es geschafft.«

»Noch nicht ganz.«

Er stieß das Drachenei kurzerhand von der Treppe, so dass es mit einem ungeheuerlichen Platschen und hellem Klirren ins Wasser der Grotte fiel. Nireka zuckte zusammen. Doch Riwan grinste, zog sie zu sich heran und schloss seine Arme um sie. »Lass uns zwanzig Stunden schlafen.«

»Sobald wir das Ei in den Berg geschoben haben«, sagte sie ausweichend.

Er tat, als würde er mit dem Gesicht in ihrem Nacken einschlafen, und stützte sich auf sie. Nireka strauchelte unter seinem Gewicht. »Reiß dich zusammen, wir sind noch nicht fertig!«, ächzte sie, musste aber kichern.

Endlich richtete er sich wieder auf, doch seine Stirn berührte beinah ihre. Er steckte ihr sorgfältig die Locken hinter die Ohren, wie sie es selbst nie bei sich getan hätte, und sie hatte den argen Verdacht, damit dumm auszusehen. »Du bist stark«, murmelte er.

Plötzlich wich der verträumte Ausdruck aus Riwans Gesicht. Er riss den Mund zu einem Schrei auf, der nicht hervorkam. Nireka begriff, dass er eine Spiegelung in ihrer Pupille sehen musste, und endlich nahm auch sie die Bewegung im Hintergrund wahr: Finsternis raste auf sie zu. Ein Abgrund.

Ein Maul.

Das Maul war so groß, dass es nicht durch den Durchgang passte. Die Fänge brachen einfach durch das Gestein, jeder Einzelne doppelt so lang wie Nireka, und Trümmer polterten nieder. Nireka und Riwan stürzten in einer Lawine aus Schutt abwärts, fort von dem zuschnappenden, Steine spuckenden Maul.

Ein Drache. Ein Drache von ungeheuerlichen Ausmaßen. Seine Zähne zermalmten alles. Seine Klauen griffen in die Grotte und schabten tiefe Schrammen in den Fels. Doch er spie kein Feuer.

Wieso spie der Gigant kein Feuer? Nireka sah, dass nicht mehr als eine beinah erloschene Glut im Rachen des Drachen schimmerte, dunkel wie Ocker.

»Nireka!«, brüllte Riwan und zog sie zur Seite. Die Decke stürzte ein. Gerade rechtzeitig retteten sie sich zur Seite, taumelten durch einen Höhlengang und kamen wieder auf der breiten Treppe heraus, die in den hohlen Berg hinabführte. Schwankend kamen sie zum Stehen. Der Abgrund drehte sich in einer Spirale. Innerhalb eines Herzschlags erkannte Nireka, welcher fatalen Täuschung sie erlegen war: Was sie für unendliche Tiefen gehalten hatte, in denen sich Treppen und Brücken verloren, war nichts anderes als ein gigantischer schwarzer Drachenleib, gemustert mit grauen Schuppen.

26

DER DRACHE ZOG seine Schnauze aus dem eingestürzten Durchgang. Schutt und Staub stürzten aus seinem Maul. Nireka hob schützend die Arme und stolperte zurück, verlor den Halt und prallte hart auf den Stufen auf, doch der Schmerz erreichte sie nicht. Sie war zu schockiert. Noch nie hatte sie einen auch nur halb so großen Drachen gesehen.

Rauch drang aus den Nüstern des Monstrums und erfüllte den Berg mit einem Geruch von verwesenden Knochen. Sein Kiefer malmte. Der Berg selbst schien in Bewegung zu geraten. Denn alles in der Tiefe war der Drachenleib. Treppen, Brücken, Nischen und Bogengänge waren nur Musterungen im Schuppenkleid gewesen.

Sein Auge, halb versunken hinter krustigen Lidern, rotierte in der Höhle und fixierte Nireka und Riwan. Die Pupille allein war groß wie ein Tor.

Nireka wusste, dass sie nur noch wenige Momente zu leben hatte, wenn kein Wunder geschah. Wenn nicht etwas passierte, was den Giganten von ihr und Riwan ablenkte.

Besen schoss an dem Drachenauge vorbei, als könnte er das Monstrum ablenken, doch der kleine Zauberbaum musste für den Drachen nicht mehr sein als ein Strohhalm im Wind. Und selbst wenn Aylen spürte, dass sie in Gefahr waren, hatte sie nicht mehr genug Zeit, um ihnen zu Hilfe zu eilen. Nireka blieb keine Wahl.

Sie schloss die Augen, öffnete den Mund und rief, so laut sie konnte: »Sabriel!«

Es war ihre einzige, wenn auch geringe Chance, zu überleben. Wenn Sabriel schlüpfte, mochten die Drachen sich gegenseitig ablenken, zumindest für eine Weile – vielleicht lange genug, damit Nireka und Riwan fliehen konnten.

»Sabriel!«, schrie sie wieder aus Leibeskräften.

Riwan zog sie auf die Füße und wollte sie über Felstrümmer hinweg vor dem Giganten in Sicherheit bringen. Als wäre das möglich.

»Sabriel«, wiederholte der Gigant, und seine Stimme war tonlos, nur ein Beben der Luft, bei dem die Steine auf dem Boden zu hüpfen begannen und Nireka und Riwan die Knie einknickten.

Ein Kreischen erscholl aus der Grotte. Dann brach Feuer durch die Trümmer.

»Sabriel«, wiederholte der Gigant wie ein Träumer in unruhigem Schlaf und schwenkte den Kopf zurück. Speichel troff aus seinem Maul und klatschte, rauchend vor Hitze, rings um Nireka und Riwan auf die Stufen.

Die Trümmer zerbröckelten, und Sabriel kroch feuerspeiend unter ihnen hervor.

Nireka konnte ihren Augen kaum trauen. Der goldene Drache, der langjährige Albtraum ihres Lebens, der Schatten über ihrer Heimat, war nur noch so groß wie Aylen, als sie geschlüpft war. Noch schwankend auf seinen kurzen Beinen, grub er sich aus den Trümmern, spuckte und hustete Feuer und versuchte, sich zu orientieren. Sein Blick fiel auf Nireka. Er schien sie zu erkennen.

Du hast mich zurückgebracht, meine Tochter.

Nireka spürte, wie die fremde Macht durch sie hindurchstrich wie Finger durch stilles Wasser. Vor Schreck konnte sie sich nicht rühren. Die Verbindung zu Sabriel war zart, eine liebevolle Hoffnung. Nireka konnte nicht reagieren. Sie war wie gelähmt. Die Finger tauchten tiefer in sie ein. Schöpften aus ihr. Nahmen von ihren Geisterschatten.

Plötzlich schlossen sich die Klauen des Giganten um Sabriel. Diese kreischte auf, als ihr schlangenhafter Leib gequetscht wurde. Der Gigant warf sie sich in den Rachen.

Nireka sackte auf die Knie. Schockwellen gingen durch ihren Körper, doch der Schmerz, den sie erwartete, blieb aus. Ihre Verbindung zu Sabriel war zu kurz und zu schwach gewesen, als dass sie wirklich empfinden konnte, was in der anderen vorging.

Dennoch hätte sie sich nicht von der Stelle gerührt, wenn Riwan sie nicht hinter sich hergezogen hätte. »Wir müssen hier raus«, stammelte er.

Sie kletterten über die Trümmer, suchten nach einem Weg nach oben, der nicht an dem Giganten vorbeiführte. Doch es schien, als würde nur die eine Treppe hinaus und zurück zu dem Tunnel führen, durch den sie gekommen waren.

Nireka spürte Finger, die in sie hineinpatschten. Wie besinnungslos nach allem griffen, was sie kriegen konnten.

Der Gigant schwenkte den Kopf. Feuer brach aus seinem Maul hervor, aber nicht in einem Strahl, sondern aus dem Winkel seiner Schnauze. Nireka begriff, dass es Sabriels Feuer sein musste. Der zierliche goldene Drache folgte den Flammen und trudelte gegen die Felsen. Nireka konnte Sabriels Bewegungen ansehen, dass sie verletzt war. Doch dann stieß sich Sabriel mit letzter Kraft von dem Felsen ab. Sie fiel mehr an dem Giganten vorbei, als dass sie an ihm vorbeiflog. Dabei spie sie ihm Feuer ins Auge.

Das Stöhnen aus der mächtigen Kehle fegte als Sturmbö über Nireka und Riwan hinweg und ließ den Berg erzittern. Der schwarze Drachenleib verkrampfte sich, und der Strudel im Abgrund wand sich in verschiedene Richtungen, als würden die Dimensionen schmelzen. Beißender Rauch stieg aus der Augenhöhle, in der Sabriels Feuer giftig schwelte und sich tiefer fraß.

Sabriel war weiter unten gelandet, auf dem Rücken des Giganten, und versuchte nun, nicht in die Ritzen zwischen seinem sich ringelnden Leib zu geraten. Sie spreizte die Flügel und schien wieder abheben zu wollen, um dem Giganten auch das andere Auge zu verbrennen, doch der schwankende Grund ließ sie immer wieder das Gleichgewicht verlieren.

In der ausgebrannten Augenhöhle erlosch das Feuer. Etwas bewegte sich darin. Kam hervor. Runde Formen ... Als Nireka es erkannte, wollte ein Teil von ihr es nicht wahrhaben. Ihre Knie wurden weich. Es konnte nicht sein. Es *durfte* nicht sein.

Aus der Augenhöhle wölbten sich menschliche Köpfe.

Es waren Dutzende, wenn nicht gar Hunderte. Manche ließen sich kaum erkennen – Büschel zerzauster Haare, unter denen helle Haut schimmerte. Andere waren verwundet oder zerbrochen, mit fehlenden Nasen und Kiefern. Doch ihre Augen waren intakt. Wie Spiegelsplitter glänzten sie in den wächsernen Gesichtern, zuckten hierhin und dorthin und schienen zu sehen, ohne zu leben. Die Köpfe drängten sich gegeneinander, verschoben und quetschten sich, bis sie eine Kuppel gebildet hatten, die das fehlende Drachenauge ersetzte.

Nireka und Riwan klammerten sich aneinander, unfähig, sich zu bewegen. Die Augen der Toten richteten sich auf sie. Alle diese Menschen mussten irgendwann dem Drachen zum Opfer gefallen sein. Sie hatten nie aufgehört, in ihm zu existieren. Wenn er Nireka und Riwan fraß, würde er auch durch ihre toten Augen starren.

Seine Schnauze neigte sich, raste auf sie zu. Es war zu spät, um zu fliehen. Seine Zähne krachten rings um sie in die Treppe und brachen den Stein. Dann schrammten sie herab und schoben Nireka und Riwan in das Maul hinunter. Eine Zunge peitschte nach ihnen, groß wie ein Schiff. Die Treppe zerbrach. Gesteinsbrocken holperten in den Schlund des Monstrums.

»Nein!«, schrie Riwan. Sie versuchten, sich an den Händen festzuhalten, aber Nireka stürzte gegen die schleimige Innenseite seiner Wange und rollte, ohne Halt zu finden, in den stinkenden Abgrund.

Wieder brüllte der Drache. So laut, dass Nireka glaubte, ihr müssten die Ohren zerspringen. Doch alles in seinem Maul flog jetzt in die andere Richtung, auch sie und Riwan. Sie prallten beide gegen die Zähne und bekamen sich wieder zu fassen. Fest aneinander geklammert, stürzten sie über die Zähne hinweg ins Nichts.

Im freien Fall konnte Nireka nicht erkennen, ob sie auf die Erde zuraste, auf eine Treppe oder auf den zusammengerollten Leib des Drachen, denn sie war umgeben von heißem Speichel und einem Regen aus Trümmerstücken.

Da griff Sabriels Wille in den Raum, den die Geisterschatten in ihr geschaffen hatten, und ein einziger Gedanke erfüllte sie mit der Kraft von Schwingen: *Flieg.*

Steine krachten an ihr vorbei in die Tiefe. Doch sie verlangsamte sich, als würde sie schlagartig leicht wie eine Feder. Riwan hing an ihren Armen. Sie ließ ihn nicht los. Ihr Blick fiel auf einen Felsvorsprung. Dorthin! Ihr Körper schwebte hinüber und blieb um Haaresbreite über dem Boden. Riwan kam auf den Füßen auf und umklammerte ihre Taille, als könnte sie sonst davonfliegen.

Sabriel flog unter dem herumwirbelnden Giganten hindurch, und in dem Moment sah Nireka, warum er sie ausgespien hatte. Sein Schädel hing herab. Sabriel hatte auch sein anderes Auge ausgebrannt und versuchte nun, die entsetzliche Kuppel aus Köpfen zu zerstören. Im Rachen des Giganten schwelte schummrig gelb das Feuer, doch es gelang ihm nicht, es zu speien. Auch seine Bewegungen waren schwerfällig und unkoordiniert. Mit seiner riesigen Klaue schlug er nach Sabriel, verfehlte sie aber und donnerte gegen die Felsen. Ein Stück der Klaue brach dabei ab, als wäre sie aus Stein. Was von ihr verblieb, sah aus wie drei menschliche Finger, nur tausendfach größer – bleich und verschrumpelt und schwarzbläulich unter den langen Krallen wie schon lange tot. Was für eine Kreatur war dieser Drache?

Er verrenkte sich den Hals, um nach Sabriel zu suchen, während sich in seiner zweiten ausgebrannten Augenhöhle bereits Köpfe zu drängen begannen.

»Sabriel«, stöhnte er. »Meine drei ...«

»Pass auf!«, keuchte Riwan.

Etwas schloss sich um Nirekas Bein. Sie starrte an sich herab. Sie waren nicht auf einem Felsvorsprung gelandet. Sondern auf einem Rückenwirbel des Monstrums. Zwischen den Schuppen hatte sich ein bleicher Arm hervorgeschoben und um sie gelegt.

Sie trat den Arm weg. Mit einem dumpfen Knacken brach er aus der Schuppenhaut und fiel in den Abgrund. Doch zwei, drei, vier neue kamen nach, verwachsen in einer zähen, schwarzen Masse, als hätte man Blut mit Asche verdickt. Binnen eines Augenblicks waren Riwan und Nireka herabgezogen. Eiskalte Hände umklammerten sie. Jede einzelne konnte Nireka zwischen den Schuppen herausreißen und wegwerfen, doch es wurden zu viele. Sie klammerten sich um ihre Glieder, gruben sich in ihre Bäuche, hielten ihnen den Mund und die Augen zu.

Nireka schrie unter den eisigen, wurmweichen Fingern. Das Letzte, was sie sah, war Sabriel, zusammengequetscht in einer Klaue des Giganten, die von menschlichen Armen bedeckt war wie von wogenden Härchen.

»Du bist es!«, kreischte Sabriel. »Rodred! Ich werde dich vernichten! Ich vernichte dich, Rodred!« Sabriel spie Feuer, aber der Gigant stopfte sie sich trotzdem einfach ins Maul.

Gleißendes Licht strahlte auf, durchflackert von Finsternis.

Alles in Nireka schien sich zu verflüssigen ... und zu Sabriel zu strömen. Nireka hatte das Gefühl, riesig zu werden. So riesig, dass sie Angst bekam, nicht mehr sie selbst zu bleiben. Doch sie rang ihre Angst nieder und ergab sich der Veränderung. Sabriels Wille durchrauschte sie, sog sie aus, griff auf ihre Geisterschatten zu.

Rodred. Ich erkenne dich. Jahrhunderte haben du und deinesgleichen uns gequält. Ihr habt unsere Tränen getrunken. Nun sind wir erweckt worden, um euch zu vernichten.

Die fremden Hände vor ihrem Gesicht wurden so schlaff, dass Nireka sie abschütteln konnte. Sie schnappte nach Luft. Endlich vermochte sie wieder zu sehen. Die Schnauze des Giganten wackelte. Dann zerbarst sie in alle Richtungen.

Instinktiv hob Nireka die Arme, um sich vor den Trümmern zu schützen, doch sie prallten an den flimmernden Wellen aus Licht und Schatten ab, die aus ihr strahlten – abgeschöpft von Sabriel.

Rodred. Ich erkenne dich. Kleiner, erbärmlicher Mann. Ich erkenne dich.

Nireka konnte nicht mehr unterscheiden, ob es Sabriels Gedanken waren oder ihre. Sie waren identisch geworden. Nireka lehnte sich vor Angst dagegen auf, und Schmerzen entstanden, wo sie Sabriel Widerstand leistete. Also leistete sie keinen Widerstand mehr.

Rodred ... zerspringe!

Der Hals des Monstrums verdrehte sich noch mehr. Risse entstanden in seiner steinernen Haut, und Leichenteile spritzten hervor. Er stürzte gegen die Felswand, und eine seiner Klauen brach ab. Lichter und Schatten brausten aus der Wunde.

Nireka verlor den Halt unter den Füßen, doch Riwan schaffte es, sich an die Felswand zu klammern, und packte sie am Arm. Sie prallte gegen die Wand, und ihre Zehen fanden einen schmalen Vorsprung, auf dem sie stehen konnte.

Sabriel trudelte aus dem Rachen des Giganten und klammerte sich wie eine Eidechse an die Innenwand des Berges. Einer ihrer Flügel hing in Fetzen herab, und ein Stück ihres Nackens schien zu fehlen. Der halb zerschmetterte Schädel des Giganten spuckte ihr braune Glutbrocken hinterher. Sabriel spie ihm Feuer entgegen.

Und in diesem Moment verschloss sich Nireka ihrer schöpfenden Hand.

Sich gegen den fremden Willen aufzubäumen, die Verbindung zu kappen, erschütterte Nireka innerlich und äußerlich. Sie biss die Zähne zusammen, um nicht aufzuschreien, doch ihre Zähne schrammten knirschend übereinander, und ein Laut drang aus ihr hervor, den sie noch nie von sich gehört hatte. Es war, als würde sie einen Teil von sich herausreißen. Denn genau das hatte sie Sabriel werden lassen: einen Teil von sich.

Der kleine goldene Drache verschluckte sich an seinem eigenen Feuer. Er konnte sich nicht mehr an der Felswand halten. Aus weit aufgerissenen, entsetzten Augen starrte er Nireka an. Dann stürzte er wie ein Herbstblatt im Wind in den Abgrund.

In der Tiefe explodierte der Gigant. Die Druckwelle raste an seiner Wirbelsäule empor und zersprengte ihn in abertausend Stücke. Götterlicht und Geisterschatten spritzten auf wie tausend Gewitter auf einmal und verschluckten den kleinen Leib Sabriels. Schutt regnete von allen Seiten herab. Staub wölkte auf.

Zitternd klammerte sich Nireka an die Steinwand. Die Luft war so erfüllt von Ruß und gelbem Schmutz, dass sie Riwan nicht mehr sehen konnte. Doch sie hörte ihn in der Nähe husten.

»Nireka«, krächzte er.

»Wo bist du?« Auch sie musste husten. Sie fühlte, wie sich Staub auf ihren Wimpern und in ihren Mundwinkeln niederließ.

»Ich bin hier«, kam seine Stimme schwach zurück. »Hier ist die Treppe. Gib mir deine Hand.«

Sie versuchte, das Schlottern ihrer Arme und Beine zu unterdrücken. Doch als sie durchatmen wollte, musste sie nur noch mehr husten. Mit zusammengepressten Lippen und schmal zusammengekniffenen Augen begann sie in die Richtung zu klettern, aus der Riwans Stimme gekommen war. Unter ihr rumorte es. Die Bruchstücke des Drachen stürzten immer noch übereinander, und Echos hallten durch den Berg wie Donnergrollen.

Endlich erschien Riwans Gesicht vor ihr. Er war über und über mit gelbem Staub und Asche bedeckt. Als ihre Hände sich umschlossen, stieg noch mehr davon auf. Er half ihr auf die Stufen hoch, die an der Felswand entlangführten. Sie fasste ihn an den Schultern, und er strich ihr über den Kopf und die Wangen, beide fassungslos, dass sie noch heil waren. Ein kraftloses Kichern drang Nireka aus der Kehle, und auch Riwan schien zu lachen, ehe sie beide wieder husten mussten.

Als der Staub sich nach und nach etwas legte, sahen sie, wie menschlich die Teile des gigantischen Drachenleibes gewesen waren. Ein bleicher Riesenfuß mit drei Zehen lag abgeknickt in den Trümmern, daneben ein Hügel, der wie ein abgemagertes Stück Rücken aussah. Das Schuppenkleid wirkte wie schorfige, altersfleckige Haut. Nireka wollte nicht genau hinschauen und konnte doch den Blick nicht abwenden.

Der Staub setzte sich immer mehr. Etwas schimmerte unten in den Trümmern. Es musste Sabriels Ei sein.

Schließlich löste sich Riwan aus Nirekas Armen und begann hinabzusteigen. Nirekas erster Impuls war, ihn zurückzurufen. Aber sie wollte ihre Ängstlichkeit nicht zeigen. Also schluckte sie und folgte ihm über die Stufen hinab, dann über die Leichenteile des Giganten. Stinkender Rauch stieg hier und da noch aus den Rissen des Gesteins. Es zerbröckelte unter ihren

Schritten zu Sand. Nireka ertastete mit den Füßen etwas Weicheres darunter: Körper.

Nireka und Riwan stolperten über abgerissene Gliedmaßen, Hände, Köpfe und Rippen. Berge davon. Sie stanken nach verbrannten Haaren und feuchter Verwesung. Dabei konnten sie doch nicht alle frisch gestorben sein. Nein, sie waren alt ...

Die Vorstellung, dass manche Leichen vielleicht Jahrhunderte in der Bestie existiert hatten, seinem Willen unterworfen, war entsetzlicher als der Tod all dieser Männer, Frauen und Kinder. Nireka fühlte, wie ihr Tränen über das Gesicht perlten.

Endlich erreichten sie die Lichtquelle. Zwischen den Trümmern lag, oval und ebenmäßig, ein Kristall mit goldenen und dunkelbraunen Schlieren. Deutlich war darin die Frau zu erkennen, die irgendwann, vor unvorstellbaren Zeiten, von ihrer elfischen Mutter Sabriel getauft worden war. Dunkles Haar umfloss ihre Nacktheit. Friedlich, beinah heiter wirkte ihr rundes Gesicht.

Nireka strömten immer mehr Tränen aus den Augen. Sie konnte Freunde und Verwandte aufzählen, die der goldene Drache gefressen hatte. Die diese Frau im Kristall auf dem Gewissen hatte. Aber Nireka war mit Sabriel verbunden gewesen, und sei es auch noch so kurz, verbunden wie eine Tochter mit ihrer Mutter, wie zwei Geister vom selben Fleisch und Blut, und dieses Gefühl würde sie nie loswerden. Es zerriss sie innerlich, die Bestie, die sie hassen wollte, zu kennen und für einen Moment geliebt zu haben wie sich selbst.

»Lass uns auch das Ei des anderen Drachen finden«, sagte Riwan. »Und dann schließen wir sie weg für alle Ewigkeit.«

Riwan entdeckte den zerschmetterten Schädel des Giganten, und sie folgten dem langen Hals. Dort unten müsste der Mittelpunkt seines Leibes gewesen sein.

Lange durchwühlten sie sandige Schuppenhaut und Leichen, und als sie schon fast aufgeben wollten, nahmen sie endlich ein schwaches Licht im Untergrund wahr. Sie schaufelten mit bloßen Händen weiter, hustend und vor Ekel würgend, bis sie einen glatten, schimmernden Stein freigelegt hatten, der die Form eines Eis hatte. Das Ei war transparent und von gelben und grauen Adern durchzogen. In seinem Innern kauerte ein nackter, regloser, hagerer Mann vom Volk der Grauen Elfen.

Es dauerte einen Moment, bis Nireka einfiel, wo sie ihn schon einmal gesehen hatte: in Aylens Erinnerung. Er war der Erzmagier, der sie auf Faysah als Lehrling abgelehnt hatte und der beinah zu ihrem Mörder geworden wäre, hätte Totema nicht das Wort für sie ergriffen.

Rodred. Nun wusste sie auch wieder, wo sie den Namen schon einmal gehört hatte.

In Aylens Erinnerung hatte der Erzmagier der Elfen groß und eindrucksvoll gewirkt, doch das musste an seinen prächtigen Roben gelegen haben. Nireka sah nun, wie knöchern er tatsächlich war. Geradezu gebrechlich. Der Herr über abertausend Leichen war selbst kaum mehr als ein Skelett gewesen.

Nireka erzählte Riwan, ohne den Namen noch einmal zu erwähnen, wer der Zauberer gewesen war und woher sie es wusste.

»Scheint, als hätte er dieses Schicksal verdient«, murmelte Riwan und trat mit dem Fuß gegen den Kristall. »Aber er sah ganz anders aus, als ich ihn kannte. Ganz anders als alle Drachen, die ich je gesehen habe.«

Nireka nickte. »Vielleicht hat er irgendeine Transformation durchgemacht. Ich weiß nicht, ob Drachen krank werden können. Vielleicht weiß Aylen es.«

Eine Weile hingen sie jeder für sich ihren Gedanken nach. Dann sagte Riwan: »Lass uns die beiden in den Berg schließen.«

Sie nickte. Gemeinsam schleppten sie ein Ei nach dem anderen bis zur Treppe. Die Kristalle waren nicht schwer, aber auf dem rutschigen, bröckeligen Untergrund war schon allein das Gehen eine Herausforderung. Sobald sie auch mit dem zweiten Ei die Treppe erreicht hatten, legten sie eine Pause ein und lehnten sich, schwer atmend, gegen die Kristalle.

Eingeschlossen in einer Masse. Gequetscht, bis trübe Flüssigkeit aus allem steigt. Vergehen wollen und nicht dürfen. Weiter und weiter atmen, ohne je Luft zu bekommen. Ohne je zu sterben.

Nireka öffnete die Augen. Schweiß stand ihr im Nacken, und ihr Herz begann zu rasen, als wäre die Gefahr noch nicht vorbei.

»Wollen wir weiter?« Riwan wischte sich über die Augen.

Ihre Kleider und Haare waren steif vor Ruß, getrocknetem Blut und Staub, aber in diesem Moment war Nireka alles egal – sie wollte Riwan nur nah sein, so nah, dass sie alles andere vergessen konnte. Sie schob sich zwischen ihn und das Drachenei und umarmte ihn.

Verwundert drückte er sie an sich, dann machte er sich sanft los und sagte: »Lass es uns zu Ende bringen.«

Sie nahmen sich zuerst Rodred vor und trugen den Kristall die Stufen hinauf. Oben mussten sie den eingestürzten Durchgang erst freilegen und Felsbrocken beiseiteschieben, um hindurchzukommen. In der Grotte angelangt, stürzten sie sich auf das Quellwasser. Sie waren beide durstig und sehnten sich danach, sich zu waschen.

Nireka tauchte ganz unter und rubbelte sich das Gesicht und die Haare ab. Nach all den Anstrengungen tat das kühle Wasser unendlich gut.

Dann trugen sie Rodreds Drachenei zu einer geeigneten Spalte im Fels zwischen den anderen Eiern und hievten es hinein. Fast augenblicklich schienen die Schatten ringsum dunkler zu werden und sich an den glosenden Kristall zu schmiegen. Als Nireka die Hand ausstreckte, war Gestein, wo zuvor ein Zwi-

schenraum gewesen war. Unwillkürlich schüttelte sie den Kopf. Der Berg hatte sich lückenlos um den Kristall geschlossen.
»Lass uns das andere Ei holen«, sagte sie.
Doch als sie losging, merkte sie, dass Riwan ihr nicht folgte. Sie blieb stehen und drehte sich um. Nachdenklich betrachtete er den reglos wartenden Mann im Kristall. Dann die anderen Frauen und Männer, die in den Kristallen in der Grotte trieben. Es waren insgesamt acht. Weitaus mehr als die drei, die zu Aylens Zeiten in diesem Berg gewesen waren.
»Ich frage mich, wer sie hier eingeschlossen hat«, murmelte Riwan. »Und warum derjenige keine Zauberkraft aus ihnen gezogen hat, wenn er sie schon gefangen nehmen konnte.«
»Vielleicht kannte derjenige nicht ihre Namen«, meinte Nireka. »Oder derjenige wollte, genau wie Aylen, nicht, dass sie für alle Ewigkeit lebendig begraben sind. – Kommst du?«
Er sah sie an und schien etwas sagen zu wollen. Aber dann folgte er ihr nur schweigend.
Sie schafften auch Sabriel herein und hievten das Ei in eine Nische im Gestein. Zuerst lehnte es nur wackelig darin, doch schon bald hatte sich die Dunkelheit des Berges daran festgesaugt. Es schien, als wäre der Kristall schon immer mit dem Fels verwachsen gewesen.
»Du könntest Kontrolle über deine Geisterschatten erlangen«, sagte Riwan unvermittelt.
Nireka spannte sich an. »Sprich nicht davon.«
»Du und alle anderen Besessenen könnten Zauberer werden. Echte Zauberer. Und sich den Drachen entgegenstellen«, fuhr er fort. »Was schuldest du den Bestien? Sie haben es verdient.«
»Sprich nicht davon«, wiederholte sie und presste die Lippen zusammen. Eine bessere Erwiderung war ihr nicht eingefallen.
In seinen Augen glomm ein Funken Verachtung auf. »Warum nicht? Weil du Aylen deine Hilfe versprochen hast?« Er wandte den Blick ab, ehe sie antworten konnte, und wanderte

an den anderen matt schimmernden Kristallen entlang. »Du weißt nicht, was Aylens Beweggründe sind. Du weißt nur, was sie behauptet. Aber alle Drachen wollen einander vernichten. Dass Aylen auf unserer Seite steht, ist gar nicht so überraschend. Es ist ihre Strategie, um die Mächtigste, die Einzige zu werden. Ich wette, die ganzen armen Bestien hier wurden von dem Giganten von Tahar'Marid in diesen Berg eingeschlossen. Er hat diese Sammlung erstellt.«

»Wahrscheinlich«, gab Nireka zu. »Aber was Aylen angeht, irre ich mich nicht. Sie hat ihre Erinnerungen mit mir geteilt. Ich ... habe sie gesehen. Glaub mir, du willst dich nicht an einem Leid schuldig machen, das ewig ist. Ewig, begreifst du? Sie dürfen nie wieder erwachen.«

»Sie haben die Ewigkeit selbst gewählt«, sagte er schulterzuckend.

»Riwan«, sagte sie leise. »Schau mich an.«

Er blieb stehen und wandte sich ihr zu. Sie hatte erwartet, Unsicherheit in seinem Blick zu finden, doch da war nur Härte.

»Du suchst nach Rechtfertigungen, um ihre Kraft zu nutzen, aber es gibt keine«, sagte sie sanft. »Es reicht aus, dass die Drachen kein Unheil mehr stiften können. Das reicht.«

»Hast du kein Herz?«, entfuhr es ihm. Er biss die Zähne zusammen, dass die Kieferknochen hervortraten. »Tut mir leid. Aber hast du wirklich nie erlebt, wie ein Drache angegriffen hat? Dieser Drache«, er wies auf Sabriel, »hat meine Freunde gefressen. Resa Schlangenfuß, Sita, Morrika, Irason. Erinnerst du dich an sie? Er hat sie gefressen, obwohl sie nicht besessen waren, einfach so.« Seine Stimme zitterte, er schluckte und deutete auf Rodred. »Dieser Drache hat mehr Männer, Frauen und Kinder bei lebendigem Leibe verbrannt, zerrissen und gefressen, als wir aufzählen könnten. Geh zurück nach unten in die Leichenberge, und sag mir noch mal, dass es reicht, diese Monster friedlich schlummern zu lassen.«

Nireka atmete zitternd durch. Dennoch brachte sie nicht mehr als ein Flüstern zustande. »Ich weiß, was die Drachen getan haben. Aber die Strafe wäre zu hoch. Versuche, dir Jahrhunderte vorzustellen. Und dann Jahrtausende. In Aylens Erinnerung habe ich es gesehen.«

Er machte eine wegwerfende Handbewegung. »Wer weiß, was in Jahrhunderten passiert. Irgendein Idiot wird sie wahrscheinlich wieder befreien. Und dann will ich lieber, dass es Zauberer gibt, die sich gegen sie zur Wehr setzen können.«

Nireka spürte, dass Worte in diesem Moment nutzlos waren. Er hatte sich in Rage geredet, und er wollte recht haben. »Lass uns gehen. Wir müssen die Entscheidung nicht jetzt treffen.«

»Vielleicht doch. Vielleicht ist jetzt unsere einzige Chance.«

»Riwan«, knurrte sie und ballte die Fäuste. »Es reicht. Wir wissen, wo die Dracheneier sind. Wenn wir irgendwann unsere Meinung ändern, können wir zurückkehren.«

Er sah sie wieder auf diese Weise an, als wüsste er nicht, ob sie ihn willentlich anlog oder wirklich so naiv war. »Aylen braucht dich, weil du ihre Quelle bist. Aber ich bin für sie nur eine Gefahr, weil ich ihren Namen kenne – und jetzt auch die Namen der anderen beiden Drachen. Und was, wenn dich die Geisterschatten wieder verlassen? Wenn Aylen keinen Gebrauch mehr für dich hat?« Er kam näher, ohne gewillt zu scheinen, sich zu weit von den Dracheneiern zu entfernen. »Aylen ist ein Geschöpf der Ewigkeit. Sie verhält sich jetzt noch wie eine von uns. Aber das wird sich ändern. Und wenn das passiert, werde ich nicht unvorbereitet sein.«

»Was willst du damit sagen?« Nireka hatte versucht, einschüchternd zu klingen, aber nur ihre Ängstlichkeit war zu hören.

Riwan betrachtete wieder die Dracheneier. Sabriel und Rodred, friedlich in ihrem Schlaf der Ewigkeit. »Erinnerst du dich daran, was ich damals in Ydras Horn zu dir gesagt habe? Ich bin Ruinengänger geworden, weil ich immer überzeugt war, dass die Zauberei von einst nicht verloren ist. Nur verschüttet und vergessen. Und weil ich sie wieder zum Leben erwecken will. Du dachtest, dass ich nur aufschneide. Aber ich meine, was ich sage.«

Nireka begriff und schüttelte den Kopf. »Nein, Riwan. Nicht ...«

»Der Schlüssel zur Zauberei, verstehst du?«, fuhr er ihr dazwischen. Ein merkwürdiges Lächeln flackerte über sein Gesicht. Dann sagte er so laut, dass seine Stimme in der Grotte widerhallte: »Der Schlüssel zur Zauberei heißt Sabriel und Rodred.«

27

KAUM HATTE ER die Namen ausgesprochen, trat ein schuldbewusster Ausdruck auf sein Gesicht. Aber es tat ihm nur leid, dass er gegen Nirekas Willen gehandelt hatte. Er bereute seine Tat nicht. Das sah sie ihm an. Sie wich zurück, den Blick auf die Kristalle gerichtet. Bewegung brach in Sabriels aus. Rodreds flackerte und verdunkelte sich. Es begann.

Nirekas Gedanken rasten. Konnte sie es noch rückgängig machen? Könnte Aylen sie noch einmal besiegen und wieder einschließen? Aylen. Wie würde sie reagieren? Würde sie Nireka noch trauen? Riwan jedenfalls durfte ihr nie wieder über den Weg laufen.

Er kam auf sie zu und berührte sie an den Armen. Sie entzog sich ihm, wollte ihm sagen, was sie über ihn dachte, aber sie brachte keinen Ton hervor. Sie empfand keine Wut. Nur Entsetzen.

»Versteh doch«, bat er. »Ich weiß, dass du es verstehst.«

Sie konnte ihn nicht ansehen. Sie wandte sich ab, weil sie ihm nicht zeigen wollte, dass sie natürlich verstand. Aber es gab trotzdem keine Rechtfertigung für das, was er getan hatte.

Sie hörte, wie er durchs Wasser watete und vor die Dracheneier trat. »Sabriel«, wiederholte er. »Rodred! Wacht schon auf. Ich wecke euch, Sabriel und Rodred!«

Ein bohrender Schmerz meldete sich in Nirekas Kopf. Sie hatte das bittere Gefühl, schuld zu sein. Sie hätte ihn aufhalten können. Beim Himmel, sie könnte ihn wenigstens jetzt davon abhalten, ihre Namen zu wiederholen! Stattdessen lehnte sie an der Wand, ratlos und unentschlossen, ob er nicht doch recht hatte.

Es war diese Unentschlossenheit, die unverzeihlich war, das wusste sie.

Schön reden kann sie. Das hatte man oft über sie gesagt. Sie konnte die anderen überzeugen, das Richtige zu tun, so wie ihr Vater. Aber wenn die anderen nicht auf sie hörten, war sie machtlos. Weil sie keinen Zorn empfinden konnte. Weil sie tief im Innersten keinen Halt hatte. Nur schwankte und zweifelte. Nie war ihr deutlicher bewusst geworden als jetzt, wie sehr sie sich selbst verachtete.

Riwan kam wieder zu ihr herüber, vermutlich, weil ihre zuckenden Schultern verrieten, dass sie weinte. Sie taumelte weg, weil sie seine Aufmerksamkeit nicht wollte. Doch er holte sie ein und tänzelte um sie herum wie ein junger Hund.

»Verzeih mir, Nireka, ich … Bitte versteh doch! Wie kannst du mit den Drachen Mitleid haben? Wir brauchen Aylen nicht, wenn wir genauso gut die vielen Besessenen mit der Macht ausstatten können, uns alle zu verteidigen. Nur weil *du* dich mit einem Drachen angefreundet hast, kannst du das uns anderen doch nicht verwehren!«

»Da liegst du falsch«, hauchte sie, bemüht, das Beben in ihrer Stimme zu unterdrücken. »Du hast einen Fehler begangen.« Aber sie wusste es nicht wirklich. Sie wollte es glauben, doch sie war sich kein bisschen sicher.

»Schau sie dir an! Sie erwachen. Wie sie aussehen! Schau sie dir an, und sage mir, dass sie es nicht verdient haben.«

Nireka drehte sich um. Eine Schauer schoss ihr über den Rücken. Rodred hatte die Augen geöffnet. Langsam berührte er von innen die Kristallwände wie jemand, der gerade aus wirren Träumen aufgetaucht war und noch nicht genau wusste, wo er sich befand. Aber etwas in seinem Gesicht verriet, dass er seine Erinnerung nicht ganz verloren hatte. Dass er immer noch das

Monster war, das jahrhundertelang Unschuldige gefressen hatte, um seine Macht zu erhalten, und davor schon als Zauberer die unsterblichen Hexen hatte leiden lassen.

Nireka schüttelte den Kopf, versuchte, sich von der Vorstellung zu befreien. Sie glaubte nur, ein Monster in ihm zu sehen, weil sie von seinen Verbrechen wusste. Eigentlich hatte er nur das strenge Gesicht eines alten Mannes. Vielleicht erinnerte Rodred sich an nichts.

Sabriel schien noch zu schlafen. Doch als das dunkle Haar an ihrem Gesicht vorbeitrieb, sah Nireka, dass ein Lächeln auf ihren Lippen lag.

Nireka wollte nicht hinsehen. Wie ein Feigling ging sie aus der Grotte.

»Warte!«, rief Riwan ihr nach.

Besen schoss aufgeregt an ihr vorbei in die Höhe.

Nireka. Wo seid ihr?

Nireka zuckte zusammen. »Sie ist da«, sagte sie tonlos. »Versteck dich.«

Riwan sah sie groß an.

»Nireka?«, rief Aylen nun laut von weiter oben, so dass auch Riwan sie hören konnte. »Riwan! Besen!«

»Komm«, flüsterte Riwan.

Aber Nireka trat von ihm zurück. »Wenn du nicht verschwindest«, flüsterte sie, »verrate ich Aylen, was du getan hast.«

Sie wartete nicht auf seine Reaktion, sondern ging Aylen entgegen. Wenn sie beide sich versteckten, würde Aylen misstrauisch werden und sofort nach ihnen suchen. Es war besser, wenn Nireka den Drachen ablenkte, damit Riwan fliehen konnte. Hoffentlich hatte sie ihm deutlich genug gemacht, dass er sich aus dem Staub machen sollte.

»Ich bin hier«, rief Nireka, nun wieder mit kontrollierter Stimme, und wischte sich hastig die Tränen vom Gesicht.

Aylen erschien über der Treppe wie ein riesiger Schatten, in dem nur ihr Atem und ein Widerschein in ihren Augen leuchteten. »Wo ist er?«

Nireka schluckte. »Riwan wollte gerade ...«

»Nicht Riwan«, unterbrach Aylen ungeduldig. »Der Gigant!«

Nireka atmete innerlich auf. Je länger sie es hinauszögern konnte, Aylen anzulügen, umso mehr Zeit hatte Riwan, das Weite zu suchen. »Wir haben ihn besiegt. Sabriel hat ihn besiegt. Alles ist gutgegangen. Wir haben beide in den Berg eingeschlossen.« Nireka entfernte sich von der Grotte in der Hoffnung, dass Aylen sich nicht mit eigenen Augen davon überzeugen wollte.

Aylen starrte sie ungläubig an. »So schnell? Wo sind die Drachenkörper?«

Nireka wies in den Abgrund. Ein Knurren drang aus Aylens Kehle, dann glitt sie die Stufen hinab und auf die Leichenberge zu. Sie ließ die Glut in ihrer Kehle heller aufleuchten und hielt auf halber Strecke inne. »Was in aller Ahnen Namen ist das?«

»Der Gigant war ... nun, er war nicht wie andere Drachen. All diese Toten haben in ihm gesteckt.«

Aylen schlich die Treppe weiter hinab, bis sie mit ihren Klauen durch den Schutt fahren konnte. Dann starrte sie zu Nireka auf. »Ich weiß nicht, wen oder was ihr bekämpft habt. Aber das ist nicht der Drache, dem ich in den Berg gefolgt bin.«

Sämtliche Härchen auf Nirekas Haut stellten sich auf. »Was?«

Aylen wich in die Schatten der Felswände und sah sich um. Noch immer hallten die Echos von tropfendem Wasser durch den Berg ... und ein leises Wimmern.

Nireka begriff, dass dies Sabriel sein musste. Sie war in dem Kristall erwacht. Hatte Aylen ihre Stimme erkannt?

Das Wimmern wurde lauter. Unüberhörbar. Aylens Augen

weiteten sich, und sie richtete ihren bohrenden Blick auf Nireka.

Plötzlich drang ein Grollen durch die Ritzen im Gestein. Das wenige Tageslicht verschwand. Irgendetwas musste sich von außen um den Berg schmiegen. Etwas Riesiges.

»Verräter«, bebte eine Stimme durch den Berg. Die Stimme war so tief, dass Nireka das Wort erst nicht verstand. Weit oben verbreiterten sich die Spalten. Felsbrocken fielen aus der Decke. Ein Loch entstand, und Licht strömte ins Dunkel.

Innerhalb eines Herzschlags schoss Aylen in die Höhe, packte Nireka mit einer Kralle und trug sie hoch zum Tor. Sie waren noch nicht ganz oben angekommen, als hinter Aylen gleißende Helligkeit auflöderte. Aylen brüllte vor Schmerz, landete unsanft beim Eingang und schleuderte Nireka von sich, so dass sie über den Steinboden schlitterte. Ihr Drachenleib stand in Flammen. Doch sie hielt ihre Flügel schützend vor Nireka.

Nireka rappelte sich auf und sprang hinter der Felswand in Deckung. Erst da brach Aylen zusammen. Die Schuppen auf ihrem Rücken schmorten und schienen zu schmelzen.

Aylen! Mehr brachte Nireka nicht hervor. Sie spähte um die Ecke. Durch das Loch in der Bergwand, durch das die Feuersbrunst gestrahlt war, drang jetzt nur noch bleiches Sonnenlicht. *Wer ist da?*

Der Gigant von Tahar'Marid, antwortete Aylen, ihre Stimme fern und blass wie ein Gedanke vor dem Einschlafen.

Nireka schüttelte den Kopf. *Aber wir haben den Giganten besiegt! Er hieß Rodred. Erinnerst du dich an den Namen?*

Trotz ihrer Verbrennungen sah Aylen auf. Doch bevor sie etwas sagen konnte, rollte Donner durch den Berg. Es waren Schritte. Und sie kamen näher. Aylen richtete sich ächzend wieder auf und begann aus Nirekas Geisterschatten zu schöpfen.

Zum ersten Mal empfand Nireka ein unangenehmes Ziehen, so als würde mehr von ihr genommen, als sie geben konnte. Oder es war der plötzliche Abbruch der Verbindung zu Sabriel, der als Schmerz in Nireka nachhallte. Ein Gefühl von Leere und Trauer machte sich in ihr breit, löschte alles andere aus. Sie wollte nur noch, dass es aufhörte. Dass ihr Leben aufhörte.

Wenigstens schien Aylen zu erstarken. Zischend härteten sich die Schuppen an ihrem Rücken wieder, und sie legte die versengten Flügel an, wenn auch mit einem schmerzerfüllten Knurren. Sie schlich zu dem größten Tor, das in die Halle führte, und legte sich auf die Lauer. Die Schritte kamen immer näher.

Plötzlich barst die Decke über ihnen, und Feuer strahlte herab. Nireka hechtete zurück in die hohle Bergspitze, doch die Hitze wallte ihr nach und raubte ihr den Atem. Hinter sich hörte sie Aylen brüllen. Große Teile der Decke stürzten ein. Sonnenstrahlen fielen weiß durch den Schutt und den Qualm.

In all der Helligkeit konnte Nireka kaum erkennen, was sich über sie senkte. Der Gigant sah nicht aus wie Rodred, nein. Aber er war mindestens ebenso groß. Sein weißes Schuppenkleid schimmerte wie Perlmutt, und seine dunkelblauen Augen blickten klug und wachsam und ohne einen Funken Mitleid auf Aylen in den Schatten herab.

»Verräter«, grollte er, dass die Steine wackelten. »Du hast sie erweckt. Dafür wirst du bis in alle Ewigkeit leiden.«

»Ich habe niemanden erweckt!« Mehr konnte Aylen nicht sagen. Schon strömte weißes Feuer herab und füllte den steinernen Saal.

Nireka floh hinter Geröll und Trümmer, bis sie fast wieder in der Grotte war. Hinter ihr kochte die Luft vor Hitze. Sie spürte, wie Aylen aus ihr schöpfte. Viel. So viel, dass Nireka das Gefühl hatte, sich zusammenzuziehen und zu verdorren, und eine schreckliche stumme Hoffnungslosigkeit saugte sie leer.

Sie begriff, dass sie starb. Nicht im Körper, sondern im Geist. Sie wurde verzehrt von Aylen, die nicht genug bekam.

Irgendwo hinter meterdicken Felswänden brüllte der weiße Gigant auf. Kleinere Lawinen lösten sich rings um Nireka. Aylen musste eine Attacke gelungen sein, die dank Nirekas Geisterschatten stark genug war, um dem Giganten Schaden zuzufügen.

Wenig später verdunkelte sich das Loch in der Bergspitze, das der weiße Gigant hineingeschlagen hatte, und Aylen kletterte hindurch wie eine Fledermaus. Sie wollte sich offenbar verstecken.

Ich bin hier, ließ Nireka sie wissen.

Aylen blickte zu ihr und nickte dankbar. *Ich weiß, es tut dir weh, aber wir müssen alle Kräfte aufwenden, um ...*

Die Felswand barst, eingeschlagen von einem peitschenden Drachenschwanz. Schnee und bleiches Tageslicht stürzten herab und ließen Asche und Schutt neu aufwirbeln. Nireka kroch weiter hinter die Trümmer, bis sie ins körperwarme Wasser der Grotte platschte. Auch hier war die Luft dick vor Staub und Asche. Doch die Dracheneier glosten gespenstisch durch den Nebel, und fast schien es, als wären Rodred und Sabriel nicht eingeschlossen, sondern schwebten frei in der Luft, nackt und zusammengekauert und ... weinend.

Hinter Nireka polterte Gestein, und Feuer strahlte auf, und sie presste sich die Hände auf die Ohren, ohne zu wissen, was schlimmer war – Aylens Brüllen oder das schmerzerfüllte Weinen der lebendig Begrabenen. Sie ertrug es nicht. Nicht, wenn Aylen sie so leersaugte, dass nichts übrig blieb als die Sehnsucht, endlich zu sterben.

Rodred starrte sie durch den Dunst hindurch an. Für einen Moment erinnerte er sie an ihren Vater. Die beiden Männer mussten im gleichen Alter sein. Instinktiv überkamen Nireka Schuldgefühle, und sie spürte, wie sich neue Geisterschatten um dieses Gefühl mehrten. Und es war nicht nur das Alter, das sie an ihren eigenen Vater erinnerte. Etwas in Rodreds Miene, eine bestimmte Art von Panik, erkannte sie wieder. Es war Panik um das eigene Kind. Oder um jemanden, den man so liebte wie ein Kind.

Totema, dachte sie. *Rodred hat sich in einen Drachen verwandelt, um Totema beizustehen.*

Es war nur eine Eingebung, und sie konnte selbst nicht ganz nachvollziehen, wie sie darauf gekommen war. Aber sie war sich mit einem Mal sicher.

Sie fuhr herum und gab Aylen ein, so deutlich sie konnte: *Dieser Drache ist Totema!*

Einen Moment später hörte sie, wie Aylen seinen Namen rief.

Und der Kampfeslärm erstarb.

28

NIREKA KLETTERTE ÜBER die Gesteinsbrocken, bis sie in den Abgrund spähen konnte. Eine Seite des Berges war eingestürzt, so dass Lichtstrahlen ins Dunkel griffen. Unten im Dunst bewegte sich der weiße Drache. Er schien im Kreis zu schleichen und wirkte dabei wie Wolken, die sich vor einem Sturm verdichteten. Sein Körper war unvorstellbar lang, voll knochiger Wirbel und Hörner, und seine Gliedmaßen hatten etwas Spinnenhaftes.

Als der Staub sich noch mehr legte, sah Nireka, dass Aylen in den Trümmerbergen lag. Sie schien sich aufrichten zu wollen und scheiterte, obwohl sie immer noch gierig aus Nireka schöpfte. Es reichte nicht. Selbst der Rauch, der aus ihren Nüstern drang, wirkte matt.

»Totema«, keuchte sie. »Du ... bist es wirklich.«

»Aylen«, erwiderte der weiße Gigant von Tahar'Marid. Er neigte die Schnauze zu ihr herab. Sein Kopf allein war größer als Aylens ganzer Körper.

Lange Zeit sagte keiner der beiden Drachen etwas. Sie sahen einander nur an, der eine beinah unversehrt, der andere schrecklich verbrannt und kaum in der Lage, sich aufzurichten.

Nireka glaubte schon, sie sprächen im Stillen miteinander, wo sie es nicht hören konnte, doch dann hob Aylen mit letzter Kraft die Stimme: »Verräter.«

Der weiße Drache schloss die Augen. Als er sie wieder öffnete, erkannte Nireka in seinem Ausdruck den Elfen wieder,

der er vor langer Zeit gewesen war. »Nein. Ich habe dich nicht verraten. Ich habe dich beschützt. Du bist zu früh erwacht. Die Welt ist noch nicht bereit für dich.«

Aylens Klauen schrammten über die Gesteinstrümmer, während sie versuchte, auf die Beine zu kommen. Es gelang ihr nicht. Frustriert spuckte sie Feuer nach Totema, doch er machte sich nicht einmal die Mühe zurückzuweichen. Die Flammen berührten ihn nur flüchtig.

»Du hast Rodred besiegt«, stellte Totema fest, als bemerkte er erst jetzt, wo sie sich befanden. Er sah sich in dem zerstörten Berg um. Betrachtete die Hügel aus Asche, zermalmtem Fels und Leichen. »Rodred hat sich freiwillig hier hineinbegeben, nachdem ich ihm gezeigt hatte, wie man sich in einen Drachen verwandelt. Ich habe ihn alle Drachen fressen lassen, die ich besiegt habe, und im Gegenzug hat er die Eier im Berg bewacht. Er ist so riesig geworden und war trotzdem so schwach, dass er nicht mehr rauskam.«

Der weiße Drache begann zu lachen, dass die Steine bei den tiefen Lauten hüpften. »Wahrscheinlich wusste Rodred gar nicht, dass er gefangen war. Drachen sollten keine Aasfresser sein. Es macht sie ... dumm.« Er lachte noch lauter. Sein Lachen erfasste seinen ganzen Körper, und noch mehr Gestein brach aus den Felswänden und stürzte in den Abgrund, ohne dass es ihn gestört hätte. Es schien fast, als würde er sich erst jetzt wieder daran erinnern, wer Rodred gewesen war. Es amüsierte ihn offenbar ungemein.

»Wieso Rodred?«, keuchte Aylen. »Von allen Zauberern, die unsere Feinde waren, hast du dich mit dem verbündet, den ich am meisten gehasst habe!«

Totema verstummte nachdenklich. »Das stimmt. Freust du dich nicht über sein erbärmliches Schicksal? Irgendjemand musste die Dracheneier für mich bewachen. Irgendein armer Dummkopf. Aber es scheint, dass Rodred *zu* dumm geworden ist, um seine Aufgabe noch zu erfüllen.« Totema hielt inne. Sein Blick wanderte die Felswände entlang.

Nireka duckte sich tiefer hinter die Felsbrocken. Hielt den Atem an. Er konnte sie sicher nicht sehen, aber vielleicht spürte er ihre Geisterschatten.

»Wer hat dich erweckt?«, fragte er Aylen.

»Jedenfalls nicht der Mann, dem ich vertraut habe«, knurrte sie.

»Ich habe es für dich getan«, sagte er in einem erstaunten Tonfall, als könnte er sich kaum vorstellen, wieso ihr das nicht klar war. »Ich wusste, dass du nicht in der Lage sein würdest, andere Drachen zu bekämpfen. Nur ich konnte das tun. Ich wollte dich erst erwecken, sobald die Welt von unseren Feinden befreit wäre. Ich habe es fast geschafft. Noch fünfzig oder hundert Jahre, dann werde ich auch den letzten Drachen besiegt und in einen Zauberberg gesperrt haben.«

»Und dann hättest du mich erweckt?« Aylen schnaubte. »Du wusstest bis eben schon nicht mehr, dass Rodred dein Wächter war. Du hast mich verraten und vergessen.«

»Das stimmt nicht ... Ich habe dich oft besucht und in deinem Ei betrachtet. Wie könnte ich dich vergessen?«

Nireka spähte wieder hervor und sah, wie der riesige weiße Drache die Brandwunden an Aylens Rücken leckte. Rauch stieg von ihren Schuppen auf, doch sie schienen danach wieder zu glänzen, was bewies, dass Totemas Fürsorge heilend wirkte.

Aylen aber wich zurück, buckelte und spie ihm entgegen: »Du warst eifersüchtig, dass die drei Drachen mich geliebt und dir misstraut haben. Du hast geglaubt, ich würde wie sie werden und dich nicht mehr lieben, sobald ich meine Gestalt ändere. Erinnere dich, Totema ... Es war so.«

Er lauschte ihren Worten eine Weile nach. »Ich hatte Angst, ja. Aber nicht, dass du wie sie wirst und deine Menschlichkeit verlierst, sondern, dass du deine Menschlichkeit nie *vergessen* kannst. Besens wegen. Als du dich verwandelt hast und Besen weiter um dein Ei flog, ohne zu verenden, wusste ich, dass du ihn nie loswerden wirst. Er ist und bleibt deine Schwäche. Bis in alle Ewigkeit.«

Sie sahen sich an. Aylen erwiderte nichts. Sie schien unsicher, ob sie ihm glauben sollte.

»Ich weiß, du wolltest kämpfen«, sagte er zärtlich. »Das wolltest du immer. Aber mehr und mehr Zauberer machten sich unsterblich. Mit dir als Drache und mir als Quelle hätten wir sie niemals besiegen können. Selbst auf die effizienteste Weise habe ich es bis heute nicht geschafft, alle auszurotten.«

Aylen wich neuerlich ein Stück vor ihm zurück, als er sich ihr näherte, um sich weiter um ihre Wunden zu kümmern. »Du glaubst diese Lügen wahrscheinlich selbst.«

Er begann zu lachen. »Es ist wie früher! Als wäre nur ein Tag vergangen. Ach, Aylen. Ich habe dein freches Mundwerk vermisst.«

Sie spuckte ihm Feuer gegen die Wange. Er zuckte zurück. Sein Lachen verklang. Für einen Moment schien er zu erwägen, sie mit einem Biss zu töten. Doch dann sagte er ruhig: »Du willst kämpfen? Gut. Dann bringen wir es von nun an gemeinsam zu Ende. Es gibt noch mindestens sieben Drachen in Tana. Sie sind alle sehr mächtig. Nicht so mächtig wie ich ... aber gefährlich genug. Wir werden sie gemeinsam jagen und in die Zauberberge bannen. Was sagst du?«

»Aus keinem anderen Grund bin ich noch am Leben«, knurrte Aylen. »Aber warum sollte ich dir trauen?«

»Weil ich dich noch nicht vernichtet und in den Berg geschlossen habe.« Er legte den Kopf schief und sah sie an. »Ich könnte dir das nicht antun, ganz gleich, wie sehr du mich beleidigst. Niemals würde ich dich in den Berg schließen. Niemals würde ich das Risiko eingehen, dass irgendein sterblicher Wurm ankommen und deinen Namen sagen kann und dann deine Tränen trinkt. Deshalb habe ich dich auf deiner Burg im Meer gelassen. Ist das Beweis genug, dass ich nur aus Liebe zu dir gehandelt habe?«

Sie schwieg. Ihre Wunden schienen ihr immer noch zu schaffen zu machen. Sie sackte zu Boden, obwohl sie offensichtlich versuchte, keine Schwäche zu zeigen. »Ich vertraue dir nicht«, murmelte sie. »Aber ich werde die Drachen in die Berge schließen, einen nach dem anderen, und wenn du mitmachst … von mir aus.«

Der weiße Drache verkniff sich ein Lachen und nickte. »Dann haben wir also eine Abmachung.« Er zögerte. »Wenn wir zusammenarbeiten wollen, musst du unverletzt sein. Darf ich?«

Er beugte sich wieder zu ihr herab. Aylen wich diesmal nicht zurück. Behutsam leckte er ihr über die Verbrennungen, und Aylen kniff die Augen zu. Rauch stieg von ihren Schuppen auf. Sie atmete tief aus.

»Du wirst dich eine Weile erholen müssen«, sagte er. »Und du musst dich stärken.«

Er hob ihre Vordergliedmaße vorsichtig an, um auch die Verbrennungen an ihrer Brust und ihrem Bauch zu belecken. Sie schien dem Drang zu widerstehen, sich vor Schmerz zusammenzukrümmen.

In dem Moment drang ein klägliches Heulen aus dem Kristall, in dem Rodred gefangen war. Nireka fuhr zusammen und blickte über die Schulter zu dem lebendig Begrabenen. Sein Gesicht war eine entsetzliche Grimasse der Verzweiflung. Er wand sich wie ein Ertrinkender, und sein Heulen schien erst leiser zu werden, doch dann begann er zu wimmern, und dieses Wimmern stieg so laut und deutlich aus dem Kristall, als stünde er direkt neben Nireka.

Nun begann auch Sabriel zu schluchzen. Es war das leiseste, hoffnungsloseste Schluchzen, das Nireka je gehört hatte, doch es hallte lauter als ein Schrei durch die Grotte.

»Hast du sie erweckt?«, knurrte Totema und wich vor Aylen zurück.
»Bist du verrückt? Niemals!«
»Dann war es deine Quelle.« Er schüttelte den Kopf, und seine Stimme bebte vor Zorn. »Jetzt haben wir einen Zauberer, um den wir uns kümmern müssen.«
»Sie hätte das nicht getan«, murmelte Aylen. »Niemals.«
Nireka, hallte Aylens Stimme in ihr herauf. *Sag mir, dass du das nicht getan hast.*
Nireka kauerte sich hinter den Felsen zusammen und starrte auf den Mann und die Frau in ihren engen Gefängnissen. *Verzeih mir. Ich konnte es nicht verhindern.*
»Riwan!«, stieß Aylen aus. »Und du hast zu ihm gehalten!«
»Sie ist noch hier?«, fragte Totema.
Sein Tonfall ließ Nireka aufspringen. Sie hätte längst fliehen müssen. Sie sah sich verzweifelt um. Ein Weg führte hinter den Quellen in die Tiefe. Dort entlang musste auch Riwan geflohen sein. Sie rannte los.
Hinter ihr bröckelte der Fels, als der weiße Drache den Weg zur Grotte freilegte. Sie warf einen Blick über die Schulter zurück. Sein gigantisches, dunkles Auge lugte herein und zuckte nach links und rechts, um sie zu suchen, und sie hörte, wie er sagte: »Ich hole sie dir zurück. Und dann kannst du dich an ihr stärken.«

Nireka schlitterte durch den finsteren Tunnel in die Tiefe. Manchmal glaubte sie, Stufen unter ihren Füßen zu ertasten, aber alles war so feucht, dass sie ohnehin eher rutschte als lief. Hinter ihr ächzte und donnerte der Berg. Vielleicht, weil Totema Felswände einschlug. Oder weil er einfach nur in der Nähe seine gigantischen Tatzen aufsetzte.

Sie gelangte in eine lange Halle. Durch leere Fensterbögen wehte Schnee herein. Draußen lag das Land im Dunst wie eine verschwommene Erinnerung. Nireka lief an den Bögen vorbei und suchte nach einem Weg oder einer Treppe bergab, doch es führten nur Gänge weiter in den Berg hinein oder aufwärts. Ein Abgrund, dessen Tiefe nicht zu ermessen war, trennte die Halle von den felsigen Hängen jenseits, die weit unten in das Tal mündeten, an dem sie und Riwan heute vorbeigekommen waren. Nireka blickte in den Abgrund hinab, dann suchte sie auf der anderen Seite eine Fußspur im Schnee. Sie sah nichts. Doch Riwan war vielleicht durch das Tal gegangen. Und was blieb ihr anderes übrig, als durch die Schlucht zu fliehen? Im Berg würde sie gewiss nicht bleiben.

Sie stieg durch einen der Fensterbögen, drehte sich um und ließ sich vorsichtig an der Klippe hinunter. Zum Glück war die Oberfläche des Gesteins so uneben, dass es viele Stellen gab, um die Füße aufzusetzen und sich festzuhalten. Jedenfalls hier oben. Sie betete, dass …

Aus dem Himmel kam eine riesige Klaue, bohrte sich am Rücken durch ihre Kleider und schwang sie in die Lüfte. Nireka blieb ein Schrei im Hals stecken. Plötzlich zappelte sie wie ein Wurm vor der Schnauze des weißen Giganten, und alle Pläne, alle Hoffnungen schmolzen in seinem heißen Atem wie Schneeflocken. Nireka wurde sich ihrer Schwäche schmerzlich bewusst. Ihrer entsetzlichen Verletzlichkeit. Er könnte sie mit einem Zucken seiner Klaue töten. So einfach.

Er hielt sie weiter von sich weg, um sie wie irgendeinen Gegenstand zu begutachten. Dann hob er sie wieder dicht vor sein Auge. Sie spiegelte sich in der Pupille wie in einem stillen schwarzen Teich.

»Hast du keine Kontrolle über deine Geisterschatten?« Er schüttelte sie ein wenig. Als würde sie das irgendwie dazu bringen, ihre Geheimnisse preiszugeben.

Nireka beging den Fehler, nach unten zu schauen. Selbst wenn sie nicht in die Schlucht, sondern auf den verschneiten Hang fiele, wäre ein Sturz aus dieser Höhe tödlich. Ohne dass sie es verhindern konnte, drang ein angstvolles Wimmern aus ihrem Mund.

»Wieso versuchst du nicht zu zaubern?«, fragte Totema.

Seine ruhige Neugier gemahnte Nireka an den Mann aus Aylens Erinnerung. Sie kannte ihn. Zumindest seine Vergangenheit. Sie versuchte, sich darauf zu konzentrieren. Ein wenig half es, ihre Panik in den Griff zu bekommen.

»Ich ...« Sie schluckte. »Ich habe nicht von den Tränen getrunken. Ich habe die Drachen nicht erweckt. Ich bin auf eurer Seite. Auf deiner, Totema.« Ihre Stimme war so schwach und hauchig, dass er sie wahrscheinlich kaum verstanden hatte. Doch er kniff die Augen zu schmalen Schlitzen zusammen, als sie seinen Namen aussprach. Deutlicher wiederholte sie: »Ich will die Drachen in den Berg bannen, aber ich will nicht, dass sie leiden. Ich will nicht auf ihre Kosten zur Zauberin werden. Ich schwöre es, Totema!« Da er schwieg, nutzte sie ihre Chance und fuhr fort: »Erinnerst du dich? Du und Aylen, ihr beide. Totema und Aylen gegen den Rest der Zauberer. Ihr hattet Mitleid mit den lebendig begrabenen Hexen. Und die drei, die ihr befreit habt ... die haben euer Mitleid ausgenutzt.«

Der Atem des Drachen schlug ihr als Hitzewelle entgegen, und ein Knurren lag darin, das ihre Knochen vibrieren ließ. »Woher weißt du davon?«, fragte er.

Nireka atmete innerlich auf. Wenn sie sich jetzt richtig anstellte und hin und wieder seinen Namen sagte, ohne dass es wie Absicht wirkte, konnte sie ihn vielleicht wieder an den Mann erinnern, der er einst gewesen war.

Sie fuhr sich mit der Zunge über die trockenen Lippen. »Aylen hat mich als Quelle benutzt, um sich an ihre Vergangenheit zu erinnern. Ich habe alles gesehen. Auch dich. Sehr viel von dir, Totema. Und von den drei Drachen, die ihr befreit habt. Odriel, Irosal und ... nun, ich sage ihren Namen sicherheitshalber besser nicht. Ich weiß, dass du dich seitdem fragst, ob Aylen sich in einen Drachen verwandeln wollte, um mit dir die drei zu bekämpfen, oder ... oder um eine von ihnen zu werden und dich zu verlassen. Ich kenne die Wahrheit, Totema. Ich ...«

Sein Knurren ließ sie verstummen. Doch sie zwang sich, seinen Blick fest zu erwidern, obwohl sie am liebsten die Augen geschlossen und gewimmert hätte.

»Denkst du, ich bin wie du?«, donnerte er. »Du bist sterblich, und ich bin ewig. Was damals in dem Herzen der Frau vorging, ist mir gleich. Es war vergänglich.«

»Das war es«, sagte sie mit einer Ruhe, von der sie nicht wusste, woher sie sie nahm. »Aber sie hat sich mit meiner Hilfe daran erinnert. Und ihre vergänglichen Gefühle von damals haben sie in die Ewigkeit verfolgt. Willst du nicht wissen, mit wem du dich zusammentust?«

Er betrachtete sie aus schmalen Augen. Dann begann er sie zu schütteln.

Nein, sein Körper bebte nur. Weil er wieder lachte. Er schwang sie zur Erde und setzte sie auf einem Felsen ab, der aus den Schneewehen ragte. Nireka spürte, wie seine Krallen an ihrem Rücken vorbeischrammten, als er sie losließ, und keuchte. Obwohl ihr nichts weh tat, fasste sie sich an den Rücken und sah nach, ob sie blutete. Nein, sie war unverletzt. Es kam ihr wie ein Wunder vor.

»Alle Sterblichen lügen. Deine Worte sind wertlos.« Er neigte sich zu ihr herab, und der Rauch, der aus seinen Nüstern drang, raubte ihr den Atem. Für eine Weile sah sie nichts mehr in den dichten, rußigen Schwaden. »Aber du wirst mir mit deinen Geisterschatten in die Vergangenheit leuchten, damit ich meine eigenen Erinnerungen wiederhabe. Dann weiß ich alles, was ich wissen muss.«

Nireka unterdrückte nur mit Mühe ein Lächeln. Jetzt war er von selbst auf das gekommen, was sie gewollt hatte. Sie gab sich zögerlich. »Ich weiß nicht, ob das möglich ist. Ich bin Aylens Quelle und muss sie erst –« Sie schnappte nach Luft.

Ohne um Erlaubnis zu bitten oder es auch nur anzukündigen, begann Totema, aus ihren Geisterschatten zu schöpfen.

29

ER FÜHLTE SICH ganz anders an als Aylen. Oder Sabriel. Wie etwas Metallisches drang er in sie ein und riss sie zu sich herüber. Ihr blieb keine Wahl. Sie konnte nur gegen den Impuls ankämpfen, sich ihm zu verschließen. Es würde entsetzlich weh tun, wenn sie versuchte, gegen seinen Willen aufzubegehren, das ahnte sie. Vielleicht würde sie auf irgendeine Weise sogar zerbrechen, wenn sie sich widersetzte ... zumindest schien er ihr das mit seiner Grobheit klarmachen zu wollen.

In ihm herrschte Finsternis. Ein unermesslicher Raum der Stille und Lichtlosigkeit. Eine Hand schien nach Nireka zu greifen, aber diese Hand war viel zu riesig, kalt und wolkig. Nireka erinnerte sich aus Aylens Vergangenheit, wie Totema als Mann ausgesehen hatte, und sie half ihm, in seinem Geist Gestalt anzunehmen. Groß und knochig, mit silbrig blondem, feinem Haar und Augen, die traurig und empfindsam unter den Brauenknochen hervorblickten ... Und seine Hand, die eine, die ihm geblieben war. Sie fasste nach Nireka und verfehlte sie abermals.

Ich habe keine Hand mehr.

Dieser schockierende Gedanke fuhr wie eine Klinge durch sein Bewusstsein.

Plötzlich waren sie in einem verschneiten Hof. Nicht Mauern umgaben den Platz, sondern mächtige Bäume, in die Türen und Fenster und Balkone gebaut worden waren. Totema, keine fünfzehn Sommer alt, fiel auf die gefrorene Erde. Blut schwappte in heißen Schüben aus seinem Unterarm, der seltsam geknickt war. So viel Blut, dass ihm schlecht wurde und er vom Magen aus zu erfrieren glaubte.

Sein Vater, der angeheiratete Gemahl der Fürstin, warf das Schwert klirrend zu Boden. Oder vielleicht fiel es ihm auch aus der Hand. Totema sah seine Stiefel vor sich. Sah, dass er schwankte. Weil sein Vater sturzbetrunken gewesen war, als er auf dem Kampf mit scharfen Waffen bestanden hatte.

»Sag ich doch«, murmelte sein Vater. »Aus dem wird nie was.«

Er trat von einem Fuß auf den anderen, drehte sich dann um und ging davon, fort von Totema und den Zuschauern und von den Lichtern des Banketts, das drinnen stattgefunden hatte. In Totemas Erinnerung ging sein Vater in die Dunkelheit und kehrte nie wieder.

Tatsächlich war sein Vater nur für eine Weile aus Totemas Leben verschwunden. Zwei Jahre später hatte Totema ihn wiedergesehen, bei einem feierlichen Empfang mit vielen Leuten. Sein Vater hatte ihn kaum angesehen. Früher hatte Totema geglaubt, sein Vater schäme sich für ihn, weil er nicht gut genug für ihn war. Inzwischen wusste er, dass sein Vater sich für sich selbst schämte. Dafür, dass er für immer nur der Gemahl der regierenden Fürstin war. Dafür, dass er seinen Posten als höchster General nur dem Umstand zu verdanken hatte, dass die Fürstin sich in ihrer naiven Mädchenzeit in ihn verliebt hatte. Und auch für das, was er seinem jüngsten Sohn im Suff angetan hatte.

In jener Nacht war auch Totema in der Dunkelheit verschwunden, aber nicht wie sein Vater torkelnd, sondern getragen von Rittern und Knechten. Als er zu sich kam, lag er im Bett, konnte seine Fieberträume nicht von der Wirklichkeit unterscheiden und stöhnte vor Schmerz. Er blickte an sich herab. Es musste ein Traum sein. Der Stumpf, der grotesk aus ihm herausragte, ergab keinen Sinn. Er kniff die Augen zu, versuchte, eine Faust zu machen, und wand sich vor Schmerzen. Er sah wieder hin. Da traf ihn die Erkenntnis, und zwar so hart wie der Hieb seines Vaters.

Ich habe keine Hand mehr.

Er war ein Krüppel. Ein erbärmlicher Nichtsnutz, der nicht einmal sagen konnte, dass er seine Hand heldenhaft in einem Krieg verloren hatte.

Untauglich für die Laufbahn eines Kriegers, wie er nun war, schickte man ihn zum Erzmagier der Elfen, damit er ein Zauberer wurde. Totema war das recht gewesen. Er hatte immer das Lernen aus Büchern den Kampf- und Reitübungen vorgezogen. In den stillen, dunklen Hallen im Berg Faysah konnte er sich den Zauberstudien widmen und sein bisheriges Leben vergessen. Nur in den Nächten, wenn die anderen Lehrlinge heimlich Bier tranken und ihr Lachen durch die Gänge hallte, schrak Totema aus dem Schlaf, und die schlimme Erkenntnis sauste auf ihn herab: Sie war weg, seine Hand, einfach weg. Und der nutzlose, groteske Stumpf gehörte jetzt zu ihm.

Der Stumpf hörte auch nicht auf weh zu tun. Ein ziehender, nörgelnder, juckender Schmerz wollte ihn einfach nicht vergessen lassen, dass er einen Teil von sich verloren hatte. Manchmal, besonders wenn es regnete, wurde der Schmerz so stark und pochend, dass er fast glaubte, ihm würde eine neue Hand wachsen. Doch nichts wuchs. Der Stumpf, der im ersten Jahr noch eiterte und nässte und mit stinkenden Pasten betupft werden musste, war wie ein gefällter Baum. Er konnte nur verfaulen.

Totema dachte viel über die Vergänglichkeit und den Tod nach. Vielleicht faszinierten ihn auch deshalb die Dracheneier so sehr, in denen sich die unsterblichen Hexen wanden. Bevor er nach Faysah gekommen war, hatte er sich keine Vorstellung davon gemacht, wie genau die Drachen in den Zauberbergen gebannt wurden. Es wäre ihm nie in den Sinn gekommen, dass die Ungeheuer aus grauer Vorzeit wieder in Eiern steckten, und erst recht nicht, dass sie in diesen kristallenen Eiern Frauen waren. Wenn er sie sah und ihr Schluchzen und ihre Schmerzensschreie hörte, konnte er sich kaum vorstellen, dass sie sich in Bestien verwandeln würden, wenn man sie freiließ. Es war unmöglich, sie nicht zu bemitleiden, ganz gleich, was für beschwichtigende Geschichten Meister Rodred über sie erzählte. Und doch ... doch beneidete Totema diese heulenden, ewig gefangenen Frauen um eines: nichts würde sie in ihrem Kristallei je zerstören. Sie würden ganz bleiben, und zwar für immer. Ihr Leid hatte etwas Nobles, weil es das Gegenteil von allem war, woran ein Sterblicher leiden konnte: dem Zerfall. Und hatten die Hexen sich nicht einst für dieses Dasein entschieden? Wer würde sich, wenn er die Wahl hätte, unsterblich zu werden, nicht dafür entscheiden? Selbst angesichts des Risikos, auf so erniedrigende Weise gefangen gehalten zu werden. Denn diejenigen, die die Hexen bannten, waren immer noch sterbliche Zauberer. Sie konnten einen Fehler begehen. Die Hexen hatten alle Zeit der Welt, darauf zu warten. Eines Tages, egal, wie lange es dauern mochte, würden sie wieder frei sein ...

Das schien Totema so offensichtlich, dass er nicht begriff, mit welcher Gelassenheit die anderen Lehrlinge und Zauberer ihre Tränen trinken konnten. Manchmal, wenn er allein in die Grotte mit den Kristalleiern schlich, versuchte er, mit ihnen zu sprechen. Er fragte sie, wie sie sich unsterblich gemacht hatten, doch sie antworteten immer nur mit Schluchzern. Lediglich in seinen Träumen redeten sie mit ihm. Dann versprachen sie ihm mit den schönsten Stimmen, ihn zu sich ins ewige Leben zu holen. Und er würde mit ihnen unbesiegbar sein. Er müsste sie bloß aus dem unnachgiebigen Fels des Zauberbergs befreien.

Von allen Zauberern, denen er in seinen Jahren als Lehrling

und dann als Gehilfe von Meister Rodred begegnete, schien sich niemand wirklich für die unsterblichen Hexen zu interessieren. Es war ihm unbegreiflich. All die gelehrten Männer blickten geflissentlich über die grausige Quelle ihrer Macht hinweg. Es musste ihnen zu unangenehm sein, darüber nachzudenken, wer die Hexen einst gewesen waren, wie sie sich unsterblich gemacht hatten und ob es nicht noch viel größere Zauberkünste gab, die diese wortlosen Gefangenen hüteten.

Totema konnte den Mangel an Neugier schwer nachvollziehen. Ihn reizten immer die Wahrheiten am meisten, die unangenehm waren und sogar weh taten, so wie die Tatsache, dass alle Zauberei auf dem Elend der unsterblichen Hexen beruhte.

Und dann kam Aylen und stellte als Außenseiterin die Welt der Zauberer im Alleingang auf den Kopf. Es war Totema unmöglich, sie dafür nicht zu lieben. Lange Jahre verehrte er sie heimlich, während er sie mit seinem Meister bekämpfen musste. Doch schonte er sie nicht. Hätte sie seine Angriffe oder die der anderen Zauberer nicht abwehren können, wäre seine Bewunderung für sie ins Wanken geraten. Aber sie enttäuschte ihn nie. Es war fast wie ein Spiel: Er stellte ihr Fallen, aus denen sie lernen konnte, und sie brachte ihm mit ihren unerwarteten Lösungen Dinge bei, die er nicht in den Zauberbüchern von Faysah nachlesen konnte.

Als Aylen Rodred verfluchte und Rodred im Sterben lag, freute sich Totema insgeheim. Endlich konnte er Aylen nach Faysah einladen. Dass sie sich tatsächlich einverstanden erklärte, mit ihm zu gehen, war das größte Glück seines Lebens.

Noch bevor sie Faysah erreichten, waren sie engste Vertraute geworden. Aylen zeigte ihm, wie man sich reglos machte und die Welt unter sich davonziehen ließ. In der Zeit des Stillstands, in der Faysah zu ihnen geflogen kam, weihten sie einander in ihr geheimes Wissen ein. Die Sonne stieg und sank um sie, und sie saßen sich am Himmel gegenüber und redeten und redeten, und Totema konnte nicht aufhören, Aylens Gesicht zu betrachten. Dieses ausdrucksvolle Gesicht, von dessen Mimik er keinen Augenblick verpassen wollte.

Totema führte Aylen wie einen Ehrengast in den Zauberberg und stellte sie den Lehrlingen als Zauberin vor. Er bot den Lehrlingen an, sich ihm und Aylen anzuschließen oder Faysah zu verlassen. Niemand wagte, sich offen zu empören, doch nach und nach stahlen sie sich davon, um ihren Vätern, allesamt mächtige Zauberer im Dienste von Königen und Fürsten oder selbst Könige und Fürsten, von dem Skandal zu berichten, dass Totema die berüchtigte Diebin des Tränenwassers in Faysah beherbergte. Zuletzt blieb kein einziger Lehrling, um sich ihrer Sache anzuschließen.

Doch im Grunde war Totema froh, mit Aylen allein zu sein. Nichts hatte ihm je so viel Spaß gemacht, wie Aylen dabei zuzusehen, wie sie nächtelang durch die Gänge der Bibliothek in dem hohlen Zauberberg wanderte, Folianten und Schriftrollen herauszog und vor Staunen nach Luft schnappte. Er zeigte ihr alles, wovon er glaubte, dass es sie entzücken würde, und das war viel. Sie lasen im Schein von Kerzen, bis ihnen die Augen weh taten, diskutierten sich die Münder trocken und schrieben begeistert Ideen auf. Sie verkohlten sich die Haare bei Experimenten, brachten Mauern zum Einsturz und mehrmals um Haaresbreite den ganzen Zauberberg. Sie versetzten sich gemeinsam so tief in Trance, dass sie fast nicht wieder herauskamen, und sie verblüfften einander mit immer neuen, immer ungewöhnlicheren Einfällen, um ihr großes Ziel zu erreichen: die Dracheneier aus dem Berg zu lösen.

Es blieb kaum ein Atemzug, um über Persönliches zu sprechen. Dadurch wahrten sie bei aller Innigkeit einen gewissen Abstand. Wenn sie schlafen mussten, verabschiedete Aylen sich in das schönste Zimmer für hohe Gäste, in dem Totema sie untergebracht hatte, und er ging in seine Gehilfenkammer, obwohl er in die Gemächer des Erzmagiers hätte umziehen können, die Aylens Raum näher lagen.

Er hatte keine Eile, die Frau, die er liebte, zu seiner Geliebten zu machen. Er wusste, dass er Aylen vom ersten Tag an näherstand als irgendwer sonst, und das genügte ihm vorerst. Ihre Einsamkeit sprach aus jedem Blick, jedem Zögern, jeder kleinen Angeberei.

Mit Sanftmut und Ehrlichkeit ließ er alle bewussten und unbewussten Versuche Aylens, mit ihm zu konkurrieren, ins Leere laufen. Er beschönigte vor ihr nichts, bis sie den Mut fand, ebenso aufrichtig mit ihm zu sein. Was hätte Totema sich mehr wünschen können? Sie leuchteten die toten Winkel des jeweils anderen aus und brachten ihre Fähigkeiten und Talente zum Erblühen. Aylens spontane, geniale Einfälle konnte Totema durch sein weitreichendes Wissen fördern, und sie vertiefte mit ihren klugen Fragen sein Verständnis vom Wesen der großen Gegensätze, wie kein Buch und erst recht kein Zauberer es vermocht hätte. So kamen sie gemeinsam darauf, wie die Dracheneier zu befreien waren.

In der Nacht, in der das Gestein des Berges die Kristalle freigab, umarmten Aylen und Totema sich zum ersten Mal. Sie hüpfte vor Freude auf der Stelle, und er hob sie hoch und schwang sie im Kreis, wobei ihm peinlich bewusst war, dass er sich vermutlich viel ungeschickter anstellte als jemand, der noch beide Hände hatte. Er setzte sie wieder ab und trat einen Schritt zurück und schob unauffällig seinen versehrten Arm hinter den Rücken, wie er es zu tun pflegte.

»Wollen wir Wein trinken? Ich weiß, wo Rodred die guten Fässer aufbewahrt«, sagte er.

Sie hatten bisher nichts davon getrunken, weil sie in vollem Besitz ihrer geistigen Kräfte bleiben wollten – und mussten, da sich neuerdings die magischen Attacken ihrer Gegner mehrten. Sie hatten zwar verschiedene Schutzbannzauber um sich gelegt, doch es konnte jederzeit geschehen, dass ein Angriff diese durchdrang. Aber heute wollten sie feiern. Aylen nickte.

Sie machten sich auf zu den Vorratskammern und bedienten sich nicht nur am Wein, sondern auch an der Erdbeermarmelade, dem Käse, dem Kastanienzwieback und den Zuckernüssen, mit denen sie ansonsten sparsam haushielten, weil ungewiss war, wie lange sie abgeschieden im Berg Faysah bleiben würden. Beladen mit Leckereien, gingen sie zurück zur Grotte und aßen und tranken und beobachteten, wie die drei Dracheneier allmählich immer undurchsichtiger und dunkler wurden, bis die Hexen darin kaum noch zu sehen waren. Ihr Weinen war vermutlich zum ersten Mal, seit sie gebannt worden waren, verklungen. Im Berg breitete sich eine warme, friedliche Stille aus.

»Wie bist du zu Besen gekommen?«, fragte Totema, als der Wein ihm zu Kopf zu steigen begann und seine sonstige Zurückhaltung lockerte.

Aylen sah ihn auf diese Weise an, bei der er nie wusste, ob sie gleich lächeln oder ihn schroff zurechtweisen würde. Doch diesmal tat sie keins von beidem, sondern erzählte ihm einfach von ihrer Vergangenheit.

»Ich weiß nicht, wann er mich umbringen wird«, schloss sie ruhig. »Aber eines Tages, wenn mich nichts anderes umbringt, wird er mir meinen restlichen Lebenswillen entziehen. Und dann wird ein Baum wachsen, wo ich gestorben bin.« Sie zuckte die Schultern. »Vielleicht nicht die schlimmste Art, das Zeitliche zu segnen.«

Totema starrte zu Boden. Dass sie so gelassen sprach, ohne ein Fünkchen Selbstmitleid, tat ihm am meisten weh. »Es muss nicht dazu kommen. Die Drachen werden uns verraten, wie sie die Sterblichkeit überwunden haben.«

Nun lachte Aylen. »Ich will nicht unsterblich sein! Niemals.«

»Wieso nicht?«, fragte er erstaunt.

»Versuche, es dir wirklich vorzustellen: ein ewiges Leben im

Hier und Jetzt. *Ewig*. Ich kann es mir, ehrlich gesagt, nicht vorstellen. Also kann ich es auch nicht wollen.«

»Ich habe keine Angst davor. Wenn ich genug vom Leben habe, kann ich mich in mein Ei zurückziehen und auf bessere Zeiten warten.«

»Und wenn dich jemand in einen Berg bannt und jahrtausendelang quält?«

»Dann werden es ein paar ungemütliche Jahrtausende. Aber am Ende werde ich bleiben, und alle erbärmlichen Zauberer werden vergehen. Am Ende siegen die Ewigen immer, weil nur sie *immer* sind.« Wie zum Beweis wies er mit dem Kopf auf die Dracheneier.

»Vielleicht macht genau das mir Angst«, erwiderte Aylen. »Es gibt nichts mehr zu gewinnen. Oder zu verlieren.«

Nun grinste Totema. »Das hätte ich mir denken können. Dass du kein Leben willst, in dem man sich nicht mehr mit anderen messen muss.«

»Es geht nicht um andere«, sagte sie ernst. »Es geht um *das* Andere. Den Tod. Wir wissen nicht, was passiert, wenn unser Körper aufhört zu funktionieren. Ob wir verschwinden wie die Flamme einer Kerze oder ob etwas danach kommt, und wenn ja, was. Wenn ich mir die Lösung dieses Rätsels vorenthielte, und zwar für alle Zeiten, dann würde ich mich schrecklich gefangen fühlen. Schau sie dir doch an: Sie sind ewig gefangen in einem Kristall.«

Totema betrachtete die Eier. Natürlich, es war eine entsetzliche Vorstellung, für immer so eingeschlossen zu sein. Aber wenn man einen neuen Körper bekam, den niemand zerstören konnte – was interessierte einen dann noch das Ei, in dem dieses neue Leben gewachsen war?

Er trank noch mehr Wein, und eine angenehme Müdigkeit kroch durch seine Adern. Er lehnte sich gegen die Felswand, die durch Zauberei körperwarm gehalten wurde, und sagte:

»Du hast recht. Wir wissen nicht, ob etwas nach dem Tod kommt. Vielleicht kommt nichts. Aber das Leben kennen wir. Ich will bleiben und das Ende der Zeiten erleben, sofern es je ein Ende geben wird.«

»Meinst du nicht, es wird bis dahin schrecklich langweilig?«

»Hängt davon ab, mit wem man die Unsterblichkeit teilt«, antwortete er. Beseelt vom Mut, den der Wein ihm einflößte, strich er eine Locke glatt, die an Aylens Hinterkopf abstand.

Sie warf ihm einen Blick aus den Augenwinkeln zu, der wieder schwer zu deuten war. »Was ist mit deiner Hand passiert?«, fragte sie. »Hast du eine Frau angefasst, die du nicht hättest anfassen sollen?«

»Niemals«, gab er leise zurück. »Nur die Richtige.« Er strich über ihren zierlichen Nacken, dann über ihre Wange und über ihren Mund. Wie oft er sich vorgestellt hatte, ihre Lippen zu berühren.

Für einen Moment schloss sie die Augen, und er spürte ihren Atem auf seinen Fingern. Dann wich sie zurück und sah ihn aus ihren unergründlichen Augen an. »Und wenn die Drachen geschlüpft sind? Bin ich dann noch Ehrengast auf Faysah, oder ist unsere Zusammenarbeit dann beendet?«

»Wenn die Drachen geschlüpft sind«, sagte er, »werden wir zuerst die anderen beiden Erzmagier besiegen und auch die Drachen aus Tahar'Marid und Gothak befreien. Und dann lassen wir uns von unseren Drachenfreunden sagen, wie man unverwundbar wird. Und schließlich befreien wir dich von deinem hölzernen Begleiter und sorgen dafür, dass dir nichts und niemand mehr etwas anhaben kann, zumindest, solange ich lebe. Weil ich keinen Tag mehr ohne dich verbringen will. So stelle ich mir vor, dass unsere Zusammenarbeit weitergeht.«

Sie schmiegte ihr Gesicht in seine Hand. Doch sie murmelte: »Ich traue dir nicht. Je süßer deine Worte sind, umso größer wird mein Argwohn sein.«

»Gut«, sagte er. »Du kannst argwöhnen, so viel du willst. Solange du bei mir bleibst, ist mir egal, was du denkst.«

Sie biss ihm in den Finger. Nur leicht, aber er erschrak, und sie lachte über sein dummes Gesicht und setzte sich auf seinen Schoß und küsste ihn, als hätte sie es schon hundertmal getan.

Später in dieser Nacht gestand sie ihm, dass sie es in Gedanken tatsächlich schon hundertmal getan hatte.

30

DIE DRACHENEIER WUCHSEN schnell, angespornt von Aylen und Totema, die sie bei ihren Namen riefen. Es waren Tage der Euphorie und der Vorfreude, obwohl bereits die Zauberer aller drei Völker anrückten, unterstützt von den Heeren der Elfen, Menschen und Zwerge, um sie aus Faysah zu vertreiben. Doch Totema machte sich keine Sorgen. Bald würden sie Drachen an ihrer Seite haben. Ihr Sieg würde zugleich der Sieg der Gerechtigkeit und der Gleichberechtigung über Ausbeutung und Unterdrückung sein.

Endlich erwachten die drei Drachen von Faysah. Und sie liebten Aylen und hassten Totema ohne Grund, und das veränderte alles.

Odriel. Sabriel. Irosal. Diese Namen hatten für so viele Jahre Schuldgefühle in Totema ausgelöst, als er unter Meister Rodreds Anleitung ihre Tränen hatte fließen lassen. Und dann waren es Namen der Hoffnung auf eine bessere Welt und mehr Wissen geworden. Und plötzlich … plötzlich standen diese Namen für alles, was ihn von Aylen trennte.

Er erfuhr nie, ob die Drachen ihn hassten, weil er dem Erzmagier gedient hatte, oder schlichtweg, weil er ein Mann war. Oder ob sie aus Bosheit nur so taten, als liebten sie Aylen und hassten sie ihn, um sie gegeneinander auszuspielen. Tatsache war, dass es funktionierte.

Die Drachen versuchten, Aylen zu überzeugen, dass Totema nicht zu ihnen gehörte. Dass er sie alle nur benutzen wollte. Er wusste es, auch wenn Aylen es vor ihm zu verbergen versuchte.

Und manchmal glaubte er, dass die Drachen Aylen wirklich überzeugt hatten. Zumindest beobachtete sie ihn wieder mit diesem misstrauischen Blick, der nur darauf wartete, eine böse Ahnung bestätigt zu sehen.

Bis dahin hatte Totema mit unendlicher Geduld auf Aylens Argwohn reagiert, weil er ihn nachvollziehen konnte. Doch jetzt war ihm der Hass der Drachen unverständlich, und er nahm es Aylen übel, dass sie sich davon beeinflussen ließ. Er hatte immer an sie geglaubt, wieso glaubte sie nicht auch an ihn?

Und dann kehrten Aylen und die Drachen von der Eroberung des Berges Tahar'Marid heim, zu der die drei Drachen Totema nicht einmal als Ersatzquelle hatten mitnehmen wollen. Seit ihrer Abreise hatte Totema kaum geschlafen und war schon zu dem Schluss gekommen, dass Aylen und die Drachen ihn wohl für immer zurückgelassen hatten. Er hatte ihnen vertraut, ihnen allen. Und sie hatten es ihm mit Argwohn und Verachtung zurückgezahlt.

Als die Drachen am Abendhimmel auftauchten, konnte er es im ersten Moment nicht ganz glauben. Sofort begann er sich zu schämen, dass er Aylen unterstellt hatte, ihn verlassen zu haben. Die Drachen landeten außen auf dem Berg und ließen Aylen durch den Querspalt in ihr Schlafgemach klettern. Dann flogen sie fort, ohne Totema auch nur eines Blickes zu würdigen. Zuvor hatten die drei immer auf der Bergspitze geschlafen, doch jetzt segelten sie in die Nacht davon.

Aylen taumelte in den Raum und fiel Totema in die Arme. Sie zitterte unter ihrem Rüstzeug. Er half ihr, den Helm und den Brustpanzer, den Umhang und die Stiefel abzulegen. Er bereitete ein heißes Bad für sie vor, wusch ihr den Ruß und das Blut von der Haut und tupfte die Brandblasen und die vielen Kratzer ab.

»Wir haben die Drachen von Tahar'Marid nicht befreit«, sagte sie unvermittelt, ohne ihn anzusehen.

Er wartete darauf, dass sie weitersprach.

Als sie endlich seinen Blick erwiderte, stiegen Tränen in ihre Augen. »Sie haben nicht einmal versucht, ihre Schwestern aus dem Berg zu holen. Sie wollten nur die Zauberer ...« Sie hielt inne, dann flüsterte sie: »Sie haben die Zauberer gefressen.«

Totema schluckte.

»Irgendetwas ist passiert, als sie sie gefressen haben«, fuhr Aylen so leise fort, dass er sie kaum verstehen konnte. »Es war, als würden sie alles vergessen. Wie sie sich auf die Männer gestürzt haben ... Für einen Moment dachte ich, sie würden auch noch einander angreifen, weil sie vor lauter Gier nicht mehr teilen konnten. Danach haben sie kaum mehr mit mir gesprochen. Und sie haben viel weniger aus mir geschöpft, und es hat sich auch anders angefühlt, kälter und ... rabiater.«

So sehr es ihm weh tat, Aylen weinen zu sehen – ein Teil von ihm war erleichtert. Endlich, endlich zeigten sich die Drachen vor Aylen so, wie sie sich von Anfang an ihm gezeigt hatten.

Er nahm all seinen Mut zusammen, um auszusprechen, was er lange nicht hatte wahrhaben wollen: »Es war falsch, sie zu befreien.«

Er spürte, wie Aylen erstarrte. Auch sie musste diesen Gedanken schon mit sich herumgetragen haben. Aber einzusehen, dass sie einen schrecklichen Fehler begangen hatten – dass vor allem Aylen jahrelang auf ein Ziel hingearbeitet hatte, das sich nun als großer Irrtum entpuppt hatte –, war alles andere als einfach. Aylen biss die Zähne so fest zusammen, dass er ihre Kieferknochen hervortreten sah. Dann stieß sie ein langes, zittriges Seufzen aus, um nicht zu weinen, und stützte den Kopf in die Hände.

»Es war nicht falsch, ihr Leid zu beenden und den Zauberern den Kampf anzusagen«, fügte er rasch hinzu, weil er nicht zusehen konnte, wie Aylen unter der Schuld litt. »Niemand sollte Zaubermacht dadurch gewinnen, dass er die Tränen von lebendig begrabenen Hexen trinkt. Aber wir können sie nicht als Drachen durch die Welt ziehen und Leute fressen lassen.«

Aylen schwieg lange. Erst als sie sicher zu sein schien, dass sie nicht schluchzen würde, sagte sie: »Ich weiß nicht, ob es möglich ist, sie aufzuhalten. Sie sind stärker und größer geworden, nachdem sie die Zauberer gefressen hatten. Ich glaube, sie werden weitermachen und immer mächtiger werden.« Sie zog die Nase hoch. »Du hast erzählt, dass die ersten Zauberer die Drachen mittels einer List in die Zauberberge bannten. Aber darauf werden die Drachen nicht ein zweites Mal hereinfallen.«

»Nein. Ganz bestimmt nicht.« Er sah sie eindringlich an. Wie sollte er es ihr sagen? Er beschloss, schlicht bei der Wahrheit zu bleiben. »Wir müssen wie sie werden, um sie zu besiegen.«

»Wie sie?«, wiederholte Aylen irritiert, als wüsste sie nicht, was er meinte. Dabei verriet der Schreck in ihren Augen, dass sie sehr wohl verstanden hatte. »Mir ist kalt«, sagte sie und stand auf, um aus der Wanne zu steigen.

Er reichte ihr ein Tuch, damit sie sich abtrocknen konnte, und folgte ihr zum Bett, wo sie frisch gewaschene Beinkleider, ein Hemd und eine Tunika aus einer Truhe holte und sie sich überzog.

»Du musst einen Weg finden, dass sie dir das Geheimnis ihrer Verwandlung verraten«, sagte Totema. »Dann wird einer von uns beiden es tun. Der andere dient als Quelle. So haben wir eine Chance gegen sie. Gegen eine nach der anderen.«

Aylen stand reglos mit dem Rücken zu ihm. Er ging ums Bett herum und setzte sich, so dass er ihr Gesicht sehen konnte. Ausdruckslos starrte sie zu Boden. Ihre Fäuste waren geballt.

»Wie sonst?«, fragte er leise. »Ich habe mir den Kopf darüber zerbrochen, seit sie geschlüpft sind. Mir fällt kein anderer Weg ein.«

»Und wer von uns soll sich verwandeln?«

»Du scheinst größere Angst vor der Unsterblichkeit zu haben als ich«, bemerkte er. »Ich nehme es auf mich.«

Aylen schüttelte den Kopf. »Ich will lieber sterben als erleben, wie du ein Monster wirst.«

»Aylen ... was wir getan haben, macht uns bereits zu Monstern.« Er wusste, dass diese Worte sie brachen. Aber so standen die Dinge nun einmal. »Wir können nur versuchen, es wiedergutzumachen. So gering die Aussicht auf Erfolg auch sein mag.«

Sie sackte aufs Bett. Er wollte sie in die Arme schließen, aber er wusste, dass sie es in diesem Moment nicht ertragen hätte. Sie verabscheute sich zu sehr, um seine Liebe anzunehmen. Also wartete er am anderen Ende des Bettes darauf, dass sie eine Entscheidung fällte.

»Dann ich, nicht du«, sagte sie schließlich.

»Du traust mir nicht«, stellte er mit einer würgenden Enge im Hals fest.

»Das ist es nicht.« Sie streckte die Hand aus, und Besen, der neben ihr am Bett gelehnt hatte, schmiegte sich in ihren Griff. »Ich kann nicht deine Quelle sein. Ich weiß nicht, wie viel Zeit mir noch bleibt. Und was machst du dann?«

»Was machst du als Drache, wenn *ich* sterbe?«, gab er zurück.

»Du bist gesund. Du hast eine Chance, alt zu werden. Bis dahin haben wir hoffentlich die drei besiegt. Und dann ... wenn du stirbst und ich meine Quelle verliere und meine Drachengestalt nicht mehr aufrechterhalten kann, vergehe ich zu einer Träumerin im Kristall und schlafe hoffentlich für alle Ewigkeit neben deinem Grab.«

Er konnte sich nicht mehr zurückhalten und umarmte sie von hinten. Nach einem Moment klammerte sie sich an seinen Armen fest. »Wenn du es so willst, dann machen wir es so.«

Sie drehte sich zu ihm um und vergrub das Gesicht an seinem Hals. »Ich will nicht ohne dich sein. Nie wieder.«

Er legte seine Hand an ihre Wange, nickte und küsste sie.

Später, als sie in der Dunkelheit lagen, wollte er darüber sprechen, wie sie das Geheimnis der Verwandlung in Erfahrung bringen könnte. Aylen schwieg einen Moment, dann gestand sie ihm: »Sie haben es mir schon verraten.«

Er stutzte. Von Anfang an hatte er sie gedrängt herauszufinden, wie man sich in einen Drachen verwandelte, aber sie hatte immer behauptet, dass die drei es ihr nicht sagen wollten. Mit dem Gefühl, seine Kehle sei wieder verengt, fragte er: »Wann?«

»Vor einiger Zeit. Es ist nicht wichtig. Jedenfalls weiß ich es.«

Wie lange hatte sie ihm dieses Wissen schon vorenthalten? Und warum überhaupt? Das Gefühl der Enge breitete sich von seinem Hals über seine Brust und den Bauch aus. Er versuchte, nüchtern zu klingen. »Wie geht der Zauber?«

»Die Idee ist denkbar einfach. Doch die Umsetzung erfordert eine Konzentration, die nur ein erfahrener Zauberer wird aufbringen können.« Sie fuhr sich mit der Zunge über die Lippen. »Zuerst stellt man sich vor, dass das, was uns ausmacht, nicht unser Besitz ist – nicht unser Können, unser Körper, unsere Gefühle oder Gedanken. Nichts, was uns gehört. Sondern die Verluste, die wir erlitten haben. Sie formen uns. Darum sind wir erst im Tod, wenn wir unser Leben verlieren, wirklich wir selbst geworden.« Sie hielt einen Moment inne. »Aber wenn wir mehr und mehr werden, je mehr wir verlieren, dann kann man auch mehr werden, indem man die Erinnerung an jeden Verlust verliert. Das ist das perfekte Spiegelbild des sterblichen Lebens. Man schneidet nach und nach alle Erinnerungen an seine Verluste von sich, und mit jeder abgeschnittenen Erinnerung an das, was einen geprägt hat, bildet sich eine neue Kristallschicht um einen. Dieser Kristall ist härter als alles auf der Welt und konserviert einen für die Ewigkeit.« Sie zuckte die Schultern. »Du siehst, die Idee ist nichts Besonderes, aber sie wahr zu machen, wird schwierig.«

Er dachte darüber nach. Der Zauber klang tatsächlich so simpel und so herausfordernd wie alle großen Zauber.

»Lass uns keine Zeit verlieren«, sagte er. »Jeden Tag können die drei mehr Zauberer fressen und stärker werden.«

Sie beschlossen, die Verwandlung auf Aylens Burg im Meer vorzunehmen, wo die Drachen sie nicht finden würden. Um keine Zeit zu verlieren, reisten sie durch die Lüfte, so wie sie einst nach Faysah gekommen waren. Totema merkte, wie dieser aufwendige Zauber an seinen Kräften zehrte. Es war einige Monde her, dass er das letzte Mal die Tränen der Ewigen getrunken hatte, und anders als Aylen war Totema nicht mit einem natürlichen Zaubergeschick geboren worden. Wenn seine letzten Kräfte aufgebraucht waren, würde er nicht mehr zaubern können.

Obwohl er sich auf den Verlust seiner Fähigkeiten gefasst gemacht hatte, als er die Dracheneier aus dem Berg gelöst hatte, bereitete ihm die Aussicht auf eine machtlose Zukunft jetzt Sorgen. Denn damals war er davon ausgegangen, mit den Drachen noch größere Zauber wirken zu können. Da er aber nun weder die Drachen als Verbündete gewonnen hatte noch ihre Tränen weiter trinken konnte, würde er am Ende mit nichts dastehen. Wenn er Glück hatte, konnte er Aylen lange genug als Quelle dienen, bis seine Zauberkraft verbraucht war. Und was wäre er dann noch? Ein Krüppel ohne Macht, ohne Freunde, verfolgt in allen Ländern.

Sie erreichten Aylens weiße Burg am Morgen, und die überirdische Schönheit des Heims, das sie sich erschaffen hatte, erinnerte ihn wieder daran, was für eine große Zauberin sie war. Und er ...

Auf dem Dachboden eines ihrer Türme begann Aylen den

Zauber. Totema konnte ihr nicht helfen, er sah ihr nur zu. Und es brach ihm das Herz zuzuschauen, wie die Frau, die er liebte, nach und nach hinter Schichten von unzerstörbarem Kristall verschwand. Nie wieder würde er ihre Haut berühren. Nie wieder ihre Lippen küssen. Nie wieder ihre echte Stimme hören. Es war entsetzlich. Hätten sie nicht doch lieber fliehen und im Verborgenen leben sollen, mit ihrer Schuld? Das Gedächtnis war gnädig. Man vergaß mit der Zeit seine Verbrechen.

Aber nein, er wusste, dass Aylen nie damit hätte glücklich werden können. Lieber opferte sie ihr Leben und sogar ihren Tod, als in Schuld und Erbärmlichkeit dahinzuvegetieren. Und wahrscheinlich liebte er sie dafür umso mehr.

Drei Tage beobachtete er ihre Verkrustung, ohne recht zu schlafen oder zu essen. Unten klopfte Besen unablässig gegen die Decke, denn er hatte nicht durch den Geheimweg im Kamin gepasst, und der verfluchte tote Baum merkte, dass etwas mit Aylen vor sich ging. Totema verlor fast den Verstand. Seine Gedanken rasten und rasten. Wenn er eines Tages starb, würde sie wirklich ihren Drachenleib aufgeben? Würde sie nicht eher versuchen, sich anders zu erhalten, wenn er ihr nichts mehr nützte?

Er dachte daran, wie sie ihre zierlichen Arme um ihn geschlungen und ihm gesagt hatte, dass sie nicht ohne ihn sein wollte. Sie konnte nicht gelogen haben. Sie meinte es ernst. Sie liebte ihn.

Nur wäre es närrisch, davon auszugehen, dass sich ihre Gefühle nicht ändern würden – bei dem ungeheuerlichen Wandel, den sie durchlief. Und sie hatte ihn bereits belogen. Sie hatte längst gewusst, wie man sich in einen Drachen verwandelte. Warum hatte sie es ihm nicht gleich gesagt? Die Zeit, die sie miteinander verbracht hatten, war kurz im Vergleich zu den langen Jahren, in denen Aylen eine Einzelgängerin gewesen war, ganz auf sich gestellt und skeptisch gegenüber allem und jedem. Und erst recht war ihre gemeinsame Zeit kurz im Vergleich zu der Ewigkeit, die noch vor ihr lag.

Aber es war nicht Misstrauen, das ihn davon abhielt, ihren Namen auszusprechen und sie zu erwecken. Es war ihr schönes, entschlossenes Gesicht, das hinter Schuppen verschwinden würde, sobald sie erwachte. Er konnte sich nicht von ihrem Anblick lösen. Er konnte sie nicht aufgeben.

Mit sich ringend, ging er auf und ab und stürmte schließlich nach unten, weil er es nicht mehr auf dem engen Dachboden aushielt. Er lief hinaus auf die Burgmauer und atmete tief die frische Meeresluft ein. In der Ferne sah er Möwen am Himmel schweben und dachte daran, wie er zum ersten Mal mit Aylen geschwebt war, während die Erde unter ihnen davonraste. Wenn sie doch nie ihre Reglosigkeit aufgegeben hätten! Wenn sie doch zusammenbleiben könnten. Drachen, beide.

Er fragte sich, ob sie ihn je verlassen würde, wenn er unsterblich wäre wie sie. Die drei Drachen von Faysah hielten auch zusammen, obwohl sie einander nicht brauchten. Wenn er sich verwandelte, würden sie nur jemanden benötigen, der ihnen als Quelle diente ... Aber welcher Zauberer würde sich noch mit ihnen verbünden nach dem, was sie getan hatten?

Er kniff die Augen zusammen. Am Horizont bewegte sich etwas. Ein Schiff mit roten Segeln. Nur die Schiffe des Königs der Zwerge hatten rote Segel. In einigem Abstand entdeckte er ein zweites Schiff. Und dann ein drittes. Sie kamen vom Festland und schienen auf dem Weg zu den Inseln zu sein.

Er fragte sich, ob Meister Rodred inzwischen gestorben war oder ob er noch am Hof der Zwerge gepflegt wurde. Als die Zauberer Aylen und Totema auf Faysah belagert hatten, war er bei manchen Attacken fast sicher gewesen, die Handschrift des alten Erzmagiers zu erkennen. Hatte sich Rodred etwa doch von dem Fluch befreit, mit dem Aylen ihn belegt hatte?

Eine plötzliche Sehnsucht nach seinem alten Leben überkam Totema. Er hatte die anderen Zauberer nie sonderlich gemocht, und Rodred war ein selbstgefälliger Einfaltspinsel gewesen. Aber er hatte Totema geachtet. Er hatte ihm nicht nur aufgrund seiner Abstammung die Nachfolge angeboten.

Totema wünschte, sein alter Meister wäre noch am Leben und er könnte ihm all die Dinge sagen, die er sich während seiner Lehr- und Dienstjahre hatte verkneifen müssen. Und auch, dass es ihm zwar leidtat, dass er die Drachen erweckt hatte, nicht aber, dass er der grausamen Gewohnheit der Zauberer, ihre Tränen zu trinken, ein Ende gesetzt hatte. Und er wollte seinen alten Meister wissen lassen, dass er die Drachen bekämpfen und wieder in den ewigen Schlaf im Kristall zurückversetzen würde.

Kurzerhand packte er ein Bündel Proviant, schnappte sich Aylens Boot und brach auf, um den Schiffen mit den roten Segeln zu folgen.

Besen begleitete ihn ein Stück über das feste Wasser, ehe er zögerlich zu Aylen umkehrte.

Es war bereits tiefste Nacht, als Totema die Insel erreichte, vor der die königlichen Schiffe ankerten. Lichter glommen in den schroffen Klippen. Immer wieder erscholl ein tiefer Donner aus dem Innern des Gesteins, und dann rollten Lawinen von Schutt aus den Öffnungen in den Klippen und krachten unten ins aufgewühlte Meer. Totema begriff, dass eine Festung gebaut wurde. Eine unterirdische Festung. Und die Geschwindigkeit, mit der der Schutt aus den Öffnungen stürzte, ließ vermuten, dass dabei Zauberei im Spiel war.

Plötzlich erstrahlte ein Licht oben an Land. Eine hagere Gestalt mit ausgebreiteten Armen stand im Schein der schwebenden Leuchtkugel. Totema erkannte Rodred sofort an seiner

Körperhaltung, nicht nur an seinem silbernen Gewand, das im Wind wehte. Der Erzmagier ließ die Arme nach vorn schnellen. Da schoss die Lichtkugel über das Wasser und auf Totema zu.

Gerade rechtzeitig wirkte Totema einen Abwehrzauber. Die Lichtkugel zerplatzte über seinem Boot in einen Regen aus Feuerstrahlen. Einer traf Totema und ätzte ihm eine Wunde in die Wange. Nur mit Mühe unterdrückte Totema ein Aufheulen.

Als er wieder aufblickte, war Rodred verschwunden. Die Lichter in der Klippe waren erloschen. Kein Donner kam mehr von der Insel. Alle mussten sich wohl in Erwartung eines Drachenangriffs verstecken.

Totema überlegte eine Weile, dann nahm er die Ruder zur Hand und legte das Stück zu den ankernden Schiffen zurück. Obwohl er niemanden an Deck sah, war er sicher, dass sich Matrosen an Bord befanden.

»Ich komme in Frieden«, rief er. »Ich will nur mit Meister Rodred sprechen. Bitte holt ihn. Und … sagt ihm, dass ich auf seiner Seite bin.«

Lange geschah nichts. Dann hörte er ein Platschen. Ein kleines Ruderboot war herabgelassen worden, und jemand bewegte sich damit auf die Insel zu. Totema setzte sich und wartete, während die Wellen ihn auf und ab schaukeln ließen. Die Verbrennung an seiner Wange pochte und brannte im salzigen Wind.

Der Mond ging unter. Wolken zogen auf. Endlich näherte sich das kleine Ruderboot wieder, und Totema sah, dass zwei Gestalten darin waren: der Ruderer und noch jemand, groß und klapperig.

So nah, dass man einander zurufen konnte, aber nicht nah genug, um einander zu erkennen, blieb das andere Boot auf den Wogen liegen.

»Meister Rodred.« Totema fuhr sich mit der Zunge über die Lippen. All die Vorwürfe, die er dem Erzmagier so lange hatte machen wollen, entfielen ihm. Was blieb, war nur das entsetzliche Gefühl, dumm und falsch gehandelt zu haben. »Es tut mir leid!«

Schweigen antwortete ihm. Das half ihm, sich zusammenzureißen. Er verdrängte seine Schuldgefühle und rief: »Ich weiß, wie man die Drachen besiegen kann! Aber ich brauche Eure Hilfe.«

Wieder Schweigen. Nur das Wasser schwappte gegen die Boote. Endlich erwiderte Rodred mit einer Stimme, die schwer war vor Bitterkeit: »Wieso sollte ich dir trauen?«

Totema schluckte. »Weil ich mein Leben in Eure Hände lege, Meister. Und Ihr könnt entscheiden … ob Ihr mich in den Berg einschließen und Zauberkraft aus meinen Tränen gewinnen wollt, um Eure Festungen weiterzubauen und Euch für immer zu verstecken, oder ob Ihr mit mir die Drachen besiegen wollt.«

»Wie?«

»Helft mir, mich in einen Drachen zu verwandeln. Dann verrate ich Euch, wie auch Ihr einen unsterblichen Leib bekommt. Zusammen besiegen wir die Hexen.«

31

JÄH WURDE NIREKA aus Totemas Vergangenheit geschleudert. Der Bruch erfolgte so abrupt, dass sie für einen Moment wie ein Geist ohne Körper im rauschenden Wind zitterte und nicht wusste, ob sie jemals wieder eine Heimat in Raum und Zeit finden würde. Dann stürzte sie in sich selbst zurück. Ihr Körper war ein steifgefrorenes Etwas im Schnee. Verwirrt sah sie sich um. Der weiße Drache ragte hoch vor ihr auf, umrissen von der Nachmittagssonne.

»Aylen«, grollte er.

»Tu ihr nichts«, ertönte eine andere Stimme.

Nireka drehte sich um und sah, dass Aylen an der Klippe über den Fensterbögen aufgetaucht war. Sie schien immer noch unsicher auf den Beinen und zitterte. Ihr Schuppenkleid war an einigen Stellen am Rücken auf erschreckende Weise eingedrückt und zusammengeschmolzen.

»Deine Quelle hat mir nur geholfen, mich zu erinnern«, sagte er.

Aylen wandte sich Nireka zu. »Hat er mich verraten?«

Nireka sah Aylen in die Augen. »Er hatte Angst, dass du ihn verlässt. Also hat er dich verlassen.«

Eine Klaue schlug nach ihr. Doch innerhalb eines Wimpernschlags war Aylen dazwischengesprungen und wehrte die Klaue mit ihrem Schwanz ab. Feuer quoll bedrohlich aus ihrem Maul.

Totema lachte. Doch seine Augen blitzten vor Zorn. »Du kannst den Vergänglichen nicht trauen. Sie lügen, sobald sie den Mund aufmachen.«

»Ich werde dich nicht noch einmal warnen«, knurrte Aylen. »Wenn du meiner Quelle zu nahe kommst, sind wir Todfeinde.«

»In Ordnung«, erwiderte er nach einem Moment. »Aber darf ich fragen, warum sie dir so wichtig ist? Ich habe sie gerade benutzt. Jeder Drache könnte sie benutzen. Auch in einem Kampf. Deshalb sind Quellen ungeeignet für uns. Ich rate dir, sie in dich aufzunehmen. Nur so kannst du ihre Kraft wirklich für dich nutzen.«

Nireka spürte, wie Aylen jeden Muskel ihres Körpers anspannte. »Ich habe mich nicht in einen Drachen verwandelt, um Unschuldige und Wehrlose zu fressen. Sondern um Drachen wie dich zu besiegen.«

Totemas Blick irrte zu Besen, der nervös hinter Aylen schwebte. »Folge mir«, sagte er knapp, breitete die Flügel aus und stieß sich ab, dass Eiskrusten unter ihm brachen und in den Abgrund stürzten.

Nach einem Moment sagte Aylen zu Nireka: *Steig auf. Dir wird nichts passieren.*

Es tut mir so leid, dass Sabriel und Rodred erweckt wurden, sagte Nireka. *Bitte versteh ...*

Aylen unterbrach sie. *Nicht jetzt.*

Nireka spürte, dass Aylen ihr nicht verzeihen würde. Weder jetzt noch später. Aber der Drache wollte sie auch nicht fressen. Nireka kletterte in Aylens Nacken, wobei sie versuchte, nicht die merkwürdigen Wunden zu berühren, wo der Drachenkörper verbeult und verbogen zu sein schien. Dennoch stöhnte Aylen durch die Zähne. Auch die Flügel zu spreizen schien ihr Schmerzen zu bereiten. Sie stieß sich ab, trudelte ein wenig und fing sich dann, glitt auf den eisigen Winden dahin.

Weit unter ihnen glitt Totema talwärts wie eine Lawine aus Schnee. Es sah bizarr aus, ein so gigantisches Wesen fliegen zu sehen. Sein Schatten verdunkelte alles. Schließlich landete er am Rande des Tals, das Nireka schon von weitem erkannte.

Nichts Grünes wuchs darin; der Boden war grau wie Fels. Wie Asche. Sämtliches Grün war verbrannt.

Im Ascheboden war eine Art Steinbecken, das Nireka schon auf dem Weg nach Tahar'Marid gesehen hatte. Die von Geisterschatten Besessenen, die Totema geopfert werden sollten, waren dort unten eingesperrt. Sie drängten sich in der Mitte des Beckens zusammen, an die zwanzig Männer, Frauen und Kinder.

Als Aylen am Rande des Beckens landete, konnte Nireka nicht anders als hinabzuschauen. Ihr stockte der Atem, als sie die Blicke der Todgeweihten erwiderte. Und dann entdeckte sie unter ihnen Riwan.

Er stand mitten zwischen den Besessenen, seinen Hut tief ins Gesicht gezogen. Er lugte darunter hervor und nickte ihr kaum merklich zu. In der rechten Hand hielt er einen Trinkschlauch. Als Nireka begriff, lächelte er ein wenig.

Totema legte sich wie eine Schlinge um das Tal. »Ich weiß«, sagte er zu Aylen, »dass du durch den verfluchten untoten Baum an deine Vergangenheit gekettet bist. Vielleicht wirst du nie ganz Drache werden können. Aber du musst es versuchen. Glaub mir. Ich habe mich selbst lange genug gesträubt.« Er griff mit einer Klaue nach dem Rand des Beckens. Unten schrien Leute vor Angst auf. »Du fühlst dich deiner Quelle verbunden, als wärt ihr Freunde. Aber ihr habt so viel gemeinsam wie ein Edelstein mit einem Wurm. Das wirst du noch begreifen. Schau dir die Vergänglichen hier an. Sie sind Fremde für dich. Nimm sie in dich auf.«

Unten brach Panik aus. Die Gruppe von Leuten wogte hin und her, als gäbe es einen Ausweg. Aylen rührte sich nicht.

»Wenn du dich nicht stärkst, werden deine Verletzungen nicht heilen«, sagte Totema. »Glaubst du, in deinem Zustand kannst du mit mir andere Drachen bekämpfen?«

Aylen blickte auf die Besessenen im Becken hinab. Nireka

hoffte, dass sie Riwan nicht erkannte. Sein Zauberhut bedeckte sein Gesicht fast bis zur Nasenspitze.

»Wir könnten uns mit ihnen verbünden«, sagte Aylen. »Sie alle haben das Potenzial, uns als Quelle zu dienen. Das war es, wofür wir gekämpft haben. Erinnerst du dich nicht?«

»Oh, ich erinnere mich.« Totema neigte sich tiefer, und sein Atem wehte als dunkle Rauchwolken über die Gefangenen hinweg. »Wir haben von einer besseren Welt geträumt. Und eine bessere Welt ist tatsächlich möglich. Aber nicht so, wie wir dachten.« Er streckte seine Klaue aus und griff in die Menge, aus der Schreie aufstiegen.

»Nicht!«, fauchte Aylen.

Tatsächlich hielt Totema einen Augenblick inne. »Oder was? Greifst du mich an? Und verlierst deinen Leib in einem aussichtslosen Kampf, nur um einen Vergänglichen zu beschützen? Es ist ihr Schicksal zu sterben.« Er hob eine Frau aus der Menge. Sie kreischte und zappelte in seiner Klaue. Dann gab sie schlagartig auf. Vielleicht wurde sie bewusstlos. Oder sie verlor einfach alle Hoffnung. Schlaff wie eine Puppe hing sie über einer säbelförmigen Kralle.

»Einst haben wir davon geträumt, dass die Vergänglichen und die Ewigen einander nicht ausbeuten, sondern voneinander profitieren und einander helfen.« Totema klang, als wollte er es vor allem sich selbst erzählen. »Wir haben erkannt, dass es falsch ist, wie die Zauberer die Ewigen im Berg eingeschlossen hielten und kümmerliche Zauberkraft aus ihren Tränen gewannen. Das Falsche daran war aber nicht die Ausbeutung an sich, sondern dass die Schwachen die Starken unterdrückten. Du, Aylen, und ich waren schwach und haben zu den Starken gehalten. Wir waren Ausnahmen. Während Jahrtausenden der Zaubererherrschaft waren wir die Einzigen, die die Drachen befreien wollten. Weil wir schon damals ahnten, dass wir nicht zu den Schwachen gehören, sondern zu den Starken.«

»Lass sie runter«, knurrte Aylen.

Totema legte den Kopf schief, als würde er erwägen, ihr zu gehorchen. Doch er erwiderte gelassen: »Nein. Wenn wir uns von den Vergänglichen ernähren, ist das nicht ungerecht. Wir unterdrücken sie nicht, wie sie einst uns unterdrückten. Und sie sterben so oder so. Das ist die Ordnung der Welt.«

»Du hältst dich für stark«, sagte Aylen angewidert. »Dabei hast du Ausreden wie der größte Feigling.«

Zum ersten Mal wirkte Totema von ihren Worten verärgert. Er kniff die Augen zusammen und bleckte die Zähne. »Du bist diejenige, die sich feige Ausreden zurechtlegt, um ihre Schwäche zu verteidigen. Echte Stärke ist, dass ich dich binnen eines Wimpernschlags töten könnte, wenn ich wollte. Über welche Stärke verfügst du, die dagegen bestehen könnte?«

Nur der Wind strich durch das Tal. Aylen hatte nichts zu erwidern. Denn es stimmte, ein Kampf gegen ihn wäre aussichtslos.

Dass sie schwieg, schien Totema ein wenig zu besänftigen. Er atmete Rauch durch seine Nüstern aus. »Übrigens ist es ganz im Sinne der Vergänglichen, wenn wir sie beherrschen«, fügte er sanfter hinzu. »Seit Beginn der Drachenherrschaft sind alle Kriege beendet, die Völker gegen Völker, Fürsten gegen Fürsten und Stämme gegen Stämme führten. Wenn wir die anderen Drachen besiegt haben und es nur noch uns gibt, wird eine noch friedlichere Zeit für die Vergänglichen anbrechen. Denn wir brauchen längst nicht so viele von ihnen zum Fressen, wie sie sonst in ihren Kämpfen abschlachten würden.«

»Lass die Frau runter«, wiederholte Aylen.

Er schüttelte den Kopf. »Friss. Dann siehst du klar. Du verstehst dich selbst nicht, bevor du nicht zu Kräften gekommen bist. Ich sehe dir doch an, dass du noch im Halbschlaf steckst.«

Da sie nicht reagierte, wiederholte er mit Nachdruck: »Friss meine Opfergaben. Und ich lasse deine Quelle, mit der du dich angefreundet hast, am Leben. Dann hat sie noch ein paar Jahre, um alt zu werden und an etwas anderem zu sterben statt durch uns.«

Nireka hielt es nicht mehr aus. Sie konnte sich nicht mehr hinter Aylen verstecken. So laut sie konnte, rief sie: »Lass die Frau runter, Totema! Hast du vergessen, dass du keine rechte Hand mehr hast? Also wie willst du sie halten?«

Der weiße Drache blitzte sie an.

Da erscholl ein Ruf aus dem Steinbecken unten: »Lass sie runter, Totema! Du kannst sie nicht halten! Du hast keine Hand!«

Es war Riwan. Er spornte die anderen Gefangenen an, und zögerlich stimmten sie mit ein: »Lass sie runter, Totema! Du hast keine Hand!«

Auch Nireka rief mit. Rief seinen Namen, wieder und wieder. Sie dachte an den verstümmelten Mann, der er einst gewesen war. Der immer noch in ihm steckte. Der weiße Drachenkörper war nur eine Hülle. Seine Unbesiegbarkeit nur Schein. Ewig war der verletzliche, ängstliche, geschlagene Mann.

Der weiße Drache wich verwundert vor den Besessenen zurück. Er warf die reglose Frau achtlos wieder in die Menge. Nireka zuckte zusammen. Doch die anderen fingen sie halbwegs auf.

»Totema!«, schrien sie weiter im Chor, ermutigt von ihrem Erfolg. »Du hast keine Hand!«

»Dein Körper ist weg, Totema!«, rief Nireka, und die Gefangenen wiederholten ihren Ruf. »Erst die Hand, dann der Rest! Dein Körper ist weg!«

»Nein«, knurrte er. »Woher …« Er wich noch weiter zurück. Dabei hielt er seine rechte Vordergliedmaße, als wäre sie verletzt. Sein Blick richtete sich zornig auf Aylen. »Du hast ihnen Sabriels und Rodreds Tränen zu trinken gegeben! Du hast Zauberer aus ihnen gemacht, du Närrin!«

Ohne ihre Antwort abzuwarten, öffnete er den Rachen, und Feuer glühte in der Tiefe seines Mauls auf. Aylen trat ihm entgegen, um die Leute im Becken zu schützen. Totemas Feuer traf sie frontal, während sie sich aufbäumte und die Flügel ausbreitete.

Nireka fiel aus ihrem Nacken und stürzte über den Drachenrücken hinab ins Becken, wo sie die Leute auffingen. Hitze brachte die Luft über ihnen zum Kochen. Doch Aylen wich nicht zurück und hielt das Feuer von ihnen ab.

Nireka spürte, wie Aylen in sie hineingriff und ihre Geisterschatten benutzte, um sich gegen Totemas Flammen zu schützen, aber es war nicht genug. Der Widerhall ihres Schmerzes in Nireka war unaushaltbar. Nireka krümmte sich und schrie auf.

»Ruft seinen Namen!«, brüllte Riwan irgendwo in der Nähe. »Stellt euch vor, wie er zerfällt! Ihr habt jetzt die Macht dazu!«

»Öffnet ... euch«, stöhnte Nireka. »Gebt Aylen ... eure Kraft.«

Sie wusste nicht, ob die anderen sie gehört hatten. Noch immer riefen sie Totemas Namen im Chor und erinnerten ihn an seine Verletzlichkeit. Noch immer litt Aylen in der Feuersbrunst.

Doch dann verblasste der Schmerz, zumindest soweit Nireka ihn miterlebte. Sie konnte die Augen öffnen. Der weiße Drache wogte wie Wellen um das Tal. In der Abenddämmerung war von dem kleinen schwarzen Drachen nur ein Schemen auszumachen, aber das Feuer, mit dem er den weißen Drachen überzog, brannte lichterloh.

Totema schien ebenfalls Feuer speien zu wollen, doch er würgte. In seiner Kehle loderte weiße Glut. Seine riesigen Augen traten aus den Höhlen, erfüllt von einem inneren Leuchten. Überall begann Feuer durch seine Schuppenhaut zu schimmern. Je mehr er versuchte, Feuer zu spucken, umso mehr schien es in ihn zurückzuschlagen.

»Totema«, stimmte Nireka in den Chor ein. »Totema! Wir wissen, wer du wirklich bist. Zeig dich!«

Der weiße Drache wand sich und zuckte. Seine rechte Klaue war eingeknickt, er umklammerte sie mit der anderen und sackte auf den Rücken. Der kleine schwarze Drache landete auf seinem Bauch, lief durch das Feuer. Dann biss er ihm in die Kehle.

Ein Brüllen erfüllte das Tal, bei dem Felsen brachen und von den Bergen polterten. Eine schwarze, zähe Flüssigkeit sickerte unter Totemas Leib hervor.

Nireka kam auf die Füße, gehalten von Riwan und den anderen Gefangenen, und sie wichen vor der dunklen Flut zurück, die ins Steinbecken hinabzurinnen begann, erst in Fäden, dann in immer größeren Schüben. Es war nur eine Frage der Zeit, wann die dicke, nach Asche und Fäulnis stinkende Brühe sie umschließen würde.

Zum Glück wurden nun auch ein paar Bäume, die Totemas Körper abgeknickt hatte, mit dem Drachenblut mitgeschwemmt. Ein Baumstamm schob sich schräg auf sie zu und führte wie eine Brücke nach oben. Die Gefangenen konnten daran hochklettern. Nireka fühlte, wie mehrere Hände sie stützten und ihr hinaufhalfen. Das Drachenblut floss schwer an ihnen vorbei. Der widerliche Gestank ließ Nireka würgen. Totemas Inneres mochte vielleicht nicht aus Leichenteilen bestehen wie Rodreds, doch es war der gleiche Inhalt, nur in anderer Form.

Nireka kam oben an und musste sich an den Zweigen des entwurzelten Baums festhalten, um nicht wieder zurück ins Becken gespült zu werden. Alle hielten sich nun gegenseitig fest.

Der Letzte, der aus dem Becken kletterte, war Riwan. Er sprang von dem Baumstamm, stolperte durch die Zweige und fiel Nireka in die Arme.

Sie sagten nichts. Auch wenn das, was er getan hatte, ihnen allen das Leben gerettet und den Giganten von Tahar'Marid besiegt hatte, konnte Nireka sich immer noch nicht dazu durchringen, es für richtig zu halten. Aber er verlangte es auch nicht von ihr, zumindest jetzt nicht. Sie hielten sich nur schwer atmend, bis zu den Knien im stinkenden Drachenblut, und versuchten zu begreifen, dass sie sich nicht verloren hatten.

Die Befreiten begannen sie nun auch von allen Seiten zu umarmen, zu jubeln und sich bei Riwan zu bedanken. Er hatte sie nicht nur gerettet, sondern ihnen auch Macht über ihre Geisterschatten gegeben. Niemand hätte davon zu träumen gewagt.

Dann deuteten die Leute aufgeregt zu der Stelle des Tals, wo der schwarze Drache den Kopf aus der Halswunde des Giganten hob und zu ihnen herübersah. Seine Klaue lag auf einem glosenden, kristallenen Ei, von dem das Drachenblut abperlte.

Nireka drückte Riwans Hand, als sie spürte, dass er etwas sagen wollte. Er sah sie an. Sie schüttelte den Kopf. Aylen hatte zu ihnen gehalten, bis zum Schluss. Niemand sollte ihren Namen erfahren.

Riwan schwieg. Die Befreiten ringsum wurden unruhig, aber sicher hatten auch einige von ihnen, wenn nicht gar alle, eine Verbindung zu Aylen zugelassen, als sie Totema bekämpft hatte, und vielleicht bestand dieses Band des Vertrauens immer noch.

Aylen drückte das Kristallei an sich. Dann sagte sie mit erstickter Stimme: »Niemand darf den Berg Tahar'Marid je wieder betreten. Ich werde jeden töten, der es wagt!«

Sie breitete ihre Schwingen aus, stieß sich ab und flog mit dem Ei, in dem Totema schlief, in Richtung Zauberberg davon.

Bald war ihre dunkle Gestalt am Nachthimmel verschwunden. Das rhythmische Aufglimmen ihres Atems wurde immer kleiner und kleiner und verglühte schließlich ganz.

32

DIE WELT HATTE sich verändert, als wäre die Nacht dem Tag gewichen. Doch unter der Erde, tief im Schutz des Gesteins, wohin weder Wind noch Meer noch Feuer reichte, war Nirekas Zuhause so geblieben, wie sie es seit ihrer Geburt kannte: dunkel, wohlgeheizt und erfüllt von Musik.

Vielleicht war die Musik in letzter Zeit ein wenig fröhlicher geworden.

Sie hielt im Lesen inne, als das Lied, das vom Sonnendeck hereindrang, unterbrochen wurde. Die Klänge der Instrumente brachen ab. Stattdessen hörte sie aufgeregte Stimmen und Schritte.

»Was da wohl los ist?«, meinte Patinon, ohne von der Schriftrolle aufzublicken, über die er seine Lupe schob. Seit einiger Zeit las er nur noch mit dem Vergrößerungsglas und musste sich sehr tief über den Tisch beugen.

»Ich gehe nachsehen«, sagte Nireka und streichelte im Vorbeigehen ihrem Vater den krummen Rücken.

Die Bewohner von Ydras Horn, die sich auf dem Sonnendeck getummelt hatten, liefen zur großen Treppe. Eine Gruppe von Fremden kam die Stufen herunter. Nireka erkannte den Mann an der Spitze schon von weitem an seinem Gang. Und nicht zuletzt an dem Zauberhut, der jetzt spitz und angeberhaft in die Höhe ragte.

Riwan entdeckte Nireka im Eingang der Kammer der Weisen. Er lächelte sie an. Auch Nireka lächelte. Sie hätte es nicht verhindern können, selbst wenn sie gewollt hätte.

»Feinste Handelsware!«, rief Riwan. »Feinste Handelsware aus Tahar'Marid! Und noch Besseres haben wir euch vom Festland mitgebracht!«

Die Ankündigung wäre gar nicht nötig gewesen. Seit Nireka vor fünf Monden heimgekehrt war, hatte sich kein Fremder vom Festland mehr hier blicken lassen, und alle brannten auf Neuigkeiten aus der Welt.

Die Händler öffneten ihre Bündel und Truhen und zeigten die mitgebrachten Güter. Die Ernte musste vielerorts gut ausgefallen sein, denn es gab feinstes Getreide und herrliche Sommerfrüchte. Auch für Ydras Horn würde dieses Jahr sehr ertragreich werden. Das Wetter war gut gewesen, und sie hatten keine Belagerung durch einen Drachen mehr erlebt.

»Unser bestes Angebot ist allerdings dieses hier«, sagte Riwan, nachdem er die Waren überschwänglich und mit vielen Späßen vorgestellt hatte, und zog eine kleine, in Leder geschlagene Flasche aus seinem Gürtel. »Drachentränen. Wenn einer unter euch ist, der von Geisterschatten besessen ist, wird ein Schluck genügen, um aus der Besessenheit eine Gabe zu machen. Gibt es unter euch Besessene?«

Das Schweigen der Leute antwortete ihm. Betretene Blicke schweiften umher. Nie zuvor war man in Ydras Horn darüber enttäuscht gewesen, dass niemand unter ihnen besessen war.

Riwan ließ sich keine Enttäuschung anmerken, sondern zuckte die Schultern. »Nun, wir werden wiederkommen. Und bis dahin können wir euch etwas mindestens ebenso Wertvolles anbieten ...« Er wies auf einen Jungen mit dunklem, krausem Haar, sommersprossiger Haut und länglichen Augen, die elfische und zwergische Vorfahren verrieten. Dünn, bartlos und schüchtern, wie er dreinblickte, konnte er nicht älter als neunzehn sein. »Wenn ich vorstellen darf: Varak. Er ist einer der neuen Zauberer, von denen ihr vielleicht schon gehört habt, und von ihnen der vielleicht großartigste. Varak war in dem

Opferbecken, als wir mit vereinten Kräften den Giganten von Tahar'Marid besiegten, und seitdem hat er noch einen weiteren Drachen zur Strecke gebracht.«

Die Leute von Ydras Horn starrten den jungen, unscheinbaren Mann erstaunt an. Auch Nireka wartete darauf, dass Riwan mehr erzählte. Sie hatte schon vermutet, dass die Besessenen, denen Riwan von den Drachentränen zu trinken gegeben hatte, ihre Kräfte kennenlernen und gegen Drachen einsetzen würden. Aber dass sie damit tatsächlich Erfolg haben würden, verblüffte sie dennoch. Obwohl sie es miterlebt hatte, war es selbst für sie nach wie vor schwer vorstellbar, dass ein Drache durch Sterbliche besiegt werden konnte.

»Varak wird durch alle Länder reisen, vom Reich der Zwerge ins Reich der Elfen und bis in die entlegensten Winkel des Menschenreiches«, fuhr Riwan fort, »um den Leuten gegen die Drachen beizustehen und um die alte Zauberkunst zu erlernen. Da Ydras Horn berühmt ist für seinen Reichtum an Büchern der versunkenen Welt«, er sah Nireka an, »würde er gern die Herbstmonde und vielleicht sogar die Wintermonde bei euch verbringen. Verpflegung, ein Bett und Zugang zu eurem Wissensschatz ist alles, was er im Gegenzug dafür verlangt, dass er euch im Falle eines Drachenangriffs verteidigen wird.«

Inzwischen war auch Patinon aus der Kammer der Weisen gekommen. Er trat hinter Nireka und legte ihr eine Hand auf die Schulter. »Varak«, wiederholte die Stimme von Ydras Horn und deutete eine Verbeugung an. »Willkommen in unserer Festung. Es wäre uns eine Ehre, einen so außergewöhnlichen jungen Mann, wie Ihr einer zu sein scheint, zu Gast zu haben. Gleiches gilt auch für euch anderen, die ihr den beschwerlichen und gefährlichen Weg auf euch genommen habt, um uns mit eurem Besuch zu beehren.«

»Danke für die Einladung«, sagte Riwan und erwiderte die

Verneigung. »Aber wir anderen müssen weiterziehen. Wir suchen Besessene, die wir zu Zauberern machen können.« Sein Blick wanderte wieder zu Nireka, und seine Kieferknochen traten vor, als er die Zähne zusammenbiss. Schließlich sagte er leise, fast demütig: »Ein paar Nächte werden wir bestimmt bleiben können, wenn ihr uns so lange beherbergen wollt.«

»Wir werden euch so lange hierbehalten, wie wir können«, sagte Patinon freundlich. »Wird denn schon ein Bad für euch vorbereitet?«

»Ich kümmere mich darum«, sagte Nireka und lief los.

Bei dem Festmahl, das für die Gäste veranstaltet wurde, erzählte Riwan von ihrem Kampf gegen den Drachen. Sie hatten ihn mit Besessenen in eine Schlucht gelockt und dann von allen Seiten mit dem Drachenfeuer beschossen, das sie von Totema und Aylen aufgesammelt hatten. Die neuen Zauberer hatten dafür gesorgt, dass die Geschosse den Drachen immer an den empfindlichsten Stellen trafen, und sich noch andere Zauber ausgedacht, um den Kampf zu gewinnen. Der junge Varak hatte sich dabei als besonders fähig erwiesen und den letzten Schlag gegen den Drachen ausgeführt. Die Möglichkeiten, Zauber zu wirken, waren schier endlos, aber selten ungefährlich für den Zauberer. Es gab noch viel zu lernen.

Nireka, die ebenso aufmerksam zuhörte wie die übrigen Bewohner von Ydras Horn, konnte sich nicht so ausgelassen wie die Mehrzahl der Leute freuen, als Varak Details des Kampfes wiedergab. Während die anderen klatschten und vor Begeisterung Tränen lachten, beschlich sie immer mehr Unbehagen. Der junge Mann war bisweilen zu schüchtern, um jemandes Blick zu erwidern, aber wenn er von seinen Taten redete, loderte ein greller Stolz in seiner Stimme auf, der rasant wachsen würde, wenn man ihn fütterte. Doch niemand außer Nireka schien es zu bemerken oder sich daran zu stören.

Sie war auch eine der wenigen, die sich für den Drachenkampf weniger interessierten als für das, was die Gäste von Tahar'Marid berichteten.

»Die Bergspitze ist an einer Seite eingestürzt, als Nireka und Riwan den Giganten Rodred bezwangen«, erzählte Varak. Erstaunte Blicke glitten zu Nireka. Sie hatte bisher andere Worte für das gewählt, was im Tal der Tränen geschehen war, und sie hätte lieber gewollt, dass auch Varak mit mehr Bescheidenheit darüber sprach. Der junge Zauberer indes fuhr fort: »Seitdem dringt die Wärme, die die großen Zauberer von einst in den Hallen von Tahar'Marid erzeugten, nach außen und lässt den Schnee schmelzen. Der Berg hat einen grünen Schopf aus Gräsern und Wildblumen bekommen. Ein schöneres Zeichen für das Zeitalter der Hoffnung, das nun angebrochen ist, kann man sich kaum vorstellen. Darunter jedoch, in dem hohlen Berg, lauert immer noch der schwarze Drache Aylen, der uns half, Totema zu besiegen.«

Nireka spannte sich an. Dass Varak Aylens Namen genannt hatte, konnte nur bedeuten, dass Riwan den neuen Zauberern verraten hatte, wie sie hieß. Sie schoss ihm einen Blick zu, doch er sah Varak an.

»Der Drache Aylen bewacht die Eier im Berg. Niemand kann sich ihnen nähern. Wir haben versucht, ihr mit Zauberei beizukommen, aber ihren Namen zu nennen, zeigt keine Wirkung«, sagte der junge Mann.

Nireka atmete erleichtert auf. Ein paar Leute bemerkten es und wandten sich zu ihr um, so dass sie sich gehalten sah zu erklären: »Aylen hat nie jemanden gefressen. Sie hat sich nie von ihrer Vergangenheit als Sterbliche gelöst wie die anderen Drachen. Sie weiß, wer sie ist. Darum wird sie nicht von ihrem eigenen Namen verwundet.« Stolz schwang in ihrer Stimme mit. »Aylen hat den Giganten von Tahar'Marid besiegt. Sie hat sich für uns gegen den Mann gestellt, den sie liebte.«

»Nachdem sie mit dem Mann, den sie liebte, die Drachen einst auf uns losgelassen hatte«, erinnerte Riwan sie erbarmungslos.

Zustimmendes Brummen kam von allen Seiten.

Nireka hatte die ganze Geschichte längst erzählt, und zwar mehrfach. Aber so sehr sie auch betont hatte, dass Aylen die besten Absichten gehabt hatte – die Bewohner von Ydras Horn zeigten nicht viel Verständnis für sie. Manchmal fürchtete Nireka, dass der Mythos von der bösen, neidischen Frau, derentwegen die Drachen aus den Zauberbergen gekommen waren, von ihr eher bestätigt als korrigiert worden war.

»Solange Aylen die Dracheneier bewacht, können wir keine Zauberkraft aus ihnen ziehen«, fuhr Varak fort. »Dabei gibt es so viele Besessene, denen ein paar Tränen der Ewigen schon helfen würden, Macht über ihre Geisterschatten zu erlangen und sich unserem Kampf gegen die Drachen anzuschließen. Ich weiß, dass Aylen den weißen Giganten von Tahar'Marid besiegt hat. Ich war dabei. Ich verdanke ihr mein Leben. Aber auch wenn Aylen einmal auf unserer Seite war, jetzt ist sie es nicht mehr. Sie steht unserem Kampf im Weg.«

Wieder erntete Varak für seine leidenschaftlich vorgetragenen Worte Zustimmung. Die Bewohner von Ydras Horn klatschten und trommelten auf die Tische, manche standen sogar auf.

»Nun, das Problem wird sich hoffentlich von selbst lösen«, sagte Riwan. Er sah Nireka an. »Aylen hat noch niemanden gefressen, das ist wahr. Aber sie wird sich nicht ewig erhalten können, ohne Geisterschatten aufzunehmen. Entweder sie verhungert, oder sie fängt an, sich an Besessenen zu vergreifen, und dann können wir sie hoffentlich mit ihrem Namen besiegen. Sie wird freiwillig verenden, oder sie wird unser Feind. Eins von beidem.«

Nireka spürte, wie ihr das Atmen schwerfiel. Erst als Riwan längst nicht mehr redete und das Thema gewechselt worden war, erkannte sie, dass sie Zorn empfand. Weil niemand Aylen den Respekt und die Dankbarkeit zollte, die sie verdiente. Und weil sie selbst Aylen im Stich gelassen hatte. Vielleicht hätte sie nicht nach Hause gehen dürfen. Vielleicht hätte sie auf den Berg steigen und bei Aylen bleiben sollen, als deren Quelle.

Aber nach dem Kampf hatte sie nur weggewollt. Weg von den neuen Zauberern. Weg von Riwan. Weg von dem inneren Konflikt, der sie hin- und herriss zwischen Riwan und Aylen, zwischen den Sterblichen und den Ewigen. Weg von der Scham, sich nicht für eine Seite entscheiden zu können.

Auch jetzt wollte Nireka aufspringen und weglaufen und sich nicht anhören, wie die Leute von den Drachen und den neuen Zauberern redeten und ganz selbstverständlich den einen ewiges Elend wünschten, während sie die anderen ohne Bedenken verehrten. Je mehr sie davon mitbekam, umso mehr musste sie die anderen verachten, und es fühlte sich an wie ein Gift, das sie sich langsam selbst verabreichte.

Still saß Nireka da, den Blick ins Leere gerichtet.

Sie war ihm so lange aus dem Weg gegangen, wie sie konnte. Weder bei der Vorbereitung der Bäder noch beim Abendessen waren Nireka und Riwan einen Augenblick allein gewesen, aber als die Nacht älter wurde, kam es Nireka zunehmend albern vor, sich so vor ihm zu verstecken. Sie ging die Treppe hinauf, die Musik und den Lärm der Feiernden im Rücken, und schlich zu den Waschräumen, die nicht mehr mit warmem Wasser versorgt wurden und seit unbestimmter Zeit verlassen dalagen. Sie versuchte, sich einzureden, dass sie allein sein wollte. Doch als sie eine Bewegung in den Schatten wahrnahm und sah, wie Riwan in den kleinen Raum trat, der durch den großen Kupferspiegel erhellt wurde, musste sie sich eingestehen, dass sie gehofft hatte, ihn hier anzutreffen.

»Hallo«, sagte sie leise.

Er sah sie an, ein stilles Lächeln im Gesicht. Sie konnte nicht sagen, was an ihm verändert aussah. Seine Haare waren noch zu denselben struppigen, teils von Perlen gehaltenen Zöpfen zusammengefasst, die ihn ungezähmt und wild wirken ließen. Aber hinter der spiegelnden Fröhlichkeit von einst war etwas Ernstes, Schmerzliches sichtbar geworden.

»Wieder zurück zu Hause«, sagte er und nickte ihr zu. »Bist du glücklich?«

Nireka fiel auf, dass niemand ihr je diese Frage gestellt hatte. Sie selbst auch nicht. Sie wusste nicht, wie sie darauf antworten sollte. »Es ist gut, zurück zu sein«, sagte sie ausweichend. »Und meine Geisterschatten sind verschwunden. Ziemlich genau in dem Moment, als ich nach Hause aufgebrochen bin.«

»Das ist gut, schätze ich«, erwiderte er, doch er klang enttäuscht. Er hatte ihr angeboten, von den Drachentränen zu trinken, damit sie Macht über ihre Geisterschatten gewann und einer der neuen Zauberer werden konnte, die jetzt auf Drachenjagd gingen. Nireka hatte abgelehnt. Nicht weil sie verurteilte, was Riwan und die neuen Zauberer taten. Wer wäre schon so verrückt, es für falsch zu halten, dass die Leute sich endlich gegen die Drachen zur Wehr setzten? Aber sie konnte sich auch nicht dazu durchringen, es richtig zu finden. Sie konnte nicht vergessen, dass im Berg Tahar'Marid ein Mann und eine Frau den Preis dafür zahlten.

»Ich bin nicht nur als Händler und Varaks Begleiter gekommen«, sagte er. »Ich wollte wissen, ob du es nach Hause geschafft hast. Und ob es dir gutgeht.«

»Ich weiß«, flüsterte sie erstickt. Für einen Herzschlag hoffte sie, dass er sie in seine Arme ziehen würde. Aber als spürte er ihre Sehnsucht, trat er einen Schritt von ihr zurück.

»Ich brauche deine Hilfe«, sagte er.

Sie blickte auf und gab ihm zu verstehen, dass er sprechen sollte.

»Erstens brauchen wir so viele Namen von Zauberern aus der Zeit, als die Drachen kamen, wie möglich. Die meisten werden sich nur besiegen lassen, wenn man sie daran erinnert, wer sie einst waren. Hier in Ydras Horn habt ihr so viele alte Texte wie fast nirgendwo sonst, und du kennst sie besser als jeder andere. Darum bitte ich dich um die Namen aller Zauberer, die jemals schriftlich erwähnt wurden – am besten mit einer Beschreibung oder Zusammenfassung, wer sie waren.«

Nireka kaute auf ihrer Lippe. Tatsächlich hatte sie seit ihrer Heimkehr nichts anderes getan, als zu recherchieren, welche Zauberer jener Zeit sich in Drachen verwandelt haben könnten. Allerdings hatte sie keine Liste erstellt, sondern gleich eine Landkarte, auf der sie verorten konnte, welcher Zauberer an welchem Hof oder in welchem Zauberberg gewirkt hatte. Nireka war sogar so weit gegangen, Vermutungen anzustellen, welcher Zauberer sich in welchen Drachen verwandelt haben könnte, der Ydras Horn im Lauf der Zeit angegriffen und Erwähnung in den Aufzeichnungen der Festung gefunden hatte. Doch sie zögerte, Riwan davon zu erzählen.

»Was macht ihr mit den Dracheneiern, wenn ihr einen besiegt habt?«, fragte sie.

»Bisher haben wir ja erst einen besiegt, abgesehen von Sabriel, Rodred und Totema. Aber wir kennen seinen Namen nicht.« Er atmete hörbar aus. »Wir wollen die Eier in die Zauberberge bringen. Und wenn wir die Namen der Drachen kennen, werden wir sie erwecken, um ihre Tränen trinken zu können.«

Nireka schwieg.

»Dir ist bewusst, dass niemand ein Problem damit hat außer dir, oder?«

»Das mag sein«, erwiderte sie ruhig. »Doch das ändert nichts an der Art und Weise, wie ich darüber denke.«

Er antwortete darauf nichts mehr, sondern nickte. Sie konnte ihm ansehen, dass er ihre Haltung respektierte. Aber etwas Hartes trat in seinen Blick, denn sie waren keine Verbündeten, und in diesem Kampf bedeutete das vielleicht bereits, dass sie Feinde waren.

»Pass auf dich auf«, sagte er, und es war schwer herauszuhören, ob er sich zu dem frostigen oder zu dem zärtlichen Unterton überwinden musste. Jedenfalls schwang beides mit.

Er ging an ihr vorbei.

»Warte.« Sie drehte sich zu ihm um. Er blieb stehen. »Ich gebe dir eine Liste mit allen Namen und meinen Vermutungen, in welche Drachen sie sich verwandelt haben könnten, wenn du mir versprichst, dass ihr die Unsterblichen nur in den Bergen bannt, aber nicht erweckt.«

»Das kann ich nicht versprechen.«

»Dann kann ich dir keine Liste geben.« Sie schluckte. »Und dann kann ich auch deinen Freund Varak nicht in die Kammer der Weisen lassen.«

Er starrte sie an. »Du könntest nie sicher sein, ob ich mich an das Versprechen halte.«

»Darüber zerbreche ich mir nicht den Kopf. Ich vertraue dir. Ich habe dir immer vertraut. Gerade das hat mir oft Angst gemacht.«

Er wich ihrem Blick aus. Schließlich stieß er ein Seufzen aus. »Ich verspreche, dass ich keinen Drachen in einen Berg sperren und erwecken werde, dessen Namen wir von deiner Liste haben. Ob sich andere daran halten werden, kann ich nicht versprechen. Aber ich werde mich dafür einsetzen. In Ordnung?«

»In Ordnung.« Sie atmete auf, dann fügte sie hinzu: »Danke, Riwan.«

Die Härte in seinen Augen schmolz, als sie seinen Namen aussprach. Welche Macht darin lag, jemanden daran zu erinnern, wer er war! Und es wirkte in beide Richtungen. Nireka spürte, wie sein Name Gefühle in ihr weckte, die ihr weh taten, und sie schob sie mühevoll beiseite.

»Danke, Nireka«, sagte er so leise, dass sie ihn kaum hörte.

Doch die Wärme seiner Stimme blieb bei ihr, als er längst gegangen war.

33

VARAK MOCHTE EIN Drachentöter sein, doch Lesen und Schreiben hatte der junge Mann aus Tahar'Marid nie gelernt. Nireka verbrachte die kommenden Tage damit, ihn mit dem Alphabet vertraut zu machen. Und nicht nur ihn – auch Riwan saß mit ihnen in der Kammer der Weisen und übte sich darin, Wörter zu entziffern und Buchstaben mit Kreide auf eine Tafel zu kratzen. Manchmal waren noch jüngere Schüler aus Ydras Horn und Patinon oder Kedina dabei, doch Patinon schlief dieser Tage viel, und Kedina hatte sich um Kani zu kümmern, die hochschwanger war.

Wenn auch der Unterricht der Schüler aus Ydras Horn endete, saß Nireka mit Varak und Riwan allein in der Kammer der Weisen, und sie arbeiteten an der Karte, um die Zauberer aus der Anfangszeit der Drachen Orten zuzuordnen und einen besseren Überblick zu gewinnen, wer sich damals wo verwandelt haben könnte. Das meiste davon war reine Spekulation, aber jede richtige Information konnte im Zweifelsfall einen Drachen zu Fall bringen.

Varak lernte schnell und konnte es kaum erwarten, in alten Texten nach Namen von Zauberern zu suchen. Ein fiebriger Ehrgeiz glomm in seinen Augen, weil er so sehr das Böse bekämpfen und die Schwachen verteidigen wollte, zu denen er bis vor kurzem selbst noch gehört hatte. Er erinnerte Nireka an Aylen, wie sie als junge Frau gewesen war. Sie hätte ihm das gern gesagt, aber er verdächtigte sie längst, auf der Seite der Drachen zu stehen, und eine solche Bemerkung hätte er ihr bestimmt übelgenommen. Vielleicht würde sie es ihm trotzdem sagen, bevor er abreiste.

Insgesamt blieben Riwan und die Händler einen halben Mond. Riwan zögerte die Abreise immer wieder hinaus, aber seine Mitstreiter wurden ungeduldig. Schließlich gab es in Ydras Horn keine Besessenen, die sie mit den Drachentränen in Zauberer verwandeln konnten, und sie wollten noch vor Ende des Herbstes alle sieben Untergrundfestungen auf den Inseln besuchen. Patinon bot Riwan an, wie Varak in Ydras Horn zu überwintern, aber Riwan wollte seine Drachentränen nicht der Truppe anvertrauen und zurückbleiben.

Am Abend vor der Abreise übergab Nireka ihm feierlich eine Liste mit den Namen der Zauberer, die sie recherchiert hatte, zusammen mit der Landkarte, an der sie gemeinsam gearbeitet hatten. Während ringsum applaudiert wurde, glaubte Nireka zu hören, wie einer der Händler zum anderen sagte: »Hoffentlich ist der Name des Drachen dabei, den Varak besiegt hat, damit wir mehr Tränenwasser gewinnen.«

Nireka hätte die Papierrollen am liebsten wieder an sich gerissen. Aber dann sah sie Riwan in die Augen. Seine schönen Augen, die an der Oberfläche funkelten und darunter so viel Tiefe besaßen. Und sie erkannte, dass sie immer an das Gute in ihm glauben würde. Ganz gleich, was er tat.

»Ich liebe dich«, sagte sie. Es kam ihr leise vor, aber als hätte sie einen Zauberspruch ausgesprochen, breitete sich Schweigen im ganzen Speisesaal aus, und Riwan starrte sie an.

Nirekas Blick huschte über die Menge. Über verwunderte, mitleidige und grinsende Gesichter. Sie sah Kani, die eine Hand auf ihre Brust legte. Dann verschwamm Nirekas Sicht in Tränen, und sie eilte nach draußen, hinaus aus dem Speisesaal, die große Treppe hinauf, und als sie ganz oben ankam, lief sie in einen der Gänge an die Oberfläche, einfach weil ein Bleiben unmöglich war.

Sie hörte Schritte hinter sich. Als sie sich umdrehte, sank ihr das Herz. Riwan kam angelaufen. Sie fielen sich in die Arme. Und dann hielten sie einander, und nichts anderes war mehr wichtig.

Nach einer Weile wich er zurück, lächelte mit ungewohnter Schüchternheit und fragte betont gelassen: »Warst du gerade auf dem Weg irgendwohin?«

»Ich wollte nur ein bisschen frische Luft schnappen«, sagte sie leichthin und grinste ebenfalls.

Er nahm sich eine Fackel von der Wand. »So wie ich. Dann bleibt uns wohl nichts anderes übrig, als zusammen zu gehen.«

Hand in Hand stiegen sie durch den dämmerigen Gang, der zum Wald führte. Nireka wünschte, er würde niemals enden. Doch schließlich erreichten sie den ausgehöhlten Baum und blickten in einen düsteren Regenabend hinaus. Nireka zog die Schultern hoch und kniff die Augen gegen den Wind zusammen. Riesige Wolken trieben am Horizont.

»Wenn das hier nicht der perfekte Platz für einen lauschigen Abend ist!«, sagte Riwan, klemmte die Fackel im Boden fest und sah sich in dem hohlen Baum um. »Man wird kaum nass, ein bisschen Laub gibt es auch, um weich zu sitzen, und so viele Spinnen sind hier wahrscheinlich gar nicht, nur ein paar hundert.«

»Wir können wieder zurückgehen«, sagte Nireka.

»Auf keinen Fall.« Er setzte sich und zog sie zu sich hinunter zwischen verschlungene Wurzeln. »Zeit allein mit dir lasse ich mir nicht entgehen. Mit dir und hundert Spinnen.«

Also saßen sie aneinandergekuschelt in der Düsternis und beobachteten die schwarzen Zweige, die über ihnen im Wind peitschten. Doch es war nicht kalt, und die Luft roch nach Sommer.

Sie hatten ihre Hände ineinander verschränkt, als würden

sie zu den Ahnen beten, und Riwans Wärme erinnerte Nireka daran, wie vergänglich sie waren. Er würde altern, sein Leben erlöschen, so wie ihres, und alles, was sie je gefühlt und gedacht hatten, würde im Wind verwehen, ein Wispern und Heulen, das die kommenden Generationen hören würden, ohne es zu verstehen. Aber es würde sie gegeben haben. Und ihre Taten würden für immer wahr bleiben, ob erinnert oder nicht, im großen, dunklen Bauch der Zeit.

»Ich weiß«, sagte Riwan irgendwann, ohne sie anzusehen, »dass du dich selbst manchmal für feige hältst. Aber in meinen Augen bist du weise. Und ich wünschte, ich würde es nicht so sehen müssen. Mein Leben wäre leichter.«

»Weise«, wiederholte sie, um das Wort zu überdenken.

»Ja, weise. Und stur. Und richtig seltsam und klug und schön und lieb, viel zu lieb für die Welt.«

Ihre Wangen glühten, doch sie erwiderte ruhig: »Manchmal darf man sich nicht der Welt anpassen, sondern muss die Welt den eigenen Maßstäben anpassen.«

Er hob ihre Hände und führte sie an seine Lippen. »Und was du vorhin gesagt hast«, flüsterte er, »kann ich nicht ganz glauben. Aber du würdest mich zum glücklichsten ...«

»Ein Drache«, stieß Nireka aus.

Sie sprangen auf und starrten in den Himmel. Für einen Herzschlag hoffte Nireka, sie hätte sich geirrt. Doch dann glühte erneut Feuer auf. Es war unverkennbar der Atem eines Drachen, auch wenn man ihn in den dichten Wolken noch nicht sehen konnte.

»Wir müssen die anderen warnen«, sagte Riwan.

Da war Nireka bereits durch den hohlen Baum nach unten in den Gang gestiegen. Sie hasteten durch den Tunnel, bis sie endlich, atemlos und verschwitzt, in der Festung ankamen.

»Ein Drache!«, rief Nireka.

Die meisten Bewohner waren noch im Speisesaal. Nireka und Riwan liefen hinein, und alle Blicke richteten sich auf sie.

»Ein Drache kommt«, wiederholte Nireka.

Die Bewohner von Ydras Horn stießen entsetzte Laute aus. Die Ernte stand kurz bevor, ein Brand wäre verheerend.

Doch Varak und die Händler wirkten unbesorgt, geradezu erfreut. »Dann muss es jemanden geben, der Geisterschatten bekommen hat!«, rief einer der Händler. »Wer ist es? Ein Zauberer mehr in unseren Reihen!«

Varak erhob sich und schob die Ärmel hoch. »Wie groß ist er? Je größer, umso besser.«

Nireka war sprachlos angesichts von so viel Selbstsicherheit.

»Wir haben nur sein Feuer am Himmel gesehen«, sagte Riwan. »Aber wir werden ihn schon nicht verfehlen, sobald er über uns kreist.«

»Wovon redet ihr?«, fragte sie.

Varak lächelte. »Jetzt zeigen wir euch, wie man Drachen jagt. Und das Schönste daran ist: Ihr habt die Waffen dazu immer schon besessen. Kommt mit zum Sonnendeck!«

Das Volk von Ydras Horn folgte Varak, Riwan und den Händlern hinab.

»Stellt euch auf den Sitzbänken auf«, sagte Riwan. »Wir bilden einen Chor. Jede Stimme zählt! Und dann gehen wir zusammen alle Namen von Zauberern durch, die Nireka gefunden hat.«

Nireka sah die im Rund um das Sonnendeck arrangierten Sitzreihen, auf die sie zugingen, mit ganz neuen Augen. Waren sie etwa zu genau diesem Zweck gebaut worden – damit man mit vereinten Kräften einen Drachen beim Namen rufen konnte?

»Wenn der Drache oben seinen Namen hört, wird er wahrscheinlich vor Schreck aus dem Himmel fallen«, feixte einer der Händler.

»Und wenn nicht, holen wir ihn mit Feuer runter«, rief Varak und sprang über mehrere Stufen hinweg. Mit blitzenden Augen sah er sich in der Menge um, die ihm folgte, und wartete nur auf die verwunderten Fragen, was er damit meinte. Er rannte voraus und deutete dann zu den Leuchtkugeln hoch, die über dem Sonnendeck schwebten. »Das, liebe Leute von Ydras Horn, sind nicht einfach nur magische Lichter. Es ist Munition! Eure Vorfahren haben das Feuer besiegter Drachen hineingebannt, weil nur Drachenfeuer Drachen verletzen kann.«

Nireka klappte der Mund auf. Sie war nicht die Einzige. Ihr ganzes Leben hatte sie im Glanz der Leuchtkugeln gelebt, ohne darauf zu kommen, was ihr eigentlicher Zweck war. Und nun erklärte ein halbwüchsiger Zauberer es ihr.

Sie warf Riwan einen Blick zu und sah, dass es keine Neuigkeiten für ihn waren. »Woher wisst ihr das alles?«

»Die neuen Zauberer haben solche Leuchtkugeln aus dem Drachenfeuer hergestellt, das wir nach dem Sieg über Totema hatten«, erklärte er. »Da habe ich mich daran erinnert, solche Leuchtkugeln in allen sieben Untergrundfestungen der Zwerge gesehen zu haben. In denen es ganz zufällig auch jeweils das passende Geschütz dafür gibt.« Er hob einen Finger.

Alle legten die Köpfe in den Nacken, als hätten sie nicht ihr Leben lang zu dem Festungsgeschütz hinaufgeblickt, dessen Nutzungsweise ihnen immer ein Rätsel gewesen war. Eine schwindelerregend schmale Treppe schraubte sich an der Felswand hinauf zu dem Geschütz, doch weil niemand je hinaufstieg, wuchsen auf den Stufen nur Moose und Farne.

Nun lief Varak so schnell nach oben, dass Nireka fürchtete, er könnte ausrutschen und in die Tiefe stürzen. Mit angehaltenem Atem beobachtete ganz Ydras Horn den jungen Mann. Seine Schritte verlangsamten sich allmählich, als ihm die Puste auszugehen schien. Oben angelangt, stellte sich Varak in eine

Nische im Fels, von der aus er einen guten Blick hinaus in die Nacht zu haben schien. Dann hob er die Hände. Erstaunte Ausrufe wogten aus der Menge, als die Leuchtkugeln, die seit Jahrhunderten unverändert ihren Bahnen folgten, plötzlich zu dem Geschütz hinaufströmten und in einen eisernen Kolben rollten, der auf Varaks Handbewegungen hin ächzend und quietschend seine Ausrichtung änderte, ein Rohr ausfuhr und selbiges durch die Öffnung schob.

Die Öffnung selbst weitete sich. Was zuvor wie rissiges Gestein ausgesehen hatte, entpuppte sich als ein Gefüge aus Felsscheiben. Nun schoben sie sich schuppenartig übereinander. Die Leute von Ydras Horn sahen staunend zu, wie das Dach ihrer Festung sich öffnete wie eine Blüte. Über ihnen wurde der Himmel größer und größer, und der Lauf des riesigen Geschützes konnte von Varak frei in alle Richtungen gelenkt werden.

»Das ist unser Zauberer!«, jubelten die Händler und klatschten. »Varak! Varak!«

Bewohner von Ydras Horn stimmten in die Rufe mit ein.

Der junge Mann wischte sich das krause Haar aus der Stirn und winkte nach unten. Dann wandte er sich wieder der Öffnung über sich zu.

»Da!«, brüllte er und schwang die Arme.

Eine der Leuchtkugeln schoss so schnell aus dem Kolben nach draußen, dass fast nur ein Blitz zu sehen war.

Riwan entrollte die Liste, die Nireka ihm gegeben hatte, und rief den ersten Namen: »Antarion!«

Ganz Ydras Horn wiederholte den Namen. Einmal, zweimal, dreimal.

»Antarion! Wir wissen, wer du bist!«, brüllte auch Varak und ließ eine weitere Leuchtkugel nach draußen schießen.

Ein fernes Heulen erscholl. Der Jubel der Leute war ohrenbetäubend. Noch nie hatte man hier einen Drachen vor

Schmerz schreien hören. Doch dann sahen sie eine dunkle Silhouette durch den Himmel gleiten. Der Drache war noch nicht zu Fall gebracht.

»Einen anderen Namen«, forderten die Leute. »Probieren wir den nächsten!«

»Nireka!«, rief draußen der Drache.

Alle verstummten.

»Nireka!«, erscholl der Ruf abermals. Dann hörten sie ein lautes Platschen. Nach einer Weile erklang die grollende Stimme des Drachen dicht bei der Öffnung, doch er zeigte sich nicht. »Ich will keinem etwas zuleide tun. Ich will nur mit Nireka reden. Wenn sie da ist.«

»Aylen«, flüsterte Nireka. Sie schob sich durch die Menge.

Eine Hand fasste sie am Ärmel. »Geh nicht zu ihr«, sagte Riwan eindringlich. »Sie hat sich verändert.«

»Sie greift uns nicht an. Das hat sich nicht verändert.« Nireka löste behutsam seine Hand und drückte sie. Dann lief sie die alte, überwachsene Treppe nach oben. Laut rief sie: »Ich bin da!«

Unter ihr erhob sich Gemurmel. Nireka eilte die Stufen an der Felswand so schnell hoch, wie sie sich traute. Sie sah, wie Varak den Lauf des Geschützes neu ausrichtete, um in die Richtung feuern zu können, aus der die Stimme des Drachen gekommen war.

»Nicht!«, rief Nireka dem jungen Zauberer zu. »Warte.«

Die Treppe endete bei der Nische im Gestein, in der Varak stand. Nireka hob beschwichtigend die Arme. »Ich kenne den Drachen. Er wird uns nichts tun. Lass mich mit ihm reden.«

Varak starrte sie an, als wäre sie selbst ein Drache. Doch er widersprach nicht. Nireka blickte empor. Wenn sie noch höher wollte, konnte sie nur über den Lauf des Geschützes klettern. Also tat sie das.

Das riesige Rohr war rostig und hatte zum Glück kleine Rillen, in denen ihre Füße ausreichend Halt fanden. Dennoch musste sie auch ihre Hände benutzen, um ganz nach oben zu klettern. Etwas kam angeflogen und schoss aufgeregt um sie herum.

»Tu ihm nichts!«, rief Nireka sofort zu Varak zurück.

Sie streckte lachend ihre Hand nach Besen aus. Der Zauberbaum kitzelte ihre Fingerspitzen mit seinem Reisig und flog in die Höhe und wieder zu ihr zurück, als könnte er es kaum erwarten, dass sie nach draußen kam. Sie kletterte weiter.

Der salzige Wind zerrte an ihren Haaren. Dann konnte sie durch die Öffnung im Fels spähen. Rechts waren schroffe Klippen, links breitete sich die endlose Fläche des Meeres aus, und Wellen brandeten gegen gezackte Felsen. Ein dunkler Schemen ragte aus den Fluten. Der Drache hob den Kopf aus dem Wasser und ließ Glut in seiner Kehle aufglimmen, so dass Nireka erkannte, dass es wirklich Aylen war.

Doch sie sah anders aus.

Ihr Schädel wirkte verformt, irgendwie flacher, konturloser. Ihr Hals schien dünner geworden zu sein. Ihr Schuppenkleid schillerte nicht mehr, ja, die Schuppen selbst schienen zu einer Art Haut geworden zu sein, die stumpf und ledrig wirkte. Stumpf waren auch ihre Hörner. Und ihre Zähne. Das Entsetzlichste aber waren ihre Augen. Sie leuchteten nicht mehr türkisblau, sondern waren dunkel und trüb geworden, und ein gelblicher Schleier schien darüber zu liegen, als blickte sie durch giftige Nebel in die Welt.

»Hallo, Aylen«, sagte Nireka.

»Du hörst mich nicht mehr in deinem Inneren«, stellte der Drache leise fest.

Nireka schüttelte den Kopf. »Ich habe meine Geisterschatten verloren.«

Aylen sank ein wenig tiefer in die Fluten. »Ich hatte gehofft, du würdest noch einmal meine Quelle sein.«

Es tat weh, das zu hören. »Ich würde, wenn ich könnte, aber

die Geisterschatten kommen und gehen, und niemand weiß, warum.«

»Es ist in Ordnung«, sagte Aylen, auch wenn es das offensichtlich nicht war. »Deshalb bin ich nicht hier.«

»Weshalb dann?«

Die Wellen schienen zu stürmisch für den Drachen zu werden. Aylen tanzte auf und ab und stieß gegen das Ufer. Schließlich kletterte sie mühsam an den Felsen empor. Sie wirkte erbärmlich. Ihr schlanker, langer Körper war dürr und knochig geworden, und sie zitterte im Wind.

»Ich habe niemanden gefressen. Ich habe auch nicht die Überreste von Rodreds Körper im Berg gefressen. Obwohl ich es fast getan hätte ...« Sie schien in Erinnerungen abzudriften. »Aber ich verhungere langsam. Mir bleibt nicht viel Zeit. Also dachte ich, wir bringen es gemeinsam zu Ende. Du und ich.«

»Was meinst du?«, fragte Nireka mit einem Kloß im Hals.

»Totema hat mich auf etwas gebracht. Er hat gesagt, ich könnte nie ein richtiger Drache werden, weil mich Besen immer an meine Verletzlichkeit erinnern würde. Darum habe ich Hoffnung ... dass es vielleicht doch einen Ausweg für mich gibt. Aus der Unsterblichkeit, meine ich.« Aylen machte eine Pause. Selbst das Sprechen schien sie anzustrengen. Endlich fuhr sie fort: »Ich will zurück zu dem Baum, von dem Besen abstammt. In meiner Heimat. Ich hoffe, dass ich es noch bis dorthin schaffe. Ich bitte dich, mit mir zu kommen. Und mein Ei in den Baum zu bannen.«

»In den Baum«, wiederholte Nireka, ohne zu verstehen.

Aylen nickte. »Ich glaube, der Baum könnte stark genug sein, um mein Ei zu zerbrechen. Es ist nur eine Idee. Wenn nicht, lass mich dort, und erzähle niemandem, wo ich bin.«

Nireka konnte sich kaum vorstellen, wie schwer es für den Drachen sein musste, den Zerfall seines Körpers auszuhalten.

Und trotzdem an seiner Menschlichkeit festzuhalten. Es rührte sie so sehr, dass sie nicht wusste, was sie sagen sollte, außer: »In Ordnung.«

34

NIREKA PACKTE EIN Bündel mit Proviant und warf sich einen guten Umhang über. Als sie wieder das Sonnendeck überquerte, um nach oben zu steigen, folgte ihr Getuschel. Dass ein Drache auf der Seite der Sterblichen stand, war wundersam – aber dass dieser Drache mit Nireka befreundet war, wirkte gewiss auf manche verdächtig.

»Aylen ist geschwächt«, sagte Varak gut hörbar für alle. »Wieso erledigen wir sie nicht hier und jetzt? Wieso ...«

Riwan gab ihm ein Zeichen, still zu sein. »Aylen ist nicht irgendein Drache. Dass wir sie in einen Zauberberg schließen und ihre Tränen trinken, hat sie nicht verdient.«

Varak presste die Lippen fest zusammen, aber er sagte nichts mehr.

»Bis bald«, rief Nireka und hob eine Hand zum Abschied, als sie die Treppe hinauf zur Öffnung über dem Sonnendeck betrat. Sie sah in die Gesichter ihrer Leute, sah ihre Schwester und deren Familie, ihren Vater, Kedina und Kani, die Kinder, denen sie das Lesen und Schreiben beibrachte. »Passt auf euch auf. Und erinnert euch, wer wir sind!«

Riwan machte einen Schritt auf sie zu. »Soll ich wirklich nicht mitkommen?«

»Ich glaube, Aylen würde dir den Kopf abreißen, wenn sie dich sieht«, sagte sie lächelnd. »Ich werde zurückkehren. Besuchst du uns bald wieder?«

»Nireka?« Er schluckte. »Nur für den Fall, dass du es nicht längst weißt: Ich dich auch.«

Nireka wollte ihn umarmen. Aber sie wusste, wie viel schwerer der Abschied dadurch werden würde, also hielt sie sich zurück. Sie würde ihn wiedersehen. An diesen Gedanken klammerte sie sich.

Als sie sich umdrehte und die Treppe hinaufstieg, begann jemand hinter ihr zu klatschen, und bald applaudierte ihr ganz Ydras Horn. Sie winkte zurück. Vielleicht misstrauten ihr manche Leute, aber vielleicht konnte sie ihnen auch zeigen, dass Drachen und Sterbliche keine Feinde sein mussten. Das war ihre Hoffnung.

Draußen wartete Aylen, an die Felsen geklammert.

»Jetzt bin ich bereit«, sagte Nireka, kletterte hinaus und schob ihr Bündel auf der Schulter zurecht.

Aylen neigte ihr den Kopf zu, so dass Nireka in ihren Nacken steigen konnte. Der Drache war wirklich viel gebrechlicher geworden, und seine Haut war so weich und warm wie die einer Schlange.

Nireka spürte, wie Aylen ein wenig unter ihrem zusätzlichen Gewicht einknickte. »Bist du sicher, dass du mit mir fliegen kannst?«

»Das finden wir gleich raus.« Aylen spreizte die Flügel. Dann beugte sie sich zum Wasser hinunter und fischte etwas aus dem Meer.

Nireka spähte hinab und sah etwas in Aylens Klaue, das matt leuchtete. »Du hast ihn dabei?«, stieß sie entgeistert aus und biss sich auf die Lippe. Fast hätte sie seinen Namen ausgesprochen.

»Natürlich. Ich konnte ihn nicht in dem Zauberberg lassen, wo ihn die neuen Zauberer erweckt hätten.« Aylen schob sich das Kristallei, in dem Totema schlief, ins Maul und hielt es zwischen den Zähnen. Dann sprang sie in die Lüfte.

Nireka spürte auch ohne eine innige Verbundenheit durch Geisterschatten, wie anstrengend es für Aylen war, mit den

Flügeln zu schlagen. Sie trudelten über das Meer, bis der Wind sie aufnahm und in die Höhe trug. Zitternd hielt Aylen die Flügel gespreizt. Nireka konnte im Mondlicht die Knochen ihrer Schultern sehen, die unter der ledrigen Haut schimmerten.

Sie flogen in Richtung Festland, und bald blieb das Meer hinter ihnen zurück. Nireka erinnerte sich, wie sie das erste Mal auf Aylen geritten war und wie viel Angst sie gehabt hatte. Jetzt konnte sie einfach die herrliche Aussicht auf die mondbeschienenen Hügel genießen. Dabei war die Gefahr, dass Aylen abstürzte, viel größer als damals. Aber aus irgendeinem Grund fürchtete Nireka sich nicht. Ihre Gedanken waren bei Riwan. Sie malte sich ihr Wiedersehen aus. Und bang stellte sie sich vor, dass sie ihm vorhin womöglich das letzte Mal gegenübergestanden hatte. Doch selbst dann hatte sie das Gefühl, dass alles gut sein würde. Sie hatten einander gesagt, was wirklich wichtig war.

Als der Mond hinter den Wäldern versank, landete Aylen auf einem Hügel voller blühenden Heidekrauts, um sich auszuruhen, und Nireka schlief bis zum Sonnenaufgang. Sie erwachte mit dem Gesang der Vögel und dem Duft der Pflanzen, und ihr war, als hätte sie von einem Leben an der Oberfläche geträumt, in dem sich niemand vor Drachen verstecken musste, weil alle in Frieden miteinander lebten.

Als sie zu sich kam, sah sie Aylen, die sich wie eine Schutzmauer um sie gelegt hatte. In Aylens Klaue schimmerte das Drachenei. Es war weiß und nur von den zartesten goldenen und hellblauen Adern durchzogen. Totema kauerte darin, das helle Haar über der Stirn, die Augen geschlossen. Er hatte seine linke Hand über den Stumpf des rechten Armes gelegt, als wäre er gerade erst verwundet worden, und ein Ausdruck von Ernst lag auf seinem Gesicht wie bei jemandem, der große Hoffnung hegt.

Nireka konnte verstehen, warum Aylen ihn liebte, obwohl er

sie verraten und sich in ein Monstrum verwandelt hatte. Auch Nireka war durch ein Band an Riwan geknüpft, das zart wie ein Seidenfaden war und durch nichts zerstört werden konnte, selbst wenn ihre Überzeugungen sie zu Feinden machen würden. Und sie fragte sich, wie viel der Mann in dem Ei tatsächlich mit der Bestie zu tun hatte, deren Gestalt er sich dreihundert Jahre lang erträumt hatte. Konnte der Geist derselbe bleiben, wenn der Körper so anders war? Wahrscheinlich nicht. Wahrscheinlich stellte Aylen hierbei, wie in so vielerlei Hinsicht, eine Ausnahme dar.

Nireka streckte sich, dann streichelte sie Besen, der ihr Strecken nachahmte, und holte ein Fladenbrot und ein Stück Hartkäse aus ihrem Bündel. »Bin ich froh, dass du mir keine Tiere zum Essen erlegen musst. Nichts für ungut. Aber deine Garmethode ist nicht die beste für Fleisch.«

Aylen hatte den Kopf matt auf ihre Klauen gelegt und schien in Gedanken versunken. »Wenn du noch meine Quelle sein könntest ... dann würde ich fühlen, wie es ist, hungrig zu sein und zu essen.« Ihre Stimme schien aus großer Ferne zu kommen.

»Was war früher dein Lieblingsessen?«, fragte Nireka in der Hoffnung, dass sie auf diese Weise Aylen helfen konnte, bei sich zu bleiben.

Der Drache schloss die Augen. Fast sah es aus, als würde er das Bewusstsein verlieren. Aber dann sagte er: »Milchbohnen. Wenn sie ganz weich gekocht sind. Und danach in Butter angebraten.«

Nireka grinste. Während sie aufaß, in den Nacken des Drachens kletterte und sie ihre Reise fortsetzten, fragte sie Aylen mehr über ihre früheren Essgewohnheiten. Aylen nahm beim Fliegen das Drachenei aus dem Maul und hielt es an ihre Brust gedrückt, damit sie erzählen konnte, wie sie sich von Schnecken hatte ernähren müssen, als sie von den Zauberern im

Schilfmeer festgehalten worden war, und wie sie als Kind einen ganzen Laib Rosinenbrot gegessen und sich übergeben hatte, und noch mehr Geschichten über ihre weniger ruhmreichen Taten.

Das Reden schien Aylen gutzutun, und Nireka hörte gern zu.

Wälder tauchten unter ihnen auf, und die Arme eines Flusses glitzerten im Licht. Aylen sagte, dass hier die Grenze zum Reich der Elfen war. Nireka hatte immer gehört, dass die Weißen Elfen in riesigen Bäumen lebten, aber sie sah keine. Erst am nächsten und übernächsten Tag wurden die Wälder dichter und dunkler und die Bäume immer mächtiger. Doch Aylen hielt sich südwestlich und folgte einer kleineren Bergkette, die die dunkle, grüne Flut vom Land jenseits abschirmte.

Nachts bei der Landung fiel Nireka auf, dass Aylen kleiner war als noch am Vortag. Beim Erwachen stellte Nireka einen noch deutlicheren Unterschied fest. Sie schien wirklich zu schrumpfen.

Am vierten Tag verließen sie den Waldrand und überquerten Klippen und Hügel mit spärlichem Grün. Es war die Hochebene, auf der die Grauen Elfen seit Anbeginn der Zeit ein Leben auf Wanderschaft führten. Die Landschaft war so weitläufig wie das Meer, und Nireka konnte sich leicht vorstellen, dass man hier lebte und niemals einem anderen Stamm begegnete. Abgeflachte Berge, lange Wiesenhänge und mächtige Felsformationen erstreckten sich in alle Himmelsrichtungen. Nur im Westen schimmerte ein gräulicher Horizont, und Aylen erklärte, dass dort die Wüste Uyela Utur lag, die sie allein durchreist hatte auf dem Weg nach Gothak, zum Zauberberg der Menschen. Nireka wusste, dass Aylen diese Bemerkung aus gewohnheitsmäßiger Angeberei fallengelassen hatte, aber sie klang dabei so erschöpft, dass Nireka es ihr einfach nicht übelnehmen konnte. Und es war ja tatsächlich sehr beeindruckend, was Aylen in so jungen Jahren bewerkstelligt hatte, und wie mutig sie gewesen war.

Schließlich fiel die Hochebene ein wenig ab, die Täler wurden weitläufiger, und lichte Wälder und Seen erschienen.

»Lepenthe, das Land der Mitte«, rief Aylen. »Hier bin ich aufgewachsen.«

»Es sieht wunderschön aus«, sagte Nireka.

»Das ist es«, erwiderte Aylen und fügte nach einem Moment hinzu: »Aber die Leute waren so engstirnig und langweilig wie überall.«

Am Nachmittag landeten sie auf einer Anhöhe über einem kleinen Tal. Aylen schwankte auf ihren Beinen und das Drachenei fiel ihr aus dem Maul. Gerade noch rechtzeitig hielt sie es mit den Klauen fest, bevor es einen Abhang hinunterrollen konnte.

Schwer atmend blickte Aylen auf den Fluss hinab, der sich zwischen den Hügeln hindurchschlängelte, und ließ den Blick über die Wälder schweifen.

»Erkennst du die Gegend wieder?«, fragte Nireka.

»Ja und nein. Dort unten lag einst ein Dorf. Mein Dorf. Und da hinten bei der Flussbiegung war noch eins. In dem wohnte mein Vater, aber ich sah ihn nicht oft. Und auch hier vorn war ein Dorf. Sie sind alle weg … Rechts, wo jetzt Wälder sind, waren unsere Felder und die Viehweiden.«

Eine kühle Brise kam auf. Nireka glaubte hier und da noch Steinmauern aus dem Dickicht ragen zu sehen. Hatte ein Drache den Ort ausgelöscht? Oder warum waren die Leute gegangen, die hier einst gelebt hatten? Und falls ihre Kindeskinder noch lebten, erinnerten diese sich daran, woher sie stammten?

»Seltsam«, murmelte Aylen, »wie man einen Ort verachten und verlassen kann und trotzdem um ihn trauert, wenn er weg ist.«

Nireka stellte sich vor, wie es wäre, wenn sie eines Tages keine Angst mehr vor Drachen haben mussten und Ydras Horn verlassen konnten. Wenn sie wirklich unter freiem Himmel leben konnten. Ja ... auf eine gewisse Weise würde sie die Untergrundfestung vermissen. Daran hatte sie noch nie gedacht.

Aylen folgte dem Fluss ins Tal. Sie watete durch das seichte Wasser, und goldenes Herbstlicht fiel durch die Baumkronen. Der Gesang der Vögel hallte durch den Wald, das erste bunte Laub segelte durch die Luft, und alles kam Nireka so verlassen vor, dass ihr schwer ums Herz wurde.

Bei einem sanften Hang begann sich Besen vor Aufregung zu überschlagen und schoss dann in den Wald davon. Aylen verließ den Fluss und schob sich an Birken und Buchen vorbei, bis vor ihnen ein Baum auftauchte, der anders aussah als alle ringsum. Der breite Stamm hatte sich geöffnet und war innen hohl, und von den knorrigen Wurzeln bis hinauf in die Zweige wirkte das Holz wie stumpfes, dunkles Eisen. Kein Blatt war an dem Baum, weder grün noch welk. Nur am Wuchs und an der Oberfläche des Stammes ließ sich noch erkennen, dass es einmal eine Ulme gewesen war.

Nireka fiel nur ein Baum ein, der mit diesem vergleichbar war. Nämlich die verzauberte Eiche, durch die der Tunnel von Ydras Horn in den Wald führte. Auch die Eiche wirkte tot wie Stein, ohne je zu zerfallen. Konnte das Zufall sein?

Besen strich mit seinem Reisig über das merkwürdige erstarrte Holz des Baumes, von dem er abstammte. Auch Aylen nahm das Drachenei aus dem Maul und legte es zur Seite, um den Baum zu untersuchen. Ihre Klauen schrammten über die Rinde, und ein silbriges Geräusch erklang.

»Er ist so hart wie das Gestein in den Zauberbergen«, murmelte Aylen. »Vielleicht funktioniert es wirklich.«

Nireka setzte sich auf eine Wurzel. »Also warten wir, bis du ... bis dein Leib verfallen ist? Und dann lege ich dich in den Baum?«

Aylen nickte. »Dann weckst du mich mit meinem Namen. Das kann zu drei verschiedenen Ergebnissen führen. Möglichkeit eins ist: Ich erwache und kann mich nicht verwandeln, weil der Baum mich bannt. Dann werde ich leiden wie die lebendig Begrabenen in den Zauberbergen. In diesem Fall bitte ich dich, zu gehen und niemandem je zu erzählen, wo ich bin. Vielleicht dämmere ich wieder ein und schlafe für alle Ewigkeit.

Die zweite Möglichkeit ist, dass ich von deinem Ruf geweckt werde und der Baum nicht stark genug ist, um meine Verwandlung zu unterbinden. Dann komme ich als Drache zu mir. Hoffen wir, dass ich mich in diesem Fall an alles erinnern kann, was passiert ist, und nicht Jagd auf Besessene mache.

Die dritte Möglichkeit ist, dass der Baum meine Verwandlung verhindert und gleichzeitig so stark ist, dass er das Ei aufbricht. Dann wird der Baum endlich meinen ganzen Lebenswillen bekommen, und ich darf sterben.«

Nireka schwieg. Sie musste nicht fragen, auf welche Möglichkeit Aylen hoffte. Sie wies mit dem Kinn auf Totema in dem Ei. »Was wird aus ihm?«

»Wenn du dem Fluss folgst, kommst du nicht weit von hier zu einem See, der klein, aber tief ist. Ich bitte dich, das Ei im See zu versenken, damit niemand ihn jemals findet.«

Nireka dachte an Riwan und seine Anhänger. Wie kostbar das Drachenei für sie wäre. Wie viele Zauberer von seinen Tränen zehren könnten, jahrhundertelang. Sie nickte. »Ich werde es tun. Und niemandem jemals verraten, wo er ist.«

»Danke.« Aylen zögerte. »Danke für alles, Nireka. Ob du es glaubst oder nicht, du bist die einzige Freundin, die ich je hatte.«

Nireka schmunzelte. »Und du bist über dreihundert Jahre alt. Das sollte dir zu denken geben.«

»Bin ein Spätzünder«, sagte der Drache mit einem Schulterzucken.

Dann fuhr Aylen mit der Klaue über das Ei, in dem Totema schlief. »Ich werde im Fluss landen. Hol mich, ja?«

Nireka verstand nicht ganz, was sie meinte, aber da kletterte Aylen schon an der verzauberten Ulme hoch. Sie stellte sich an wie eine sehr alte Katze, rutschte immer wieder ab und zitterte. Doch kein einziger Zweig brach unter ihrem Gewicht. Schließlich war sie weit genug gekommen, um die Flügel ausbreiten und sich in den Himmel abstoßen zu können. Welkes Laub der Nachbarbäume segelte herab.

Nireka stand auf. Durch das lückenhafte Blätterdach konnte sie sehen, wie der Drache sich in die Lüfte erhob, begleitet von Besen. Höher und immer höher stiegen sie, als wollte Aylen hinter den Wolken verschwinden. Dann schwebte der Drache einen Moment wie schwerelos – ehe er die Flügel anlegte und wie ein Pfeil wieder zur Erde hinabschoss.

Nireka hob vor Schreck beide Hände an den Mund. Sie hatte nicht begriffen, dass das schon der Abschied gewesen war. »Aylen«, stieß sie leise aus.

Ein ungeheuerliches Krachen erschütterte den Wald, die Bäume schwankten, und alle Vögel verstummten. Nireka lief den Hang hinunter zum Fluss. Schwarzes Drachenblut war in alle Richtungen gespritzt, klebte an Baumstämmen und Felsbrocken und trieb auf den kleinen Wellen des Flusses wie ein Ölteppich.

Nireka hielt schwer atmend inne. Das letzte Tageslicht brach sich auf dem Kristallei, das im Wasser lag. Es war dunkel, durchzogen von goldenem Rauch und türkis glitzernden Adern, und darin schwebte die Frau, die Nireka vor so vielen Monden auf dem Salzturm im Meer gefunden hatte.

Besen schoss kreuz und quer über den Fluss, als könnte er nicht sehen, wo sie war. Schließlich schwebte er an Nirekas Seite und blieb dicht bei ihr.

Nireka ging durch das seichte Wasser auf das Ei zu. All die

Dinge, die sie Aylen nie gesagt hatte, wirbelten ihr durch den Kopf.

»Du bist auch meine Freundin«, sagte sie erstickt und legte eine Hand auf den Kristall.

Das Ei war leicht zu tragen und ließ sich problemlos in den hohlen Baum legen. Kaum war es darin, ging ein Beben durch die verzauberte Ulme. Der Boden begann zu wanken. Nireka stolperte zurück. Die Wurzeln zuckten, dann brachen sie aus der Erde und zogen sich zurück zum Stamm. Der Stamm selbst verdrehte sich, so dass die Öffnung rasch kleiner wurde. Besen schoss hinein, ehe sie sich ganz schloss und das Ei darin verschwand.

»Aylen!«, rief Nireka. »Ich erwecke dich! Aylen! Aylen!«

Schon hatte die Ulme sich knarrend und ächzend zusammengezogen. Totemas Ei, das zwischen den Wurzeln gelegen hatte, holperte jetzt abwärts, und Nireka fing es auf, damit es nicht bis zum Fluss hinunterrollte.

»Aylen«, rief sie noch einmal. »Wach auf!«

Die Äste bogen sich mit knackenden und peitschenden Geräuschen. Der Baum schien sich selbst umarmen zu wollen. Immer enger zog er sich zusammen, bis es nicht weiterging und er zur Ruhe kam. Seine Rinde schimmerte in der Dämmerung wie Metall.

Nireka setzte sich und wischte sich die Haare aus der Stirn. Alles war viel schneller gegangen als gedacht.

»Aylen«, sagte sie noch einmal.

Keine Reaktion.

Stille kehrte im Wald ein. Nireka beobachtete den Zauberbaum im matten Schimmer, den Totemas Ei ausstrahlte. Hin und wieder lief ein Zittern durch die verschlungenen Äste, oder ein dumpfes Knacken ging durch die Erde, als würden unter ihnen mächtige Knochen brechen. Doch sonst geschah nichts.

Im Unterholz raschelten nachtaktive Tiere, und Glühwürmchen begannen hier und da zu blinken.

»Aylen. Komm zurück«, murmelte Nireka, zog sich den Umhang fest um die Schultern und lehnte sich gegen einen Baum. Ohne es zu merken, schlief sie ein.

Sie kam mit Aylens Namen auf den Lippen wieder zu sich. Es war immer noch dunkel, doch ein stahlgrauer Himmel zeichnete sich hinter den Baumwipfeln ab. Die Ulme sah nicht mehr aus, als wäre sie jemals ein Baum gewesen. Sie ragte wie ein riesiger, grober Grabstein in die Höhe.

Nirekas Bauch rumorte so laut, dass sie im ersten Moment glaubte, der Baum sei wieder in Bewegung geraten. Sie hatte seit gestern nichts mehr zu sich genommen. Nun öffnete sie ihr Bündel und trank und aß. Sie wünschte, wenigstens Besen wäre noch bei ihr. Sie fühlte sich so einsam wie seit ihrer Heimreise von Tahar'Marid nicht mehr.

Als die ersten Sonnenstrahlen den Grabstein umrissen, erklang das lauteste Knacken, das der Baum je von sich gegeben hatte. Als würde ein Drachenschädel zermalmt, so laut war es. Ein Rascheln und Knistern folgte. Erst glaubte Nireka, es sei der Wind, doch kein Laub kam herabgesegelt. Der Wald lag so ruhig da, als hielte er den Atem an. Das Rascheln und Knistern kam aus der verzauberten Ulme.

Nireka stand auf und kam näher. Im Licht schien es fast, als funkelte der Baum. Aus den Furchen der Rinde spross überall zartes Grün hervor. Die kleinen Triebe bebten und zitterten wie Härchen. Nireka stieß ein ungläubiges Lachen aus. Es hatte funktioniert! Der Baum musste den Kristall aufgebrochen haben. Die Verbindung zwischen ihm und Aylen war stärker gewesen als das Ei! Doch das bedeutete auch ... dass all dieses zarte grüne Leben sich aus Aylen speiste.

»Aylen«, rief Nireka leise. »Wach auf!«

Der Baum knarrte und ächzte. Überall weitete sich nun die

Rinde, auseinandergedrückt von jungen, blühenden Zweigen. Es sah aus, als würde die Ulme sich häuten, mehr Schlange als Baum. Die Öffnung, in der das Drachenei verschwunden war, wurde wieder sichtbar, und der kräftigste Ast von allen erschien, wuchs in die Höhe und entrollte Zweige. Es war ein neuer Stamm.

»Besen«, murmelte Nireka. Wie prächtig er gedieh! Aber so wundervoll es auch aussah, so traurig war der Ursprung dieser gewaltigen Kraft.

Nireka versuchte in die Öffnung hineinzuspähen, aus der Besen wuchs. »Aylen! Wo bist du? Gib sie her, Besen! Bitte …«

Die eisenharte alte Rinde bröckelte, als Besen immer gewaltiger gedieh. Nireka wusste, dass Aylen sich einen solchen Tod gewünscht hätte. Aber das war nur ein geringer Trost. Nireka presste sich die Handballen auf die Augen, um nicht zu weinen. »Bitte, Besen, nimm ihr nicht alles.«

Als sie wieder aufsah, hatten die Wurzeln der neuen Ulme die alte Rinde bereits völlig abgeschüttelt. Nireka wurde die Brust eng. Vor ihr, im bewegten Wurzelgeflecht, lag eine reglose Gestalt.

»Aylen!« Nireka stürzte hin und zerrte an den Wurzeln. Diese reagierten empfindlich auf ihre Berührungen und wichen beiseite, um ungehindert ihr Wachstum fortzusetzen. So konnte Nireka die Frau halbwegs hervorziehen. Sie war klein für eine Halbelfe, kaum größer als Nireka, und leicht wie ein Vogel. Zweige, an denen unablässig neues Grün spross, ringelten sich um ihre Brust und ihre Handgelenke.

Nireka erinnerte sich, dass es Aylen früher das Leben gerettet hatte, die Triebe an Besen zu kappen. Schnell holte sie ihr Messer aus ihrem Bündel, lief zurück und schnitt alles Grün ab, das an den Ranken entstand. Sie zogen sich zusammen und ließen von Aylen ab. Doch ein größerer Zweig, der Aylen vom

Kopf über die Brust bis zu den Beinen festhielt, blühte unablässig weiter.

Nireka kerbte ihn mit dem Messer ein und brach ihn schließlich ab. Dennoch brachte er immer neue Triebe hervor. Nireka gab nicht auf. Schweiß rann ihr die Schläfen hinab. Ihre Mühen schienen vergebens. Doch solange das Grün wuchs, bedeutete das, dass Aylen lebte, also bestand Hoffnung.

Irgendwann schien der Zweig zu schrumpfen. Er wurde kürzer, und Nireka konnte sich erstmals aufrichten und verschnaufen, weil nicht mehr ständig neue Schösslinge hervorkamen. Als knorriger Stab blieb er auf Aylens Brust liegen, etwa so lang wie ihr Unterarm. Nur langsam zeigte sich wieder eine grüne Knospe an einem Ende. Nireka schnitt sie ab. Der Stab gab vorerst Ruhe.

Schwer atmend sah sich Nireka um. Eine kolossale Ulme war entstanden, mächtiger als der alte Baum, der zuvor hier gestanden hatte. Unwirklich grün leuchteten ihre Blätter im herbstlichen Wald, und das Sonnenlicht funkelte in ihrem weiten Blätterdach. Und sie wuchs nicht mehr. Oder jedenfalls nicht mehr so rasend schnell wie zuvor.

Nireka wandte sich wieder Aylen zu. Der Stab auf ihrer Brust hatte eine dunkle, fast eisengraue Farbe angenommen. Nireka wollte nachsehen, ob wieder etwas an ihm spross, aber wie er so auf Aylens Körper lag, hatte sie das Gefühl, die beiden gehörten zusammen und sie sollte ihn nicht von ihr lösen.

»Hörst du mich, Aylen?«, fragte sie leise und tastete Aylens Hals nach ihrem Puls ab. Da – da war ein Pochen. Langsam und schwach.

»Bitte, Besen«, stieß Nireka aus und sah zu dem blühenden Wipfel über ihr auf. »Bitte lass sie weiterleben.«

Zeit verging. Aylen kam nicht zu sich, aber ihr Herz schlug. Nireka hielt an ihrer Seite Wache. Noch zweimal versuchte der Stab, ein Blatt sprießen zu lassen, doch Nireka zupfte es schnell weg. Fast tat es ihr leid, denn sicher wollte das zauberische Holz einfach Leben hervorbringen und wusste nicht, woher es dieses Leben bezog. Aber die Ulme war so mächtig, da konnte sie den kleinen Stab gewiss entbehren.

Die Sonne war bereits im Sinken begriffen, als Nireka sich traute, Aylen mit dem Stab allein zu lassen, um ihren Wasserschlauch am Fluss nachzufüllen. Sie trank in großen Schlucken, weil sie sehr durstig war. Dann kehrte sie mit dem Rest zu Aylen zurück.

Vorsichtig hob sie den Kopf der Hexe auf ihren Schoß, setzte den Lederschlauch an ihre Lippen und flößte ihr ein wenig Wasser ein.

Plötzlich gurgelte und hustete Aylen. Ihre Hand schloss sich um den Stab auf ihrer Brust, und sie hielt ihn wie eine Waffe vor sich, noch ehe sie den Kopf gehoben oder die Augen geöffnet hatte.

Der Wasserschlauch flog Nireka aus der Hand, prallte gegen die Ulme und sackte zu Boden.

»Wer? Was?«, stieß Aylen aus.

Erschrocken hob Nireka die Hände. »Alles gut! Ich habe dir nur etwas zu trinken geben wollen.«

»Ich ... lebe?« Aylen sah an sich herab und tastete mit einer Hand über ihren Bauch und ihre Hüfte, dann begutachtete sie den Stab in ihrer anderen Hand. Sie drehte ihn. Zwischen dem Holz funkelten winzige Splitter schwarzen Kristalls. »Ich bin nicht tot?« Sie hüstelte wieder und sank erschöpft auf Nirekas Schoß zurück. »Ich ... habe solchen Durst.«

»Dafür gibt es eine Lösung. Moment.« Nireka legte Aylens Kopf behutsam auf dem Boden ab, ehe sie den Wasserschlauch holte. Ein kleiner Rest war noch darin. »Du solltest vorsichtig sein, worauf du den Stab richtest«, bemerkte sie. Dann half sie Aylen, sich aufzusetzen und zu trinken.

Aylen sah auf, und ihr Blick wanderte an der blühenden Ulme hinauf, gegen die Nireka sie gelehnt hatte. »Besen?«

Nireka nickte. Dann erzählte sie ihr alles, was passiert war. Aylen hörte mit blassem Gesicht zu, den Stab fest an ihre Brust gedrückt.

»Und du hast mich gerettet«, schloss Aylen leise, bevor Nireka ihren letzten Satz beenden konnte.

Nireka lächelte. »Wie fühlst du dich, zurück in deinem Körper?«

»Schrecklich schwach.« Aylen umklammerte den Stab und wirkte wirklich ein wenig gebrechlich.

Nireka umfasste ihre Schultern, dann umarmte sie sie leicht und flüchtig. Doch Aylen hielt sich an ihr fest und drückte sie an sich, und Nireka hörte, wie sie ein Schluchzen unterdrückte.

Als sie einander wieder losließen, war Aylen jedoch so gefasst wie immer. »Ich stehe in deiner Schuld«, sagte sie ernst. »Wie kann ich mich erkenntlich zeigen?«

Nireka lachte. »Als meine Freundin stehst du nicht in meiner Schuld. Ich verlange nichts von dir.«

Aylen schien nicht zu wissen, wie sie darauf reagieren sollte, und wandte blinzelnd den Blick ab. Erst jetzt bemerkte sie Totemas Ei, das etwas abseits zwischen den Wurzeln lag.

»Wusstest du, dass er Rodred half, die Untergrundfestungen der Zwerge zu bauen?«, fragte Nireka, und da Aylen sie überrascht ansah, fuhr sie fort: »Ich habe es in seinen Erinnerungen gesehen. Bevor er und Rodred sich in Drachen verwandelten, bauten sie selbst die Festungen, damit das Zwergenvolk sich vor den Drachen verstecken konnte.«

Aylen biss die Zähne so fest zusammen, dass ihre Kieferknochen hervortraten. Dennoch konnte sie nicht verhindern, dass ein feuchter Glanz in ihre Augen trat. »Er wollte die Unsterblichkeit«, sagte sie verbittert. »Dass er dabei alles verlieren würde, was ihn bis dahin ausmachte, auch seine Liebe, muss er gewusst haben. Es war ihm egal.«

Eine Weile betrachteten sie das Drachenei. Dann blinzelte Nireka hoch ins Blätterdach, in dem die Sonne funkelte, und richtete sich ein wenig auf. »Willst du mir einen Gefallen tun? Hilf mir, das Drachenei nach Ydras Horn zu bringen. Es gibt dort einen verzauberten Baum, der dem hier verdächtig ähnlich ist.« Sie klopfte auf die Ulme.

Aylen machte große Augen.

»Vielleicht«, sagte Nireka lächelnd, »hat Totema dich in mehr als nur einer Hinsicht nachgeahmt.«

DANKSAGUNG

Ich habe diese Geschichte im turbulenten Jahr 2020 geschrieben, als sich die Ungewissheit der Zukunft und die Zerbrechlichkeit unseres Alltags auch den Glückskindern der Menschheit aufdrängte. Selbst diejenigen von uns, die genug zu essen und ein sicheres Zuhause haben, verspürten vermutlich deutlicher als sonst den Wunsch, nicht mehr verletzlich zu sein, nicht mehr ohnmächtig, nicht mehr gefährdet. Dieser Wunsch treibt uns beständig an. Doch kann er überhaupt jemals erfüllt werden? Und wenn ja, was würden wir dann mit uns anfangen? Wer wären wir ohne den andauernden inneren Drang nach Sicherheit, ohne den Impuls der Angst?

Schon immer haben mich Mythen und Legenden fasziniert, in denen ein Sterblicher versucht, seine Sterblichkeit zu überwinden – womit er sich nicht nur erhalten, sondern zugleich seinen Wesenskern verlieren würde. Dieses Paradox, sich selbst bis zur Unkenntlichkeit zu verändern, um weiter zu existieren, hält auch moderne Helden nicht davon ab, davon zu träumen. Tech-Milliardäre, die ihr Bewusstsein auf einen Computerchip laden und so den Verfall ihres Körpers überdauern wollen, waren die Inspiration für meine Drachen.

Angenommen, es wäre technisch durchführbar, was für ein Wesen wäre ein Menschenbewusstsein in einem unzerstörbaren Leib? Und wie würde dieses Wesen anderen begegnen, die verletzlich sind? Als ein Gott oder als eine Bestie?

Mir wurde einmal gesagt, ein guter Schriftsteller verstünde sich darauf, die richtigen Fragen zu stellen und dabei der Versuchung zu widerstehen, sie zu beantworten. Die interessantesten Fragen können ohnehin nicht endgültig beantwortet werden – sonst wären sie auch nicht mehr interessant.

Ich möchte Julian Kiefer dafür danken, dass er mir immer wieder neue Fragenlabyrinthe zeigt (und darin ein besserer Führer ist als irgendjemand sonst), ebenso wie Josephine und Dao Sun, die mir bei der Planung dieses Romans geholfen haben. Markus Winterfeld hat sich immer wieder meine Handlungsentwürfe angehört und versteht es besser als jeder andere, den Finger in die Wunde zu legen, wenn es um Spannungsbögen und Figuren geht – dafür bin ich ihm zu tiefem Dank verpflichtet. Auch meinem Agenten Thomas Montasser, Uta Dahnke, die den Roman gründlich wie immer lektoriert hat, Hannes Riffel und Andy Hahnemann von FISCHER Tor danke ich herzlich für ihr Vertrauen und ihr Engagement.

Und ich danke dir, dass du *Das Zeitalter der Drachen* bereist und zum Leben erweckt hast. Fragen sind nichts wert, wenn niemand nach ihren Antworten sucht.

Vier magische Artefakte bestimmen das Schicksal der Welt

Ein Becher, um die Vergangenheit zu bewahren.
Eine Flöte, um mit Tieren zu sprechen. Ein Spiegel,
um sich selbst zu erkennen. Eine Sternenscheibe,
um in die Zukunft zu sehen.

Doch das Wissen über die Artefakte scheint verloren.
Die Weisen Frauen sind in die Wälder geflohen,
und Kriegsfürsten herrschen über Menschen, Zwerge
und Elfen. Bis die Töchter zweier Völker aufbrechen,
um die Magie wiederzuerwecken und der Welt
die Hoffnung zurückzugeben.

Jenny-Mai Nuyen
Die Töchter von Ilian
Roman

ca. 750 Seiten
Klappenbroschur

ISBN 978-3-596-29997-3

Jetzt für den Newsletter anmelden unter:
TOR-ONLINE.DE

AZ 596-29997/1

EINE FRAU, AN DIE SICH NIEMAND ERINNERT.
EINE GESCHICHTE, DIE MAN NIE WIEDER VERGISST

Frankreich im Jahr 1714. Die junge Addie LaRue möchte nur eins: ein selbstbestimmtes Leben führen. In einem verzweifelten Moment schließt sie einen Pakt mit dem Teufel, der ihr Freiheit und ewige Jugend verspricht. Doch der Preis ist hoch: Niemand, den sie trifft, wird sich an sie erinnern. Und so beginnt ihre Reise durch die Jahrhunderte, die Addie an die Grenzen der Einsamkeit führt. Bis sie im Jahr 2014 in New York einen jungen Mann trifft, der sie nicht mehr vergessen kann.

V. E. Schwab
Das unsichtbare Leben der Addie LaRue
Roman

550 Seiten
Klappenbroschur
ISBN 978-3-596-70581-8

Jetzt für den Newsletter anmelden unter:
TOR-ONLINE.DE

AZ 596-70581/1